本书为2014年度国家社科基金青年项目“当代非裔美国作家查尔斯·约翰逊小说研究”（14CWW022）的结项成果，等级良好。

本书同时受到华中科技大学外国语学院学术出版基金资助。

当代非裔美国作家
查尔斯·约翰逊小说研究

陈后亮 著

中国社会科学出版社

图书在版编目(CIP)数据

当代非裔美国作家查尔斯·约翰逊小说研究/陈后亮著. —北京：中国社会科学出版社，2018.1

ISBN 978-7-5203-1942-3

Ⅰ.①当… Ⅱ.①陈… Ⅲ.①查尔斯·约翰逊—小说研究 Ⅳ.①I712.074

中国版本图书馆 CIP 数据核字(2018)第 004757 号

出 版 人 赵剑英
责任编辑 陈肖静
责任校对 刘 娟
责任印制 戴 宽

出 版 中国社会科学出版社
社 址 北京鼓楼西大街甲 158 号
邮 编 100720
网 址 http://www.csspw.cn
发 行 部 010-84083685
门 市 部 010-84029450
经 销 新华书店及其他书店

印 刷 北京明恒达印务有限公司
装 订 廊坊市广阳区广增装订厂
版 次 2018 年 1 月第 1 版
印 次 2018 年 1 月第 1 次印刷

开 本 710×1000 1/16
印 张 20.5
插 页 2
字 数 301 千字
定 价 86.00 元

凡购买中国社会科学出版社图书，如有质量问题请与本社营销中心联系调换
电话：010-84083683

目　录

导　论

第一节　查尔斯·约翰逊的生平及作品简介

> 文学批评当然不能把一个作家的生平与他的作品分割开来。(Johnson, *Turning the Wheel* 148)

查尔斯·约翰逊（Charles Johnson，1948—）是当代美国杰出的黑人作家，被誉为“美国自‘二战’之后最重要和最有创新性的严肃小说家之一”(Conner, *Passing the Three Gates* 481)。他曾长期担任美国华盛顿大学（西雅图）首位“S. 韦尔逊与 G. M. 波洛克讲席英语杰出教授”，讲授小说创作，并于 2009 年退休成为荣誉教授。迄今为止，约翰逊共出版长篇小说 4 部，分别为《菲丝与好东西》(*Faith and the Good Thing*，1974)、《牧牛传说》(*Oxherding Tale*，1982)、《中间航道》(*Middle Passage*，1990) 以及《梦想家》(*Dreamer: A Novel*，1998)。其中，《中间航道》是其最著名的代表作，曾荣获 1990 年度美国国家图书奖，他也由此成为继拉尔夫·埃利森在 1953 年获奖之后第二位获此殊荣的黑人男作家。约翰逊获得的其他重要奖项包括 1998 年的麦克阿瑟奖（MacArthur Fellow），这是由麦克阿瑟基金会颁发的美国文化界最高奖项之一，以及 2000 年由美国艺术委员会颁发的艺术终身成就奖（Lifetime Achievement in the Arts Award）。2003 年，约翰逊当选为美国艺术与科学院院士。

除了长篇小说，约翰逊还著有3部短篇小说集，分别是《魔法师的学徒》（*The Sorcerer's Apprentice*，1986）、《捉魂人及其他故事集》（*Soulcatcher and Other Stories*，2001）以及《金博士的冰箱及其他睡前故事》（*Dr. King's Refrigerator and Other Bedtime Stories*，2005）。根据南加利福尼亚大学开展的一项调查显示，约翰逊位列当代美国最杰出的十位短篇小说家之一，其短篇小说荣获过欧·亨利故事奖（O'Henry Prize Stories，1993），并入选1992年度美国最佳短篇故事（Best American Short Stories）。在文学创作之余，约翰逊还在漫画、哲学研究以及文学评论方面颇有建树，他的《存在与种族：20世纪70年代以来的黑人文学》（*Being and Race*：*Black Writing Since* 1970，1988）和《转法轮：佛教与文学》（*Turning the Wheel*：*Essays on Buddhism and Writing*，2003）已经分别成为黑人文学和佛教文学研究领域的重要著作。他最晚近的两部著作分别是《驯牛：佛教故事以及关于政治、种族、文化和精神实践的反思》（*Taming the Ox*：*Buddhist Stories and Reflections on Politics*，*Race*，*Culture*，*and Spiritual Practice*，2014）和《查尔斯·约翰逊的语言和智慧》（*The Words & Wisdom of Charles Johnson*，2015），均收录了他在近十多年来发表的一些短篇小说和杂文，内容广泛涉及东方宗教文化和美国种族问题等话题，是研究约翰逊的小说必不可少的材料。另外自20世纪90年代以来，约翰逊还越来越多地参与社会公共事务，成为与理查德·罗蒂、查尔斯·伯恩斯坦以及玛莎·纳斯鲍姆等人齐名的公共知识分子（Selzer 158）。

根据约翰逊在其自传以及多次访谈中的表述，我们可以归纳出对他的创作生涯有重大影响的以下四个方面因素：一是青少年时期在家乡芝加哥埃文斯顿区（Evanston）经历的相对融洽的种族环境，以及亲人们为他树立的积极正面的榜样。这让他理解了黑人生活的多样性和复杂性，也看到了一贯以种族冲突为主题的传统黑人文学的局限性。二是在大学期间学习哲学专业的经历，让他对东西方几千年的哲学传统有了较为全面深刻的认识，其中佛教和现象学的影响尤为重要，以至于决定性地塑造了他的人生观和世界观，也为他后来向东方宗教思想的跨越搭建了桥梁。三是他从中学开始以学习武术为契机与东方宗教文化结缘的过程。印度教、佛教和道教都给他带来很大的思想启发，也为他的小说涂上一层浓郁的东方宗教神韵。四是大学期间与著名作家约翰·加德纳（John Gardner）建立起来的亦师亦友的深厚情谊。无论是在文学创作原则、作家的社会使命以及艺术的道德责任等宏观方面，还是在遣词造句、人物塑造、情节设计和结构形式等微观方面，约翰逊都从加德纳那里继承了很多东西。对于上述第二、第三和第四等方面，我们将放在下文第一章中详细论述。本节重点介绍第一个方面，即青少年时期的成长环境对约翰逊的影响。

1948 年 4 月 23 日，约翰逊出生在芝加哥以北十多英里的埃文斯顿区的一个普通黑人家庭。父亲本尼·约翰逊（Benny Johnson）于 20 世纪 40 年代从美国南卡罗来纳州来到芝加哥，投奔当时正在埃文斯顿开办一家建筑公司的大哥威廉·约翰逊（William Johnson）。根据约翰逊在自传中的讲述，他的这位伯父堪称他们整个家族的模范。他不但把自己的建筑公司经营得非常成功，而且还竭尽所能地帮亲人们改善生活和教育条件，使他们得以从种族压迫严重的南方来到相对宽松的北方地区。此外他还非常热心公益事业，为埃文斯顿的居民们捐资修建教堂、医院和学校等。约翰逊非常敬仰自己的伯父，后者对家庭和社会的强烈责任心给他留下了深刻影响。约翰逊后来在小说《梦想家》中描写的人物罗伯特·杰克逊（Robert Jackson）就是以这位伯父为原型创作出来的。

约翰逊的父母对他也有积极影响。据其描述，他的父亲本尼是一位“有很强的自尊心和责任感，但又有点腼腆的人。他起居有常，喜欢去教堂做礼拜，并用自己的劳动付出的质量和多少来衡量自己的价值”（Byrd, *I Call Myself an Artist*3）。[①] 虽然生活艰辛，但本尼从来不怨天尤人，而是用勤劳的汗水为家人创造更好的生活。这种自我奉献

① 拜尔德（R. Byrd）主编的《我称自己为艺术家：查尔斯·约翰逊文选及其他》（*I Call Myself an Artist: Writings by and about Charles Johnson*, 1999）收录了大量约翰逊的自传、论文、信札和书评等；麦克威廉斯（Tim McWilliams）主编的《穿越三重门：约翰逊访谈录》（*Passing the Three Gates: Interviews with Charles Johnson*, 2004）汇集了大量有关约翰逊的访谈。本书中有很多引文皆出自这两部文集。为了节约篇幅，简化注释，下文凡涉及这两部文集的引文，均只标注编者姓名，不单独列出文集内具体文章作者或访谈人姓名。

精神让约翰逊非常难忘，他说："我的父亲对我影响很大……他教会了我怎样工作。"（McWilliams，*Passing the Three Gates* 156）虽然约翰逊是家里唯一的孩子，但父亲在他很小的时候便要求他学会独立打工赚钱以贴补家用，这让他继承了父亲勤劳朴实的性格。

约翰逊的母亲露比·约翰逊（Ruby Johnson）在12岁时便随父母从佐治亚州来到埃文斯顿。她虽然没有受过太多正规教育，却有一颗艺术家的心灵，对各种艺术活动很感兴趣，尤其喜欢阅读小说。她的理想一直是成为一名小学教师，但因身患哮喘病而未能通过教师资格考试。不过对后来出生的约翰逊来说，这倒是一件好事。露比把全部的热情和精力都投入到对儿子的教育上，母子两人一起读书交流。家里总是摆满了母亲的各种藏书，它们成了约翰逊小时候最好的精神陪伴，让其受益终生。露比还在约翰逊12岁时开始要求他写日记，这个习惯的养成对约翰逊后来成为一名作家起到很大促进作用。

可以说，约翰逊身边的大多数亲人都给他树立了很积极正面的人格形象。在他们身上，约翰逊看到了坚强、勤奋、包容、奉献以及乐观向上的奋斗精神。这与传统黑人文学中塑造的那些要么逆来顺受、含冤受屈，要么对社会充满仇视和怨恨、只想着复仇却不愿意付出的黑人形象有着巨大反差。约翰逊对自己的成长环境非常满意。虽然生活并不富裕，但亲人之间互助互爱、和睦相处，使人们忘记了贫困。他后来回忆说："我没有成长在一个到处都是受害者的环境里。我也不认为自己是一个受害者。""我不认为黑人在我所生活的世界里是无助的。"（McWilliams，*Passing the Three Gates* 90，91）

值得强调的是，约翰逊一家所在的埃文斯顿区是芝加哥有名的富人区，也是美国当时较早推行种族融合政策的地区之一。在这里，种族矛盾虽未完全消除，但至少比南方地区缓和多了，也没有像理查德·赖特（Richard Wright）在《土生子》中所描述的芝加哥黑人聚集区那样恐怖。相反，这里的人们乐观、友善、勤劳。全美国最好的中学之一——埃文斯顿中学——就位于这里，并且接纳黑人学生，约翰逊就是在这里完成的中学教育。

总之，约翰逊的青少年时期是在一个相对和谐、融洽的种族环境中度过的，较少感受到种族主义的困扰。他说："20 世纪 50 年代的埃文斯顿就是这样一个地方。毫无疑问，我在这里有被爱感和归属感。"（Byrd，*I Call Myself an Artist* 6）这样的经历让约翰逊从小就对黑人的未来充满信心。他相信，黑人可以把握自己的命运。只要他们能从种族奴役的苦难记忆中走出来，不要总是因遭受歧视而怨天尤人、自暴自弃，或者让内心的仇恨之火毁灭自己对生活的希望。只要黑人愿意付出，勇于承担起对社会和家人的责任，那么黑人一定可以拥有美好的未来。这一信念对约翰逊后来的文学创作有着决定性的影响。熟悉美国文学中的经典黑人形象的读者都知道，黑人通常都是被脸谱化了的人物，最常见的就是无助的受害人或愤怒的复仇者形象，但这样的描写让约翰逊非常不满。他自己的成长经历告诉他，真实生活中的黑人并非局限于此，他们中也不乏积极乐观的一面，用屈辱、迫害和反抗等少数关键词并不能把黑人生活囊括殆尽，它远比囿于种族主义视角的作家们所设想的要丰富和复杂得多。而约翰逊在他的作品中也正是要去发掘黑人生活中这些不为人知的方面。

第二节　国内外研究状况

一　国外研究综述

虽然早在 1974 年约翰逊就凭借处女作《菲丝与好东西》一举成名，而且随后包括《牧牛传说》在内的几部长、短篇小说（集）也屡获奖项，但在整个 20 世纪 80 年代之前，评论界对他的关注都非常少。甚至直到他获得国家图书奖之后的 20 世纪 90 年代初期，这种情况依然未有改观。有关评论界对约翰逊的这种选择性忽视的原因，我们将在下文再做介绍。从 20 世纪 90 年代后半程开始，在多种文学内部和外部因素的影响下，约翰逊逐渐成为批评家关注的焦点。以美国非裔文学研究主阵地《非裔美国评论》（*African American Review*）在其 1996

年的冬季号上发表约翰逊研究专刊为起点，美国现代语言协会也在同一年出版约翰逊研究特刊，国际哲学与文学协会还在2000年和2001年连续两年出版约翰逊研究特刊。“查尔斯·约翰逊研究会”也在美国文学协会2003年年会上成立。在过去的大约20年间，国外约翰逊研究界快速涌现出大量重要成果，其中包括10余部研究专著、4部专题论文集、2部传记研究，各种杂志、报纸和电台访谈约300篇（次）以及期刊文章百余篇。综观国外约翰逊研究状况，我们可以从中梳理出如下几个主要的研究维度：

第一，黑人哲理小说研究

二十世纪非裔美国文学与哲学的紧密联系是一个非常引人关注的现象，很多最有代表性的黑人作家都喜欢在小说中融入深刻的哲学思考。从基恩·图默（Jean Toomer）、理查德·赖特、拉尔夫·埃利森（Ralph Ellison）、再到托妮·莫里森（Toni Morrison）和爱丽丝·沃克（Alice Walker）等人，他/她们作品中的哲理化倾向经常受人关注。鲁道夫·拜尔德（Rudolph Byrd）总结后认为：“运用复杂的哲学体系——比如柏拉图主义、东方哲学、大陆哲学、基督教哲学和精神分析理论等——来创建一个有条理的小说世界，这看上去……像是非裔美国文学特有的传统。”（Byrd，“Oxherding Tale” 557）约翰逊显然也继承了这一传统，并且比其他黑人作家进一步拓展了黑人哲理小说范畴的广度和深度。在一次接受访谈时，约翰逊如此表达了他的创作理想：“我自打20世纪70年代开始写小说之日起，就有一个明确且坚定的目标，就是拓展所谓的黑人哲理小说的范畴，把我作为一个哲学专业学生始终在努力思考的伦理、本体论和认识论方面的问题纳入进来，不管是西方还是东方的。”（Boccia 612）这句话也成为打开约翰逊小说世界的第一把钥匙。

由于约翰逊作品的明显哲理化倾向，“评价约翰逊作为一名作家的地位的主要策略之一就是去描述他对不同哲学传统的娴熟运用”（Whalen-Bridge 247）。拜尔德的《书写美国羊皮卷：查尔斯·约翰逊小说研究》（*Charles Johnson's Novels: Writing the American Palimpsest*, 2005）是这方面较有代表性的成果。他发现：“吸引约翰逊的各种问题都源自他对不同哲学传统的研究运用，它们为他小说中的黑人世界搭建了一个拓展平台。”（8）比如在《菲丝与好东西》中，约翰逊就受到柏拉图在《理想国》中所讨论的善的理念的启发，在借鉴后者的诸多象征和隐喻的基础上，进一步探讨了人生究竟应追求什么样的“好东西”的问题。在《牧牛传说》中，约翰逊则转向了东方哲学传统，以禅宗和道家思想为依托，他思考了自由和欲望的关系。《中间航道》依然是对自由问题的关注，但更多受到欧陆哲学尤其是黑格尔精神现象学的影响。在约翰逊最晚近的长篇小说《梦想家》中，拜尔德更多发现了怀特海过程哲学和《圣经》寓言的影子。在对约翰逊的主要作品进行认真分析后，拜尔德指出：“约翰逊在每一部小说中都推进和发展了他所谓的‘黑人哲理小说’的远大艺术规划，并由此丰富和扩展了美国小说的广阔传统。”（9）

由马克·康纳（Marc C. Conner）和威廉·纳什（William R. Nash）合编的论文集《查尔斯·约翰逊：作为哲学家的小说家》（*Charles Johnson: The Novelist as Philosopher*, 2007）是从哲学维度研究约翰逊小说的又一力作。该文集在研究方法上基本延续了拜尔德的做法，即把约翰逊看成是一位受到众多哲学传统影响的作家，包括欧洲现象学、美国实用主义、佛教哲学、存在主义以及基督教哲学等，认为约翰逊小说中涉及的那些命题通常更受哲学家所偏好。两位编者在“导言”部分肯定了约翰逊的做法，即“运用最宽泛意义上的哲学去理解和处理人类所面对的深刻社会问题和精神挑战”（xx），因此，我们要想充分理解约翰逊小说中的美学和文化内涵，就“必须考虑约翰逊所接受的那些具体的哲学文本和传统，并且综合运用东西方的哲学研究传统”（xx）。

琳达·塞尔泽（Linda F. Selzer）的《语境中的查尔斯·约翰逊》（*Charles Johnson in Context*, 2009）是一部非常值得关注的研究专著。与前人更关注约翰逊作品中的哲学内涵不同，塞尔泽更强调约翰逊的小说创作与他所处的社会语境之间的互动关系。塞尔泽在对约翰逊不同阶段的作品和社会背景进行深入交叉分析后认为，约翰逊作为一名哲学专业学生在20世纪60年代至70年代的学习经历引起了他对种族经验和种族身份等问题进行哲学思考的兴趣，表现在他的处女作《菲丝与好东西》中。到了 20 世纪 80 年代，随着禅宗热潮在美国兴起，约翰逊又从佛教视角重新审视了后奴隶制时代的黑人解放问题，《牧牛传说》成为这一时期的代表作。从 20 世纪 80 年代末以来，约翰逊又越来越关注知识分子在社会公共事务中的作用，开始尝试化解知识分子在个人层面上的形而上探索与其应该担负的社会使命之间的矛盾，《中间航道》和《梦想家》是这方面的典范。

几乎所有从哲学角度研究约翰逊小说的人都注意到了约翰逊的“黑人哲理小说”（philosophical black fiction）与传统黑人文学之间的差异。一提到黑人文学，很多人立刻想到种族问题、奴隶制、血腥的压迫与反抗，如此等等。但约翰逊认为这实际上是一种非常狭隘的视角，它把黑人原本丰富的生活经验模式化、本质化了。这种思维模式在“二战”之后的黑人抗议小说（protest novel）中表现得尤为突出。他在《哲学与黑人小说》《完整视野：新黑人小说札记》以及《小说与哲学相遇之处》等重要文章中细致阐述了他所理解的“黑人哲理小说”范畴，并在专著《存在与种族》中梳理了 20 世纪 70 年代以来的黑人文学的特点、成就和不足。他认为，当代黑人文学的最大缺点就是把文学过多绑定在了种族政治主题上，从而限制了文学对更多超越种族主义的问题的关注。黑人没有被当作普通的“人”来看待，而只是被当成了带有特殊标记的“黑人”。他大胆表达了他对除埃利森之外的大多数当代黑人作家的不满，认为他们“只创作了很少的‘好作品’，能够流芳百世的更是少得可怜”（Johnson, *Being and Race* 120）。即便是备受追捧的莫里森和沃克等人，在他看来也“时常摇摆在狭隘的性别观念边缘，缺乏那些能够超越抗议政治议题的小说所应有的平衡感”（Johnson, *Being and Race* 120）。与之相反，他所主张的黑人哲理小说“首先并且主要是一种思维方式、一种诠释过程，它是一种试图悬浮和搁置一切与非裔美国人的生活相关的假定并把它们放入括号（保留怀疑意见）的一种小说。”（Byrd, *Charles Johnson's Novels* 13）在他看来，黑人问题更是普遍的人的问题，我们关注黑人遭受的歧视、压迫和奴役，更是为了探索全人类的彻底解放、自由和正义的问题。

与传统黑人文学不同，约翰逊在作品中创造了众多极具颠覆性的黑人形象，他们往往既不是受压迫的无助羔羊，也不是充满暴力与仇恨的反抗英雄；他们既没有受过让人发指的非人奴役，也做不出惊天动地的大事件，甚至说不清楚自己究竟是黑人还是白人，是主人还是奴隶，如此等等。

由于约翰逊对传统黑人文学的这种反叛，他的作品在很长时间内都没有得到评论界尤其是黑人评论家的认可。尽管他在普通读者那里赢得了不错的口碑，多次登上各种畅销书榜单，但是习惯了传统风格的批评家们还是谴责他是黑人文学的叛徒，认为他在向白人文学传统屈服和妥协。比如理查德·哈代克（Richard Hardack，1999）就批评他和超验主义者爱默生一样，只喜欢对包括种族压迫在内的现实生活中的各种不幸做形而上的思索，却对造成不幸的种族歧视和社会制度提不出任何具体有力的批评。然而近些年来，评论家们大多转变了这种看法，开始积极肯定约翰逊的黑人哲理小说的成就。其中拜尔德的意见较有代表性，他认为，约翰逊的一方面根植于非裔美国文化土壤，同时又广泛吸取东西方不同文化传统的思想智慧，“他在其小说中创作了许多全新的人物形象和情景，不但推进了美国小说的发展演化，还推动我们穿越种族问题的迷障，为我们揭明种族就是一个假象”（196）。另外塞尔泽也表扬约翰逊“一方面极具原创性地综合了文学、哲学与佛教，同时又有力地参与和推动了美国知识和文化生活，并且还为我们指明了更远大的方向”（254）。

第二，东方宗教思想研究

除了富有哲理性，约翰逊的小说创作还有一个重要特点，那就是他深受东方宗教尤其是禅宗佛教和道家思想的影响。自“二战”以来，在日本禅学大师铃木大拙和越南禅师释一行等人的推动下，禅宗思想在美国得以快速传播，并在20世纪60年代掀起一股强大的禅学热潮，吸引了包括艾伦·金斯堡、杰克·凯鲁亚克、加里·斯奈德和查尔斯·约翰逊这样的美国文化名流成为佛教信徒。约翰逊精通佛教典籍，尤其推崇六祖慧能的《坛经》，经常把后者宣扬的“无念为宗”“见性成佛”和“自性真空”等禅宗理念融入自己的文学创作之中。

从某种层面上来说，约翰逊小说中的很多主人公都经历过从本性迷失到逐渐开悟的禅修历程。除此之外，中国的道家思想也让约翰逊非常着迷。“无欲”“无为”和“无己”等老庄思想也时常渗透进他的小说世界。这些东方传统宗教和文化之所以对约翰逊有这么大的吸引力，主要是因为它们传达出一种不同于西方的伦理观和价值观，为我们实现对日常现实生活的超越指出了不一样的途径，并对那些在西方思想中占据主导地位的二元对立思维和白人种族主义意识形态构成质疑。因此，从禅宗和道家思想入手来解读约翰逊小说也就成为一个非常重要的研究维度。

事实上，最初引起评论家兴趣的也正是约翰逊作品中的宗教内涵。威廉·格里森（William Gleason）较早分析了《牧牛传说》与中国宋代高僧廓庵师远所绘的《十牛图》之间在结构和主题上的对应关系。在《十牛图》中，牧童象征着未能摆脱各种束缚的自我，牛象征自由的本性，寻牛象征着寻找本真的自我或自由的过程。小说主人公安德鲁·霍金斯对自由和身份的追寻也正是《十牛图》中所描绘的故事在非裔美国文化背景下上演的翻版。在对两者进行细致的比较后，格里森认为：“《牧牛传说》有意识地对非裔美国传统和禅宗思想进行了后现代的跨文化融合，进而试图打开佛教徒所谓的‘天眼’，或者实现约翰逊所理解的严肃小说的最终目的，即感官的解放。”（Gleason 705）理查德·柯林斯（Richard Collins）同样分析了《十牛图》对《牧牛传说》的影响，认为约翰逊的这部小说以隐喻的方式证明：我们只有经历逐步的精神改造，就像《十牛图》中所描绘的步骤那样，才能达到最终开悟，彻底摆脱二元对立或本质主义的思维习惯（72—75）。

前文提到的拜尔德则特别关注了道家思想对《牧牛传说》的影响。他指出，虽然佛教《十牛图》对这部小说的影响毋庸置疑，但“以《庄子》为代表的道家思想同样支撑并推动着小说故事从奴隶到自由、从无知到智慧的发展轨迹”，并且认为“道家思想为约翰逊提供了一个思想平台，可以让他在奴隶制的框架内检验、质疑并且最终重新界定有关反抗和自由的概念”（Byrd, *Charles Johnson's Novels* 71）。

在小说中的重要人物睿伯身上，拜尔德发现了道家推崇的“大道不称”和“无欲则刚”等精神境界的完美体现，认为“他正是那位将指引霍金斯摆脱奴役走向自由，并且走向最深层意义上的‘大道’的人”（72）。

乔纳桑·利特尔（Jonathan Little）的《查尔斯·约翰逊的精神想象》（*Charles Johnson's Spiritual Imagination*，1997）是第一部以约翰逊为研究对象的学术专著，并且也重点关注了约翰逊作品中的宗教内涵。利特尔认为：“（约翰逊的作品）促使作家们超越各自有限的视角，拥抱尽可能多的不同视角，以避开在种族和地域上的偏狭见识，促进不同种族间的相互理解，甚至是跨越文化樊篱的共同情感。”（3）从佛家思想来看，世界上的一切物质和精神现象都是虚假的，它们都不过是由意识制造出来的幻象。这其中也包括过去被人们认为无法克服的种族差异。不管是白人还是黑人，倘若执着于对彼此妄加区别的偏见，执着于对黑人和白人各自属性的本质主义的界定，他们就永远不可能真正消除痛苦的根源，无法获得彻底的自由和觉悟。在利特尔看来，禅宗所倡导的“不二法门”和“去分别智”——即超越有/无、善/恶、是/非、主/客等二元对立思维，获得平等看待一切事物的大智慧——深刻影响了约翰逊对黑/白种族关系的理解，导致他不遗余力地倡导种族融合论。

盖里·斯托霍夫（Gary Storhoff）的《理解查尔斯·约翰逊》（*Understanding Charles Johnson*，2004）称得上是一部从东方宗教视角研究约翰逊小说的集大成之作。斯托霍夫积极肯定了约翰逊对佛教思想的阐发，认为“约翰逊对佛教思想的运用并非是还原式的，在他的文本与佛教原典之间并不存在严格对应关系。事实上，约翰逊明确回避说教式的和还原式的文学表达，而是让自己的作品富有幽默感”（7）。在他看来，约翰逊的创作意图与佛教想要带给信徒的那种精神改造或悟性的提升很接近，“‘佛’是一种尊称，意为‘觉悟的人’，而约翰逊的目的就是要唤醒读者。其作品的基础即是佛教对普遍的、无处不在的、无休止的、彻底的人生不幸福状态的认识”（16—17）。对佛教徒来说，我们所感知的世界完全是假象，所谓“色即是空”，而一切不幸和痛苦的根源也恰在于人们总是“以假当真”。这也意味着人们可以通过改变自己对世界的“看法”来改变自己的不幸福状态，达到佛教所谓的“涅槃境界”。斯托霍夫认为约翰逊的全部作品就是要唤起读者的这种思想转变。换句话说，我们需要改变的不是客观世界，而是主观认识。需要指出的是，斯托霍夫并不认为约翰逊的这种想法在政治上是消极的，而是号召我们“在一个更包容的宗教语境下理解约翰逊的积极主张”（22）。

很多研究者在关注约翰逊小说的佛教主题时，也留意到了其中日渐被强化的社会政治维度。比如威廉·纳什（William Nash）在专著《查尔斯·约翰逊小说研究》（*Charles Johnson's Fiction*，2003）中认为，约翰逊的后两部小说，即《中间航道》和《梦想家》，标志着作者正从佛教意义上的个人精神修行和解脱转向“行动主义”（191），并且开始“肯定他所谓的黑人哲理小说在社会和知识上的使命”（191）。纳什通过认真的文本细读后发现，尽管约翰逊在早期相信佛教意义上的“开悟”可以帮助人们（尤其是黑人）摆脱现实生活中的奴役和不幸，但他在后期作品中却越来越怀疑这种可能性，而是更强调实际社会行动在改造生活方面的作用。他选择美国历史上最有影响的民权运动领袖马丁·路德·金作为《梦想家》的主人公，这本身就足以说明他的这种思想转变。或许约翰逊已经认识到，仅仅换一种对世界的看法还不够，我们还需要用行动改造世界。不过纳什的观点遭到了利特尔的反驳，后者并不认为后期的约翰逊在其佛教立场上有什么动摇，相反，“约翰逊对佛教的信念看上去与日俱增”（Little, *Charles Johnson's Fiction* 745）。《中间航道》和《梦想家》中的佛教思想非但没有削弱，反倒被强化了，约翰逊只是更深刻地意识到了美国种族关系的复杂性，并试图以更可行的方式探讨佛教在化解种族问题上的作用。

第三，后现代主义研究及其他

约翰逊的小说创作深受其启蒙恩师约翰·加德纳（John Gardner）的影响，而后者对后现代文学始终持批评意见，认为它们“沉溺于时髦的绝望、熵、失败主义、廉价的炫技以及玩世不恭的人生观之中”

（转引自 Byrd，*I Call Myself an Artist* 127）。这种观点自然也影响到约翰逊对先锋实验文学的评价。他说："随着年龄长大，我发现自己越来越对文学炫技不感冒了，而是愈加欣赏充满精神力量的讲故事方式以及传统的阅读方式。"（Byrd，*I Call Myself an Artist* 133）然而，要在后现代文学如日中天的时刻进行文学创作而又丝毫不受其影响是很困难的。近些年来，约翰逊小说中的后现代特征也得到越来越多的承认和发掘。格里森认为"约翰逊在实践上（如果说不是在理论上）是一位自觉的后现代作家"，至少他的《牧牛传说》可以被确切地视为"一部后现代小说"（707），它在许多方面都具有典型的后现代文本特征，比如文类混杂、互文性、错时叙述、无处不在的反讽、戏仿和意义含混等。桑奈特·雷特曼（Sonnet Retman）也认为约翰逊在《牧牛传说》中解构了一切二元对立结构，同时又戏仿和重构了不同的文学形式，不断让读者注意到存在于一切有关种族、性别、身份和自由等的历史和哲学叙述的内在矛盾，从而"借用一则东方寓言实现了对经典美国奴隶叙述的后现代颠覆"（418）。

除《牧牛传说》以外，《中间航道》也是很多评论者眼中的标准后现代文本。芭芭拉·塞登（Barbara Thaden）认为："这部小说最显著的特征之一就是……它是琳达·哈琴所谓的'历史书写元小说'的一个重要实例。"（753）完全符合哈琴对这一类后现代小说的界定，即"它们既有强烈的自我反指性，又悖谬地宣称与历史人物和事件相关"（Hutcheon 5）。"它不仅是彻底的自我关照的艺术，而且还根植于历史的、社会的和政治的现实之中。"（哈切恩 29）它一方面拥有历史小说的题材，选取真实的历史事件作为叙述背景，像是在讲述那段真实的贩奴贸易史，另一方面又以各种方式有意把历史破坏得面目全非，从后现代元小说的角度来思考小说与历史之间在本体论和认识论上的关系，同时又将它们问题化和政治化。塞登认为："约翰逊要求读者重新看待关于美国奴隶制和中间航道的叙述历史，不仅去质疑它们的视角，而且质疑这些叙述对今天的我们有何意义，或者它们应该有什么意义。"（754）塞登重点分析了《中间航道》对经典奴隶叙述的戏仿和颠覆，并且为之辩护。很多评论家认为约翰逊非但没有谴责白人奴隶贩子的罪行，反倒以那段不堪回首的历史开玩笑，这是在亵渎黑人历史。然而塞登却认为约翰逊并非简单地玩弄历史，而只是在强调我们对那段历史上的理解应该更好地服务于我们当下的生活。如果对历史的记忆成为让今天的生活陷入痛苦的负荷，那么我们有必要重新解读那段历史。换句话说，约翰逊关心的不是去还原那段历史，而是如何重构那段历史记忆，以便服务于当下。马克·斯登伯格（Marc Steirberg）同样分析了《中间航道》中的后现代主题和手法，认为约翰逊通过对经典奴隶叙述的彻底改写，“让我们重新思考与身份、历史和历史的准确性有关的一切既定观念”（375）。

约翰逊的短篇小说集《招魂人及其他故事》被很多批评家们视为一部失败的作品，认为它的故事结构短促、充满说教性，而且商业气息太浓厚等。但史蒂芬·卢卡斯（Stephen Lucasi）却认为它是一部成功的后现代作品，“约翰逊事实上在《招魂人》中开创了一种后现代主义形式的传记写作模式。这部故事集非但不拒绝、反倒欢迎在美国历史和历史书写中掺入一种复杂的谬误成分”（289）。约翰逊既运用了大量真实的历史人物和事件，比如美国国父华盛顿和杰弗逊、美国独立战争、1739年的史陶诺动乱等，同时还经常刻意采用新闻报道和文献记录等体裁以增强故事的真实性，但无处不在的后现代戏仿手法又暴露出故事的虚构性。卢卡斯认为：“《招魂人》同时把人物传记在形式和意识形态上的意图置于虚构作品的中心，并质疑这些知识的文本依据和历史效果。”（306）

近年来，除了在黑人哲理小说研究、东方宗教思想研究和后现代主义研究三个方面取得丰硕成果之外，国外约翰逊研究还不断开拓新的研究视角。其中拜尔德和提姆·麦克威廉斯（Tim McWilliams）的传记资料研究值得一提。前者主编的《我称自己为艺术家：查尔斯·约翰逊文选及其他》（*I Call Myself an Artist*: *Writings by and about Charles Johnson*, 1999）收录了约翰逊的自传、论文、信札和书评等，后者主编的《穿越三重门：约翰逊访谈录》（*Passing the Three Gates*: *Interviews with Charles Johnson*, 2004）则汇聚了约翰逊接受过的各种访谈中的精华。两者均为开展约翰逊研究搜集了大量珍贵的文献资料。另外女性主义、后殖民主义、神话批评、印度宗教等视角也被纷纷引入约翰逊研究，只不过到目前为止取得的成果仍略显分散和单薄，在此不做介绍。

二　国内研究综述

到目前为止，国内学界已有不少与约翰逊相关的研究成果出现。戴欢的《迈向“无需战败他者的胜利”——查尔斯·约翰逊小说〈中途〉解析》（2011）是第一篇以约翰逊为研究对象的学位论文，另外他发表的论文《中间性及其超越——查尔斯·约翰逊小说〈中途〉主人公的身份转化》（2011）和刘捷的论文《查尔斯·约翰逊的〈中途〉》（2001）均对约翰逊的这部获奖小说做了初步分析。马希武在《美国作家查尔斯·约翰逊评介》（2010）一文中概括介绍了约翰逊的生平与创作。

或许是受国外学者影响，国内学者的研究比较喜欢运用后现代视角。比如何新敏在论文《“间质空间”阈限下的身份认同问题》（2014）中运用霍米·巴巴的后殖民理论解读了《中间航道》中的身份认同的问题。另外他在文章《诗性的历史叙述——〈中途〉的后现代历史叙事解读》（2015）中还从后现代历史书写元小说的角度解读了《中途》，认为它用虚实结合的后现代历史叙事策略，表现了作家对社会现实问题的关注和对美国黑人未来的思考。吕万英等人在《基于历史编撰元小说视角的〈中途〉叙事策略研究》（2015）一文中也做出了类似研究。

此外，庞好农的《唯我论的表征与内核：评约翰逊的〈中间航道〉》（2015）以叔本华的主观唯心论为参照，分析了小说中的权力意志论对人性和社会基本伦理的扭曲。史永红在《〈中途〉的心理创伤与救赎之道》（2015）一文中，结合精神分析和文化分析的方法，探讨鲁特福德所遭受的心理创伤，揭示产生创伤的社会历史根源和救赎之道。在作品译介方面，史永红翻译了约翰逊的短篇小说《追捕黑人者》(2012)。[1]

不难发现，约翰逊小说研究在国内尚处于初级阶段，仍存在一些明显的不足：首先，研究内容有待拓展。目前国内研究者几乎全部仅关注约翰逊的最著名作品《中间航道》，对他的《牧牛传说》等重要作品鲜有提及，而约翰逊本人多次强调后者才最能代表他的艺术理想和成就。其次，研究缺乏系统性。至今尚没有人系统的关注约翰逊的小说观，特别是东方宗教文化如何系统地影响了他的黑人哲理小说创作。再次，研究视角也亟待拓展。大部分研究者仍然把关注重点放在种族问题上，而对约翰逊小说中的东方文化元素则没有足够重视。

三　当前国外约翰逊研究中仍存在的不足

从20世纪80年代的寂寂无闻到20世纪90年代以来的炙手可热，约翰逊在评论界的命运经历了翻天覆地的变化。引起这种转变的因素有很多，但最主要的还是变化了的社会语境。在20世纪80年代以前，黑人民权运动的余波尚未褪去，黑人民族主义仍旧是影响当时黑人文学创作和批评的主导思想。是否对白人种族主义提出了明确批评几乎成为衡量黑人文学价值的唯一标准。在这种语境下，约翰逊的小说创作显得非常另类，自然很难得到批评界认可。被他寄予厚望的《牧牛传说》一开始竟然被多家出版社拒稿，好不容易在1982年出版后又恰巧和同年问世的沃克的《紫色》以及格洛莉亚·内勒（Gloria Naylor）的《布鲁斯特街的女人》（*The Women of Brewster Place*）发生撞车，后两部作品立即成为批评界的宠儿，且先后荣获普利策奖和国家图书奖，《牧牛传说》却遭人冷落。然而时过境迁，随着美国种族矛盾的不断缓解，那种一味偏好揭种族主义伤疤的文学类型逐渐让读者失去兴趣，因为对很多20世纪80年代后出生的美国黑人中产阶级来说，对那段悲惨历史的记忆非常模糊，甚至像是不真实的传说一样。在这种情况

① 笔者发表的前期成果均不在本文的国内研究现状描述范围之内。另外笔者还在约翰逊的授权下翻译了他的短篇小说《明戈的教育》和《武馆》，以及论文《哲学与黑人小说》和《完整视野：新黑人小说札记》，参见本书附录一至附录四。

下，以约翰逊小说为代表的后现代新奴隶叙述开始受到青睐。相比于传统奴隶叙述更多地把目光投向痛苦的过去，这种新奴隶叙述更关注当下生活，它不希望在读者心中继续激起对白人的仇恨或对黑人悲惨命运的哀怜，而是更希望重塑我们对历史的记忆和理解，以便有助于构筑新形势下不同文化和种族之间相互友爱的群体。恰如约翰逊所说："我们应该怎样生活？这个前苏格拉底时代的古老命题占据着我从青年到成年时期的想象和求知的兴趣中心。"（Johnson，*Turning the Wheel* xvi）可能这也正是让批评界对约翰逊的研究持续升温的主要原因。

综观近二十年国外约翰逊研究状况，可以说已取得累累硕果。但同时也存在一些不足，主要表现在以下几个方面：

首先是伦理批评视角的缺失。约翰逊关注伦理问题，包括人在现实生活中的伦理责任、伦理身份以及文学应当对社会承担的伦理功能等。他在青年时期参加了加德纳开设的文学创作班，而且在后者的亲自指导下完成了自己的成名作《菲丝与好东西》。两人还是彼此最亲密的忘年交，在很多方面都志同道合。约翰逊始终都把加德纳奉为自己的启蒙恩师，对后者的"道德小说观"非常认同，并多次通过访谈或撰文表达对加德纳的敬意和感激。他称赞道："加德纳就是我们的领路人，帮我们清理掉由那些缺乏信仰的作家和批评家们埋下的地雷，引领我们走向传统的伦理关切和艺术创作交汇的地方。"（Byrd，*I Call Myself an Artist* 134）受加德纳影响，约翰逊始终把文学创作视为一种高尚的社会使命，认为作家必须凭良心来写作。他说："在这个盛行媒体炒作的时代，艺术家的任务就是去重新认识到，只有在哲学和道德上的目标才值得追求，即便要冒着让读者不喜欢的风险。"（转引自 Gleason 706）可以说，约翰逊的每一部小说都是对人生、社会和家庭伦理问题的关注，伦理批评自然应该成为一个当仁不让的重要研究维度。

其次，东方宗教研究视角有待进一步深化和细化。自 20 世纪 60 年代以来，佛教在美国黑人群体中影响日盛，对黑人文化和价值观产生重大影响。随着文化全球化时代的到来，不同文化和宗教信仰之间的交流和影响正成为广受关注的研究热点。而约翰逊正是这样一个研究标本，通过他的作品，我们可以逐步探讨东方传统思想如何在非裔美国文化土壤上生根发芽、开花结果。但当前国外相关研究者对佛教的理解过多依赖于铃木大拙的阐释，很少了解未经铃木先生“过滤”的禅宗本义，这就导致他们对约翰逊作品中的禅宗内涵的发掘只能是雾里看花。更重要的是，由于他们只能从铃木大拙等少数人那里了解佛教，他们对佛教的理解便被本质化了，没有注意到佛教也包含不同派别，彼此在教义上存在不少差别，不能笼统地说佛教如何如何。个别西方研究者也已认识到这一点，比如威伦-布里奇（Whalen-Bridge）就曾指出：“佛教并非一块铁板状的思想体系。但由于许多西方读者对佛教哲学和宗教实践都不熟悉，要想在一些具体层面上弄清楚总是很困难的。”（252）而这也就为中国学者继续深化研究留下了空间。此外道家思想对约翰逊的影响也未得到足够的关注，目前只是涉及了少量文本细节。既然约翰逊在小说中运用了那么多的《庄子》典故，比如“庖丁解牛”“梓庆削木为鐻”等，我们有必要对此做进一步研究。

最后，约翰逊小说创作中的后现代倾向同样值得我们更多关注。后现代主义在约翰逊这里更主要的表现在小说的内在主题上而非写作技巧上。虽然他的小说初看上去很像是传统现实主义小说，但他对主人/奴隶、白人/黑人、自由/奴役、自我/他人等二元对立结构的质疑和颠覆却实实在在是后现代主义的。虽然目前有不少研究成果都关注了约翰逊作品中的后现代特征，但这些成果的分量仍有限，进行系统研究的学术专著尚未出现。尤为值得一提的是，以后现代主义为视角，有助于破解约翰逊研究中的一个政治困局，即约翰逊的小说到底是政治的还是非政治的？虽然他多次表明对充满政治性的黑人传统文学的反感，但实际上他反对的只是在小说中掺入过量的、狭隘的种族政治内容，更反对把种族政治考量凌驾于哲学的、美学的和伦理的考量之上。他说：“我感觉真正有必要反抗的事物只是人类的无知和愚蠢（其中也包括种族主义）、幻觉与自私，从这个意义上来讲，我不认为我的美学立场与所谓的‘抗议小说’是对立的。”（Ghosh 371）这也为未来的研究提供了启示。

第三节 本书主要研究内容

当前不少研究者对非裔美国文学的理解比较模式化。只要提到黑人文学，很多人立即会想到类型化的种族政治，但笔者希望本书有助于改变这一状况。因此本书的一个研究重点就是，在不忽略约翰逊小说作为黑人文学的特殊性的基础上，尽量凸显其对超越种族问题之上的一般伦理问题的思考，比如何谓真正的自由，如何建立相互友爱的社会群体等。本书的另一研究重点是以东方宗教思想为视角，解读约翰逊小说中的伦理内涵及其实践价值。综观当代非裔美国作家，很少有谁像约翰逊这样受到东方思想的重大影响，同时还能把严肃的道德使命感和渊博的哲学知识融为一体。他的小说既有挑战传统的后现代精神，又有丰富的哲学内涵，同时还在东方智慧的启发下，为建立超越黑人/白人二元对立模式的“友爱群体”做出积极探索。除导论部分之外，本书主要包含以下八个章节：

第一章《哲学、佛教与伦理——约翰逊小说创作的三个维度》，全方位介绍约翰逊的族裔背景、受教育经历、东方宗教渊源以及创作历程等。通过逐步分析来自现象学哲学、东方宗教以及加德纳道德小说观的影响，揭示约翰逊如何创造性地将这三方面因素凝聚成他的“黑人哲理小说”范畴，为进一步分析其作品中的哲学及伦理内涵奠定基础。哲学思考、佛教信仰和伦理关切构成约翰逊小说创作的三个主要维度。系统的哲学教育背景使他轻松跨越了文学与哲学之间的边界，把文学也当成他探索和检验真理的过程。加德纳的“道德小说观”塑造了他的小说伦理学，使他的创作总带有自觉的社会责任意识。而虔诚的佛教信仰深刻影响了他对种族、自由和身份等问题的看法，同时给他的小说涂上了一层东方文化色彩。三个维度上的影响因素复合形成约翰逊在当代美国非裔文学领域独具特色的美学特征。

第二章《〈菲丝与好东西〉中的日常生活伦理观》，以约翰逊的处女作《菲丝与好东西》为分析对象。这部作品表达了作者在此后的文学生涯中持续关注的很多基本主题，其中之一就是人们在日常生活中的伦理责任问题。在约翰逊看来，无论人们想要追求什么目标，都不能以背弃自己在日常生活中的伦理责任为代价。小说女主人公菲丝带着有关“好东西”的疑惑不断追问，先后经历十多位代表不同人生观的人物，并对他们各自信奉的伦理价值进行检验，最终才明白真正的“好东西”不在生活之外，恰在最平凡的日常生活之中。作为约翰逊的文学启蒙老师，加德纳全方位介入到这部小说的创作过程中，目的正是要把它打造成一部“道德小说”的典范之作。通过发掘其哲学与伦理内涵，本文将肯定它是约翰逊将文学、哲学与伦理三方面追求融为一体的首次成功尝试。

第三章《〈牧牛传说〉：东方宗教视野中的自由、身份与伦理问题》，以《牧牛传说》为关注重点，探讨东方宗教思想在种族伦理问题上对约翰逊的启示。作为约翰逊最重要的作品之一，《牧牛传说》的一个突出特点就是对大量佛教思想的运用。为了改变人们对黑人经验的本质化和教条化理解，他以中国禅宗绘画《十牛图》为叙事参照，运用其中蕴含的深刻佛教思想去反思美国的种族问题，由此来拓展人们有关黑人存在、黑人身份以及黑人自我的理解视野。他在小说结尾处从禅宗思想的角度，在黑人期待的彻底自由与伦理责任之间寻找到了平衡点。另一方面，约翰逊对道家思想的运用也是这部小说的另一大亮点，也是整个美国非裔文学中的“新鲜事物”。为了打破传统奴隶叙事对自由的狭隘界定，他在《牧牛传说》中有意借鉴道家尤其是庄子有关绝对精神自由的思想来深化人们对自由的认识。虽然约翰逊运用佛教和道家思想来探寻黑人奴役问题的解决之道的做法有待商榷，但他尝试把东方宗教文化元素运用到美国黑人文学中的开拓性价值值得肯定。

第四章《〈中间航道〉：贩奴贸易、民族创伤及黑人父性缺失问题》，结合创伤批评和伦理批评视角，探讨约翰逊的代表作《中间航道》。长达数百年的贩奴贸易破坏了黑人民族的文化传统，给他们造成深刻的心理创伤和伦理危机，同时还给今天的美国社会带来很多难题，其中黑人父性的缺失尤为严重。查尔斯·约翰逊在他的这部代表作中就关注了这一问题。在他看来，今天的很多黑人就如同小说中的鲁特福德一样，仍然生活在一种难以名状的怨恨与愤怒情绪之中，他们感觉像是被抛弃的无辜孩子，一种深深的无助感像历史的重荷一般压在他们身上，让他们看不到希望和未来。黑人需要重新了解那段过去，通过回溯中间航道这段历程，来化解压抑在无意识深处的创伤情结，才能重新获得爱的能力。毕竟让黑人更好地生活下去的东西不是愤怒和仇恨，而是爱与责任意识。另外本章还将以人本主义心理学家埃里希·弗洛姆有关人的善恶天性的思想为依据，分析在这部小说中出现的“爱生”与“爱死”两种不同的生命伦理，前者体现为船长法尔肯身上的“衰败综合征”，它也是约翰逊对西方文明的批判性隐喻；后者则体现为阿穆瑟里文化中的“成长综合征”，它代表着约翰逊对一切优秀的非西方文明的浪漫想象。

第五章《〈梦想家〉中的种族、政治与伦理问题》，主要发掘《梦想家》中的种族、政治与伦理问题。马丁·路德·金已被今天的美国媒体偶像化、甚至商品化为20世纪60年代的经典符号。人们反复消费他的形象，却忘记了他的价值理想。约翰逊创作《梦想家》的目的正是为了重新发掘金为后人留下的精神遗产。它以金在生命的最后两年所领导的民权运动为故事背景，深刻阐释了金所倡导的圣爱精神和非暴力思想，以及其中蕴含的伦理内涵。金的梦想不只是消除美国的种族歧视，而是去化解所有人之间的误解和仇恨，用最博大无私的爱去建立一个不分种族、性别、阶级、肤色的“友爱社会”。约翰逊通过这部小说表达了他对黑人未来的伦理关切。他真心希望人们能够倾听金的教诲，把他的非暴力原则当作一种基本的生活准则。只要黑人不再因为种族主义的存在而自暴自弃，不让种族仇恨吞噬他们的内心，同时又有勇气和毅力去“好好干”，那么黑人终将赢得生命的尊严和生活的希望。

第六章《〈魔法师的学徒〉：承前启后的创作实验》，分析约翰逊的第一部短篇小说集《魔法师的学徒》。作为约翰逊迄今为止最受关注的一部短篇小说集，《魔法师》在作者的创作历程中主要起一个承前启后的作用。一方面，它锻炼了约翰逊对各种文学体裁的熟练运用，比如民间故事、科幻、寓言、神话等，另一方面，也使他得以对与《牧牛传说》有关的构思进行先期实验，去拓展和尝试一些新的可能。由于在叙事手法和主题上的实验性，这些短篇故事阅读起来往往让人感觉比约翰逊的长篇小说要晦涩得多，趣味性和可读性不强，但它们在其创作生涯中的承上启下的意义却不容置疑。本章将主要分析其中四篇比较有代表性的短篇故事，重点指出它们在主题上对约翰逊后来作品的先导性和实验性意义。如果没有他在《魔法师》中所做的各种创新实验，恐怕很难取得后来的成功。

第七章《〈捉魂人及其他故事集〉："有感情地唤起一个历史时刻"》，研究了约翰逊的另一部短篇小说集《捉魂人及其他故事集》。在他所有已发表的虚构性作品中，《捉魂人》算是比较特别的一部，受到的关注也最少。它的故事性较强，其中 12 个短篇故事全部都以美国历史上的奴隶制度为故事背景，从贩奴贸易一直延伸到南北战争前夕，而且涉及很多真实的历史人物和事件，虽然也有很多虚构成分，但总体来看，还是以现实主义风格为主。与前人研究不同，本章认为《捉魂人》也是一部比较有分量的作品，并且在约翰逊的创作生涯中占有重要地位。它集中体现了作者对美国奴隶制度的反思，并意在揭示那些隐藏在美国重大历史事件背后的趣闻轶事。有了这些知识，人们或许会改变对美国历史的固有认知，进而换一个角度思考当下和未来。虽然这些故事读起来简单有趣，但它们绝非只是为了娱乐休闲目的创作出来的快餐文学，而是同样带有约翰逊一贯的现实伦理关切。

第八章《"艺术是通往他者的桥梁"——约翰逊的小说伦理观》，综合讨论了约翰逊的小说伦理观。约翰逊的作品曾引发不少争议，有人夸赞他在新奴隶叙事方面有力拓展了黑人文学的美学疆界，也有人批评他背叛了黑人民族主义传统。其实对约翰逊来说，文学创作的美学意图与政治愿景其实是统一的，不管我们最终的目标是美好的艺术还是更正义的社会，都是对真善美的同样诉求。真正有道德的道德小说应该致力于引领人们清除隔阂、增加了解，为共同创建一个和谐美好的"友爱社会"准备条件。这既是一种伦理责任，也是一种政治使命，因为它不但要改善人与人之间跨越种族、阶级和肤色的关系，而且希望带来最终的社会改变。作为美国当今最具影响的黑人男作家之一，约翰逊极大拓展了黑人美学的创作题材，深化了其思想内涵，以东方宗教思想为借鉴更给他的小说增添了独特的魅力。他在黑人哲理小说的伦理功能方面做出的探索大大促进了黑人文学的发展，为我们继续思考文学如何有益于建设一个更加美好的“友爱群体”提供了启示。

第一章 约翰逊小说创作的三个维度：哲学、佛教与伦理

> 对我来说，世界上有三样东西最重要：哲学、艺术和宗教。如果没有它们，世界将变得让人无法忍受。（Nash，“A Conversation with Charles Johnson” 222）

在一次访谈中，约翰逊做了上述表示。这句话也为我们全面理解他的小说世界指明了道路。约翰逊接受过系统的哲学教育，他对东西方哲学传统均有着非常广泛、深入的了解，并把这些知识巧妙地贯彻到自己的小说创作中，由此使他的小说总是充满深厚的哲学内涵。而宗教——尤其是以印度教、佛教和道教为代表的东方传统宗教——则是约翰逊毕生沉醉其中的精神家园。它们深刻影响了约翰逊的人生观、世界观和价值观，并赋予他的小说浓厚的东方文化色彩。此外约翰逊对艺术的理解也几乎完全继承自他的启蒙导师兼挚友约翰·加德纳，后者的道德小说观决定性地塑造了约翰逊对文学创作的原则、方法和道德使命的看法。在本章，我们将分别讨论约翰逊的哲学背景、他与东方宗教的渊源关系以及他对加德纳的道德批评观的接受过程，进而从哲学、佛教和伦理这三个视角下全方位考察他的黑人哲理小说观。

第一节 约翰逊的哲学背景

> 作为一名哲学博士……我在知识、艺术和精神方面的兴趣都

集中于小说和哲学——包括东方和西方哲学——交汇的地方。（Ghosh，"A Conversation with Charles Johnson" 368）

一　从爱好漫画到学习哲学

上面这句话是约翰逊在一次接受访谈时所说的，它清楚表明了哲学专业学习对他的重要影响。不过，在讨论他的哲学背景之前，我们还需要稍微介绍一下他的绘画经历。其实，学哲学并不是他最初的梦想。他小时候的最大兴趣原本是美术，并一直渴望长大后成为一名职业画家。他想尽一切办法培养自己的绘画技巧，并在完全靠自学的情况下成为一名小有名气的漫画家。在读高中时，他在学校的校报上发表了他的第一幅漫画作品，得到了两美元稿费。约翰逊倍加珍惜他在艺术生涯中赚得的这第一笔报酬，至今仍把它珍藏在自己的办公室里。

等到 1966 年约翰逊高中毕业时，他迎来了人生第一次重要转折。约翰逊原来希望能进入一家专业艺术学校学习绘画，但父亲坚决反对他的计划，因为父亲认为黑人成为职业艺术家的机会非常渺茫，即便成了艺术家，也很难单靠艺术养家糊口。在家人和老师的劝说下，原本决心"不画画，毋宁死"（Byrd，*I Call Myself an Artist* 9）的约翰逊改变了主意，选择了位于芝加哥的南伊利诺伊大学学习新闻专业，因为学新闻将来可以更容易找到工作。读大学期间，约翰逊并未放弃他的绘画梦想，而且还在这方面取得了不错的成绩。他的漫画作品不断发表在当地各家报刊上，甚至成为几家报纸的专业插图师。1970 年，在他即将大学毕业的前一年，约翰逊出版了他的第一部漫画集《黑色幽默》（*Black Humor*）。即便约翰逊在后来成为作家之后，漫画依然是他非常喜爱的艺术创作活动。能够在兴致沓来之时，随心所欲地用画笔来表达自己的思想感情，这实在是一种美妙的体验。到目前为止，约翰逊共出版了两部漫画集，发表了数千幅漫画作品，在绘画方面已取得了不错的成就。

关于约翰逊的漫画生涯，有以下几点最值得注意。首先，受 20 世纪 60 年代风起云涌的民权运动影响，他早期的漫画主要以种族政治题材为主。他也称自己早期是一名“政治漫画家”（Byrd，*I Call Myself an Artist* 12），企图用漫画作为武器，批判美国社会不公正的种族制度，为黑人权利运动提供舆论支持。这与他后来在小说中拒绝明确露骨的种族政治内容的做法形成鲜明对比。至于为何会有这种变化，我们在下文会有详述。其次，约翰逊的小说创作有一条很重要的美学原则，那就是一定要用尽可能完美的“场景”（scene）来向读者传递思想情感，要让读者在阅读中得到一种强烈的画面感，犹如身临其境。他反对用抽象枯燥的词汇去描写人物事件。这种创作原则显然与他的绘画经历有关。再次，多年的漫画创作让他的作品不断见诸报端，一位初出茅庐的青年艺术家急需的虚荣心和成就感得到了很大满足，这对于培养他后来的文学创作耐心是很有帮助的。他对自己的每一部小说都有很高的要求标准，可以耐心地花费数年精雕细琢，只为能够创作出尽可能完美的作品。他不必像很多年轻作家一样急于求成。恰如他所说：“仅仅是发表几部作品对我来说没什么意思。作为一名已经发表了如此多的作品的漫画家，我已经不再满足于让自己的名字变成铅字了。”（Byrd，*I Call Myself an Artist* 23）最后，可能也是最主要的，漫画还为他走上哲学道路提供了契机。他后来回忆说：“对艺术的热爱迫使我去思考艺术问题，这又把我引向美学问题，而后者终将驱使艺术家去思考一切哲学问题，包括认识论、形而上学、伦理学和本体论等。实际上，我认为早年的艺术创作为我后来的哲学学习奠定了基础。”（McWilliams，*Passing the Three Gates* 36）

从各方面来看，新闻专业对约翰逊实在没有多少吸引力，那不过是为了将来谋生所选择的权宜之计罢了。从一入学他就盘算着如何改专业。按照要求，新闻专业的学生必须选修一门哲学课程。不过约翰逊很快发现他对哲学专业的兴趣远超新闻。他几乎修满了大学哲学专业所需要的全部学分，并且下决心继续攻读哲学硕士学位。他发现哲学课堂上讨论的那些古老而又永恒的命题与他当下的生活密切相关，它们并非抽象枯燥的玄谈，而是对他思考现实生活大有帮助。他如此表达了哲学对他的重要意义：

> 并非所有人都喜欢哲学。对我来说，它不仅是一门学问。在西方，它是最早出现的知识学科，其他所有知识（如物理学和心理学等）都是后来从中分化出来的。实际上，它和我在这个世界上的存在深刻交织在一起，是我咏唱世界的一种方式。我生活中最快乐的事情之一便是与那些热爱哲学并以哲学为生命的人们一起分享哲学活动。(McWilliams, *Passing the Three Gates* 286)

怀着对哲学专业的这份热爱，约翰逊在取得新闻专业的学士学位后，又在南伊利诺伊大学继续拿到哲学硕士学位，后来又决心到纽约州立大学石溪分校攻读哲学博士学位，梦想着将来能成为一名哲学家。

二　从马克思主义到现象学哲学

如果说是绘画让约翰逊逐步走上哲学道路的话，那么哲学则又进一步把他引向文学创作之途。尽管他非常渴望能以哲学研究作为自己的毕生事业，但他实现这一梦想的机会比成为画家还要渺茫，因为在20世纪80年代之前的美国哲学领域仍存在很严重的种族歧视现象。根据威廉·琼斯（William Jones）在1974年所做的研究报告，在拥有一万名会员的美国哲学研究会（APA）中，黑人会员数量竟然不到100人，而黑人在美国总人口中所占的比重却接近1/10（参见Jones 119）。很多白人污蔑说这是因为黑人天生愚钝，不适宜进行抽象思考，但实际原因绝非如此。一方面，作为传统人文学科，哲学是最需要长期投入，却又很难快速见到回报的一门专业。对于大多数来自贫困家庭的黑人学生来说，他们的经济基础决定了他们难以承受较大的经济压力和投入风险，他们更倾向于选择那些投入少、见效快的职业技术型学科。这也正是约翰逊的家人们都反对他从新闻转到哲学专业的原因。所以后来约翰逊经常开玩笑说自己的新闻专业学位完全是为父亲而拿的，直到向父亲证明自己已经拥有了一张可以保证饭碗的文凭之后，他才有了继续攻读哲学硕士和博士学位的自由，前提是他必须自己赚够学费。事实上，约翰逊在自己的哲学专业求学之路上的确遭遇到严重经济压力。早在 1970 年，尚未大学毕业的他就和妻子琼（Joan）结了婚，有了一个需要自己供养的家庭。而他的漫画也因为越来越强烈地涉及种族政治议题而经常被退稿。为了多增加收入，他成为《伊利诺伊人》（*Illinoisan*）报社的兼职记者，为其撰写一切可以发表的东西，包括新闻、访谈、警务信息，甚至是婚丧嫁娶的广告等。这段经历锻炼了他的文笔，也大大增加了他的写作兴趣。也正是在这种情况下，约翰逊开始考虑写小说。从 1971 年到 1972 年，在两年时间内他一共完成了 6 部未发表的习作。

黑人较少从事哲学研究的另一个原因更值得深究。由于他们特殊的生存环境和生活体验，黑人更倾向于关注那些与他们的现实生活密切相关的具体问题。比如种族差异、社会歧视和政治权利等，而这些问题常常被打着追求绝对真理和普遍价值旗号的主流哲学研究遮蔽了。更何况分析哲学在当时仍盛极一时，它强调对哲学命题进行语言分析，这种形式主义传统尤其让哲学成为远离社会现实的书斋内的学问，无法给黑人迫切关注的现实问题提供解决方案。就像扬希所说的那样，分析哲学家给人的感觉往往是“他很聪明，目光敏锐、精于分析，但就是不把哲学与真正的历史、斗争以及苦难的生活联系起来”（Yancy 38）。相反，那些在当时的美国哲学界并非主流的哲学流派，比如马克思主义、存在主义、现象学和实用主义等更容易激起黑人的共鸣，因为它们远比分析哲学更能够解答与黑人存在有关的问题，尤其是那些给他们造成不幸的各种社会的、历史的以及心理的根源等，而这些刚好是影响约翰逊最大的哲学思想。

约翰逊说：“在我攻读硕士学位期间，马克思主义一直都是我的最爱，也是我的政治取向。”（Byrd，*I Call Myself an Artist* 23）原因很简单，当时身处经济困境的约翰逊急需给自己的生活找到一个解释，而马克思主义正是破解政治经济学谜题的有效工具。他不但阅读了大量马克思和恩格斯的著作，还对法兰克福学派及其他新马克思主义哲学家都做了深入研究。他的硕士学位论文《韦尔海姆·赖希与马克思主义心理学的创造》（*Wilhelm Reich and the Creation of a Marxist Psychology*）就试图从新马克思主义角度对弗洛伊德、赖希和马克思等人的思想进行批评融合。

约翰逊相信马克思主义可以有效地解释造成美国黑人不幸生活的现实根源，但他非常反对经典马克思主义中存在的机械教条的经济决定论倾向。也就是说，不能把黑人的一切问题都还原到他们的社会物质状况上去。他坚决地和那些“把经济基础视为意识形态的第一决定因素”（Johnson，“Wilhelm Reich”55）的马克思主义者们拉开了距离。约翰逊发现，马克思本人对经济力量、意识形态以及文化生产之间的关系所做的分析远比他后来的追随者们所宣称的要深刻复杂得多。约翰逊尤为重视马克思早期作品，尤其是《1844 年经济学哲学手稿》《德意志意识形态》以及《哲学的贫困》等著作。他认为，马克思所理解的人并不是一个拥有固定内核的不变实体，而是一个有能力并且也需要在与他人和环境的互动中不断发展和变化的主体。这一认识对约翰逊非常重要，它意味着马克思对人类主体的理解是非本质主义的，完全不同于唯心主义哲学家们把主体视为等同于自我意识的做法。马克思重视的是真实生活中的人与环境之间的关系，所谓的“人性”不是一成不变的本质属性，而是在相互交往过程中不断发展变化的。约翰逊写道：“与萨特和怀特海一样，马克思也反对把人性视为固定的事物；相反，是劳动改变了物质条件，也就同时改变了主体（人）和客体（自然）。通过劳动和利用外部物质条件来满足自己的需要，人的意识的轮廓也就在这一动态交互过程中浮现出来。”（Johnson，“Wilhelm Reich”34）换句话说，人既不是浪漫主义者所宣称的拥有永恒不变的本质属性，也不像机械唯物论者认为的那样完全是物质条件决定的产物。“人类现实的一部分是由人类行为自身塑造的一项不断进行中的工程。”（Johnson，“Wilhelm Reich”34）我们成为什么样的人与我们选择以何种方式与他人和环境互动有密切联系。

约翰逊在攻读硕士学位期间与马克思主义思想的这段姻缘对他后来的思想发展主要有两点促进作用。首先，反本质主义的马克思主体观为他后来攻读博士学位时转向现象学研究铺平了道路。关于这一点，我们将在下文详述。其次，与新马克思主义思想的深入接触还使他看到了阶级斗争在解决现代社会矛盾方面的不足，进而让他摆脱了对黑人民族主义思想的迷恋。大学期间的约翰逊曾深受黑人民族主义以及种族分裂主义思想的影响，支持黑人用暴力反抗种族压迫，争取社会公平，甚至是建立独立的黑人民族国家。他早期的漫画题材以及那六部未能发表的文学习作都充满着暴力政治内容，他自己甚至也上街参加过对抗白人警察的暴力事件。然而自从阅读了法兰克福学派尤其是马尔库塞的著作后，他越来越认识到单纯依靠暴力斗争很难解决美国当今社会的种族和阶级矛盾。就像马尔库塞所分析的那样，与马克思所处的时代相比，今天的资本主义社会在管理方式和劳动分工方面已有了巨大进步，经济社会关系也有了很大变化，削弱了劳动阶级的革命潜力，很多黑人——比如约翰逊的伯父以及他身边的很多亲人——可能对革命的意愿不再那么强烈。更重要的是，即便使用暴力成功推翻了白人统治的种族社会，也未必就能根除种族压迫。因为对很多黑人民族主义者来说，他们真正渴望的不过是把黑人与白人的阶级位置颠倒过来而已，种族主义的阴魂依然不会散去。

1973 年，约翰逊来到纽约州立大学石溪分校继续攻读哲学博士学位，主攻方向是胡塞尔的现象学。这一段学习经历对约翰逊后来的思想走向起到了决定性影响。虽然由于种种原因，约翰逊并未完成这段学业，但从他后来以自己的博士论文初稿为基础发表的哲学著作《存在与种族：20 世纪 70 年代以来的黑人文学》来看，他在现象学研究方面已经取得相当不错的成就。他在该书的前言部分指出，胡塞尔的现象学其实自始至终都是一门“关于经验的哲学”（Johnson, *Being and Race* ix），胡塞尔的真实意图不过是想让现象学成为一种思想工具，我们凭借它可以给一切头脑中的既有观念和思维模式“加上括号”，进而有可能对经验的本质或不变结构进行直观把握。胡塞尔的那句响亮的口号“回到事物本身”表明了现象学与之前的其他哲学流派的区别。约翰逊指出，现象学最重要的价值不在于它能确保我们获取多少有关客体事物的真知识，而在于它可以帮助我们澄清头脑中先入为主的偏见和主观预设。

胡塞尔认为，为了获取关于对象的真实知识，我们必须暂时“悬搁”头脑中一切有关它的既有知识，给那些在历史中形成的各种观念、传统和习惯加上“括号”，最终面对一个纯粹的对象，获得最直接的经验。约翰逊非常推崇胡塞尔提出的这种现象学还原方法，并认为它对我们思考传统文学中的种族问题具有重要启示。他说：“如果说现象学方法还有些可靠的话，它应该允许我们在不带任何惯常假设和解释性模式的情况下检验这些（种族）经验，这样在我们经历记忆还原、悬搁或‘加括号’之后所得到的，就是对‘种族’现象或‘故事’的全新体验。”（McWilliams，*Passing the Three Gates* 35）约翰逊发现，不管是在白人作家还是黑人作家那里，人们对黑人及其生活经验的描写都是非常片面的，它们不是来自作家对黑人生活经验的“现象学还原”，大多数情况下仅仅是作家依赖头脑中的固有观念对黑人生活的片面描述。黑人都是种族主义的牺牲品吗？黑人的世界里只能永远充满屈辱、愤怒、压迫和暴力吗？他们的生活里没有自由、阳光和新鲜的空气吗？除了顺从和反抗，黑人就没有别的选择吗？除此之外，现象学方法中处处渗透着的反本质主义精神还激发约翰逊进一步去思考其他重要问题。比如什么是种族？黑人和白人有本质差异吗？仅仅是黑皮肤就可以界定黑人的本质属性吗？皮肤究竟黑到何种程度才算是黑人？对于这些问题，约翰逊当然希望能够在自己的哲学研究中逐个予以澄清。然而如果将来他成为一名哲学家，有可能面临很大的生活压力，这迫使他不得不转而思考是否还有其他方式可以继续他的哲学思考。也正是在这时候，约翰逊才真正开始他从哲学向文学的跨越。

三　从哲学研究到文学创作

黑人群体的不幸遭遇往往一方面激起黑人民族主义者在社会政治方面的激烈反抗，但另一方面也使得很多黑人知识分子自觉从哲学层面上去反思造成不幸的根源。如前文所述，哲学在当时仍是一个由白人种族意识形态主导的学科，并不适宜黑人将之作为一个理想事业来追求，否则他们不但会面临生存压力，还会面临杜波依斯（Du Bois）所说的“双重意识”——既是黑人又是美国人——的困扰。约翰逊也指出：“在美国，黑人哲学家有可能在黑人和白人两方面都被误解。”

(*Byrd*, *I Call Myself an Artist* 91) 在这种情况下，很多黑人知识分子便自觉地把文学当成哲学思考的替代途径。在文学世界里，黑人作家可以借助创作想象充分表达黑人独特的生存体验和现实诉求，并为实际问题的解决探索途径。此外，文学显然也比哲学有更大的社会影响力，能够把黑人的诉求更直接有效地传达给大范围的读者。于是便逐渐形成美国黑人文学中一个引人瞩目的现象，即很多黑人作家都擅长在作品中表达浓厚的哲理思考。正如拜尔德所说："运用复杂的哲学体系——比如柏拉图主义、东方哲学、大陆哲学、基督教哲学和精神分析理论等——来创建一个有条理的小说世界，这看上去……像是非裔美国文学特有的传统。"(Byrd, "Oxherding Tale" 557) 从赖特的《土生子》到埃利森的《看不见的人》，再到莫里森的《宠儿》和沃克的《紫色》等，绝大多数黑人作家都因其对现实问题尤其是种族问题的强烈关注，同时又富含哲理性而成为文学经典。

约翰逊显然也继承了这一传统，并且比其他黑人作家表现得更为突出。他在一次访谈中表示："我自打20世纪70年代开始写小说之日起，就有一个明确且坚定的目标，就是拓展所谓的黑人哲理小说的范畴，把我作为一个哲学专业学生始终在努力思考的伦理、本体论和认识论方面的问题纳入进来，不管是西方还是东方的。"(Boccia 612) 作为少数几位有着系统的哲学专业背景的黑人作家，约翰逊在其作品中探讨的哲学问题更广泛、更深刻。重要的是，约翰逊没有把文学降格为哲学命题的简单图解，让文学成为笨拙肤浅的哲学辅助教材，也没有把文学变成远离现实的抽象玄谈，而是把丰富的哲学命题巧妙融入一个个曲折离奇、引人入胜的故事之中。他探讨的问题不抽象、不晦涩、不是阳春白雪，而是与每个人的日常生活息息相关。比如他在《菲丝与好东西》中思考了什么才是人生最值得追求的"好东西"的问题；在《牧牛传说》中探讨了什么才是真正的自我的问题。我们在日常生活中扮演的各种角色都是本真的自我吗？我们是否经常处于一种虚假的自我幻象之中？他在《中间航道》则思索了自由与责任问题，如此等等。显然这些都是每一位读者在日常生活中经常感到困惑并渴望得到解释的问题。

约翰逊从不认为文学与哲学之间有什么本质差异，也不认为存在孰高孰低的问题。对他来说，“一部伟大的小说与一部伟大的哲学著作同等重要”（Little，“Interview” 181）。“哲学家也是作家”“哲学家与文学之间总有互动”（McWilliams，*Passing the Three Gates* 237）。在他的理解中，哲学家并非一个充满智慧的思想容器，而只是一个“永远以怀疑姿态面向世界的挑战者”（Little，“Interview” 173）。哲学家总是返回自己最初的思想前提和假设，并愿意在必要情况下面对相反证据，不断对自我进行反思和检验。作家的任务也同样如此，他不应该带着满脑子的成见开始创作，把文学降格为某种抽象思想的图式化表达。作家不应该试图在作品中“表达”什么哲理，而应该把文学当作一个探索真理、检验真理的过程。约翰逊经常把文学创作比作一个实验室，他说：

> 你不是带着答案走进去，而是带着想要检验的假设。这里的实验器材不是试管和本生灯，而是其他工具——包括人物、情节、语言的可能性以及我们从过去继承来的形式等。在实验结束时，你们最初的假定或许得到肯定、否定或被重大修正。不管是哪种情形，你都将学到一些关于你的研究现象以及你自身的东西。我认为艺术必须被如此看待，即它是一个寻求真理的过程，这个过程需要的是开放的思想和心灵，以及面对一切可能后果的勇气。（McWilliams，*Passing the Three Gates* 224）

第二节　加德纳的道德小说观对约翰逊的影响

> 约翰·加德纳是一位非常优秀的老师，也是我的启蒙恩师。是他把我带入文学世界……我主要受到他的影响。（Ghosh，“A Conversation with Charles Johnson” 362）

约翰·加德纳（John Gardner，1933—1982）是美国“二战”之后

著名的作家和批评家，一生共发表过十余部长篇小说，其中较著名的包括《格伦德尔》（*Grendel*，1971）《阳光对话》（*The Sunlight Dialogue*，1972）以及《十月之光》（*October Light*，1976）等。如果说今天的很多读者对这些作品稍感陌生的话，那很可能是因为加德纳在文学批评领域的影响大大超过了他的创作声誉的原因。事实上，加德纳最让人争议的也正是他在文学批评方面的成就。众所周知，20 世纪 60—80 年代正是后现代主义如日中天之时，各种反传统人文主义的理论思潮汹涌而至，一浪高过一浪。但就在这样的背景下，加德纳却鲜明地举起"道德批评"的大旗，倡导作家应担当道德责任，创作有益于社会伦理的道德小说（moral fiction）。他的两部文学批评代表作《论道德小说》（*On Moral Fiction*，1979）和《论小说艺术》（*The Art of Fiction*，1983）从刚一出版便引发人们的激烈争议。由于时代的原因，加德纳的主张在当时并不为大多数人们所接受，这直接影响了人们对他的文学作品的评价，导致加德纳后来一直对此愤懑不平。但近年来，随着伦理批评的再度兴起，加德纳的名字又再次被不断提及，他作为伦理批评先驱者的地位终于得到承认。

约翰逊在自己的传记、访谈以及各种形式的文章和札记中曾无数次提到他和加德纳之间的深厚友谊、后者对他的全方位影响和指导以及他对加德纳的感激崇敬之情等。可以说，没有加德纳，就很难有后来的约翰逊。因此，了解两者之间的交往过程，对我们研究约翰逊的小说创作美学具有重要意义。

约翰逊和加德纳的交往始于 1973 年。那时约翰逊正在南伊利诺伊大学攻读哲学硕士学位，而加德纳则刚好担任该校文学系教授。此时的约翰逊正处于文学生涯中的关键时期。在完成了 6 部模仿黑人民族主义文学风格的习作之后，他对这种囿于种族政治题材的文学类型已感到厌倦，急切地需要一位导师指引他找到新的创作方向，特别是能够指引他怎样把文学与哲学思考更好地结合起来。他说："我需要一位好老师，一位真正的启蒙导师，一位经验比我更丰富的前辈作家，他可以收我为徒，在我现有的基础上再给我增加一些他的知识。"（Byrd，*I Call Myself an Artist* 126）

恰在此时，约翰逊偶尔从报纸上看到加德纳刊登的一则文学创作班招生广告。他立即决定报名参加，并带上自己的6部习作手稿直接登门拜访加德纳。在阅读了这些并不成熟的作品之后，加德纳发现了约翰逊身上的潜质，同意破格接收他为入室弟子，可以每周带着他的稿件来自己家中，由他直接批阅指导。自此之后的约半年时间内，约翰逊从加德纳那里全方位地学习到了文学创作的方法和原则，两人也逐渐发展出亲如父子的师生情谊，后来还成为志同道合的忘年交，在彼此最困难的时候及时送上最坚定的支持。后来加德纳经常自诩为约翰逊的"文学之父"，而后者也经常把前者的言行奉为圭臬。约翰逊说："只要是他推荐的书，不管出自什么年代、什么文化，我都会买来仔细研读。"（Byrd，*I Call Myself an Artist* 126）根据约翰逊自述，他几乎读遍了加德纳所有的著作，逐字逐句地学习和模仿老师的语言习惯，直至完全掌握了加德纳的创作风格。

可惜的是，两人交往的这段"蜜月期"只持续了不到一年时间。第二年，约翰逊就去纽约州立大学石溪分校攻读他的哲学博士学位，而加德纳也辞去在南伊利诺伊大学的教授职位，转而去了宾汉姆顿大学。虽然同在纽约，但两人直接会面的机会却越来越少了，不过书信往来从未间断。直至1982年9月14日，加德纳在驾驶摩托车外出时突遇事故身亡。在这前后近十年的交往中，加德纳几乎全面影响了约翰逊的文学创作，主要体现在以下三个方面：

一　创作手法

加德纳的小说创作有一个重要特点，那就是他经常娴熟地运用古老的叙事形式来讲述新故事，比如他在《阳光对话》中使用了建构小说结构（architechtonic novel），在《蜂鸟之王》（*King of the Hummingbirds*）中使用了神话故事，在《伊阿宋与美狄亚》（*Jason and Medeia*）中使用了田园诗和史诗结构等。加德纳认为，这些叙事形式已经流传了这么长时间，必然有其深厚的艺术价值底蕴。用这些旧形式来讲述新故事不但没有坏处，反倒可以大大增加其艺术价值。越是流传久远的艺术形式，就越像陈年老酒一样味道醇厚。他对现代主义的各种形式实验不以为然，他说："我相信三十、四十和五十年代的艺术从根本上就是错误的。"（转引自 Byrd，*I Call Myself an Artist* 129）但加德纳也并非绝对的保守主义者，他只是反对刻意追求标新立异。恰如约翰逊所说："像加德纳这样的艺术家是从内部理解文学形式的。当他创作——比如一部寓言——的时候他会延伸和发展这种形式的传统。换句话说，他会参与这一形式的嬗变。"（Rowell，"An Interview" 539）如果创新的目的只是为了用更花哨的语言来炫耀文字技巧，那么这样的形式创新就不值得追求。对加德纳来说，小说艺术的核心永远都是塑造人物，特别是能够给读者带来道德启示的人物。后现代主义鼓吹的那些美学价值，比如碎片化、混乱、欲望、精神分裂、虚无主义、相对主义、熵、文字游戏，等等，在他看来更是不负责任的行为，缺乏文化价值。毫无疑问，加德纳的这些观点在后现代主义盛行的 20 世纪 70—80 年代是非常反主流的，自然招致多数评论家的强烈反感，也使得他的那些在普通读者那里口碑不错的文学作品受到评论界的集体冷落。

即便不被认可，加德纳仍然坚持自己的观点，并以此为标准指导学生。他在自己的《论小说艺术》中规定了 30 多种技巧练习，全部都是为了培养学生对传统形式的熟练运用能力。比如：

> （1）请造出三个有效的长句子，每句话的长度至少要在 250 个单词左右，且分别表达不同的情感（比如愤怒、忧虑、哀伤、喜悦等），目的是为了学会在复杂句子中控制好语气。
>
> （2）用两页以上的篇幅来刻画一个人、一件事、一幅风景或天气状况等，以强化读者对它的印象，但不准使用明喻。
>
> （3）用一页至两页的简短篇幅形容一个人，主要使用含长元音和浊辅音的单词；然后再换一些包含短元音和清辅音的单词。（转引自 McWilliams，*Passing the Three Gates* 290—291）

约翰逊指出，加德纳之所以要在这些方面煞费苦心，目的就是要让学生掌握文学创作的每一个细节技巧，它们都是实现亚里士多德在

《诗学》中所说的故事的戏剧性结构或朗基努斯在《论崇高》中所说的散文的“建筑结构”的基本手段。

加德纳在艺术形式上的看法对约翰逊的影响极大。和前者一样，约翰逊也认为“我们继承了来自东西方的无数形式。这些都是我们作为作家和文明人继承的财产，是我们阐释经验、表达意义的工具”(Rowell, “An Interview” 539)。在加德纳的指导下，约翰逊熟练掌握了几乎所有的文学形式，并充分运用到自己的小说创作中。比如他在《菲丝与好东西》中借用了民间故事形式，在《牧牛传说》中戏仿了形而上学的奴隶叙述，在《中间航道》中运用了航海日志及海洋小说，短篇小说集《魔法师的学徒》中更是分别使用了科幻故事、动物寓言、心理小说等众多形式。总之，就像作者自己所说的那样，“我有意运用多种形式，因为形式对我来说就是一种具体的艺术思考”(Rowell, “An Interview” 539)。后来约翰逊在成为华盛顿大学的文学教授后，还把加德纳的《论小说艺术》定为学生的唯一必读书目，决心把后者在艺术形式和创作方法上的观点传承下去。

二　创作态度

约翰逊曾如此评价加德纳对待文学的态度：

> 对加德纳来说，创作并非是一种职业，不是和医生、律师、军人或是证券经理等一样的众多可供人们自由选择的普通工作。相反，它更像是一项神圣的使命。它是人们藉以达到永生、弥合冲突中的心灵、超越日常生活的平庸（同时又帮我们发现平凡中的伟大）并颂扬美好事物的一种方式。（Byrd, *I Call Myself an Artist* 127）

这种像对待宗教一般虔诚的创作态度极大地感染了约翰逊。在遇到加德纳之前的不到两年时间内，约翰逊一共完成了 6 部长篇小说，平均每部用时约三到四个月。他经常在一天之内就写出 10 页以上的篇幅。对于一位刚开始学习创作的年轻作家来说，这样的速度明显过快，很多内容未免显得粗糙凌乱。所以加德纳给他最重要的建议之一就是减慢速度。他要求约翰逊必须严肃对待自己写下的每一句话，尽可能字斟句酌，“除非你写的上一句是准确的，否则不要开始写下一句。你写的每一句话都不应该低于你能做到的最好水平”（McWilliams, *Passing the Three Gates* 256）。作为一个完美主义者，他一旦发现有瑕疵，便要求约翰逊立即修改，决不允许他拖延迟缓。他对待人物刻画更是一丝不苟。约翰逊在创作《菲丝与好东西》的过程中，最初曾以现实生活中的某个朋友为原型，把主人公菲丝的丈夫麦克斯韦尔刻画得非常脸谱化。加德纳对此提出了严厉批评，并说：“你真应该感到羞愧。为什么你要这样描写一个人物，难道只是为了让读者感到厌恶或是反对吗？你为什么不尽可能深刻地发掘他的动机、背景、生平以及思想历程，以便我们能够理解处在这个位置上的人的行为感受?”（McWilliams, *Passing the Three Gates* 143—144）

在加德纳的这种严格教诲下，约翰逊也逐渐养成了严肃的创作态度，绝不会为了功利目的仓促写作。在他早期的六部习作中，曾经有一部得到纽约一家出版商的出版合同，但在咨询了加德纳的意见后，约翰逊毅然放弃了这次难得的发表机会，因为加德纳告诉他：“第一部作品应该是一个不错的开始。一旦批评家们对你的能力产生错误的印象，你将来就得花费很大努力才能改变他们的看法。”（McWilliams, *Passing the Three Gates* 37）加德纳让约翰逊明白了一个基本道理，“只要你愿意流汗，那么就能成为伟大的作家，就能写出和历史上的名著相媲美的作品。……如果你愿意努力付出，并且长期付出，那么你就一定能够实现理想”（Trucks, “An Interview” 552）。带着这种创作态度和信念，约翰逊对自己的每一部作品都是精益求精、数易其稿：《菲丝与好东西》从最初的 2400 多页删减到最后不足 300 页；《牧牛传说》也从 1000 多页变成 200 多页；《梦想家》也经历了很大程度的压缩。不算他在漫画等领域的成就，约翰逊在长达 30 多年的创作时间内仅发表了四部长篇小说和三部短篇小说集，这样的数量算不上高产，但他的每一部作品都经过仔细雕琢。他并非写不出更多东西，只是他不愿意粗制滥造。他非常讨厌一些商业作家单纯为了赚取更多稿费而批量生产小说的行为。他说："作为一名作家，我的目标是要让每一部作品都有所不同，要成为对我和读者而言都是全新的探索历程……我永远不会两次都写同样的故事。这会让我极其厌烦。我相信每一部作品都应成为作家奉献给读者的最完美礼物——手法完美，有原创性和革新性。"（McWilliams，*Passing the Three Gates* 285）

三　艺术理想

在加德纳的所有著作中，引起争议最多的当属他的《论道德小说》。在这部文学批评文集中，加德纳猛烈抨击了当时流行于文学创作和批评领域的玩世不恭的风气。他讽刺说：

> 批评家的语言以及那些关注批评家的艺术家的语言，都已经变得极其乖张。他们不谈论情感或确定的知识，也不谈论跌宕起伏的情节或令人惊奇的人物思想，却净说些充斥着诠释学、启示录、结构主义、形式主义这样的夸张词汇的语句，他们言虚语玄，还充满一些细致的区分——比如对现代主义和后现代主义——一些连聪明一点的牛都不会相信的区分。（Gardner，*On Moral Fiction* 4）

加德纳大声宣扬自己的立场：真正的艺术一定是有道德的艺术，是肯定生活、提高生活的艺术，"艺术从本质上来讲是严肃的和有益的，它是对抗混乱、死亡和熵的游戏"，"它一再维护那些能够防止社会瓦解的价值"（Gardner，*On Moral Fiction* 6）。在他的理解中，道德就是"做那些不带私心的、有益他人的、善的、高尚的事情，同时我们还有理由期待，不管是从长远还是短期来看，我们都不会为自己所做的事情而后悔，而不必管它是否违背了某些琐屑的人类法则"。而他所说的道德小说就是能够引领读者做出这种道德实践的小说，它应该增进人们彼此之间心灵沟通的能力、团结友爱的能力，"它颂扬生活的潜能，展现一幅不带任何含糊和感伤的、以爱为根基的景象"，

“它打破偏见和无知的壁垒，标举值得追求的理想”。[①]

加德纳斥责那些充斥着性、暴力、混乱、虚无和价值相对主义的现代和后现代文学为不负道德责任的艺术，并且还从中区分出两种不负责任的表现方式。一类是只见树木不见森林，即在作品中只表达一种肤浅的、人云亦云的抽象观念，却未能对其真正价值做必要研究，最终沦为某种思想的宣传品。（Gardner 53—75）在加德纳眼中，“保守估计，百分之九十的当代新型小说都让人昏昏欲睡”（转引自 Byrd, *I Call Myself an Artist* 127）。言下之意，它们都达不到他所说的道德小说的标准。原因在于，很多作家都抱着一副对道德满不在乎的态度，他们仅仅把写作视为一种谋生职业，或是虚无世界里的一场文字游戏，再或者他们的创作之源不是爱，而是恨。他们要传播的也不是友善，而是敌意。在加德纳看来，即便生活有很多应该谴责的东西，我们谴责的目的也应该是建设性的，为的是改正错误、促进生活，而不应仅仅是宣泄愤怒、颓废和绝望等负面价值。

众所周知，自十九世纪唯美主义运动以来，文学研究中的道德视角一直受到排斥，可以说整个二十世纪的大多数文学思潮都有或多或少的反道德主义倾向，尤其以 20 世纪 60 年代以降的解构主义和后现代主义为甚。文学活动被认为无关乎道德，而道德则被揭露为虚伪的意识形态建构。在这种背景下，加德纳的这种强烈的道德批评主张便很容易被人贴上保守的标签。其实很多人根本没弄清楚加德纳所说的“道德小说”的意思。他们只是想当然地认为加德纳就是要求作家重新把文学还原为道德教条的工具书，让文学再度退变为伦理秩序的附庸而已。公允地说，虽然加德纳确实有些看法和传统道德批评相重叠，但也不完全相同。他绝对没有拿着传统批评的道德主义主张老调重弹。

约翰逊决心为加德纳的道德小说观做辩护，同时也借此表达自己的文学理想。在对加德纳的著作深入研读之后，他认为当今大部分批评者都误解了加德纳：“迄今为止，批评家们做出的反应都是不负责

---

① 参见 Beth Impson，“Getting the Elephant off the Baby：A Look Back at John Gardner's *On Moral Fiction.*” http：//www. christendomreview. com/Volume002Issue002/essay_ 02. html。

任的，就像当年亚里士多德的反对者们对待《诗学》的态度一样。他们要么出于一些和文学、美学无关的原因拒绝接受加德纳及其道德小说主张，要么仅仅因为加德纳说出了一些他们中的某些人早就认可的主张。”（Johnson，*Turning the Wheel* 148）真正负责任的作家应该是沿着加德纳的思想脉络前行，看看他到底表达了什么意图。

约翰逊认为，对加德纳来说，作家要想写出好的作品，他/她就应该在创作过程中尽可能摆脱自己的偏狭视角，尽可能学会用他人的眼光看待对方世界并如实呈现出来。他说：“与其使用这个容易招人反感的‘有道德的’一词，更恰当的说法应该是，加德纳真正要求的是‘负责任的’小说，即那种不把读者当傻瓜的小说，其实他们和作者同样聪明和有教养。”（Byrd，*I Call Myself an Artist* 131）加德纳在《论小说艺术》中曾如此写道：“（聪明的道德小说家）从不忘记他的读者至少在理想层面上和他一样高贵、宽容和有耐心，因此把故事人物变成漫画角色，认为他们从本质上低自己一等，忘了他们自己存在的理由，或把他们当成野蛮人……这些都是不光彩的做法。”（转引自 Byrd，*I Call Myself an Artist* 132）他还说：“蔑视你的人物，把某个角色当成故事发展所需的工具，这种做法从根本上就是不道德的。”（转引自 McWilliams，*Passing the Three Gates* 27）作家在创作过程中应坚信人与人的立场和视角是可以相通的，我们彼此可以换位思考，能够相互“移情”，也就可以接受和体验虚构人物的性格缺陷或软弱之处，尤其是在他们面临思想困境的时候。我们必须坚信：“如果我处在他当时的情景下，我也能够以相同的视角和距离得到同样的经验和结果。同样，要是他站在我当下的位置上，也能以我的视角获得我的经验。”（Johnson，*Turning the Wheel* 153）作家应忘记自己，不带任何偏见地投入小说人物世界，去感知和体验他们的生活。这不但很困难，而且还很“危险”，因为作者发现这一过程有可能将改变他原来的立场和信念。当男作家书写女性、白人书写黑人或者反过来时，这种情况尤其可能发生。

也就是说，加德纳所说的道德小说只是要求作家摆脱头脑中本来存在的道德观念，要求作家应该为自己在作品中创造的虚构世界负责。

很多作家可能会坚持说自己只是在“如其所是”地再现世界，但这种说法并不准确。只要作家在书中描述了一个虚构世界，这种描述必定同时也是他对现实世界的一种选择性阐释，必定涉及他对现实的主观认识。如果某位作家眼里看到的全是绝望、虚无、混乱和愤怒，那么我们就不得不质问他：为什么你只看到了这些？而其他有不同经验的人们却可以证明你的这种描述是不全面的！

受加德纳影响，约翰逊也认为虚构人物不应该成为任凭作者操纵的傀儡，他们应该是拥有自主心灵的独立生命。作者不是要按照自己的意愿随意安排他们的命运，而应该去倾听和理解他们。他说：“我的全部工作就是尽力跟随我的小说人物，看看他们都做什么、说什么。”（Rowell，“An Interview” 542）“我尽可能公平对待每个人物。”（Little，“Interview” 171）他和加德纳同样相信，人物刻画最忌讳单从概念出发，用头脑中的成见去把人物脸谱化，这样创作出来的角色一定是僵死的。正如现实生活中的人们总会随时间和环境的变化而变化一样，虚构人物亦是如此。他说：

> 理想的小说应该是这样的：这里没有配角，没有扁平人物，所有角色都处在变化的过程中。他们都和主角一样，被迫在各自的生活中前行，让他们的感知经受改变，在不同情况下做出不同反应。这将是一种理想小说。我想要的是一种过程小说（process novel），在这里，所有被提及的人都是演变过程中的一个主角，这也将是最彻底的道德小说。（Little，“Interview” 172）

与加德纳的交往构成约翰逊文学生涯中的一个非常珍贵的片段，并在他的创作美学中留下深深的印记。对于自己的这位文学之父，约翰逊从未有过“影响的焦虑”，而是一直满怀崇敬之情，多次毫不吝惜地向加德纳表达赞美与感激。他说：“加德纳就是我们的引路人，我们的牵引线，帮我们排除文学道路上被那些缺乏信仰的作家和批评家们埋下的地雷，并一直把我们引向传统伦理关切与艺术创作交汇的地方。”（Byrd，*I Call Myself an Artist* 134）

第三节 作为佛教徒的约翰逊

对我来说，佛教一直是一处精神庇护所……在这里可以让我不断地精神焕发。有了它，即便四面都是嘈杂纷扰的环境，也不管我是在“顺境”还是“逆境”中，它都能让我欢快地工作。(Ghosh, “A Conversation with Charles Johnson” 371)

一 从习武到学佛

佛家善讲因果关系，一切事物皆因缘而生，缘尽则散。作为一名土生土长的美国黑人，约翰逊能够走上学习佛法之路，并且后来还在日本大阪的著名古刹醍醐寺正式受戒成为佛教居士，这的确算得上是不小的缘分。1967 年夏，当时正一边求学一边兼职做清洁工的约翰逊在同学鼓动下，决心去一家在当地很有名气的武馆学习中国武术。由于在当时黑人经常成为暴力犯罪的侵害对象，所以他最初学习武术的目的也和多数年轻人一样，就是为了能够防身自卫。他听说这家武馆教的中国功夫非常厉害，很短时间内就能让学员成为散打高手。然而真正开始学习之后，约翰逊才明白其过程的残酷和艰难。如同我们经常在影视剧中看到的那样，约翰逊经过长时间的咬牙坚持，从最初的菜鸟逐渐成为优秀学员，学会了很多功夫套路，成为段位晋升最快的学员之一。

从此之后，练习中国功夫成了约翰逊最喜爱的一项活动。从芝加哥到纽约再到洛杉矶和西雅图，不管走到哪里，他都会把练武和写作当成同样重要的每日必做功课。如今的约翰逊是一位不折不扣的武术高手，他尤其喜爱旅美武师黄德辉（Doc Fai Wong）传授的蔡李佛拳(Choy Li Fut)①。后来他在西雅图定居后，还和朋友一起创办了一家名

① 蔡李佛拳，中国南拳之一。相传为广东新会京梅乡人陈享所传。他综合了蔡家拳、李家拳和佛家拳三家之长而形成一支新派，故名蔡李佛拳。该拳在粤、港、澳及东南亚地区非常盛行，在旅美华侨中也较流行。

为“蓝凤凰”的武馆，并亲自担任兼职武术教练。

约翰逊曾说，他学习武术的最大意义并不在于强身健体，而是“打开了通往佛学理论和实践的大门”（Boccia，“An Interview” 612）。因为中华武术不单是一种格斗技术，其中更蕴含着深刻的哲学智慧，体现了很多中华文化独有的思想内涵，所以从一开始，约翰逊的武术教练便要求他同时学习一些中国文化，尤其是佛教文化，因为佛教提倡的一些修行活动能够成为练武的有效辅助手段，比如禅修可以让习武者更好地摆脱杂念，并迅速恢复体力和精神上的最佳状态。约翰逊曾如此描述：

> 当学员像佛教徒那样做到静气凝神时，他就全然忘我地专注于每个细节动作，忘却了最微弱的自我幻象，心怀愉悦地调整他的时间意识，再不去挂念那些一去不返的过去或者永远不会发生的未来，而是仅仅保留对此处当下的体验。此时此刻，他就能把每个技术动作都做得最漂亮、最标准，即便是那些让人厌倦的功课。（Johnson，*Turning the Wheel* 35）

通过习禅，约翰逊不仅找到了一种有效的练武手段，更从中获得了极为重要的精神启示。首先，他看到了二元对立思维模式的虚妄之处，得以摆脱自我中心主义的主体观。他非常喜欢从印度佛教流传下来的内观禅修法（vipassana 或 insight meditation），即对自己内心飘忽不定的心理活动仔细观察，会发现里面有各种缤纷烦扰的情绪，一会儿是愉悦、一会儿是疲倦、一会儿是忧虑、一会儿是伤感等，它们像云朵一样不期而至，然后又悄然远去。约翰逊详细地描述了禅修体验带给他的重要启示：

> 这种貌似简单的练习其实并不容易做到，它只是要求你静静地跟踪不稳定的思想活动。经过反复练习后，你会有很多发现。首先，每一个稍纵即逝的欲念或情感，在经过你一两遍的“审查”后，就都会如海市蜃楼一般散去。它们无一不是瞬间之物，

带着各自“缘聚缘散”的轨迹，但终究是一场空（sunyata）。其次，你会意识到我们所说的主体和客体的整一性（unicity）——用胡塞尔的话来说就是意向性（noesis）和意识对象（noema）——会在每一次短暂微弱的感觉瞬间同时浮现。它们从本体论上来说是相互交织、不可分离的，而非二元对立的。它们谁都无法离开对方而独立存在。换句话说……主体的存在离不开客体。（Johnson，*Turning the Wheel* 38）

在约翰逊看来，习禅的主要目的并不只是让人学会静观内省，“如此专注的目的在于……让人学会全神贯注地应对身边事务”（Johnson，*Turning the Wheel* 38）。他如此谈到禅修对他的文学创作的帮助：“就像一名正在认真默念自己的呼吸次数或沉思无住和悲悯情怀的僧人一样，我必须一次又一次地让我那总爱开小差的思想返回到最初的故事灵感火花上去。对于创作像《牧牛传说》、《中间航道》和《梦想家》这样的哲理小说来说，这尤其是一项艰难的工作。”（Johnson，*Turning the Wheel* 41）

二　佛教思想对约翰逊的影响

作为世界上最古老的宗教之一，佛教在不同历史时期和地域内分化出众多派系，其中最主要的就是南传佛教（Hinayana Buddhism 或 Theravada Buddhism，亦称小乘佛教、上座部佛教）和北传佛教（Mahayana Buddhism，或称汉传佛教）。[①] 严格来讲，不同的派系在具体的教义和宗教仪式等方面有很大差异。但对于约翰逊来说，这些差异并不重要，因为佛教最重要的智慧之一便是“无分别智”，即不对事物

① 北传佛教是指自印度北部地区经中亚细亚传入中国、朝鲜半岛和日本的佛教，以及经尼泊尔和西藏传入蒙古一带的佛教之总称。因为它主要是由印度向北传播的，故十九世纪研究佛教的欧洲学者称之为北传佛教或北方佛教。整体而言，北传佛教多与传入地区的本土文化相融合，以大乘为主，流行梵文佛典及其翻译经典。南传佛教或上座部佛教是指现在盛行于东南亚和部分南亚地区的佛教。因为这个派系是由印度南部传到斯里兰卡而后发展起来的，故称南传佛教。南传佛教保存了较浓厚的印度原始佛教色彩，以小乘为主，主要流行巴利语佛典。

进行人为区分。所以约翰逊对不同佛教派系的思想都是兼收并蓄，只要它们能够对他有所启迪，都可以吸收借鉴。总体来讲，南传佛教对约翰逊影响较大，但流行于中国、日本和越南地区的禅宗对他也有非常重要的启示，六祖慧能、铃木大拙以及释一行禅师是他最喜爱的禅宗思想者。从约翰逊后来所著的《转法轮：佛教与文学》一书来看，上座部佛教经典《大念住经》（Mahasatipatthana Sutta）中的四圣谛八正道思想对他有着根本性影响，构建了他后来思考一些种族和人生问题的基本思想框架。

《大念住经》据说记载的是释迦牟尼在涅槃前向弟子们传授的修行经验。他要求弟子们通过观察当下身心内外生灭变化的状态，来认清所谓的五蕴[①]，认识到人生不过是各种现象不断生灭变化构成的幻象，知道了身心五蕴无常、无我的本质，渐渐去除对自我的贪嗔执着，进而克服愁悲、灭除苦忧，以正念、正知活在当下，观照自己的身体和内心感受，体证涅槃。下面我们就重点讨论《大念住经》所阐释的四圣谛八正道观以及它对约翰逊的启示。

四圣谛（Four Noble Truths）据说是佛祖释迦牟尼经过修行彻悟之后总结出的人生真理，包括苦、集、灭、道四条。“谛”字是古印度梵文的音译，字面意思为“不颠倒”，引申为“真理”。这四圣谛分别告诉人们人生的本质（苦）、人生之所以苦的根源（集）、消除苦的办法（灭）以及达臻涅槃的最终目的（道）。四圣谛中的第一条是苦谛。它是释迦牟尼对人生的基本判断，即苦难是人生本质。也许有人会说人生的苦乐是相对的，这是因为人们都有一种趋乐避苦的本能，固执地相信这个世界总有某些事情是快乐的、值得追求的，而这也正是人们不能获得解脱的根源。苦谛所讲的是人生的根本痛苦，它具有普遍真实性，有生命的地方就有痛苦。四圣谛中的第二条是集谛，它告诉

---

① 五蕴是佛教用来解释人的精神和物质现象的构成要素的理论。它包括色蕴、受蕴、想蕴、行蕴和识蕴五种要素。它们都因缘和合，相续不断的生灭，故五蕴的意思是五种不同的聚合。佛教认为世间万物皆由五蕴和合而成，人的个体生命亦然。五蕴之外不存在独立的“我”或永恒不变的主体，世间所谓的“我”仅是五蕴暂时的和合，“我”实际上并不存在。而人由于不明白这个道理，会把五蕴认作实在的“我”或不变的主体来执着，由此产生各种痛苦和烦恼。

人们人生之所以苦的根源。集就是汇集的意思。简单来说，集谛的内涵就是一切痛苦都可以追根溯源至贪、嗔、痴三种本能的烦恼。灭谛是四圣谛中的第三条，灭是梵语“涅槃”（nirvana）的意译。在梵文和巴利文中，涅槃在字面上都是熄灭或吹灭的意思，引申为贪、嗔、痴这三股毒火的熄灭。佛陀认为，整个世界都被这三股毒火燃烧，不得安息。而悟道之人能永断贪、嗔、痴等根本烦恼，证得清净寂灭的涅槃境界。对佛教徒来说，涅槃是修行的最高境界和最终目的。世界上的绝大多数宗教都认为，人只有在死后才能达到最终解脱。然而佛教所说的涅槃却不同，它不需要等到死后才能获得，而是可以在此生成就。能够觉悟的人就是获得涅槃的人，就是世上最快乐的人。他可以无拘无束，既不追悔过去，也不忧思未来，只是安详地活在当下。他能以最清净的心情欣赏和享受身边事物，而又不掺杂分毫自我的成分在内。在说完了生命苦的本质、苦的根源和生命的最高境界后，释迦牟尼还为人们提供了一些修道的方法，即四谛中的最后一条——道谛。道即道路或方法之意，释迦牟尼借此来说明要想解脱人生苦恼获得涅槃，就必须修道。佛祖提出的八正道（亦称八圣道）都属于修行中的中道，为的是避开人们在修行中常走的两个迷途。一个是享乐主义，通过感官享受去追寻快乐，这是低级、庸俗的凡夫之道，只会让人越坠越深。另一个是苦行主义，即通过自我的肉体折磨来获得精神超脱，这既痛苦也没有益处。这两种方法佛祖都曾尝试过，深知它们皆有害无益，故才向人们传授了八正道。[①]

八正道是指获得最终解脱的八种正确方法和步骤，包括正见、正思维、正语、正业、正命、正精进、正念、正定等。“正见”是指正确的见解，也就是对缘起论、四圣谛等佛教基本教义真正理解和信奉。“正思维”是指正确的意识或观念，断除邪恶的欲念，比如不执着于自我、不伤害他人等。“正语”的意思是要秉持合乎佛法的言论，也就是在生活中不说谎话、不诽谤他人、不对人恶语相向等，尽可能让

---

① 本节有关“四圣谛”、“八正道”的内容，主要参考了圆殊的博客文章“佛陀的启示”，参见：http：//blog. sina. com. cn/s/blog_ 7085ea3901017cud. html，以及《如是我闻佛教网》，http：//www. rushiwowen. org/category -01 -1 -002. jsp。

自己的语言纯洁而友善。“正业”是指人的行为正当，不做杀生、偷盗、邪淫等一切恶行。“正命”则要求人们选择正当的职业谋生，按照佛教的伦理标准来获取生存必需品，远离所有不正当的手段。“正精进”是指正确的修行，在衣食住行的各个方面都毫不松懈地按照佛法行动，从而达到最高境界。“正念”意为正确的思维，牢记佛法，不执着于各种幻象，只考虑世界的真相。“正定”是指对佛法有坚定不移的信念，能够始终专心修行。到达这一阶段的人，完全抛弃了无根由的妄想和迷信，不再陷入恐慌与混乱，能够身心寂静地修行。[①]

有学者指出：“八正道最好被当作实践步骤（praxis）来理解，沿着这几个步骤，修行者就可以远离自我隔离，走向一行禅师所说的‘交互存在’或现象学家所说的‘交互主体’，到达一种自由的意识状态，意识到自我与一切众生的关联。”（*Conner and Nash* xxix—xxx）但这种说法并不完全准确，因为这八个步骤之间并非逐级抬升的关系。历来不同学者对它们有不同划分，而约翰逊对之也有自己的见解。他把八正道细分为三组，其中正见和正思维为第一组，它们是智慧，属于哲学本体论层面；正语、正业和正命为第二组，为人们在变化万千的社会中正确生活指明方向，属于伦理道德层面；正精进、正念和正定属于第三组，通过内观禅修来指导人们的具体生活行为和修行方法，反思禅定，进而为其余五正道提供支持。约翰逊指出：“所有步骤都是相互依存、相互补充、互为前提的。它们不是被依次逐个执行，而是同时付诸实践的。运用得越娴熟，对它们的理解也会不断加深。”（Johnson，*Turning the Wheel* 7）在《解读八正道》（Johnson，*Turning the Wheel* 3—34）一文中，约翰逊详细阐释了他对八正道的理解，同时又把自己的解读与他对美国种族问题的思考结合在一起，为我们了解他的小说中的佛教思想打开了视角。概括来看，以四圣谛八正道为核心的佛教思想对约翰逊的文学思想的影响主要体现在以下几点：

（一）反本质主义的主体观

自古希腊以来，个人主义称得上是西方文化的精髓之一。在英语

① 参见《如是我闻佛教网》，http：//www. rushiwowen. org/。

中，表示“自我”的单词“I”永远都需要大写，这似乎清楚表明了以自我为本位的价值取向。所谓“我思故我在”，“我”就是世界的中心，这也使“我”与他人和环境始终处于一种紧张对立关系之中。“我”永远是一个高贵、独立、真实存在的个体，可以丝毫不受他人影响、我行我素。虽然自启蒙运动以来，西方人文主义者也不断强调所谓的普遍人性，但他们还是相信不同的环境和经验足以保证每个人的独特性。总而言之，传统西方文化对自我或主体的理解是本质主义的：“我”就是我；它对自我与他人之间的关系的理解则是二元对立的：“我”不同于你。然而在佛教看来，这完全是一种妄识，因为恰如一行禅师所说：“在佛教里没有独立的个体这回事。”（一行，《活得安详》61）而他所说的下面这段话则非常清楚地阐明了佛教的反本质主义主体观：

> 如果我们聆听佛祖的教诲并观察自己的内心，就会发现在被我们称之为“自我”的成分中根本没有什么事物是永恒不变的。佛祖教导我们，所谓的“人”不过是五种要素（或五蕴，Skandhas）在一个有限时间段内的聚合：我们的身体、情感、感觉、思想状态和意识。实际上，这五种要素总是处于变化之中。没有任何一个要素会在两个相邻的瞬间保持同一性。（Thick Nhat Hanh，*Living Buddha*，*Living Christ* 133—135）

依据佛教的正见观来看，人们日常所说的“自我”既指一切事物，也是一无所指。它其实是一个没有本质或内在真实性的虚空（sunyata），我们最多可以把它视为一个持续变化着的过程，它在每一个不同阶段都与其他事物相互依赖、相伴相生。受其启发，约翰逊最常用的一个比喻就是把自我看做一个“动词”（verb）而非“名词”（noun），即“我”是一个永远发展中的变化不居的“事件”（event），而不是一个稳固不变的实体（entity）。其实任何事物都一样，如果说它们有什么本质的话，这个本质就是“变化”，而这种变化永远都是与环境和他者紧密交织在一起的，是一种交互变化。如此一来，传统西方主体哲学所设定的那个有着稳定内核的自我就不复存在了。约翰逊指出：

> 随着那个关于独立自我的错误观念如同一柄烛光被吹灭，那个往往由我们对生活的错误观念和想法构建而来的痛苦和幻象的经验王国或者说轮回也就不复存在了——就像柏拉图所说的幻影，或者海市蜃楼一般散去——因为在它下面是对存在的一种体悟，这种体悟就像暗物质一样，其实它始终就在那里，只不过此前一直被自我幻象所遮蔽。轮回与涅槃不过是同一世界的两面……我们到底经历哪一面，取决于我们的意识处在何种层面上。(Johnson, *Turning the Wheel* 11)

在"正见"的视域内，"我"与他人的二元对立关系被消解，彼此原本固守的那个界限分明的"小我"逐渐融合进一个界限模糊的"大我"之中。这与庄子所说的"天地与我并生，万物与我齐一"也有相通之处。而另一方面，如果我们拒绝这种正见的视野，仍然执着于那个虚幻的自我，就将永远无法摆脱由此而生的所谓贪、嗔、痴三毒，也就只能在痛苦中轮回。

破除二元主义其实也是"正思维"的要求。当我们不再以自我为中心来衡量"我—你""我—他"之间的关系，我们就会意识到趋乐避苦是一切生命所渴望的，这就可以构成我们彼此友好相处的基础，对一切生命就会产生由衷的同情和怜悯。

(二) 反对僵化的语言概念

按照"正语"的要求，人们应该出言谨慎，认真对待自己说出去的每一句话，不能用语言欺骗或伤害他人。然而人们在生活中对语言的使用却经常是不负责任的。试想有多少语言——不管是书面语还是口语——都是被用在了无聊、卑琐、虚假、恶毒的意图上？在约翰逊看来，佛教的正语观与海德格尔的语言观有很多相似之处。海德格尔把语言称为人的存在之家，但不幸的是这个语言之家充斥着太多不当之词。他说：

> 因为言谈丧失了或从未获得对所谈及的存在者的首要的存在联系，所以它不是以源始地把这种存在者的据为己有的方式传达自身，而是以人云亦云、鹦鹉学舌的方式传达自身。言谈之所云本身越传越广，并承担起权威性。事情是这样，因为有人说是这样。开始就已立足不稳，经过鹦鹉学舌、人云亦云，就变本加厉，全然失去了根基。闲谈就在这类鹦鹉学舌、人云亦云之中组建起来。（海德格尔 205）

被滥用的语言不再能够澄明真实的存在，反倒遮蔽了存在的本来面目。由各种先入为主的概念、假定和偏见编织成的语言牢笼把我们困在里面。约翰逊和德里达一样，也对语言的逻各斯中心主义充满质疑，他说："语言可以是一张网，使我们用本质化的术语来思考；语言不过是些概念，而世界上的事物却是没有本质的。在我们靠近之时，它们总是变化着的。生活必定总是超出我们有关它的观念。"（Johnson，*Turning the Wheel* 13）正因为不信任语言，所以后来的禅宗法门才要"教外别传，不立文字"。因为一旦把佛法精要用语言表达出来之后，很多人就会立即把这些话当成金科玉律，重回本质主义的僵化套路上去。

在约翰逊看来，当我们不假思索地使用那些僵化的概念范畴去描述或界定他人时，这实际上是对他人的一种语言暴力，因为我们头脑中的认知框架总会选择性地接纳和排除他人的各种属性。这和伦理学家列维纳斯所说的他者伦理学（ethics of others）是非常接近的。受胡塞尔现象学的影响，列维纳斯把自我对他者的认知限定在现象层面上，认为"他"总是会超出"我"在感观、理性和直觉等一切方面的认知能力，不管"我"用什么观念、范畴和原则去框定"他"，总会有无法被涵括的方面逃逸出去。有时我们会认为自己已经完整、确切地了解了他人，但实际不过是把自己的认知模式强加给了对方，也就是我们常说的"自以为是""以己度人"。在列维纳斯看来，这其实是一种自我对他人的他异性的"总体化"（totalization），本质上是一种控制或消费，自我不过是给对方硬加上了一个自己假定的"面相"，却否定了对方的自主性。每当我们试图用头脑中既有的认知框架——比如性别、阶级、种族、信仰等——去界定他人时，这种抹杀他异性的总体化就会发生。而在列维纳斯这里，“总体化”与集权和暴力是有关联的：“它们都不是与他者和平共处，而是对他者的压制或占有。虽然占有也是对他者的肯定，但也否定了它的独立性。‘我思’引发‘我能’，引发对自在之物的占用、对现实的剥削。”（Levinas 46）

约翰逊曾如此表达他对未来美好社会的梦想：“在这里，人与人之间不是相互攻讦和侮辱，而是在他们最细微的社会关系中，都在知识、道德、创造力和精神上对彼此怀着最高度的期待。”（Johnson, *Turning the Wheel* 18）而佛教倡导的正语观就是通往这种理想社会的道路。如果每个人在说话之前都先问自己三个问题：我所说的是对的吗？它会给别人带来伤害吗？有必要说吗？并且自己都能够做出肯定回答的话，那么语言就一定能成为存在的家园。

（三）强调日常生活责任

众所周知，绝大多数寺庙都要求僧人们严格遵守各种戒律，目的就是通过约束欲望和行为来提高他们精神修行的专注度。但对于那些在家修行的普通佛教信徒来说，他们显然面临比僧人们更多的世俗烦扰。他们还要承担各种社会责任，比如侍奉老人、抚养孩子、服务社会等，但这些世俗事务却未必是通往涅槃之境的障碍，相反，认真履行好这些事务也可以是修行的一种方式。大乘佛教中的菩萨已经摆脱了六道轮回，但他却放弃了涅槃，因为他还要为解除世间的一切苦而甘于奉献。对于佛教修行者来说，对终极解脱的强烈渴望可能恰恰会成为阻碍他们得到解脱的绊脚石，因为这种渴望的背后依然是二元思维在作怪，即当下的不自由对应于未来的自由。这种渴望越强烈，解脱也就越困难。反过来说，要想真正得以解脱，我们就应该暂时放下这种愿望。约翰逊说：“我们最好只是全身心地关注于身边‘当下’‘此处’的事物，在恰当时机帮助减少身边的暴力伤害（himsa），同时心中不应考虑丝毫的个人回报或好处。”（Johnson, *Turning the Wheel* 15）

约翰逊非常推崇中国宋代高僧廓庵师远所绘制的佛教题材绘画《十牛图》，它用十帧连续画面表现了一个牧牛人寻找牛的全过程，用以象征佛教修行的不同阶段。此前也有不少类似画作，但廓庵师远的特别之处在于，他比前人至少多画了两帧画面，尤其在最后一帧画面“入廛（chán）垂手”中表现了牧牛人觉悟之后返回集市帮助他人的景象。而在前人作品中多以象征大彻大悟的“人牛两忘”为结局。约翰逊认为，“人牛两忘”代表的是小乘佛教的最高修行果位阿罗汉，即个人获得解脱；而“入廛垂手”却传递出大乘佛教的修行理想，即，仅有自己的觉悟还不够，“他知道，尽管通过一生的实践自己已经获得解脱，但他依然是一个具身化的存在，并且直到死之前他仍将经历一些残余的二元主义思维、一点微弱的轮回、一些受苦，但当这些东西在他意识中出现的时候，他却可以识别出”（Johnson, *Turning the Wheel* 24）。他不再把世俗生活看作修行的羁绊，相反他学会了愉悦地承担自己的世俗责任，并愿意在与他人的交往中，“通过自己的榜样力量——他对一切生命的同情，他的温和言行，以及他不为他人所动的平静幸福状态——向别人指出了未来方向。”（Johnson, *Turning the Wheel* 25）

三　约翰逊对黑人佛教信仰的辩护

早在 19 世纪就已经有一些美国知识分子对佛教产生浓厚兴趣，比如爱默生和梭罗等超验主义思想家都曾在作品中表达过或多或少的佛教思想。但佛教真正在美国传播开来主要还是 20 世纪以来的事情。随着释宗演（1859—1919）、铃木大拙和释一行等精通西方语言的佛学大师在西方社会的大力推广，越来越多的美国人开始了解甚至皈依佛门，并且在“二战”之后的三十年间达到一个小高潮，还涌现出像艾伦·金斯堡这样颇具争议的作家佛教徒。近几十年来，美国佛教徒的数量呈现出有增无减的趋势，大量的佛教书籍、网站和报刊等媒体的出现说明这股热潮还将继续下去。

值得注意的是，至少在 20 世纪 90 年代之前，信奉佛教的美国人以白人为主，只有极少数的黑人知识分子对佛教感兴趣。如果一名黑人成了佛教徒，他往往会遭遇来自各方面的质疑和压力。有人认为黑人性格外向、情感丰富、善于言辞，这些天性都不适合信奉佛教。佛教更适合于情绪内敛、自制力强、富有内省意识的东方人。更大的压力则来自于黑人内部。因为佛教在很长一段时间内都是一种流行于白人中产阶级群体的“时髦信仰”，所以在很多黑人看来，皈依佛教就意味着对黑人文化和信仰的背叛，恰如贝尔·胡克斯（Bell Hooks）所说：“（选择佛教）等同于选择白人。”（hooks 42）。由于这些原因，像约翰逊这样着迷于佛教的黑人在20世纪90年代之前的美国绝对是少数。他除了在作品中渗透进大量佛教思想外，约翰逊也和其他佛教知识分子一样，以各种方式为黑人的佛教信仰做辩护。

约翰逊认为，美国黑人的不幸遭遇使他们更能够深切地体会佛教教义，尤其是佛教关于生命的本质就是痛苦轮回的观点。（Johnson, *Turning the Wheel* 46）美国黑人的历史就是一部关于各种苦难遭遇的历史。他们的祖先被贩运到新大陆，中间经历各种惨无人道的折磨。他们被完全切断与祖先的联系，彻底被剥夺自由，世代沦为白人的奴隶，成为被随意处置的财产。南北战争结束后，奴隶制虽被废除，但黑人在美国的境遇依然未被根本改观。解放黑人并未让他们获得真正自由，却带来严格的种族隔离制度。黑人处处低白人一等，备受歧视。再到后来经过民权运动后，种族隔离制度也不复存在，黑人在很多方面获得了和白人一样的地位，但这并不等于说黑人真正进入了幸福时代。他们依然要时常面对各种显性或隐性的种族歧视，长久被奴役的历史给黑人造成沉重的精神创伤，致使他们难以很好地面对生活，进而产生很多社会问题，比如吸毒、犯罪、逃避家庭责任，等等。总之，没有哪个群体比美国黑人更了解生命的本质就是受苦。

约翰逊还指出，由于黑人长期不被白人平等对待，这使得他们对自由身份的渴望尤为强烈，同时也必然会比白人更自觉地反思有关自我、种族和身份的问题。黑人会自然而然地追问到底是什么导致了种族不平等？白人与黑人之间真的存在天生的贵贱差异吗？什么才是真正的自由？怎样才能获得彻底解脱？如此等等。（Johnson, *Turning the Wheel* 47）而佛教恰恰可以在这些方面给黑人带来启示：“（黑人在佛教中发现了自己）久遭否定的人性深度，历史悠久的禅修方法……可以帮助清除社会（以及自我）在他们头脑中制造的幻象，一种有关受苦、欲念和自我的古老现象学，以及一条通往道德文明生活方式的途径（八正道）。”（Johnson，*Turning the Wheel* 54）

此外，约翰逊还认为佛教对帮助黑人摆正生活心态有重要启示意义。长期遭受不公正对待让很多黑人留下了严重的心理创伤。一些黑人变得唯唯诺诺、极度自卑，对白人毕恭毕敬、逆来顺受，甚至在心底里面接受了黑人就是低人一等的事实。还有一些黑人完全相反，他们充满对白人的仇恨，想尽办法施以报复，以牙还牙是他们感到最痛快的事情。然而在约翰逊看来，两种情况同样都让黑人丧失了正常生活的能力，前者是被痛苦的回忆压垮，后者则是被强烈的怒火焚毁。白人与黑人、奴隶与主人、自由与奴役、压迫与反抗、卑服与惩罚——这些二元关系都凝成了黑人心底一个个牢不可破的“伊底牢结”，让他们世代不得解脱。然而佛教恰恰可以为黑人指明解脱的道路：

> 佛教教义强调人们应该抛弃有关自我的虚幻错觉，而在众多轮回幻象中，种族问题又是最突出的，其他还包括所有关于差异的本质化观念。它们自18世纪以来已造成很多痛苦和不幸。佛教可以让人摆脱二元主义的认知模式，这种模式总是把经验切分成相互独立的隔间：身体与心灵、自我与他人、物质与精神。我们可以看到，这些区分从本体论上来说与南非和美国的种族隔离制度是相互关联的，而且同样有害。（Johnson，*Turning the Wheel* 54）

也就是说，佛教可以帮助黑人从那些二元对立的种族思维中解放出来。往事不可鉴，来者犹可追。不必完全沉溺于痛苦的回忆中难以自拔，也不必图一时之快再把痛苦施加给别人。约翰逊并非简单地呼吁黑人们忘记历史和仇恨，他不是要让黑人把佛教当成精神鸦片来寻找一种虚假满足。他只是要求黑人从佛教中寻找能够带来真正解脱的智慧。他说：“一种常见的误解就是认为佛教很虚无地抹杀了社会现实。与之相反，我们认为佛教是一种致力于创造性重构的宗教。”（Whalen-Bridge and Storhoff 236）也就是说，当他们像佛教徒一样真正看透了痛苦和奴役从哪里来，也就知道了自由和幸福该往何处寻。

第四节　约翰逊的黑人哲理小说与传统黑人文学

> 黑人哲理小说首先并且主要是一种思维方式、一种质疑经验的艺术。它是阐释的过程，或者是一种更高层面上的诠释学。(Johnson, in Byrd ed., *I Call Myself an Artist* 80)

单从字面来看，很多人可能会以为约翰逊所说的“黑人哲理小说”(philosophical black fiction) 不过是黑人小说和哲理小说的简单复合，或者说不过是一种带有哲学味道的黑人小说而已，但实际并非如此。约翰逊的黑人哲理小说有着丰富独特的美学内涵，是他以加德纳的道德小说观为导航，把自己的哲学和宗教思想充分运用到黑人文学创新后得出的结果。他在《哲学与黑人小说》(“Philosophy and Black Fiction”, 1980)、《完整视野：新黑人小说札记》[①] (“Whole Sight: Notes on New Black Fiction”, 1984) 以及《小说与哲学相遇之处》(“Where Fiction and Philosophy Meet”, 1988) 等重要文章中细致阐述了他对“黑人哲理小说”的界定。下面我们就主要以这三篇文章为依据，同时结合约翰逊在其他地方的表述，细致分析一下他所说的黑人哲理小说的特点，以及与传统黑人文学的关系。

一　“黑人哲理小说”概念提出的背景

二十世纪六七十年代的美国主流黑人文学主要有两方面特点。首先在写作风格上带有强烈的自然主义痕迹，试图用最直接的笔触把种族迫害的残酷性展现出来。其次是在意识形态上深受黑人民族主义影响。作为黑色权力运动 (Black Power Movement) 的一个分支，“黑人艺术运

① 这两篇文章的中文译文参见本书附录一、二。

动”（Black Art Movement）要求黑人作家的艺术创作必须服务于黑人民族解放事业，文艺服务于政治甚至成了强制性标准。理查德·赖特的《土生子》一直被视为黑人文学的经典之作。这部发表于20世纪40年代的小说“以一种充满了仇恨与暴力的姿态出现在美国黑人文学中，将美国黑人和白人激烈的种族矛盾与冲突以一种前所未有的尖锐方式表现出来”（李公昭 251）。主人公比格·托马斯不再是懦弱无能的“汤姆大叔”，而是强烈发出自己对社会的不满和愤怒，尤其把黑人在绝境下的暴力本能选择淋漓尽致地表现出来，让读者在震惊之余开始反思种族和社会矛盾。《土生子》很快成为无数黑人作家模仿的对象，就像约翰逊所说：“（它）在美国黑人文学史上起到了类似分水岭的作用。”（Johnson，*Being and Race* 13）在此之前，黑人文学其实已经包含很多不同风格和题材，比如吉恩·图默（Jean Toomer）在20世纪20年代的实验小说。在《土生子》之后，拉尔夫·埃利森也在深化黑人文学的思想性上做了很多探索。虽然后两人也都被视为黑人文学的代表，但真正拥有大批追随者的却依然是赖特。特别是他的自然主义写作几乎成为黑人文学在二战之后的几十年内的标志性风格。

20世纪60年代的美国社会面临异常尖锐的种族矛盾，每天都有各种耸人听闻的暴力事件发生，似乎种族战争一触即发。在这样的形式下，以詹姆斯·鲍德温（James Baldwin）为代表的“抗议小说”（protest novel）又成为黑人文学的代表。黑人民族主义运动的领袖罗恩·卡伦加（Ron Karenga）在他那篇著名文章《黑人文化民族主义》（1968）中宣称，黑人艺术也是黑人的革命工具，它们必须“揭露敌人、歌颂人民、支持革命”（转引自 Johnson，*Being and Race* 23），应该兼具艺术价值和社会功能，而社会功能则是首要的，在他看来，单纯的艺术创造是肤浅而且不道德的。

青年时期的约翰逊也曾深受黑人民族主义的影响，尤其他在大学期间偶然听到黑人美学（Black Aesthetics）的倡导者阿米里·巴拉卡（Amiri Baraka）的演讲后，曾下决心把自己的艺术才能奉献于黑人解放运动。他创作了大量涉及种族政治题材的漫画，揭露美国社会无处不在的种族歧视。在他初学写作时，也把抗议小说当成自己模仿的对象。他说："我写的前六部作品深受三位作家影响，他们是理查德·赖特、詹姆斯·鲍德温和约翰·威廉斯（J. A. Williams）。他们全都是我非常尊敬的作家。这些作品都有浓厚的自然主义风格，大部分内容都与种族政治有关。它们都黑暗、恐怖，充满谋杀。"（McWilliams, *Passing the Three Gates* 19）其中一部还被一家纽约出版商同意发表，"他们喜欢它的原因正是由于它看上去很像鲍德温的风格"（Trucks 545）。不过，约翰逊也很快便对这种风格感到厌倦，原因恰如他所说的：

> 我们有关技术的经验、个人身份的本质、甚至是那些启发了甘地的非暴力抵抗和马丁·路德·金的斗争策略的印度教派之间的关系，等等，这些都是我想探索的无穷尽的命题。然而它们要么被民族主义思想家视为与黑人生活无关而撇到一边，要么被狭隘、幼稚的黑人文化意识形态和政治系统地排除在外。（Byrd, *I Call Myself an Artist* 94）

如前所述，约翰逊其实非常尊敬赖特对黑人文学的贡献，称其为"黑人文学之父"（McWilliams, *Passing the Three Gates* 22），但他也毫不客气地表达了对以赖特为代表的自然主义黑人文学的不满。赖特笔下的黑人世界完全是一个无助的世界，黑人个个都被描写成种族制度的受害者，他们愤怒、绝望、无法控制自己的命运，任由火山般爆发的仇恨驱使着自己。但在约翰逊看来，这样描写黑人生活"只能博得读者对受害者的同情，却得不到尊重"（McWilliams, *Passing the Three Gates* 91）。黑人作家没必要总是充当受害人兼白人导师的角色，一遍又一遍地向白人读者控诉他们的罪行；后者也不会像犯了错的小学生那样认真聆听并悔过自新。

约翰逊对黑人民族主义文学的批评也是有时代背景的。20 世纪中后期，美国社会的种族矛盾已经到了极为尖锐的地步。现实中的严重暴力冲突已经让人们胆战心惊，再加上文学中大量对种族恐怖主义行为的渲染，这让很多黑人读者真的有种末日临近的感觉，甚至有谣言说美国政府之所以要把黑人隔离在聚集区内，就是为了便于将来用装甲车碾压和屠戮。还有的黑人则干脆从萨姆·格林尼（Sam Greenlee）的小说《坐在门口的幽灵》（*The Spook Who Sat by the Door*，1969）中学习自制炸弹的技术，而这竟然是使这部平庸之作成为20世纪70年代最畅销小说的主要原因！在这样的情形下，黑人作家是不是只能往本来就抑制不住的怒火上再次火上浇油？是不是还要让本已黯淡无光的黑人生活愈加失去光明？约翰逊的回答是否定的。在他看来，黑人历史并非只有奴役、无助和苦难等阴暗的一面，也有值得自豪和颂扬的积极一面。不要以为过去的黑人都是奴隶，他们中也曾经有伟大的发明家、诗人和英雄，“而黑人文化中有很多这种积极欢快的东西在理查德·赖特的文学生涯中都被遗漏了”（Johnson，*Being and Race* 12—13）。

自然主义作家声称愿意做生活的观察员，忠实记录他们看到的一切。但正如包括现象学在内的现代哲学所告诉我们的，任何经验都不可能是完全客观的，都必然含有某些主观建构的成分。约翰逊认为：“与其说写作是对经验的记录——或者模仿，抑或再现——毋宁说它是在创造经验，而且每一种文学形式、风格和体裁都是对这种创造进行塑形和推敲的不同形式，以便让其能够被人理解。”（Johnson，*Being and Race* 6）约翰逊并没有否认自然主义文学的价值，它们在“如实展现”黑人经验的非人方面的确功不可没。他只是反对把这种写作确立为讲述黑人经验的唯一合法风格，浪漫主义、超现实主义以及其他各种实验方法都应该可以被黑人文学所采用。图默和埃利森等黑人作家前辈已经为后人树立了很成功的典范，但遗憾的是，他们没有像赖特那样吸引到大批追随者。

约翰逊认为，自然主义成为美国黑人文学的主导风格也是有客观原因的，其中最主要的是，在黑人民族主义运动的号召下，黑人作家普遍关注社会现实问题，倾向于把文学变成直接干预现实的战斗工具。而自然主义在这方面显然比其他风格更有优势。另一方面，很多黑人作家并未受过系统的文学教育，对那些复杂多变的文学形式并不熟悉，也不感兴趣，这些都促成了他们对自然主义的偏好。约翰逊也并不否认自然主义或抗议文学讲述的故事大部分都是真实存在的，他们或许并未夸大种族迫害的严酷性和黑人经验的非人性。他只是反对把它们当成唯一的内容来讲述。自然主义不过是理解和阐释生活经验的一种方式，却被20世纪六七十年代的黑人作家标举为最合适的方式，这必定会把那些并不符合自然主义狭隘界定的现实经验排除出去，比如黑人生活中那些自由、积极的一面。难道所有的黑人都一直生活在奴役之中吗？他们从未有过自由美好的生活吗？

最不能让约翰逊接受的还有自然主义者一贯宣扬的社会决定论，他们笔下的人物似乎永远被各种内在和外在的力量所驱使，毫无自由选择的能力。比如《土生子》中的比格就是一个典型。而受存在主义影响的约翰逊则相信：

> 人是自由的，能够掌握自己的命运。如果他们真的愿意的话。……我不认为我们都是玩偶或者牵线木偶，不管背后是希腊众神还是当今美国的经济条件。即便是极度贫穷潦倒的人，只要他愿意，就依然能够奉献自我，关心、同情和爱护他人，拥有我们一般公认的那些最宝贵的人类品质。他们都不是牺牲品。（McWilliams, *Passing the Three Gates* 20）

正如鲍克希亚（Michael Boccia）所指出的，尽管约翰逊对自然主义黑人文学及其背后的黑人民族主义提出严厉批评，但其实他也非常尊重和敬仰这一传统。（参见 Byrd, *I Call Myself an Artist* 327）他反对的只是已经成为垄断性标准的自然主义写作。对于那些希望表达社会抗议主题的作家来说，自然主义当然是不错的选择。但对于像约翰逊这样对种族政治之外的其他问题——尤其是哲学和宗教问题——更感兴趣的作家来说，自然主义就成了一种束缚。如果说在20世纪60年代之前种族矛盾十分尖锐的情况下，这种文学的大量存在尚有其合理性的话，那么到了20世纪70年代以后，随着种族关系日益改善，种族矛盾逐渐不再是美国社会面临的最主要难题。如果再固守自然主义的写作模式，只会让黑人文学土壤变得愈加贫瘠。事实上早在1966年，批评家里特乔恩（David Littlejohn）就已经指出了黑人文学给读者带来的"审美疲劳"，他说：

面对那些千篇一律、周而复始地呆板上演着的丑陋情感和悲惨境况，白人读者起初会感到难过，继而感到沉重，最后也就麻木了：总是同样被击碎的梦想，在每一部小说中都不断被重复的同样一些事件、议题、公式和控诉、经济压抑、非人的遭遇、屈辱的角色扮演、对人类心理底线的反复触碰……重复出现的绝望、黑人艺术想象空间的局限性……读者的精神反应会被钝化，并最终感到厌烦。（转引自 Johnson，*Being and Race* 119）

到了 20 世纪 80 年代之后，很多年轻的黑人作家发现已经很难为他们的作品找到出版商了，因为评论家和大众读者对他们的作品已经产生了偏见，想当然地认为他们不过还是在老调重弹而已。在这种背景下来看，约翰逊对自然主义的批评其实也正是试图为黑人文学的未来发展探寻道路。

二　对黑人美学意识形态的批评

如前所述，在约翰逊上大学时，哲学对黑人来说并非理想的专业选择，因为种种不利条件限制了黑人在哲学领域取得出色成就。不过约翰逊仍旧坚持攻读哲学学位。他说服家人的理由是“一些哈莱姆文艺复兴时期的作家都有哲学背景”（Byrd，*I Call Myself an Artist* 92）。他发现尽管黑人在哲学领域难有建树，“在小说领域，黑人却有探讨有关存在与种族文化和意识形态根本问题的传统”（Byrd，*I Call Myself an Artist* 92）。从早期的图默到后来的赖特、埃利森，再到后来的鲍德温等人，他们都擅长用小说来表达深层次的哲学问题，这也是让黑人文学保持生机活力的重要因素。但从 20 世纪 60 年代以来，由于受黑人美学影响，黑人小说中原本蕴含丰富的哲理性逐渐被枯燥单调的种族政治宣传所排挤，政治性取代了思想性，成为这一时期黑人文学的标志性特点。约翰逊对此反复提出过批评，他说：

我们想知道，黑人艺术家们到底都在干些什么？正如伊什梅尔·里德在很多文章中所写的那样，我们对于自身经验的阐释已经变得十分僵化，被压缩成公式。它已经不再像一切真正的哲理性（和审美性）小说所必须做到的那样，为读者提供丰富的意义或澄明我们的感觉。我们对黑人世界的感觉已然类型化，以至于即使是有才能的白人作者也可以十分逼肖地构造黑人女孩、运动员或革命分子的语言和生活。黑人生活已被固化成了一种单维度的存在风格。（Byrd，*I Call Myself an Artist* 80）

进入20世纪80年代后，很多人毫不质疑地接受了早在1960就已被固定化、制度化的观念和范畴，这对黑人文学来说是灾难性的。全新的生活感受轻易地蜕变成思想公式，导致思想的终结。原本丰富的黑人生活被想当然地认为可以由自然主义写作来再现，这让约翰逊感到非常失望。他说："如果单听那些作家们所讲的，我们会以为黑人音乐、克里奥尔饮食、舞蹈、粗鲁的言行以及某些非洲遗俗等就构成我们黑人生活的全部内容。如果接受了这种诠释（它和一切真实的感受一样片面、狭隘、亟须补充完善），就必然会像刀子一般斩杀黑人生活的意义延展。"（Byrd，*I Call Myself an Artist* 82）总之在约翰逊看来，20世纪70年代的黑人文学已经陷入停滞状态，在形式和内容上都需要一些变革方能继续向前发展，而他所说的黑人哲理小说能够让黑人文学重新焕发生机。不过要想创作出真正的黑人哲理小说，黑人美学意识形态仍旧是黑人作家必须首先克服的一大障碍。

虽然约翰逊在感情上也理解黑人民族主义的各种关切，但不能接受其狭隘的美学、文化和哲学视野。在他看来，黑人民族主义主要有两方面的局限性。首先是种族分裂主义的政治倾向，它试图建立完全由黑人组成的政治实体，这并不符合大部分黑人希望与白人实现种族和解的政治愿望，在世界范围内来看也违背历史潮流。其次，它对种族身份的理解是本质主义的，认为黑人和白人之间存在本质上的差异，他们之间是敌对关系，不存在任何同一性，没有和解的可能。（Byrd，*I Call Myself an Artist* 101）这种观念会让黑人作家对种族问题的认识非常片面和教条，让他们用一种十分僵化的视角去看待和阐释黑人经验，不加质疑地接受黑人文学传统遗留下来的很多未经澄清的假定（Johnson, *Being and Race* ix）。在这种本质化的视野中，黑人生活总是由一些不断重复的经验构成，比如奴役、暴力和压迫等，而白人则必定代表着完全相反的另一种生活经验。但对于有着深厚的现象学背景的约翰逊来说，他最不认可的做法就是带着满脑子预先设定的本质化思维去理解事物，其中当然包括对种族关系的理解。他强调说："不存在相互隔绝、互相排斥的黑人经验或白人经验，而只能说存在不同版本的人类经验，它们总能通过语言的两种分析形式——哲学和文学——实现跨越种族、政治和文化疆界的想象性的或感同身受的体验交流。"（Byrd, *I Call Myself an Artist* 110）

现实主义和自然主义文学有一个未经严格推敲的假定，即作家应该从自己身边熟悉的经验和事物写起。但究竟何为经验？它只是事物在人心里留下的被动记忆吗？还是至少部分地存在主观建构？一个显然的例子是，即便同一件事物在不同人那里也会产生不同的经验感受，比如说美国黑人群体对种族主义的经验必定是多样的，不可能所有人得到的都是同样的经验。甚至有不少证据表明很多黑人其实也参与了贩奴贸易，他们从中渔利并且对同胞实施迫害。也有不少黑人自19世纪中期以来就一直过着相对较舒适的田园生活。这些东西在今天让很多人感觉诧异，就是因为他们已经习惯了黑人民族主义对黑人经验的本质化界定。约翰逊指出："普遍性不是固定不变的，而是变化的、历史的、演进的，并且不断由特殊性加以充实和丰富。黑人的生活世界始终允许我们从一个全新的角度去审视那些有数百年古老历史的结构和主题。"（Byrd, *I Call Myself an Artist* 81）

然而遗憾的是，受本质主义思维影响，很多黑人作家就是摆脱不了僵化的视角，总是习惯于从某种固定的套路来讲述黑人生活。其实有不少白人艺术家亦是如此。只需要看看好莱坞影片中那些高度脸谱化的黑人形象就可以知道他们对黑人经验的理解有多么匮乏。很多作家自认为忠实讲述了黑人生活，但其实不过是用头脑中预先植入的种种本质化假定对黑人经验的片面过滤和析取。这也正是很多黑人小说存在的问题，即自然主义的写作习惯让他们在忠实于现实的幌子下恰恰违背了现实经验。

三　对黑人哲理小说的界定

如前所述，美国黑人作家一直有创作哲理小说的传统。但在约翰逊看来，至少在20世纪70年代之前，除了图默、赖特和埃利森之外，几乎没有几部作品算得上是“真正的黑人哲理小说”（Byrd, *I Call Myself an Artist* 23），“我没有发现在哲学上成系统的黑人小说，那种能够回答西方人所面对的那些永恒问题的小说，能够一脉相承地去探讨那些价值、伦理、意义、真、善、美、自我、认识论的问题。我没能发现这样的作品。”（McWilliams, *Passing the Three Gates* 22）所以从一开始，当他意识到以抗议文学为代表的黑人文学已经穷途末路之后，他就决心去填补这一空白。那么约翰逊对自己所说的真正的黑人哲理小说到底有哪些要求呢？

首先，真正的黑人哲理小说应该是“一种缓慢的发现过程”（Byrd, *I Call Myself an Artist* 81），它拒绝被简化为肤浅的哲学公式或思想宣传工具，反对带着任何先入为主的观念和假定去“嵌套”写作对象。约翰逊认为，不管是对作家还是普通人来说，最可怕的就是我们的思想变得迂腐僵化，看不到任何事物都有灵活变通的一面。我们如果故步自封，就会很容易让生活和文学创作陷入停滞。因此黑人哲理小说就应该“让你的思想、眼界和生活保持开放，寻找不被限制住的方法。小说应该为我们打开新的可能，应该为我们澄清事物。它应该改变我们的感受”（McWilliams, *Passing the Three Gates* 21）。他以黑人经验为例，倡导作家们在描写它的时候应该运用一种类似于现象学还原的方法，尽可能地悬搁一切有关黑人生活的本质化的成见或假定。这样一来，黑人生活便呈现为一个纯粹的现象领域，而作家的义务就是不带偏见地描述以前没有发现或观察不深刻的方面。这样的描述一定可以带给我们有关黑人经验的“显著的新感受”（Byrd, *I Call Myself an Artist* 81），“一种把真实从遮蔽状态下带出来的话语，这就像现象学家马克斯·舍勒（Max Scheler）所说的‘除蔽’（alethia）：一种以黑人作家在世界中的黑人境况为基础的揭示”（Byrd, *I Call Myself an Artist* 81）。

其次，和约翰·福尔斯（John Fowles）一样，约翰逊也认为包括黑人哲理小说在内的一切伟大艺术的最终目标都应该是为读者创造一种“完整视野”（whole sight）。他引用克莱顿·莱利（Clayton Riley）的话说：

> 我坚信，艺术家首先要忠于想象，而非任何流行的教条……艺术家应该试着去发现、探究、理解不容易理解的事物。这是一项危险的工作，即发现的危险。如此，作家将拥有整个世界——不仅是由美国种族主义和心灵上的社会动荡构成的破碎世界——他将利用系统方法去建造新的星球、新的社会、新的作为、更卓越之人的方式。(Byrd, *I Call Myself an Artist* 87)

约翰逊也承认黑人文学已经取得了巨大成就，尤其自“二战”结束以来，黑人文学无论在质量还是数量上都已经今非昔比，受到的关注也与日俱增。黑人文学的文化和政治意义毋庸置疑，它们为读者理解黑人群体的存在经验提供了很多视角。但在约翰逊看来，这些视角都太狭隘、太碎片化，距离他所期待的标准还有不小距离。他说：“真正恒久的世界级文学一直是并且永远都是一种华丽的阐释行为，或者如现象学家米盖尔·杜夫海纳（Mikel Dufrenne）经常说的‘一种对现实的有条理的变形’。简言之，通过创造一个好故事，构造了一个四维的虚构世界，借以帮助我们澄清自身经验，满足我们对完全理解的渴望。”（Byrd, *I Call Myself an Artist* 86）正如日常经验告诉我们的，站得高就可以看得远。黑人作家要想获得这种对黑人生活的“完整视野”，就应该广泛的从不同文化中吸取营养。不管是东方的还是西方的，是哲学的还是宗教的，只要它们有助于提升作家的思想高度，拓宽他们的视野，就应该成为黑人作家利用的资源。这也正是约翰逊在自己的小说中大量融入东西方哲学和宗教元素的重要原因。

第三，黑人哲理小说不能总是关注种族政治题材，尤其是那些被黑人民族主义狭隘界定的种族政治题材。尽管从表面上来看，很多黑人文学都强烈关注了美国社会的种族问题，比如什么是种族？身份差异从何而来？种族矛盾的根源何在？如何彻底化解冲突？如此等等。但其实他们很少真正深入地思考这些问题。很多人只是带着预先设定好的假想去回答这些问题而已。由于受本质主义种族观念影响，很多黑人作家都是把种族关系设想成两极对立模式，他们为种族矛盾寻求的解决方案不过是想把白人对黑人的压迫结构颠倒过来而已。从约翰逊所说的“完整视野”来看，这显然不是能化解种族矛盾的正确方案。受佛教思想影响，约翰逊把种族和政治都看作某种幻象，他说：

> 作为一名佛教徒，我把“种族”视为一种幻象，一个思想的产物。我视其为摩耶。我写作的初衷肯定不是仅仅讨论种族问题，否则可能会让我感到无聊至极。因为在我所生活的这个奇妙世界里，除了种族幻象之外，还有那么多有趣的事物。……我有时候会写一些种族问题，因为我首先并且主要是一名美国艺术家，而种族问题是我们当今讨论的话题的一部分，但它并不处于我作为一名现象学佛教徒的美学位置上的中心地位。(McWilliams，*Passing the Three Gates* 221)

约翰逊并不否认从事积极的政治活动可以减少种族不平等，但他认为这绝非实现最终人类平等的有效途径。只要我们仍囿于二元对立种族思维模式，那么即便一种不平等的制度被推翻了，新的不平等也会接踵而至。很多黑人民族主义批评家号召黑人作家把文学变成政治斗争的武器，并因此谴责约翰逊的小说“不够政治化”。约翰逊对这种指责相当不以为然。他反驳说：“众所周知，吉姆·克劳隔离法早在 20 世纪 60 年代就结束了，因此我不认为还有必要（至少在当前）去使用‘文字的武器’。作为一名现象学家，我使用语言去‘除蔽’，或揭示现象。作为一名佛教徒，我使用语言去弥合而非撕裂事物。”(Ghosh 363—364）约翰逊并非没有意识到当前美国社会依旧存在很多需要黑人努力克服的政治难题，他只是反对把文学降格为政治斗争的宣传工具。他说："我认为一部愤怒的小说可以很有力，它可以是一种控诉；它可以唤醒你对某些问题的关注。但这并不意味着它是艺术，也不能让它成为艺术。"（McWilliams，*Passing the Three Gates* 87）在约翰逊眼里，鲍德温的绝大部分作品（除了《向苍天呼吁》之外）都政治意识形态有余而艺术性不足（Ghosh 365）。需要特别指出的是，约翰逊并不反对种族政治成为黑人文学关注的内容，他只是反对它成为黑人文学关注的唯一内容。对他来说，小说的"道德问题走在政治问题之前"（McWilliams，*Passing the Three Gates* 51）。

最后，黑人哲理小说必须承担社会责任。如前所述，在加德纳的影响下，约翰逊把文学创作视为无比高尚的事业，他认为作家必须带着神圣的社会使命感去从事创作，绝不能仅仅出于物质功利的或是唯美主义的目的。不过约翰逊又坚决反对把文学的社会使命等同于政治责任。他说："我坚信艺术应该为社会负责……它履行这种社会责任的方式很简单，那便是不管它是什么作品、什么书、什么产品，它都是我们掷入公共空间的事物。它是一个公共行为，是一种人类的表达。而我们应该为一切形式的人类表达、为我们的各种行动和作为负责。"（Little，"An Interview" 171）

和传统作家一样，约翰逊深信文学有能力影响甚至改变读者的思想和行为。作家给读者呈现一个什么样的世界，这对读者来说非常重要。在他看来，"读者期待三种事物：他们想笑、想哭、还想学到东西。如果你忽略其中任何一项，你的作品就不够成功。"（McWilliams，*Passing the Three Gates* 28）这正是对"寓教于乐"这一古老艺术原则的继承。具体到20世纪70年代以后的社会语境，很多黑人文学在重复那些种族政治的陈词滥调的时候，已经很少还能提供娱乐和教育意义。它们的基调过于压抑和阴郁，让人感受不到黑人经验中有任何轻松、幽默之处，更无从学到有关黑人经验的新知识。他强调说："我们应该为世界呈现在我们面前的样子负责，为它的深刻和丰富（当我们向他人开放自我的时候）、为它的贫乏（当我们拒绝向他人开放自我的时候）、为我们的视界将给他人造成的影响负责。"（Johnson，*Turning the Wheel* 158）反复地向读者展示黑人生活中那些消极面，让他们不断反刍有关痛苦、愤怒和绝望的回忆，这就是不道德、不负责任的文学。在约翰逊看来，时代已经不同了，特别是到了 20 世纪 80 年代之后，美国社会的种族问题已经得到很大改善，很多黑人梦想得到的、在物质和精神方面的平等对待至少已经部分实现。在这种情况下，黑人文学就应该带给黑人一些新东西。黑人经验是复杂多元的，既具有作为黑人经验的特殊性，也有作为人类经验的普遍性。作家应该在不忽略前者的基础上兼顾后者，帮他们对黑人问题的关注上升到对人类问题的关注。

更具体一点来说，美国黑人文学自诞生之日起就一直存在一个贯穿至今的主题，那就是“寻找自由和身份”（Byrd, *I Call Myself an Artist* 94），黑人渴望自由，也渴望知道黑人没有自由的根源。然而在约翰逊看来，以往有很多黑人文学在这方面的理解是有问题的。很多人只是把自由简单理解成在经济和政治上与白人平等的地位，对身份的认识更是一种典型的二元对立模式。如果说这种认识在以前曾发挥过一定社会作用的话，那么到了 20 世纪 80 年代之后它就显得很有局限了。因为在此时的美国社会，种族融合已经取代种族对抗成为大势所趋，美国黑人最匮乏的也不再是物质自由，而是精神自由。

与传统黑人文学一样，约翰逊也认为“对自我及个人身份的追问是我大部分小说和故事的核心主题”（Boccia, “An Interview” 615），“我感兴趣的是，在我们有关身份（包括个人身份和种族身份等问题）的文化讨论的大背景中，自我身份的本质问题。我感兴趣的是自我疆界的终点，以及你的起点，例如自我与他者的差异”（McWilliams, *Passing the Three Gates* 144）。“我是谁”的问题必然涉及“你是谁”“我和你之间的关系”“自由和责任”等一系列具有深刻伦理内涵的问题。约翰逊认为，文学的最高伦理使命也恰恰在这里，那就是充分唤起人类对彼此的相互关联性（interrelatedness）的认识。

现代社会的劳动分工和贸易制度决定了任何产品——不管是一张纸、一个杯子，还是一架分机、一辆汽车——都是很多人共同参与劳动的产物，人类在物质上从未像今天这样有如此之高的相互依存性。其实不只在今天、在物质层面上是如此，我们在过去、在精神和文化层面上也是这样。人类从未像本质主义者想象的那样相互分离、相互矛盾、不可通约，只不过我们忘记了这一点，我们习惯用佛教所说的“分别智”把世界和人群切分成相互隔绝的不同部分，而文学的责任就是要纠正这一点。约翰逊说：

> 我认为文学有责任做到这一点，使我们意识到我们的生活有多么细腻、复杂并且相互关联。我们需要这种意识，这正是我为什么说关于“我是谁”以及其他有关自我的问题是我们最重要的问题的原因。如果我们有了这种意识，那么我们就会以不同方式对待彼此。（McWilliams，*Passing the Three Gates* 147）

第二章　《菲丝与好东西》中的日常生活伦理观

> 当我读到那些关于《菲丝》的书评时，我发现很多评论者根本没读懂它。他们不了解小说中表达的哲学思想，愚蠢地认为一切黑人文学都应该是抗议小说或运用自然主义风格。真是些非常愚蠢的批评家。（Rowell，“Interview with Charles Johnson” 546）

如前所述，在写完六部模仿自然主义风格的抗议小说习作之后，约翰逊逐渐认识到这种写作的局限性。他渴望换一种文学模式，能够充分表达他对那些更具普遍意义的哲学和伦理问题的思索。从 1973 年开始，他与加德纳结成的深厚友谊为他的创作转型添加了助推剂。在这位亦师亦友的启蒙导师的指导下，约翰逊在不到一年的时间内完成了在他整个文学创作生涯中的真正意义上的处女作，即《菲丝与好东西》（下文简称《菲丝》）。巧合的是，这部作品恰好与鲍德温的《如果比尔街会说话》（*If Beale Street Could Talk*，1974）在同一年问世，而后者在当时正被视为最具代表性的抗议小说作家。

在自然主义和抗议文学盛行的 20 世纪 70 年代，约翰逊却要另辟蹊径，探寻黑人文学的新模式，他的这部处女作似乎注定难以成为成名作。实际上，很多批评家对《菲丝》的反应都很冷淡，仅有的一些评论也都以批评的声音为主。鲍德温尤其表达了他对这位晚辈的不满，批评约翰逊的小说不够“政治化”。鲍德温的批评虽然让约翰逊感到不快，但他也能坦然面对，毕竟前者是他尊敬的前辈，并且他也清楚自己和鲍德温“在美学和思想方面均有巨大差异”（Ghosh 363）。而来自其他众多评论家的指责就让约翰逊颇感不快了。我们在本章开头之处所引用的话就是他在这种情境下所说的。

自20世纪90年代以来，随着约翰逊的声誉日隆，评论家们对这部小说的看法不再那么片面和狭隘，而是开始从多个角度深度发掘它的丰富内涵。利特尔认为："约翰逊在这部小说中运用非裔美国民间口头文学的美学创作传统和魔法的力量，来对抗城市异化、种族压迫、虚无主义和边缘化，由此在几代人中间重建了早已被打破的代际联系和精神纽带。"（Little，*Spiritual Imagination* 56）纳什则分析了《菲丝》与众多西方文学经典的互文性关系，包括杜波依斯的《寻找银羊毛》（*The Quest of the Silver Fleece*，1911）、佐拉·尼尔·赫斯顿（Zora Neale Hurston，1891—1960）的《他们眼望上苍》（*Their Eyes Were Watching God*，1937）、西奥多·德莱塞的《嘉莉妹妹》以及梅洛—庞蒂的短文《信仰与好信仰》（*Faith and Good Faith*）等。纳什认为："在这种多元综合框架中，约翰逊希望阐明一种全新的黑人文学和个人身份观。"（Nash 52）"《菲丝》讲述了一位个体通过追求一种普遍意义上的善来战胜被种族化的狭隘身份观的奋斗历程。"（Nash 51）拜尔德以柏拉图的《理想国》中有关苏格拉底和格劳孔（Glaucon）围绕"什么是善"展开的辩论为启示，认为它与《菲丝》的核心问题（即什么是好东西）特别相关，"约翰逊把这两种思想传统成功地结合在一起，为探究小说的核心问题确立了一个丰富框架：什么是善的本质？或者说以黑人方言为思想和行动的工具，把这个问题改写成了什么是好东西"（Byrd，*Charles Johnson's Novels* 60）。

除此之外，《菲丝》在约翰逊的创作生涯中的基础性地位也逐渐得到认可。比如拜尔德认为《菲丝》比《牧牛传说》更像其黑人哲理小说的滥觞之作，"在这部哲理小说中，约翰逊以特定哲学传统为框架，开始了他对本体论和认识论相关问题的探索"（Byrd，*Charles Johnson's Novels* 14）。斯托霍夫也认为"约翰逊在《菲丝》中开启了他在余下的毕生事业中的基本主题"（Storhoff，*Understanding Charles Johnson* 26）。

与上述研究不同，本文将主要从伦理批评的角度解读这部小说，发掘其中的伦理内涵，评估它的伦理价值。作为一部由加德纳亲自指导和修改完成的作品，我们有理由把伦理探讨视为约翰逊在《菲丝》中的主要创作维度。我们将会发现，菲丝这位“伦理探险者”（126）[①]对“什么是好东西”的追问其实也是代表我们每个人对这一问题展开的伦理探险之旅。毕竟我们每个人都渴望得到心目中的“好东西”，而她的这次探险之旅也便具有了很大的伦理价值。

第一节　伦理结的形成：什么是“好东西”？

小说开始于一个十分凄惨的场景：风雨交加的清晨，在一个破败简陋的房屋内，6 岁丧父的女主人公菲丝在她 18 岁生日的当天独自陪护正与死神做最后斗争的母亲莱维蒂娅。在经过几番狂躁的垂死挣扎后，莱维蒂娅给懵懂的女儿留下一句谜题般的遗言：“女儿，去给自己找一个好东西”（14—15），随后撒手人寰。母亲的离去让菲丝感到孤苦伶仃，家中原本熟悉的一切都变得陌生：“厨房虽在那里，却遥不可及。它就在那里，无法被爱，也不被需要。桌椅板凳看上去都很矮小，似乎是出自矮人之手、专为矮人们打造的。就连四面墙壁也离她而去，在一个距离远得让人晕眩的顶角相会。”（17）与这种孤独感相比，母亲留下的遗言给她带来更巨大的心理困惑。到底什么才是莱维蒂娅所说的“好东西”？怎样才能得到它？

需要指出的是，莱维蒂娅在遗言中对好东西的表述是“a good thing”，可以理解成“一个好东西”，比如一件值钱的宝贝，甚至是一个好男人等。根据拜尔德的观点，在这部小说出现的 20 世纪 70 年代的美国社会，“‘给你找个好东西’或‘我得到了一件好东西’这样的说法就意味着在金钱或物质方面寻找或得到成功”（Byrd, *Charles Johnson's Novels* 48）。菲丝最初也是这么理解的。然而随着她对这一问题的不断追问，“好东西”却越来越被赋予形而上的意味，“*a* good

① 本章所有来自小说中的引文都将随文直接标出页码，不再详加注释。它们皆出自同一版本（Charles Johnson, *Faith and the Good Thing*, New York: Scribner, 2001）。

thing”渐渐变成“*the* Good Thing”，对好东西的寻找也就变成了对终极至善的追问。约翰逊在小说中有意交替使用大写和小写两种英文表述方法，也就使得菲丝的追问兼具形而上和形而下的意蕴，极大增加了小说的伦理张力。

从莱维蒂娅的话里我们不难推断，她一定是因为自己始终没有得到所谓的“好东西”而抱恨终身，所以才在临终前嘱托菲丝去找到属于自己的“好东西”。事实上，莱维蒂娅的一生的确是个悲剧。骨子里是个实用主义者的她偏偏嫁给了最不切实际的托德·克洛斯，后者相信：“你娶的女人必须在每个方面都和你完全相反才好。你喝醉的时候她应该清醒。她得精明，会克制你的冲动，理智而且脚踏实地。当有些东西像进入血液的病毒一样让你意志消沉时，她能让你和她自己重新焕发力量，并让你重新上路。”（62）正是出于这样一套奇怪的婚姻理念，托德想尽办法用各种花言巧语把莱维蒂娅追求到手，也就为两人不幸的婚姻埋下祸根。由于莱维蒂娅始终不能原谅托德对自己的欺骗，她变得日益刻薄，对身边的任何事物都看不顺眼。让她尤其不能忍受的是，虽然家里的生活极为贫困，可是托德依然过着优哉游哉的生活，整日编造各种虚假美丽的故事来欺骗自己，逃避现实。或许莱维蒂娅不想让自己的婚姻悲剧在女儿身上重演，她才给了菲丝最后的告诫。从莱维蒂娅的角度来看，她所说的“好东西”应该就是能够让人生活美满的某个具体的“依托”——爱人或是财富。不过由于其言语含混，菲丝无法完全理解她的意思。她对这个谜题的追问也就构成整部小说的一条清晰“伦理线”（聂珍钊，《文学伦理学批评导论》265），其间每一个与菲丝有接触的重要人物都会给她提供不同答案，他们也都在不同阶段扮演了她的精神和伦理导师。尽管他们对菲丝的影响并不都是积极的，却都或多或少启发她朝着最终的答案不断靠近。

一　托德的快乐主义伦理学

父亲托德是菲丝生命中的第一位伦理启蒙导师。虽然他在菲丝刚六岁时就去世了，却给后者的人生观和价值观留下深刻的印迹。如前所述，托德天生是一位乐天派。作为一名贫穷下贱的黑奴，他虽然在现实生活中时常受到来自白人的欺辱，却总能用各种美丽的谎言为自己寻找精神宽慰。即便别人当面侮辱他的妻子和女儿，他也“从不反抗”（84），甚至“从不发怒”（85）。菲丝在三岁时，有一次因受人欺负而感到委屈。他劝慰说：“如果你认为真的有什么输赢之分的话，那么你错了。”（92）在他看来，别人至多可以从外部对你施加一些伤害，却不能伤及你的内心。只要你的内心足够强大，就能够泰然面对生活中的一切不幸。他希望菲丝能够从妓女露西尔身上得到生存启示。虽然露西尔活得非常屈辱，却总能随遇而安，“不为环境所动”（112）：

> 当干旱毁坏了地里的甘蔗和棉花时，她会说：“好的。”当天气好时，她会说：“好的。”她对任何事情都会以同样的语气说：“好的。”托德说她或许通晓什么秘密。她就是那个秘密。而那个秘密一定与心态平和有关——与流水毫不费力地冲刷巨石、庙宇和帝王权力基石的轻松方式有关。(112)

由于托德总能把故事编得惟妙惟肖，菲丝也不清楚其中的真假成分。在别人眼里，托德显然是自欺欺人，但他自己却把这种精神胜利法视为“完美的自我防御机制”，“能够让他打败佐治亚州乃至世界上的任何人”（112）。托德就是这样一个永远惬意地活在谎言中的人，然而现实却总会以残酷方式戳破他自我营造的虚假氛围。他用最浪漫的故事向菲丝讲述男女为何会有情爱，他却得到了最不浪漫的婚姻；他宣称平和的内心让自己无往而不胜，甘愿用最谦卑的言行忍受白人的凌辱，却被几个种族分子用残忍的方式吊死在树上。

托德的惨死几乎没有引起亲友的同情。莱维蒂娅认为他“死有应得”（19），虽然她能够理解丈夫忍气吞声的行为习惯是“养家糊口所必需的”（85），却实在无法忍受他躲在虚假世界里怡然自乐的样子。她认为丈夫就是一个彻底的失败者、逃避主义者。与托德完全相反，莱维蒂娅是实用主义生活伦理的信徒。由于担心女儿会变得像托德一样不切实际，她便和他在女儿的教育问题上针锋相对。当托德把情爱解释为神灵有意安排的神秘姻缘时，她忿忿不平地反驳说："别再害她了！你向孩子灌输这些故事，而现实却会把她生吞活剥。……完美的爱情就是有人替你盖好被子。"（59）

托德死后，他的墓碑被镌刻上一行拉丁文小字："Carpe diem, quam minimum credula postero"（57），意思是"但求今日乐，不为明天忧"。这句话是对其一生的准确概括，也暗示了托德是古老的伊壁鸠鲁快乐主义伦理学的真正信徒，即把内心持久的平静和快乐视为最高的伦理价值，而不追求在物质和肉体上的纵欲无度。或许很多人会以为这不过是失败者消极的自我麻痹行为，但我们不妨换个角度看待这个问题。当种族迫害无处不在地渗透进黑人生活，当他们的生存空间和生命尊严都被严重挤压时，黑人是否只能生活在无尽的痛苦和诅咒中？还是像托德那样用美丽的谎言来为黑暗的生活涂上一层值得留恋的色彩？麦克卡布尔（John McCumber）就非常肯定托德的行为所具有的伦理价值，他说："不管托德虚构的那些事情给自己带来多少麻烦……他总能不断编造另一个故事来让自己转危为安。他的故事创建了一个能够忍受的、甚至是令人欢快的、也肯定是聪明的世界，既是为了像他自己这样一位贫苦的、注定会死于白人恶棍之手的佃农，同时也是为了命运多舛、充满痛苦的女儿。"（Byrd, *I Call Myself an Artist* 258）

莱维蒂娅对托德的生活伦理学嗤之以鼻，她告诉菲丝："你父亲是个傻子。"（57）不过菲丝幼小的心灵还是深受父亲影响。她喜欢和父亲一起散步、听故事，从中吸取人生智慧。至少在她成年以前，父亲对人生和世界的看法都构成了她的基本伦理准则。恰如塞尔泽所说："每到危急时刻，菲丝就把父亲的故事当作护身符来用，比如当她在夜间独自穿越树林时，或者更重要的是，当她面临各种自己并不认同的哲学思想时，她都会想起它们。"（Selzer 75）

二　林笞的虚无主义伦理学

与其他人物相比，林笞（Lynch）① 与菲丝只有很少的交往。作为当地一名医生，他只有一次为病重的莱维蒂娅上门诊病，但这次短暂的造访却给她们母女造成巨大影响。名字和长相同样让人厌恶的林笞是一位相当教条的机械唯物论者，据说他“在很多名校读过书”(49)。当莱维蒂娅急切地向他询问自己的病情时，他却不容拒绝地讲述起一整套宇宙理论：从数十亿年前的宇宙大爆炸到物质的生成和演化、再到生命的由来和消失等。他用一种简单的机械决定论来解释生命存在。在他眼中，一切事物都毫无神秘可言，都可以用科学、理性的方法为之除魅。他说：“存在就是虚无（L'être amène le néant）！……从细胞层面上来看，生命可以无限延续下去——细胞无休止地再生自己。但是……细胞需要组合起来构成一个简单的生命组织，形成藻类或者鱼……以及我们。但生命不能支撑自我，它来自其他无生命的物质，它必须再回到那里去……由非生命物质维系的生命最终需要一个终结。细胞的分裂会减弱……直至生命组织死亡。”(53)

从表面来看，林笞确如拜尔德（Byrd，*Charles Johnson's Novels* 30）和斯托霍夫（Storhoff，*Understanding Charles Johnson's Novels* 34）所言，是个坚定的“理性主义者”“唯物论者”，他不相信世界上有任何纯粹超自然之物的存在。但实际上他也是一名彻底的虚无主义者。他眼中的世界是一个精神荒原，没有任何意义和美可言，一切事物都只是按照物质变化的自然规律被机械决定了的——“从无生命的物质到软体动物、从虚空到多样化的生命形式，人类的出现就是造化偶然！在我们认识生命、崇拜生命的时候，就必须看到自身只是一个小差错——一个宇宙中的小事件——是上帝开的最大玩笑！是的，是生命对自己的可笑迷恋！”(53—54)

不难看出，林笞信奉的正是英国近代哲学家霍布斯的机械唯物论。

---

① 英语中 Lynch 的字面意思是“私刑、用私刑处决等”。

这种哲学把世界看成由物质之间的因果链组成的一架大机器，人不过是其中一台更精巧的小机器，“人和钟表一样，心脏是发条，神经是游丝，关节是齿轮，这些零件一个推动一个，造成人的生命运动”（赵敦华 180）。呼吸则是这种生命运动的基本节奏：

> 这就是你的运作方式！这就是你的秘密，不过是一具复杂的细胞丛，能量像电流一般穿梭其中。你从食物和阳光中摄取能量，通过血管输送到全身，让肌肉运动，或者用于大脑工作。但不管你干什么，你都必须让它运转。否则，肌肉就会萎缩，下身就会酸软。绷紧肌肉然后释放力量……除此之外，绝对没有什么比这个更真实的了，绝对没有！（55）

这是一幅多么让人绝望的生命图景！人活着真的没有任何意义可言吗？只是为了传递物质演变链条过程中的一环吗？一切有关真、善和美的生命价值难道只是幻想？林笞的回答当然都是肯定的。难怪当莱维蒂娅问他为什么要活着时，他会毫不犹豫地说：“我们活着就是为了去死，只有这一个目的。”（56）

对菲丝来说，林笞的话并没有带来多大影响，因为她早已从父亲那里接受了完全不一样的生活伦理。她眼中的世界可不是林笞所说的那样荒凉，而是处处充满美妙的奇迹和神秘的意义；人生也不是单调机械的呼吸过程，而是一场值得品味和追求的伟大冒险。不过对于可怜的莱维蒂娅来说，林笞的话却成了压死骆驼的最后一根稻草。当她听说每个人的平均寿命约等于4亿次的呼吸时，她剩下的任务也就只是“努力完成生命的这一单调运动”（56），直至呼出最后一口气。

虚无主义算得上是最容易让人绝望的生活伦理。人活着总要追求某种意义，不管这种意义是属于真、善还是美。每个生命的起点和终点都是相同的从生到死，但过程却千差万别，生命的意义就在于用什么样的价值来丰富这一历程。我们绝不能像林笞那样用最简单的因果决定论来连接生死，否则必定会导致生命短路。事实上，虚无主义也很快就吞噬了林笞自身的生命。当他有一天突然发现就连甘蓝和喜林芋这样的低等植物也和人一样拥有丰富的情感时，他或许无法承受自己的人生哲学破产的代价，在一个平安夜用子弹结束了自己的生命。

三　布朗和麦格斯神父的新柏拉图主义伦理学

和林笞一样，布朗也代表着一种和托德的快乐主义伦理学迥异的生活伦理。早在托德刚去世时，作为哈顿县的一名牧师，布朗就频繁到菲丝家中和她母亲一起商量“拯救她的计划”（19）。两人打算用各种办法消除托德对菲丝的影响，避免她走上和父亲一样的人生道路。在他们两人看来，像托德那样在悲惨的现实条件下依然愉快地生活是不道德的，甚至是一种罪过。作为其拯救计划的一部分，布朗敦促莱维蒂娅带着菲丝去参加由更加狂热的牧师麦格斯举办的宗教奋兴会。在一群高度亢奋的听众面前，麦格斯发表了一篇充满奥古斯丁的新柏拉图主义精神的布道文：

> 你们这些浑身长满溃烂脓包和肿瘤的孩子们，奸猾而又羸弱。你们从一出生就已经受到了诅咒，远离了一切善的源头。对上帝而言，你们犹如尘土和粪便一般。在那宽恕了你的僭越、让你保住性命的伟大力量面前，你们就像卑下的鼹鼠和瞎眼的蛆虫一般。你们什么都不是！（20）

麦格斯用最具煽动性的语言表达他对现世生活的鄙夷，以及对那些世俗之人的厌恶。他要让人们充分认识到自己因贪恋尘世所犯下的无法弥补的罪恶。在对人们死后将在地狱遭受的折磨进行了一番骇人描述后，他用咒语般的言辞结束了自己的布道：“一切给予人、给予生活和给予这个幻象（指现实世界）的东西都是从上帝那里偷来的。你到底是为谁而活？如果是为了上帝，那么你必将得到拯救。如果是为了尘世……那么凡是胆敢热爱这世上生活的人都将注定悲惨。”（22）

包括莱维蒂娅和布朗在内，几乎所有的听众都被麦格斯的话强烈震撼。或许是出于恐惧，亢奋的人们扭动着身躯，以各种方式表达对神的敬畏。唯独菲丝是个例外，她非但没被打动，反而感到“胃里翻腾得让人恶心，胳膊和腿都疼”（22）。虽然她在这一刻也确实产生了些许想要“被拯救”的感觉，但那只是短暂的冲动。对现世之爱仍旧是她少女时代最大的天性，这种天性在她与琼斯谈情说爱时表达得尤为清楚：“她感到自己此时被带到了天空，似乎长了翅膀一样，但不是飞向天堂，永远不是。而是又飞回大地，深深扎入它的奇怪结构。”（25）莱维蒂娅和布朗一起试图对菲丝进行的精神改造从未成功，至多只是给她原本单纯的心灵多添一份烦扰。而当母亲给她留下那个关于“好东西”的谜题后，菲丝第一个想到可以寻求帮助的人便是布朗。

面对菲丝的困惑，布朗从自己的角度给出了一个解释，即莱维蒂娅所说的好东西一定是上帝的救赎。他用一例典型的柏拉图寓言再次奉劝菲丝放弃对尘世生活的热爱：“我们生活的世界就像一座洞穴。如果你没有任何东西能够把它照亮的话，那么里面就处处充满阴影和疯狂的声音。只有救世主才是真正的太阳，你明白吗？”（26）然而当布朗用严厉的语言告诫菲丝应把上帝的恩宠作为唯一值得追求的目标之时，他对自己秉持的宗教信念却时常产生怀疑。按照奥古斯丁的说法，上帝对人类之爱乃是宗教信仰最纯粹的主题和目标（参见塔纳斯165），只要人能够克服对自我和世俗生活的爱恋，就都可以得到它。但问题是我们怎样才能确定上帝是真实存在的？如果万一上帝并不存在，那岂非一切以之为基础的宗教和伦理观念都是虚假的？终于有一天，当布朗亲眼看到一位年仅16岁的天真女孩被疾病夺走生命而他的祈祷又根本不能阻止悲剧的发生时，布朗的宗教怀疑主义情绪彻底抑制不住了。由于无法继续用那些神圣的祷词安慰自己，他试图让莱维蒂娅帮他克服信仰的危机，因为据说后者曾亲身体验过被上帝恩宠的感觉。他忐忑不安地向莱维蒂娅坦白说：

> 莱维，你比我更清楚上帝想要什么。……这种事情从未在我身上发生过，大部分人都不会有类似经历。我对宗教抱有信念，却没有我从你们身上看到的那般真切和强烈。我……下决心追随基督的十字架，因为它象征着一切我想要的东西……我祈求理解，

莱维。我想找到某种迹象……却什么也没有。……你如何肯定你的行为和信仰都是对的？别误解我的意思！我从不怀疑上帝就在那里，但日复一日，你如何才能确定？(99)

当莱维蒂娅说她可以凭感觉知道上帝的存在时，布朗并不满意这个回答，因为他想得到“绝对正确的”（99）答案。直到莱维蒂娅在他的一再要求下详细讲述了她被神灵恩宠——如同被上帝“临幸”一般——的感受之后，布朗才算满意地暂时缓解了他对上帝存在的怀疑。

布朗代表了一种曾经在西方社会有基础性影响的新柏拉图主义伦理观，它把上帝视为一切真、善、美的唯一源泉，是衡量任何行为的伦理价值的绝对标准。这种伦理观的最大缺点是否认现实生活，用虚构的上帝之城压制人间之城。它最大的弱点则在于上帝存在的不可证明性必然为其招来怀疑主义的隐忧。随着理性主义对宗教的除魅，这种伦理观越来越失去对社会的基础性影响。而我们的女主人公菲丝也由于有了父亲的预先教导，才能够对布朗和麦格斯的说教保持异议。由于母亲留下的谜题实在难解，而她从父亲、林答以及布朗等众人那里得到的启示又是如此的相互冲突，她决定向哈顿县最神秘的人物沼泽女寻求帮助。

四　沼泽女巫的伦理寓言

有不少论者把《菲丝》看作一部魔幻现实主义风格的作品，其中一个重要原因就在于小说中有不少超现实的人物和情景，而拥有神秘背景和神奇魔法的沼泽女（Swamp Woman）更是其中最关键的要素。传说早在几百年前，她曾经是非洲努比亚（Nubia）地区[①]某个部落的占卜师，后来在被贩卖至美洲途中自杀，因为她宁肯死亡也不愿去做奴隶。她死后冤魂不散，成为一名居住在哈顿县郊外沼泽地带的女巫

① 努比亚是指尼罗河第一瀑布以南至白尼罗河与青尼罗河交汇处之间的广大地区，古埃及人称为“库施”。当地的主要居民是黑人。努比亚是地球上第一个黑人文化，也被很多人认为是地球上出现的第一个人种。他们曾经创立了世界上最富裕的古文明之一，其历史可以追溯到公元前3100年以前。还有人认为努比亚文明可能就是生命的起源，也就是传说中的伊甸园。

师，经常用各种魔法帮助前去求助她的人，尤其喜欢用一些恶作剧来报复和折磨那些曾经给她的部落带去灾难的奴隶贩子们，比如把他们变成黑人或是畜生等。

虽然初次看到沼泽女的外貌让菲丝感到非常害怕，其乖戾的习性也让她胆战心惊，但菲丝还是下定决心请求这位有神奇魔力的女巫帮她破解谜题，而沼泽女也的确没让她失望。她不需要眼睛也轻易看出了菲丝的问题所在："你总是想起你父亲，这可是个不好的迹象，说明你迷失了方向，需要一些指导。"（34）面对菲丝关于"好东西"的提问，女巫首先给出了一个最不同以往、也是最接近小说主题的回答，她说：

> 关于这个"好东西"，我已经思考很久了。……我想它必定是某个组织以某种形式出现时的正确功能，或一个内在于事物之中的目的论原则的充分实现，或与上帝（或诸神、或是你自己，这要根据你自己的意愿来定）达成一个恰当关系，或者在面临所有同样有诱惑力的事物时追随享乐主义的原则，或者是己所不欲、勿施于人，或者是提升信念，或者是放弃个人财产，再或者避免不良信念……一切由你自己来选，孩子。（38）

这段话看上去杂乱无章，让人费解，但实际上蕴含着非常大的智慧。其实她的意思是说，"好东西"在不同境遇中的表现必定是多元的，每个人都有各自对它的理解，也都在追寻自己心目中的那个最重要的"好东西"。不同的理解产生不同的伦理准则，规定了不同的伦理价值，同时也带来不同的伦理后果。有自私自利的个人主义，也有奉献自我的利他主义；有人纵欲于物质享乐主义，也有人只为精神而活；有人追随上帝，也有人委身于魔鬼。然而菲丝对这样模糊的回答并不满意，因为"我想要的是那个唯一的'好东西'，我想要所有这些事物共有的那样东西"（38）。

经过一番神秘的占卜后，女巫建议菲丝应该去芝加哥寻找最终答案。不过在菲丝临行前，女巫又向她讲述了一则有关"好东西"的寓言。这则寓言对于我们理解整部小说非常重要，它实际上就是以隐喻的方式对菲丝接下来的伦理探险进行了预演。寓言的大致内容如下：

很久之前，人类无忧无虑，过着天堂般的生活。虽然并没有享受到神仙才有的琼浆玉液、珍馐美味，但所有人都以不同方式得到了各自的“好东西”。人们把这一切归功于神灵，以各种方式取悦于众神。他们从未想过去弄清楚“好东西”的真正含义，只是尽情享受着它的福泽，由此也确保了他们的“伦理生活相当有序”（43）。直到有一天，一个名叫库吉查古列（Kujichagulia）[①] 的小孩降生打破了这一切。出生仅 10 分钟，这位好奇的小孩就对自我和世界发出一系列强烈的认知渴望。众人对“好东西”不闻不问的态度让他很不满意，他也反对人们通过侍奉神灵来换取“好东西”的做法。他决心不惜一切代价，只身前往众神在大山中的居所，去对他们藏匿在山中的“好东西”一探究竟。众神被库吉查古列的执着惹怒，他们用各种办法阻挠他的计划，甚至威胁要惩罚他的整个部落，却都未能让他停下脚步。众神甚至还动用了美人计，他们让他爱上了美丽善良的伊玛尼（Imani），试图用温柔乡消解他继续探索的意志。就在他们几乎要成功的时候，库吉查古列的意愿却又死灰复燃。他不顾伊玛尼的苦苦哀求，毅然抛家舍业继续前行。他披荆斩棘、排除万险，“只渴望能够在死前哪怕瞥上一眼那个传说中的‘好东西’”（45）。虽然他最终得偿所愿，却也付出极大代价：他不但自己因伤重而亡，还给整个世界带来灾难。由于他看到了被绝对禁止的秘密，众神一怒之下要报复全人类。他们把“好东西”永远藏起来，世界从此变得暗淡无光，人类再也无法过上原先那种无忧无虑的生活，“没有了‘好东西’的世界处处是饥荒和痛苦”（46）。

这个寓言蕴含着丰富的伦理内涵，按照塞尔泽的解读，库吉查古列“代表追求确定性的笛卡尔式的怀疑精神和自我意识”，而“Imani”在斯瓦希里语中的字面意思是“信念”（faith），即“相信世界能为人类提供足够多的复数的‘好东西’”。“库吉查古列象征用理性认

① Kujichagulia 是斯瓦希里语，其字面意思是“自作决定”（self-determination）。

识世界的启蒙主义规划，而伊玛尼则象征人与世界之间更具包容性的关系”（Selzer 95）。库吉查古列的悲剧寓示理性主义的伦理危机，他总把“好东西”设想成某种超越于现实之上的永恒不变的对象，用近乎疯狂的偏执行为去认知它，却不顾及有可能给他人和自己带来的灾难后果，其伦理正当性值得怀疑。伊玛尼曾劝他放弃自己的计划，“和所有人一样不带任何疑问的去爱、工作和死去”（45），但他无论如何也不听劝告。他对伊玛尼的背叛也是对自己的世俗伦理责任的背叛。

女巫讲述这个寓言的用意显然在于向菲丝提出警告，既不要把“好东西”当成某种现实之外的、绝对的终极之物去追寻，更不能以背叛自己的伦理责任为代价，不顾及自我行为的伦理后果。不过此时的菲丝还无法完全领会沼泽女的意图。她决心按照女巫的占卜所暗示的结果，前往芝加哥，开启她真正的伦理探险之旅。

第二节　伦理线的展开：芝加哥探险之旅

与西进运动（Westward Movement）类似，“往北方行进”也是美国文学中的一个常见母题。尤其是在19世纪的奴隶叙事文学中，北方往往象征着自由。很多黑奴从南方种植园逃脱，历尽艰辛到达北方，而芝加哥往往是他们投奔的主要目的地。此外作为美国最繁华的现代大都市之一，芝加哥还吸引了很多怀揣各种梦想的人们从四面八方汇聚于此，其中既有精明老练的野心家，也有冲动幼稚的冒险分子。对所有来到芝加哥的外地人而言，这里实在是一个吉凶莫测之地。美国文学中很多经典故事都以此地作为主要背景，比如德莱塞的《嘉莉妹妹》、赖特的《土生子》以及索尔·贝娄的《奥吉·玛琪历险记》（*The Adventure of Augie March*，1953）等。因此，约翰逊为菲丝设计的芝加哥之旅与众多经典文本在故事背景上存在呼应，从而增强了小说的意义张力。

一　提皮斯的欲望伦理观

初到芝加哥时，菲丝的感觉就和德莱塞笔下的嘉莉妹妹一样，两人都是没见过什么世面的单纯少女，孑然一身飘荡在陌生环境里，根本不知道该何去何从，也不知道有多少危险潜伏在这个城市的各个角落里，所以“她走的每一步都有可能是错的”（70）。遗憾的是，菲丝不像嘉莉妹妹那样幸运。还没来得及找个安身之处，她的财物就被落魄的柏瑞特（Barret）抢劫一空，而随后貌似赶来英雄救美的提皮斯（Tippis）实则是个更可怕的危险分子。恰如纳什所留意到的（Nash 72），从某种意义上来说，菲丝和提皮斯在成长经历上有不少相似性。两人都来自贫苦黑人家庭，也都被来自家庭的不同伦理观念困扰着。提皮斯从小被叔父收养，这位叔父对班卓琴的痴迷就和托德喜欢讲故事一样，他们都怀揣让各自妻子看不惯的不切实际的生活幻想。提皮斯渴望继承叔父的技艺，也喜欢后者的生活态度，他说：“我想成为一名旅行音乐人，他就是我的精神偶像，我的一切。”（80）然而在叔父死后，婶母却用残忍手段压抑了他的音乐梦想，给他的身心都造成极大创伤。

童年的压抑影响了提皮斯的人格发展，致使他后来性情剧变，逐渐成为弗洛伊德的门徒，后者的欲望伦理学成为他解释世界和自我行为的唯一说辞，他说：

> 每个人的自我都来自于本我，他们都必须满足各自的本能需要。……你想要的每一件东西都是为了满足形成于童年时期的欲望而需要的目标对象。而你在社会中也是他人的目标对象，很少是自我的对象，但整个社会却会通过家庭和类似群体来压抑这些欲望，避免让文明在涉及亿万人的集体欲望中蒸发殆尽。（76—77）

如果说林笞把世界看成是由刺激—反应、收缩—扩张、呼气—吸气等机械运动构成的图景的话，那么提皮斯的眼中的世界则到处都是一台台永不停歇的欲望机器，压抑—满足是其最基本的运转节奏。在他看来，欲望的指向一定是朝外的，主体必须清楚自己欲望的目标究竟是什么，并尽可能获取它来满足自我。这个目标一定得是明确具体的，“让你感觉舒服的某个具体对象”（77）。如果像菲丝那样只是模模糊糊地想要“好东西”，却又说不清楚它到底是什么，那么结果会很危险。“如果你有一个目标不明确的欲望，那就麻烦大了。这就是世界的全部真相——主客对立。把某个事物锁定为目标，不让它成为别的，就是一个可以被获取、控制和驾驭的对象。”（77）

从提皮斯的话中，我们能听到他对欲望伦理学的无限崇拜，这也让他自己成为欲望的俘虏，任由自己的本能驱使着去寻找一个又一个可以满足欲望的猎物。他眼中的世界毫无道德秩序可言，任何行为都谈不上高尚或可耻，一切都只是由欲望的暂时缓解和不断生成所决定。任何试图在世界上寻找什么真、善、美的行为在他看来都还是“非常愚蠢的”（75）。不幸的是，菲丝在她最无助的时刻遇上这样的人，其结果可想而知。从提皮斯看她的眼神里早就透露出他的占有欲——“就像市场上的男人们品评牲口，或是女人们查看新生的鸡蛋一样。”（74）可怜的菲丝沦为提皮斯此刻的欲望对象，他用野蛮行为强暴了她，然后弃之而去。

在菲丝前后接触的所有重要人物中，提皮斯算得上是最无道德羞耻感的人之一，或者说他把自我欲望的满足置于一切伦理意识之上。童年压抑对他的人格造成的影响不过是他的借口，用来狡辩自己的不道德行为。其实他自己很清楚，欲望无止境，每次的满足都非常短暂。即便在强奸菲丝之后，也只是让他感觉“脸上很疼，毫无快感”（83）。像他这样总是被本能和欲望控制的人注定将永远生活在躁动不安中。他几乎每隔几天就要更换一个工作，职业身份变来变去，但从未通过有价值的行为来为自己建构一个稳定的社会身份和伦理身份。他的内心是一个永远填不满的巨大欲壑。

不过无论他怎样卑劣，作为菲丝在芝加哥第一位长时间接触的人，提皮斯的欲望伦理学还是给菲丝带来很大影响。为了生存，她别无选择地成为一名站街女，肮脏的卖淫场所像极了他在女巫的魔镜中看到的景象。在一次又一次的成为嫖客发泄欲望的对象后，菲丝开始否定自己的主体价值，她的人生观发生转变："上午的时候她还在自己的小屋里对自己说，'我们想成为什么样就能成为什么样'，可到了下午她又发现'我们其实什么也不是'，没有真理，唯一能确定的就是她的生活已被拴上桎梏，唯一的现实就是那些不幸的人们（指嫖客）一个接一个地来到她门前。"（89）菲丝开始陷入严重的伦理危机。一边是父亲的教诲、母亲的告诫、对"好东西"的渴望；另一边却是现实的残酷、生活的压力。生活的打击让她开始变得虚无：

> 她一遍又一遍地思索：至善之物，如果它真的存在的话，如果说它真的是独一无二的"好东西"的话，那么它必须以另一种方式存在，必须在历史的废纸篓之上或超越于它之外。但这岂不意味着如此漂浮、如此绝对之物并不真的存在于这个世界之上？岂不意味着在完美和不可能之间的微弱区分根本不存在？（79）

陷入困惑的菲丝需要一位新的伦理导师来给她提供启示了。

二　柏瑞特的知识伦理观

作为菲丝在芝加哥最先碰到的两个人，柏瑞特和提皮斯对菲丝的影响轨迹恰好相反。前者以抢劫犯的形象出现，害得菲丝身无分文沦为妓女，但最后却又成为菲丝"寻找'好东西'途中的良心"（Byrd, *Charles Johnson's Novels* 40）。而后者先以英雄的形象博得菲丝的信任，随后却又无耻地伤害了她。

柏瑞特曾经是普林斯顿大学的一名颇有成就的哲学教授，年轻时坚信"一定有一个超乎任何人想象的伟大的至善之物"（114）。世界在他面前呈现为一个巨大的象征或隐喻，他不满足于对其表面的欣赏，而是要探究其背后隐藏的更真、更善、更美的东西。为了探究它，他食不甘味、夜不能寐，几乎失去了对任何其他事物的兴趣。这股热情也促成他前半生的前进动力，他不断地著书立说，但并不满足于探索之路上取得的每一个答案，他总觉得自己距离心目中那个真正的“好东西”相去甚远。即使听到身边人的嘲笑，他也不为所动。直到有一天，他耗尽了自己的研究热情，对自己工作的质疑让他失去了前进的动力。于是学校开除了这位自甘堕落的教授，妻子和儿子也嫌他不务正业，并把他逐出门外。极度落魄的柏瑞特最后重病缠身、流浪街头，靠盗窃和抢劫苟延残喘。颇为滑稽的是，即便在他深更半夜打劫菲丝的时候，也还不忘首先亮明自己的身份：“我曾是普林斯顿大学的一名教授，曾经是学者，你知道吗?”（71）或许他还为自己的怀才不遇感到不公，忿忿地引用柏拉图的话补充道：“但愿诗人们都是对的——早晚有一天，富人们会发现他们被统治在由哲学家王管理的地狱之内!”（71）

与提皮斯完全不同的是，柏瑞特并非一位毫无道德底线的人。他之所以抢劫一位弱小的女孩，也只是因为病入膏肓的他为了生存已别无他法。几天后，或许是出于良心上的自责，抑或是感到自己去日不多，他找到已经沦为妓女的菲丝，想在自己临死前竭尽所能地做一件好事，求得菲丝的原谅。他不但退还了菲丝的财物，还把自己的全部积蓄赠予她。此时他已不再把自己和菲丝之间看作是抢劫犯和受害人的关系，而是成了命运休戚与共的同路人。生活经验更丰富的他有义务帮助她，成为她在人生道路上的精神导师。他说：“孩子，我们是一对工友——从我今晚刚看见你时，我就知道了。我感觉你和我都在追寻同样的事物。不过我在年岁上更占优势。我经历的更多，或许可以帮你免去一些不必要的、意想不到的麻烦。”（116）

在柏瑞特的心目中，他已悄然把菲丝当成了自己的学生或女儿，所以他才把自己全部的物品，尤其是他用毕生心血铸就的著作《末日之书》送给她，并且嘱咐说：“这是我付出毕生精力不停探索完成的最后代表作，我已认识的和相信的全部真理的总和。”（110）事实上，他来得也的确正是时候。不断被现实摧残的菲丝正逐渐丧失曾经对“好东西”的信念，她开始认为：“似乎真、美和‘好东西’都只能存在于美丽的虚构或是充满神秘的声音讲述的南方故事里面。”（111）“根本就没有什么‘好东西’，过去也没有！它完全是一个哄我们开心

的邪恶谎言！什么也没有！”（113）

柏瑞特看到菲丝已经变得如此虚无，便试图用一番颇有学究气的说教挽回她的信念，他说：

> 我们都需要一个指导原则——必须有一个，否则我们的世界将会坍塌。但悖谬的是，在我们开始寻找这一原则之时，它必须首先而且总是以一种完全远离我们的、一尘不染的绝对完美形式存在着……但这也有问题。如果它是我们追求的一件东西，并且如果它是绝对的善和绝对的美的话，那么我们将永远不可能得到它。每次它都将从我们手上逃脱——即是说，我们只能让它靠我们更近一点……（116）

在小说中的所有重要人物中，柏瑞特是仅次于沼泽女巫的第二位通晓生活智慧的人。正如利特尔所说：“虽然他的视角有缺陷，但他却体现了这部小说的某些主题。”（Little, *Spiritual Imagination* 71）他用毕生精力去寻找他心目中的“好东西”，却落得非常悲惨的下场。他以生命为代价完成的《末日之书》也只是一部无字书。表面来看，这预示着对其毕生探索的讽刺，嘲笑他白忙活了一场，但实际上无字书却寓示着柏瑞特的真正发现。正如他的话所表明的，作为至真、至善、至美之物的“好东西”注定不可能被我们完全把握。它的绝对性正在于其不可穷尽性和不可抵达性，而生命的意义便在于不断向之探索和趋近的过程。另一方面，柏瑞特也和沼泽女巫一样，他并非只有一种探索途径，而是有无数选项。他说：“当你在一条人生道路上走到了尽头，比如说做了一辈子教授，那么你又开始了另一条道路。”（115）这颇有些像我们所说的“车到山前必有路”或者“行到水穷处，坐看云起时”的意思。还有一方面值得注意。柏瑞特曾经把“好东西”或者他所说的“指导原则”设想为物质世界背后的某种更真实、更普遍的存在，但当菲丝打开那部无字书时，她从里面看到的却是如下一番景象：

在第一页，她看到父亲正穿过农舍后的一片土褐色田地，地里有一些夏末的雨水汇聚而成的水洼和溪流，还点缀着一些风向标、青贮仓、侧躺在树荫下的几只猎狗，远处是小巧的干草库和堆满青草的谷仓，映衬在水面一般宽阔蔚蓝的天空下，翻滚的云朵就像一道道巨大的羽毛状波纹。接着……她看到母亲正在工具棚旁的柴堆下劈木头，嘴里哼唱着古老、温情的赞歌，还会编上些新调子……只要她翻看着这本书的硬实书页，她就可以看到农舍，灰白的炊烟从烟囱中飘出，在死气沉沉的冬日里形成烟云。然后是春天里音乐般美妙的蜜蜂的嗡嗡声、仓院里的晚餐；晚春和初秋时节在树林边寂静的湖畔啃萝卜的山羊以及野餐会；她再也回不到这样神奇美妙的世界里去了，但也因如此，她更加热爱它。(120)

多么美妙的一幅田园生活画卷！它象征着早已离她而去的昔日平静生活。正如此前女巫的魔镜一样，这部神奇的《末日之书》向她提供了某种暗示，或许在告诉她，只有平静美好的日常生活中才蕴含着真正的"好东西"，不必到世界之外去探寻。柏瑞特把象征自己的全部智慧的《末日之书》送给菲丝之后便死去了，不过此后他的魂灵却一直陪伴在菲丝左右，成为"她的伙伴和困境中的良心"（121）。每当菲丝要做出违背她的良心的决定时，他的身形和声音就会浮现，和父亲托德一样，给她做出警示和提醒。

不过至少在柏瑞特去世之前，他对菲丝的良苦劝告并未产生实际效果。虽然她认识到柏瑞特"看上去与大多数人都不一样，而是与沼泽女和父亲托德很相似"（114—115），却只是"仓促且无动于衷地"（117）听着他的话。尽管柏瑞特一再劝告她："你所追求的'好东西'……与信念和理性视界中的很多事物一样，是一个事实（a reality），但肯定不是一件东西（a thing）"（117），但此时的菲丝无论如何也听不进去这些话。由于在她来到芝加哥的这些天里"她从未看到过慈悲、爱、和平或释放压力的机会"（107），她已经变成非常虚无的物质主义者。在生存的压力下，她对"好东西"的理解也越来越具体化——“一个舒适的家，有很多衣服，一辆汽车，一个听话、包容的丈夫”（117）。

三　麦克斯韦尔的权力伦理观

或许是出于约翰逊的有意安排，菲丝在芝加哥遭遇的三个重要男人都与她存在一定相似性。关于提皮斯和柏瑞特，我们在前文已有论述。而她和麦克斯韦尔之间的相似性此处仍值得讨论。两人都是为了达成某种目的来到芝加哥这块陌生地，“同是天涯沦落人”的相似境遇让两人有了抱团取暖的愿望。与之前的提皮斯一样，麦克斯韦尔也有着让人感觉很不舒服的长相，“长长的头部像是山羊[①]，湿润的双眼像是母牛，而细长的身材却又像是一只直立起来的狼。脆弱的下巴上有好几道刮胡子时留下的划痕，边缘还有些瘀青……泛黄的皮肤在菲丝看上去像是蛋黄的颜色，又像是从憋涨的肾脏中排出的尿液”（124—125）。

从这段描述中，我们不难看出菲丝对麦克斯韦尔的厌恶。实际上她也恰当地抓住了他的几个性格特点，比如色厉内荏、虚荣心强、行事猥琐等。作为芝加哥当地《哨兵》报社的编辑助理，他一直深感自己怀才不遇，费尽心机想得到老板的赏识和提拔。如果是在数月前，恐怕麦克斯韦尔的这幅长相早已让菲丝退避三舍。但现在却不同，此时的菲丝正处在人生最低谷，心目中的好东西已被她化简为某种可以满足欲望的东西，而且她正一门心思的想要猎取到这样东西。她在外貌上的巨大变化正是其内心变化的反映。她不再是那个清纯朴素的农家女孩，而是“粘着假睫毛、涂着浅玫瑰色口红、戴着半圆形耳坠的女士；她有时还会在修长的手指上涂抹粉色指甲油，穿无袖紧身胸衣、海军衫和夹克，以及棕色矮跟皮鞋”（126）。仅有这副性感的外形还不够，菲丝甚至还对着镜子刻意训练出一副最迷人的笑容，“学习如

① 需要注意的是约翰逊在这里使用了双关语。英语 goat 的另一层意思是“老色鬼”，而 cow 的另一个意思则是形容比较女性化的男人。

何控制自己的形象，用心构建一种合乎时宜的伪装和虚饰，去获取生存需要的东西”（129）。这一切都是为了让自己成为诱人的饵料，招引那些能够给她带来“好东西”的人上钩。在她看来，麦克斯韦尔刚好是这么一个合适的目标。至少从他目前的经济状况和他吹嘘的未来事业前景来判断，菲丝相信他能够满足她在物质上的渴望。只要能过上衣食无忧的富足生活，她不在意自己是否爱他。

事实上对麦克斯韦尔来说，菲丝也不过是一个能够满足其虚荣心的物品而已。她喜欢菲丝一言不发地倾听他夸夸其谈的样子，更喜欢让菲丝和他一起走在大街上，以便让路人羡慕他这位其貌不扬的哮喘病患者居然能够找到如此漂亮的爱人。两人最终走到一起不过是为了相互利用、各取所需：“他是她的目标，纯粹而又简单。反过来，她也是他的目标。用他的话来说，两人之间就是在相互交换，让彼此的意志都能占得上风。它在两人之间形成一种张力，由于无法用‘爱’这个更好的词语来形容，她只好称之为‘契约’”。（136）提皮斯的欲望伦理学正在他们两人之间的交往中得到实现：为自己的欲望找到一个客体对象，然后用尽一切办法得到它，满足自我。

正如拜尔德所观察到的，此时的菲丝“已经不再是追梦人和理想主义者，而是变成了犬儒主义和实用主义者”（Byrd, *Charles Johnson's Novels* 47）。她已经完全忘记了她对“好东西”的形而上的追问，麦克斯韦尔就是她要找的“好东西”——“归根结底，好东西就在这儿，体重大约 150 磅，每月领两张薪水支票，愿意满足她的任何要求。”（132）如果莱维蒂娅泉下有知的话，她或许会满意菲丝目前的生活状况。但柏瑞特始终没有散去的魂灵却不同意菲丝的伦理背叛，他劝说菲丝：“孩子，想一想你的‘好东西’……”（138），可意念已决的菲丝毫不理会他的忠告：“我不需要建议……我也肯定不再需要什么‘好东西’。”（138）从某种意义上来讲，菲丝和麦克斯韦尔之间的婚姻更像是一场肉体交易。与之前被迫卖淫不同，这一次她用自己的身体与麦克斯韦尔所做的交换完全是一种错误的主动伦理选择。这个她在魔镜中看到的第三个男人注定会在她的芝加哥伦理探险之旅上留下重要痕迹。

和前面几个人物一样，麦克斯韦尔也有自己的一套伦理观念。他和菲丝刚认识不久就夸夸其谈的说：“每个人都想争第一，成为第一名！凡是不这么说的人都是十足的大骗子……权力就是一切……但并非每个人都能得到它……有些人天生就很脆弱，可以说活该听命于人……这些人永远不会明白什么是真正的权力。”（126）这段话很清楚地透露出麦克斯韦尔对尼采的权力意志论的崇拜。在他所谓的“权力之书图书馆”中收集的图书大多数都出自尼采及其门徒之手。尼采把权力意志看作生命力的代名词，认为它是推动一切人类和万物行为的基本力量。世界之所以能处于万类竞长、生生不息的状态，就是因为权力意志在背后发挥着普遍支配作用。在尼采看来，“生命自身的本质就是去占有、伤害、去对弱者和他人进行征服、是镇压、严酷、强制和收编，用最温和的说法，是剥削”（尼采 289）。生命最根本的欲望就是获取和行使权力，而这也构成人类一切痛苦和愉悦的根源。以权力意志的强弱为标准，尼采把人分为主人和奴隶两种类型，他们完全遵守两种道德观，“一个是主动的立法和评估，一个是被动地适应和反应；一个勇猛有力，一个无能怨恨；一个无辜自信，一个狡黠盘算；一个骄傲冒险，一个谦卑胆怯；一个欢乐幸福，一个受苦压抑”（汪民安 35—36）。尼采有时也把主人称为贵族或超人，并热情赞美他们高贵的形象：“一个强有力的体魄、一种奔放的、丰富的、甚至是热情洋溢的健康，以及促使这种体魄和健康的条件：战争、冒险、狩猎、跳舞、竞赛等等，总之是所有的严格的、自由的、愉快的行动。”（转引自汪民安 33）

具有讽刺意味的是，自诩为强者的麦克斯韦尔其实距离他所描述的超人形象相距甚远。他虽有狼的身形，却长着山羊头和母牛眼，再加上因哮喘导致的病残身躯，怎么看他都不像是尼采眼中的超人，而更像是被尼采等同于家畜的奴隶或弱者。更重要的是，他的所作所为并不符合尼采所说的主人的道德规范。他非常自私，连一块钱也不舍得给乞丐；他自以为是，以为自己能准确驾驭身边世界；他很大男子主义，要求菲丝“待在女人该待的位置上”（142），却又极度自卑，无法容忍菲丝在任何地方比他更优秀；他还非常无耻，为了讨好上司从而获得升职，他甚至不惜出卖自己妻子的身体做筹码。

在尼采那里，权力意志也被视为生命的最高价值，是一切伦理价值的基础和标准。他用这全新的伦理标准重估和改写在他看来很不健康的传统基督教道德，他说："什么是善？凡是增强我们人类力量的东西，强力意志及本身都是善；什么是恶？凡是来自柔弱的东西都是恶；什么是幸福？幸福是一种力量增长和阻力被克服的感觉。"（转引自赵敦华，《西方现代哲学新编》19）作为尼采的信徒，麦克斯韦尔也把权力和伦理价值联系起来，他相信"凡是好的，就是能让人感觉更有力量的"（124），而当菲丝问他什么是对的时，他又回答："安全和舒适、处在事物之巅、拥有漂亮的东西、别人的尊重、一点权威——感觉像是个男人，诸如此类。"（145）其实，麦克斯韦尔所信奉的不过是尼采的超人伦理学在美国中产阶级价值观中的庸俗变体，是否能取得经济上的成功成为区分超人和弱者的标准，权力意志也被化简为赤裸裸的金钱崇拜。在向菲丝抛出关于"什么才是好东西"这一问题之后，他自问自答地说："是钞票，现金钞票！……为什么？因为不管你是否丑的像巫婆、是否邪恶、自私和无耻，钞票都能让你变得美丽，对吗？……如果你没本事，那么就可以花钱雇佣那些有本事的人，不管你想要什么，你的意志所指之处都属于你。"（126）

实际上，麦克斯韦尔也是个很可笑的人。他在菲丝面前口若悬河，却不知菲丝把他的话全当成"病人肠道里排出的臭气"（145）。他以超人自居，但在菲丝心目中却不过是个"实在可怜的小丑"（137）。虽然他用很不光彩的手段得到了自己想要的东西，用豪宅和名车作为酬劳感谢菲丝为他所做的自我牺牲，却还是遭到菲丝在婚姻上的背叛。当他在毫不知情的情况下意外把菲丝的初恋情人——也是他策划的报纸专栏的采访对象——琼斯带到家里时，他在菲丝生命中的轨迹也快结束了。

不可否认，金钱和权力都是人生中非常重要的东西，甚至是最重要的要素之一。但如果我们把它们当成唯一值得追求的"好东西"，人生必将误入歧途，存在的意义也就不复存在了。所以当菲丝终于过上了她梦寐以求的富足生活之后，她却感到自己和麦克斯韦尔都"像死人一般活着”，“他们的身体还在生长、运动，但灵魂却像石头一般静止了”（155）。约翰逊用两人之间的这段交易让菲丝、也让读者明白，金钱和权力，以及相伴而生的物质享受和虚荣心，都不能成为生活的最高伦理价值。她对“好东西”的追问还将继续下去。

四 琼斯的审美伦理观

琼斯和菲丝曾有过一段青梅竹马的初恋。在父亲去世以后，菲丝感到最幸福的事情就是和琼斯一起谈情说爱。琼斯和她的父亲托德有一些相似之处，两人都是“长不大的孩子”（187），“受惊的人群中的一个大傻瓜，编造一些美丽的谎言故事取悦众人并以此为生”（187）。虽然菲丝知道琼斯说的很多话都是假的，但她喜欢这些甜言蜜语。后来两人的关系被莱维蒂娅粗暴地拆散了，琼斯负气永远离开了哈顿县，去往芝加哥独闯天涯。由于他在天性上就不愿意为了谋生而去从事一些蝇营狗苟的下贱差事，琼斯立志成为“一名真正的艺术家”（194）。和那些甘愿饿死也不向世俗妥协的现代艺术家一样，他也宁肯靠赌博和偷窃为生，也不愿把艺术降格为谋生的手段。可笑的是，他在偷窃时还讲求所谓“盗亦有道”的职业伦理，每周只会偷 20 美元，以满足自己一周的最低生计以及购买画材所需费用，除此之外不多要一分钱。有一次也正是因为他打算向受害人退还多偷的几块钱而被捕入狱。这真是莫大的讽刺，不过也间接促成了他和菲丝在芝加哥的偶然重逢。

由于麦克斯韦尔正策划一档反映囚犯心理的报纸专栏，他设法把琼斯保释出来，让后者做他的采访对象，却不知对方和自己的妻子早就相识。在菲丝眼中，琼斯似乎已经成为拥有“好东西”的人：“毫无疑问，虽然在当前处境下他并没有愉快的理由，但在他画画的时候，却比她在芝加哥见过的任何人都更自由、更愉快。”（193）即便是被关在监狱里，只要能有艺术陪伴，他也完全感受不到痛苦和束缚。艺术作为宗教替代品的隐喻在他的话中得到很好体现：“我所知道的就是画画让我感到快乐，这是跟着布朗神父在周末做礼拜时体会不到的感觉。实际上，如果我能在周日作画，我甚至感觉不出还有什么必要

去教堂！”（194）

艺术对于琼斯来说就如同魔法之于沼泽女巫或者幻想之于托德，都是让各自从丑陋的现实中变化出美和愉悦的方式。我们不能把它简单归为对现实的逃避。面对黑人在政治、经济和社会地位方面遭受的不公正待遇，难道他们就只能任由满腔怒火吞噬自己的理智，而不能去寻找一种方式让自己获得平静吗？麦克斯韦尔的回答显然是否定的。他策划专栏的目的原本就是要表现那些黑人囚犯因自己的意志被否定而产生的绝望心态，然而让他意想不到的是，琼斯竟然丝毫没有他预期中的那种颓废精神，“琼斯与他的自我和世界都能和平相处。你或许会认为他过去是生活在神话故事里，或者其他什么地方，而不是在监狱里……”（179）

琼斯有关“好东西”的看法非常接近沼泽女巫。他并没有像之前的那些人一样给它一个明确的界定，而是委婉地指出：“你是好的……那个故事还是好的，这顿晚餐也是好的。”（191）这是菲丝自从来到芝加哥后听到的最让她认可的说法，给她带来一段深刻感悟：“好东西（good things）就是当下的事物，就是那些已被感受、品味和触摸，并且还可以被继续品味的东西。库吉查古列本应该继续留在那个大山中的小村子里，他本该好好去爱、工作和生活，好好感受那些日常故事中的好东西。那样他或许就可以活得更久些……”（191—192）

琼斯并不关心世界上是否真的存在一个绝对的、独一无二的“好东西”，更不愿意把这个并不确定的“好东西”当成一个绝对的伦理价值的衡量标准，他相信“这世界上没有标准”（195），这倒不是说他是一个道德虚无主义者，而是说明他的伦理观不僵化教条。

由于“琼斯在哪个方面都和麦克斯韦尔完全相反”（178），再加上有年少时的初恋记忆，菲丝和琼斯很快就重修旧好。两人开始频繁私会，并且菲丝还全部担负起琼斯的一切开销。约翰逊用一段诗意的形而上的语言如此描述菲丝第一次和琼斯偷情时的感受：

在一种被渴望的交换中，能量在两人之间被释放、交替和穿梭。阿尔法的形象投射进她的体内，而她也同时进入了他的体内，直至两人似乎合为一体，不再是两个人的存在。或者更奇怪的感受是，两人不复存在。……她感觉自己——Faith Cross——就是宇宙中的一个孤独的带负电荷的阴极“－FC”，而琼斯则是另一个带正电荷的阳极“＋AOH”，两者触碰到彼此形成AOH：FC。(188)

必须承认，这是两个真心相爱的人的自由结合，也是菲丝第一次感受到不掺杂任何交易目的的纯洁性爱。如果放在女性主义或人性解放的视角下，它或许还具有一定的进步意义。然而两人的行为却有着很大的伦理风险。一方面，菲丝背叛了丈夫，虽然她也对自己的不忠产生了负罪感，却还是压抑不住内心的冲动，屡屡跑去和琼斯私会，甚至还刻意“在胸脯上扑了一层粉以便让自己更有诱惑力”(181)。另一方面，琼斯也根本没想过要为自己的行为承担任何伦理后果。面对菲丝的犹豫，他只是敦促她“生命短暂……你得及时行乐”(187)。当得知菲丝怀孕之后，他更是惊慌失措地说：“我……是孩子的父亲！这太不可思议了！我的作品，它们才是我的孩子，这才更说得过去。”(201)

如果作为一个个体，只要他不伤害别人，无论琼斯想怎样度过自己的一生都无可厚非。但问题是他现在已经由于自己不负责任的行为给菲丝造成了麻烦，却想要把自己的责任撇得一干二净。我们不能不说这是一种极端自私的不道德行为。他先是想让菲丝设法在孩子的事情上欺骗麦克斯韦尔，后来又要求她自己出钱去做引产手术，再到后来干脆像一个不敢面对自己闯下的大祸的孩子一样，连个招呼也没打便仓皇而逃，把一切后果和责任全抛给菲丝独自承担。

虽然被琼斯无耻地背叛了，但菲丝并不怨恨他，因为“从她得知自己怀孕的那一刻开始，她就意识到她身上的一部分束缚已经来到了尽头”(203)。作为她在魔镜中看到的最后一个男人，琼斯用痛苦和伤害给菲丝的芝加哥探险之旅画上了句号。在琼斯身上，她终于看清楚了他和托德、林答、布朗、柏瑞特以及麦克斯韦尔等人共有的属性或病症：他们总是把某种事物作为终极伦理价值——上帝、真理、美、欲望、权力或金钱等——来追逐，却偏偏无法驻足欣赏平凡世界中的美丽风景：

> 生活犹如音乐而他们却不会舞蹈，或者说不会挪动舞步，只是站在巨大的生活舞台上嗔怪和奚落那些跳舞的人。他们不满足于只做创造之园的平凡保姆，又不能像她或上帝或滑稽的巫婆那样变化创造。他们不会从我们生活的虚无中幻化出美。他们虽然活着，却已经死了。(204)

菲丝终于明白了，人们不幸的根源就在于不会创造，不懂得在世俗平庸的现实生活中生发出意义和价值的魔法：

> 由于不会创造，不会从黑暗中变化出生命，人们开始抱怨世界。布朗用崇拜祈求它的恩惠，林笞拆解它，阿尔法描摹它，提皮斯——因为改变不了它——改变自我，麦克斯韦尔则漠视它。创造——魔法，跟着世界的节拍跳舞，mi—fa—mi，因为所有人都是一件奇怪的事物——不能被控制、收买或者在画布上捕获，或被迫适从于一个孤注一掷的梦想。最重要的是，它不能被忽视。(204)

结合约翰逊整个的创作美学来看，他在此处所说的“创造性”应该就是我们所说的“平凡中的真实”。人不应该像托德、柏瑞特和琼斯那样只顾追求自己想要的“好东西”，却逃避自己在日常生活中的伦理责任，也不能像林笞、提皮斯和麦克斯韦尔那样虚无，把生活的意义还原为某些简单机械的物质运动或本能欲望的满足。不过让人感觉意外的是，菲丝把上述几位男性无法拥有生活创造性的原因归结为他们不能像女人一样孕育生命，并且认为在一个她备感不自由和无助的男人世界中，唯一让她能超越男性的就是“生理优势”（204），女人的生育能力在此成为让菲丝比男性更容易获得创造力的根源。很多研究者都认为约翰逊在这一点上的处理是一大败笔。恰如纳什所说：

“把菲丝的生育和她对自由解放的追寻联系起来，在很多方面代表了一种对女性的本质化描写。”（Nash 70）拜尔德也认为约翰逊此处是在宣扬“一种对女性生活的本质主义解读”（Byrd，*Charles Johnson's Novels* 54）。我们承认男性或许在万物生灵的创造化育上不如女性有更直接的体验，但若据此就声称女性比男性在理解生命和生活的真谛上更有优势，这显然是犯了性别本质主义的错误。这与约翰逊一贯坚持现象学的反本质主义思想是矛盾的。

不过生育并没有给菲丝带来预期中的解脱，反倒迎来她最终的悲剧。和麦克斯韦尔分开后，她独自返回在芝加哥的生命原点——她在魔镜中看到的那个破败的小屋。在刚刚生下一名女婴后，她不小心引发了火灾，孩子不幸葬身火海，而菲丝也被烧得极度重伤，并最终不治身亡。如果故事到此结束，那么这部小说也就又成了一部典型的讲述残酷的种族迫害如何吞噬一位可怜的黑人女孩生命的抗议小说。不过约翰逊的用意显然不在于此。既然他想要创作一部充满道德寓意的黑人哲理小说，就不妨为故事设计一个出人意料的结尾。这正是我们在下一节将要讨论的。

第三节　伦理结的解构:“好东西”就在平凡生活中

如前所述，沼泽女巫是整部小说中最有魔幻色彩，也最通晓生活智慧的角色。菲丝与她在小说的开头和结尾处的两次长谈也刚好分别代表着这次伦理探险的起点和终点。在菲丝死后，她的魂灵不散，和柏瑞特一样成了“活着的死人”，并且依然被那个关于“好东西”的终极问题所困扰。于是她回到故乡哈顿县，希望女巫能够告诉她所有关于“好东西”的秘密。

女巫首先再次重复了她之前的说法，即“好东西”并非一个本体论或认识论意义上的绝对唯一的“东西”，每个人都可以通过不同的途径获得自己的“好东西”，她说：

> 你是否真的明白每个男人、女人或女巫都有一千零一条道路去寻找生命中的好东西？你是否知道自己不得不带着当前身份的局限性开始探索？比如说你现在是一名牧师，那就沿着牧师的道路走到尽头……然后再选一条科学家的道路，看看这一次它能把你带到哪里……你选择每一条道路：祭司的、教师的、艺术家的、甚至是无知百姓的道路，然后从每条道路上都学到一点东西。孩子，这就是生活。你径直迈步前行，捡起沿途的碎片，直到最后得到全部整体——那个“好东西”。(228)

这就是神奇的沼泽女巫用近百年的探索得出的生活智慧，也恰是对菲丝在她的引导下进行的伦理探索轨迹的概括：牧师（布朗和麦格斯神父）——科学家（林笞医生）——祭司（沼泽女巫）——教师（柏瑞特教授）——艺术家（琼斯）——寻常百姓（麦克斯韦尔）。此处并未提到的提皮斯在菲丝的探险之旅上也有重要作用，他不但开启了菲丝在道德信念上的下行路线，而且说出了颇具暗示性的一句话：“你绝对需要别人才能得到圆满，才能发现你是谁。”（148）

女巫的意思是，每个人的人生都是有缺陷的，我们的伦理身份既构成我们追求“好东西”的条件，也会成为我们路上的障碍。我们不应被自己狭隘的视角和经验限定住，而应保持一种开放的姿态。但对菲丝来说，这样的回答太过含混，她说：“我只想得到关于‘好东西’的唯一真理。”（231）在女巫看来，这种不知疲倦、永不满足的追问正是西方科学理性主义的表现，与她所代表的能够化平凡为伟大的神秘魔力完全相反。

在沼泽女巫看来，现代社会的人们正生活在一个理性过度发展的时代里，他们总试图用理性去解释一切，给事物命名、分类、组合、拆解、提取、归纳、综合……直至让世界看上去貌似一览无余、清晰透彻，实则却是把它变得贫瘠丑陋、没有生机。人和世界的关系不再是浑然一体，而是主客二分。世界是我们生活的舞台，我们只需要尽情在舞台中央唱歌、跳舞、游戏，却不应原地不动或试图跳出界外成为旁观者，对那些忘我参与其中的人们说三道四，否则会让人们离生活越来越远。需要指出的是，女巫（或者说约翰逊本人）并非要求人们纵情享乐，成为自私自利的享乐主义者，她的真正意思是要求人们不逃避生活，不能到生活之外去寻找什么“好东西”而放弃自己的伦理责任。林笤、提皮斯和麦克斯韦尔都把生活还原为简单低下的元素——物质、欲望或金钱——从而为不承担自己的伦理责任寻找借口。而库吉查古列、托德、柏瑞特、琼斯和布朗则相反，他们都试图从生活之外寻找生活的意义或“好东西”，不管它是美妙的故事、绝对的知识、万能的上帝还是永恒的美。由于世俗生活在他们看来总含有某种值得鄙夷的成分，他们都选择放弃了各自的伦理责任，尤其是他们作为男人应该承担的家庭责任。

女巫在最后的谈话中向菲丝揭示了自己的真实身份。原来她就是寓言故事中的那个伊玛尼。库吉查古列离她而去后，她勇敢地承担起了家庭重担，独自一人抚养孩子、操持家务，直到孩子们都成家立业。在履行完自己所有的伦理责任后，伊玛尼来到库吉查古列被众神处死的地方，要和丈夫死在一起。不过这次众神没有因为她擅闯禁地而惩罚她，相反，他们认为她是最有资格获得“好东西”的人，原因很简单，她既没有抱着一个坚定的认知、索要的目的而来，也没有逃避自己的伦理责任。众神向伊玛尼展示的那个让很多人苦苦追寻的“好东西”并非是什么实在的宝贝，他们只是用神秘隐晦的方式告诉她，魔法或讲故事就是唯一的好东西。从那以后，伊玛尼就成了会使用魔法和擅长讲故事的沼泽女巫。

如前所述，女巫经历了一个多世纪的探究得到的答案是：每个人都会以自己的途径得到各自对“好东西”的理解。作为沼泽女巫，她已经在自己的道路上走到了尽头。而菲丝也在经历了不同的人生体验、检验了不同类别的“好东西”之后获得彻悟，世界也就以完全不同的样子呈现在她面前：

> 从窝棚周围的沼泽中随风传来一阵阵小鸟齐声歌唱的声音：吱吱……喳喳……啾啾……咕咕……一只鸕鹚鸟唱了一曲，不知哪个野草丛中传来牛蛙的应和。声音此起彼伏，一声赛过一声响。

好像它们都是聪明的哲人，相互比赛欢庆新一天的到来，而此时沉闷的人们还在睡觉，只有那些历经风霜的树林可以听见。……她明白了，对一切都明白了。她明白了风是夹杂着露珠的清新，明白了风在吹，鸟儿如利箭般窜向天空，没有意图、没有责任、没有明确的方向。天亮了，温馨的阳光照耀大地。(235)

在这段话中，我们看到的是渗透着佛教精神的生活伦理：花开花落，任自圆成；不为昨日累，亦不为明天忧。只要认真履行好自己的日常伦理责任，在自己的伦理位置上好好生活，就一定可以寻找到自己的“好东西”。

在不知不觉中，此时的菲丝从外到内已经和女巫难分彼此了。在外形上，经过大火焚烧，她变得和女巫一样残缺丑陋；在精神上，她们都经历了最丰富的人生体验并获得大智慧。其实她们的名字原本也如出一辙，“Imani”在斯瓦希里语中的意思和“faith”在英语中的意思一样，都是“信念”。于是她们干脆用魔法互换了身份，菲丝成了久经风霜的女巫，而沼泽女巫则成了单纯幼稚的少女，她们要在全新的道路上展开下一轮伦理探险。

小　结

加德纳对约翰逊的这部处女作给出过较高评价，他说：“现如今很少发现一部如此有思想、立意高远的作品了，而同时又能像它这样可读性强、单纯却不无知、还能深刻感人的作品就更少了。”① 如前所述，约翰逊正是在加德纳的指导下完成的这部作品。受其影响，约翰逊成功摆脱了自然主义和抗议小说的影响，并逐步形成自己的黑人哲理小说风格。他在小说中充分融入了自己对西方传统哲学的理解，包括快乐主义、新柏拉图主义、权力意志论、审美主义等，其目的并非

① 参见该版小说扉页。

仅仅在于丰富小说的思想内涵，更在于把它们共同编入一个与“好东西”有关的故事框架，在相互映衬中检验它们的伦理内涵。

毫无疑问，我们每个人都有自己心目中的“好东西”——财富、荣耀、信仰、知识、权力，等等，对不同的“好东西”的追求构成我们的生命轨迹。对什么是好东西的信念形成我们不同的伦理规范，进而带来不同的伦理后果。无论追求哪种好东西，前提都应该是不逃避自己应该承担的伦理责任，不给别人造成伦理伤害。正如小说女主人公的名字——Faith（信念）Cross（跨越）——所暗示的，她的一生就是在不同的伦理信念间穿梭检验的过程。她的探险既是为她自己，也是为我们所有人。

第三章 《牧牛传说》:东方宗教视野中的自由、身份与伦理问题

> 我想创作一部……小说，叙述一个年轻人如何从奴役走向自由、从迷失走向觉悟的过程，这样一来他就既像是一位东方哲学中的精神探索者，又像是迈向更大自由的黑人奴隶。(Blue，“An Interview with Charles Johnson” 129)

作为约翰逊真正意义上的处女作，《菲丝》对作者的意义重大。通过这部小说，约翰逊锻炼了自己的写作技巧，实验了他心目中的“黑人哲理小说”，为他日后的文学之路奠定了基础。而且也正是由于这部小说的成功，当时正处于经济困境中的约翰逊才意外收到来自华盛顿大学的工作邀请，使他毅然放弃了即将到手的哲学博士学位，转而成为大学文学教师和专业作家。不过约翰逊也并非完全满意《菲丝》，他在一次访谈中就表示:“尽管有些成就感，但我并未直接关注那些最靠近我的心灵和情感的东西……我意识到，我并未在知识兴趣以及艺术实验方面做出足够探索。”（Little，*Spiritual Imagination* 79）虽然与当时流行的黑人抗议小说相比，《菲丝》颇有新意，但在约翰逊看来还远远不够，他接下来要创作一部无论在“技巧、情感还是思想方面都让他拼尽全力的”一部真正的“原创文学作品”（Johnson，“Preface” to *Oxherding Tale* ix)，这正是他在发表《菲丝》之后经过整整八年锤炼完成的第二部作品——《牧牛传说》(1982)[①]。

① 本章所有来自小说中的引文都出自同一版本（Charles Johnson，*Oxherding Tale*，New York：Scribner，2005)，将随文直接标出页码，不再另加注释。

正如作者在多年以后的1995年为这部小说补写的《序言》中所提到的，当时他身边有很多朋友都劝他放弃创作《牧牛传说》，认为他没必要非得用这么一部另类的作品去和当时势头正劲的抗议小说逆流而动。就连一向支持他的加德纳也对这部小说表现出不理解，尤其不喜欢他运用的那些时髦的后现代技巧，以及通篇渗透着的东方宗教思想。事实上，朋友们的这些反应并非没有道理。《牧牛传说》在发表过程中遭遇到很大麻烦，先后被十余家出版社拒稿，成为约翰逊所有作品中最难问世的一部，最后几经辗转才由印第安纳大学出版社同意出版。要知道，只有经那些纯粹的商业出版社发表的文学作品才最有可能取得较大的关注，而大学出版社一般更擅长出版学术性著作。更为不幸的是，《牧牛传说》偏偏又和备受追捧的几位黑人女作家的作品几乎同时面世。与它同期发表的《紫色》为作者爱丽丝·沃克赢得普利策奖和国家图书奖，格罗丽亚·内勒（Gloria Naylor）的《布鲁斯特街的女人们》（*The Women of Brewster Place*）也让作者捧回国家图书奖，而莫里森的《柏油娃娃》也才问世不过一年。在如此一个“阴盛阳衰”的黑人文学氛围下，《牧牛传说》在最初未免受人冷落。多年以后的约翰逊对此依然感到失望，认为“黑人男作家的作品在整个20世纪80年代都被纽约那些商业出版社系统地低估和忽视了”，而且还颇为自负地说：“我想让读者来评判到底谁的作品更具开拓性，最有信心占据在小说与哲学交汇之处。”（Johnson，“Preface” to *Oxherding Tale* xviii）

《牧牛传说》的命运在出版后的第二年迎来转机。评论家克洛什（Stanley Crouch）于1983年7月19日在《乡村之声》（*The Village Voice*）发表了一篇长篇书评，大力赞扬约翰逊的创新之举，并对小说的主题和形式特点进行了分析介绍，认为“《牧牛传说》的内容非常丰富，它让约翰逊在人物和主题上的复调推进具有了史诗般的回响”（Byrd，*I Call Myself an Artist* 272）。克洛什的推介引起很多人对这部小说的关注。1983年，约翰逊凭借它获得华盛顿州长文学奖。1989年格罗夫出版社（The Grove Press）购买了它的简装本发行版权，使得这部作品快速进入更多读者视野，逐渐确立了它在美国黑人文学中的经典地位。并最终成为“约翰逊的所有作品中最被广泛讲授和最受赞赏的一部”（Bryd，“Oxherding Tale” 549）。虽然约翰逊不否认克洛什的称赞在改变《牧牛传说》的命运方面发挥了重要作用，但他也强调：“让这部小说的读者群慢慢壮大的最主要原因是文学气候自身发生了巨大变化，人们对黑人男作家的作品越来越好奇，对黑人文学中的政治意识形态感到不满，或者只是简单地想尝试一些新鲜东西。”（Johnson，“Preface” to *Oxherding Tale* xix）

如果说《牧牛传说》能给读者们提供一些“新鲜东西”的话，那么其中最大的亮点莫过于对东方宗教思想的大量运用，包括印度教、佛教和道教思想等。首先，这部小说的题名就直接源自中国古代的佛教名画《十牛图》，小说主人公安德鲁本身就曾是一名牧牛人。其次，约翰逊也直言不讳地以中国禅宗经典《坛经》做比喻，认为《牧牛传说》就是他的创作生涯中的一部“坛书”（a platform work），并且宣称：“我试图做的所有其他事情都将以这种或那种形式以它为基础，或与之相关。”（Johnson，*Oxherding Tale* xvii）再次，小说中充满了大量的东方宗教寓言和典故，让熟悉东方文化背景的读者一眼就可以辨出，容易引起精神共鸣。几乎所有的研究者都没有辜负约翰逊在这方面的良苦用心，他们都注意到了小说具有的东方宗教色彩，并从不同方面做出分析和评判。例如格里森（William Gleason）和考林斯（Richard Collins）都分析了《牧牛传说》与《十牛图》之间的结构对应关系，认为小说的叙事线索就是主人公安德鲁在寻找自由的主体身份的道路上不断探索直至最终获得觉悟的过程，如同僧人经过修行参悟正果一样。（Gleason 705—728；Collins 59—76）拜尔德认为约翰逊在《牧牛传说》中“以佛教、道教和印度教为框架，开始了他对身体层面和形而上学层面上的奴役的本质思考”（Byrd，“Oxherding Tale” 549）。塞尔泽研究了《牧牛传说》的写作背景，即20世纪60至70年代佛教在美国社会尤其在黑人群体中间的传播状况，以及约翰逊以学习武术为契机逐渐与东方宗教结缘的过程，肯定了作者借鉴东方宗教思想质疑种族二元对抗关系的努力，但对约翰逊试图从佛教视角寻找黑人苦难的根源以及摆脱苦难的途径提出了怀疑。

(Selzer 155)

综观前人研究成果，虽然已对作品中的东方宗教内涵做出了较多阐释，但大都偏重于哲学或宗教的维度。而实际上这部小说的一个最重要特点就是以其中蕴含的东方传统哲学和伦理思想为参照，作者深刻反思了西方基督教功利主义伦理观的缺陷，并为建构一种新的世俗生活的伦理观探寻道路。这些正是我们在本文将要讨论的内容。不过在此之前，我们需要首先了解这部小说涉及的佛教思想背景。

第一节 《十牛图》与《牧牛传说》

一 《十牛图》中的宗教与伦理内涵

《十牛图》（The Ten Oxherding Pictures）相传是中国宋代（约公元12世纪）禅宗临济宗（英译Rinzan）僧人廓庵师远（英译Kaku-an Shi-en）所绘。他以类似连环画的形式，用十幅连续的画面形象地讲述了习禅者由修行、开悟、调伏心意、终至见性、进而入世化众的修行历程，同时还配有禅意十足的颂偈和散文等。画面和文字均具有高度的宗教寓意，牧童象征修行者，牛象征修行者的心，牧牛则象征修心。禅宗认为，心生则种种法生，心灭则种种法灭，本性是佛，离性则无佛。十帧画面分别代表修心的十个阶段，它们分别是①：

（一）寻牛（Searching for the Ox），即寻找已经丢失的牛。牛在这里喻指真实的自己或生命本体，这也是立志求道的初级阶段。但实际上真实的自己从未真正失去，只是由于我们缺乏正确的自觉，“心牛”逐渐被淹没在尘世的迷乱中，离本来的自我愈来愈远。

（二）见迹（Seeing the Traces），即发现了牛的足迹。在这帧画面中。牧童经过苦苦寻觅，终于发现了一些牛的蹄迹。比喻习禅者经过

① 本节有关《十牛图》的介绍参阅了D. T. Suzuki，*Manual of Zen Buddhism*，London：Rider and Company，1950，pp. 128－135；以及《禅宗十牛图解说》，http：//www. daode. org/jwsx/364. htm。

阅读经书典籍，聆听智者教诲，逐渐进入禅门的阶段。

（三）见牛（Seeing the Ox），即终于看到了真正的牛。此时，牧童沿着蹄迹前行，在声音指引下，他看见了牛的身影。见牛也喻指找到了万物的根源，随即引触大梦初醒后的禅悟境界，即身心处于安然统一状态，是与非、对与错、个体与整体、有限与无限、差别与统一之间的对立被消解。

（四）得牛（Catching the Ox）。仅仅看到了牛还不够，他还必须用手紧紧攥住它才行。稍有疏忽，它还会跑走。所以牧童有必要牢牢牵着它的鼻子，驯化它的习性。比喻习禅者虽已到达一定的境界，但不能放松学习，还必须刻苦精进。

（五）牧牛（Herding the Ox）。在本帧画面中，牧童正小心放牧手中牵着的牛。他要抓紧缰绳，好好约束它，防止牛脱缰闯入纷乱尘世，进而把它驯教得温顺听话，即使不用绳子，它也会自动跟随主人。喻指在悟道之后的修行，要时时保持正念不起邪念，通过得牛，使牛与我合一，通过牧牛使我与境合一。

（六）骑牛归家（Coming Home on the Ox's Back）。在这时候，牛与牧童之间不再有纷争，到了得失两忘的境界。经过寻牛、见迹、见牛、得牛和牧牛这几个阶段，牧童和牛都已经费了一番力气，现在不再有纷争，进入人牛一体的境界。缰绳已变得多余，牧童骑在牛背上，悠然吹起短笛，任由牛儿驮他回家。这是一种随心所欲的逍遥境地。

（七）忘牛存人（The Ox Forgotten，Leaving the Man Alone）。图中牧童在家中端坐无忧，室外已日上三竿，光芒万丈，世界尽现本来面目。这是一个回到本来的家，连牛都忘掉的阶段。牛（真实的自己）与人（现实的自己）原本就是一体，并非自我存在的对立两面，牛只是作为一种理念的象征物而已。牧童苦苦寻牛，到头来寻到的目标竟是刚刚仍在寻求的自我。庄子所说“得鱼而忘荃”即是此意。

（八）人牛俱忘（The Ox and the Man Both Gone out of Sight）。从寻牛到忘牛存人，牧童虽然完成了参透生死的修行，但如果在这之上能再进一步，即不以开悟为至高之境才是禅的真正特色，这才是真正的得大自在。人、牛、鞭、索，一切都不挂在心上，才是真正的大境界，才能不执着于善恶、是非、美丑、生死。这种境界会使人为以前的沾沾自喜而感到惭愧。自我就是那无边无际的宇宙，万物都与自我一起，这时获得的才是真正自由。

（九）返本还源（Returning to the Origin，Back to the Source）。很多人常把禅误解为一种不求实际的虚无主义，但事实绝非如此。真正彻悟佛法的人，往往看起来跟不懂佛法的普通人一样。正如云淡风轻都是本来清净的真实存在，没有任何的造作。但通禅之人在本质上仍然和习禅的凡人不同，他能够在凝寂的无为中，冷眼观察云淡风轻的本来面目，能够处在世间万物的自然变化之中而同时还能超然物外，不流于世俗。他能够居无为之中而有为，一切依照自然的本来面目去接应玩物，与自然融为一体，获得永恒的生命，做自己真正的主人。

（十）入廛垂手（Entering the City with Helping Hands）。“入廛（chán）垂手”即进入市街上的酒屋鱼肆中，为他人谦逊地说法解惑。习禅者的修行不是为了自己获得圆满解脱，他还要回到市井生活，到众生集聚的各种地方，把生命的真理告诉他人，把禅的妙义播撒到广大世界中去，为世界创造欢乐和笑声。这才是真正的作为。禅宗教义的积极伦理内涵也完全体现在这里。利他行为是习禅者不断追求的最高目标。一切的学问和修行终究都是要为人，主要是为他人着想，为整个人类谋求更自由和本真的生活。这就是禅生生不息的根源所在。

廓庵师远的《十牛图》在禅宗文化史上占据极为重要的地位，它用生动简单的图画把深邃的佛禅寓意呈献给世人。但实际上《十牛图》并非廓庵师远的原创。根据铃木大拙的研究，他是在另一位宋代高僧清居禅师（英译 Seikyo 或 Ching-chu）所作的《八牛图》基础上进一步修改而成。在此之前，还曾经有两位佚名禅僧绘制的《五牛图》和《六牛图》等。这些不同版本的《牧牛图》表现的宗教主题基本接近，在中日两国禅宗历史上都有传播，但其演化传承脉络较为混乱，至今仍无定论。不过无论在中国还是日本，最具影响力的还是廓庵师远的《十牛图》。

除了在画面数量上存在不同以外，《十牛图》与其他《牧牛图》

的最显著区别有两点：首先，在其他三件作品中，图中的黑牛都经历了“逐渐变白的过程”（Suzuki 128），或许象征着“忘牛”的渐进阶段。而廓庵师远所绘的牛则始终是黑色。其次，另三件作品都以“人牛俱忘”为结尾，而廓庵师远则显著地添加了“返本还源”和“入廛垂手”等环节。这一改变意义深远。“人牛两忘”的结尾会误导一些人“把虚空当成最重要的和最终的目的”（Suzuki 128），实际上这只是小乘佛教（Theravada Buddhism）信徒所追求的最高修行果位，即阿罗汉（Arhat）。对崇尚大乘佛教的禅宗信徒来说，这还不够。正如美国禅学者菲利浦·卡普乐（Philip Kapleau，1912—2004）所说，廓庵师远增加最后两帧画面的目的就是要表明“禅者已处于最高精神境界，拥有绝对自由，但他仍与普通人混杂在一起，生活在有形和差异的平凡世界，目的是要用他的同情心和感染力去启发他们，带领他们走向通往佛的大道之上”（Kapleau 301）。

二 《牧牛传说》与《十牛图》的互文关系

日本著名佛教学者上田闲照（Ueda Shizuteru，1926—）认为，《十牛图》讲述的其实也是“人在自我实现过程中的十个阶段”（8），“每一幅画面都分别描绘了人在走向真实自我的途中，遇到的不同的存在方式和维度”（10）。如果把《十牛图》的宗教意味放到一边，其实它对我们每个人都具有很好的伦理启示，因为每一个严肃对待自己人生的人，都肯定想弄清楚“我是谁”的问题。我们的人生也可以被理解成一个不断寻找自我、反思自我、最后实现自我的过程。在约翰逊眼中，这个问题对当今美国社会的黑人来说更为重要，并且差不多是理解全部美国黑人文学的要点。他说：“黑人文学一直与身份危机有关。我们的文化不断把黑人描写成种族主义文学中的低贱另类、行吟传统中的搞怪者、20 世纪 20 年代的文化异乡人、20 世纪 60 年代的暴力危险分子以及 20 世纪 70—80 年代因曾遭受迫害而成就的道德优越者形象。它们用深刻而痛苦的文字努力试图回答‘我是谁’的问题。”（McWilliams, *Passing the Three Gates* 40）他认为，在这些缤纷复杂的黑人文学形象中，人们对黑人身份的认识反倒模糊不清了。今天的美国公众，尤其是黑人，对他们的历史和现状都没有清晰认识。在他们心目中，黑人形象似乎永远被定格于受尽折磨的田间奴隶身上。黑人历史学家戴维斯（T. J. Davis）曾谈起，当他的学生们在十九世纪文献中发现一段有关黑奴们正在田地里说笑的记载时，他们无不怀疑这是虚假记载。在他们看来，奴隶不可能有任何值得欢乐的事情。（参见 McWilliams, *Passing the Three Gates* 40）约翰逊对这件事情颇有感触。他感慨人们对黑人历史的理解太过教条和僵化，由此促成了他创作《牧牛传说》的动机："去拓宽关于黑人的存在、黑人身份以及黑人自我的视野。"（McWilliams, *Passing the Three Gates* 40）

仅从题名上即可看出，《牧牛传说》与《十牛图》存在密切的互文关系。首先，两者在故事情节上存在较大程度的呼应。小说主人公安德鲁·霍金斯（Andrew Hawkins）本身就曾是一名牧童，而且也是由于在一次放牛途中与茗蒂（Minty）坠入情网，才萌生出对自由和身份的追问，并由此开始他的"寻牛"之旅。安德鲁与芙萝（Flo）在利维坦农场的初识和姘居分别相当于"见迹"和"见牛"两个阶段；他从芙萝和睿伯（Reb）那里受到的影响象征"得牛"和"牧牛"；他与睿伯骑马逃脱利维坦象征着"骑牛归家"；途中他装扮成白人，找到医生安德克里夫（Gerald Undercliff）诊病，似乎影射"忘牛存人"的阶段；安德鲁与佩姬（Peggy）结婚后过上了一段短暂的幸福无忧的生活，他似乎完全忘记了自己的过去和逃亡的意图，此为"人牛两忘"；安德鲁和睿伯的最终命运则预示着最后两个阶段："返本还源"和"入廛垂手"。需要特别指出的是，两者在情节上存在的这种结构相似性并非严格对应，我们也只是大致找出了这么几个叙事节点来粗略描绘出两者之间的互文关系。其实在叙述时间和叙述逻辑上，约翰逊均作了较大程度的调整，"人"与"牛"的象征性位置还经常互换，指代的对象也不是固定不变，所以我们绝不能照搬《十牛图》的意义模式来理解这部小说。

其次，两者在主题上的相似性要比形式上的对应更值得关注。恰如拜尔德所说："虽然约翰逊并没有在小说中逐个复制牧童寻牛的十个象征性阶段，但在小说结尾处，主人公安德鲁·霍金斯从名义和身份上均变成了威廉·哈里斯，他还是经过了一条发现和理解自我的旅程，并最终获得觉悟。”（Byrd，*Charles Johnson's Novels* 67）安德鲁和《十牛图》中的牧童一样，他也在追寻“我是谁”的问题。而在约翰逊看来，这个问题又可以衍生出“什么是他人?”“我与他人是什么关系?”“自由和奴役的边界在哪里?”等一系列问题。所有这些问题复合成约翰逊在创作这部小说时的主要考量：“我想写一部能够涉及所有这些问题层面的小说，叙述一位年轻人从奴役走向自由、从迷失走向觉悟的过程，这样一来，他便既像是一位东方哲学中的精神探索者，又像是迈向更大自由的黑人奴隶。”（McWilliams，*Passing the Three Gates* 129）作为黑白混血儿的安德鲁在故事最后逐渐忘却了自己的种族身份，与白人结婚并成为一名事实上的白人社会成员，这也暗合了《十牛图》之前的几幅《牧牛图》中“黑牛变白”的主题。而获得精神解脱后的睿伯和安德鲁最终都选择回归日常生活、承担自己的世俗伦理责任，这正是禅宗伦理内涵的体现。

第二节　对自由和身份的形而上追问

一　由一场恶作剧引发的身份危机

文学伦理学批评认为：“伦理线和伦理结是文学的伦理结构的基本成分。”（聂珍钊，《基本理论与术语》20—21）作为人类道德经验的记述，每一部文学作品中都含有一个或数个伦理结，也就是影响故事发展、形成文学的伦理张力的核心伦理问题。将多个紧密相连的伦理结串联起来就构成伦理线，它是文学文本的纵向伦理结构。“在文学文本中，有时候伦理结是预设的”，即它以一个已然完成的姿态出现在故事里，是直接抛给人物去化解的伦理命题。“但是，有的伦理结是在故事的发展中逐渐形成的，它的形成过程就是一个伦理活动过程。”（聂珍钊，《基本理论与术语》21）而《牧牛传说》在故事开篇之处就给我们讲述了小说核心伦理结的形成过程。

约翰逊在小说第一章模仿了经典奴隶叙事文学的特征，以第一人称讲述了“我”（安德鲁）的出身，“我”似乎完全是一场意外或恶作剧的产物。若干年前，“我”的父亲乔治是南卡罗来纳州跛子门（Cripple-gate）[①] 种植园里的一名奴隶，由于深得主人乔纳桑信赖和恩宠，被委任为享有一定地位的庄园管家。有一次主仆二人饮酒至深夜，由于都害怕被自己的老婆数落而不敢回家，乔纳桑在酒精刺激下提出了一个荒唐的建议：两人偷换角色，神不知鬼不觉地到对方卧室里去过一晚上。乔纳桑或许以为乔治不敢对自己的白人女主人有非分之想，而他则可以在自己的奴隶的老婆那里占些便宜。要知道在那个时代，白人奴隶主可以随意处置自己的奴隶，男主人对女奴隶进行性剥削更是司空见惯。不料事情发展远超乔纳桑的预料，妻子安娜在黑暗中误把乔治当成了他，急切主动地与之发生了性关系，直到最后才感觉有误，但为时已晚。而乔纳桑则非常倒霉，刚要进入乔治的卧室，便被后者的妻子麦娣识别出来而轰出门外。

毫无疑问，乔纳桑的提议原本就是很不道德的，它打破了原有的伦理秩序，给每个人带来严重的后果。一向清高的安娜无法接受自己竟然跟一名下贱的奴隶做爱并且还留下身孕的事实，“她再也不是原来的那个她了”（7）。她绝不原谅乔纳桑的过错，两人的关系降至冰点。虽然她与乔纳桑并没有自己的孩子，但在生下安德鲁后，她还是毫不犹豫地把他送给了麦娣抚养，绝不愿承认自己和这个“孽种”有任何关系。

在另一方面，麦娣也同样不能原谅乔治对自己的背叛。身为一名虔诚的基督徒，她对自己和身边人的道德要求很高，曾经“下决心要把乔治培养成一名真正的绅士”（4），也始终坚信自己的丈夫“不是那种不懂欣赏美好事物的普通黑奴”（4）。但乔治的背叛让她感到彻底失望。不过难能可贵的是，她还是毅然承担起了原本属于乔治和安娜的伦理责任，接纳了安德鲁并把他抚养成人。

---

① 跛子门（Cripplegate）原是伦敦城的八座古城门之一，于1760年被拆除。

对乔治来说，那次意外事件成为他生命的转折点。或许是出于报复，乔纳桑剥夺了对他的一切信任和优待，把他从管家贬为负责牧牛的田间苦力。自此之后，乔治性情大变。他不再是敦厚温顺的老家奴，而是变成对白人有强烈仇恨的一名黑人民族主义者。他把自己对乔纳桑的仇恨扩大到所有白人身上，把自己的所有痛苦和不幸归咎于白人的种族迫害，还祈祷上帝“杀光所有白人，只留下所有黑人”（142）。他眼中的世界逐渐呈现出简单的黑白对立的画面，他也时刻在为黑人民族的反抗积攒力量。由于在短期内看不到成功的希望，乔治便总是生活在无尽的愤懑、抑郁和沮丧之中，“（他）让痛苦无休止地延续着。他需要重新点燃种族恐怖，重新揭开那些旧伤疤，像病人不断触碰自己的伤口一样反复检视自己的失望”（142）。

在整个故事中，乔治是最难以克服二元对抗种族意识的人物之一。在他心目中，白人与黑人之间只能是你死我活的斗争，黑人要想获得解放，就必须把白人推倒在地。他看不出还有别的途径可以通往自由，更无法意识到，即便他得到了所渴望的那种身体、物质层面的自由，他仍无法摆脱在精神层面上的自我奴役。正如考尔曼所评论的，“乔治选择了恐怖、悲伤和痛苦，自然也就选择了被奴役，因为他不愿承认现实经验的丰富可能性”（Coleman 634）。他不但自己活在痛苦中，还要把这种痛苦延续给自己的儿子。他时刻提醒安德鲁不要忘记自己是黑人后代，告诫他绝不能背叛自己的民族，更不能凭借自己肤色较浅的优势混入白人社会。他要求安德鲁铭记黑人民族复兴的伟大事业：“不管你做什么，要么把黑人种族推向前进，要么让它后退。记住我一再告诫你的话：如果你失败了，我们为之斗争的一切也就都失败了。”（21）实际上，囿于偏执的黑人民族主义，乔治最终踏上了不归路。他后来果真领导发起了一场黑人暴动，虽然他们把乔纳桑打成残疾，却还是遭到镇压。不但他自己最终被捉魂人班农俘获处死，而且还牵连跛子门种植园数十名奴隶被售卖他乡，其中就包括安德鲁朝思暮想的情人茗蒂。

与其他人相比，安德鲁才是那场意外事件的最无辜的受害者，而且他所面对的身份危机也最严重。作为乔治和安娜的混血私生子，他的肤色很浅，几乎看不出他有黑色血统。即便如此，他的亲生母亲安娜仍然拒绝接纳他，或许她和后来的班农一样坚信“一滴黑人的血便可造就一个黑人”（68）。这就给安德鲁从小带来巨大的身份危机：他的外形几乎与白人分辨不出，却成长在黑人家庭；女主人是他的亲生母亲，他却又是奴隶的儿子；他骨子里渴望认同白人血统——当面对陌生人询问时，他多次声称自己是安娜的儿子——却又不断听到父亲要求他不能背叛黑人的告诫。这种左右为难的处境让他十分苦恼，他说：“阴差阳错——随你怎么说好了——我既不属于地里也不属于房子里[①]，但我在哪边都不讨好，因为两个家庭之间的战争的焦点就是我，而我从5岁就发现自己处在两面夹击之中。”（8）

如果说菲丝的伦理结是“什么是好东西”的话，那么安德鲁从小形成的伦理结便是“我是谁”。这是一个与古希腊的德尔斐神庙门楣上的铭文“认识你自己”同等重大的伦理命题，它将伴随安德鲁一生。就像《十牛图》中的牧牛人一样，他将在寻牛（自我的象征）的道路上不断探索。在此途中，“我是谁”的命题又时常会以“我是由什么构成的”“我和别人的关系是什么”“自我的疆界在哪里”“我为什么而活”“我有哪些自由、责任和义务”等不同的子命题出现，它们构成一个巨大的问题方阵，最终都是为了让自我有更明确的存在意义和生活目的。

二 来自以西结的伦理启示

与菲丝一样，安德鲁在他寻找自我的道路上也将遇到很多伦理导师。除了父亲乔治和养母麦娣之外，第一位给他带来重大影响的导师当属以西结（Ezekiel）[②]——乔纳桑在他5岁时为他聘请的家庭教师。

① 由于奴隶们都在地里干活，而且居住的地方也是极为简陋的窝棚，而白人奴隶主都生活在条件很好的房子里，所以“地里”和“房子里”也就分别成为“奴隶”和“主人”两种不同身份的象征。奴隶们也就有了“家奴”和“田奴”的相应区分。

② 约翰逊在此处选用的这个名字颇有深意。在希伯来语中，“Ezekiel”的意思是“神是我的力量”的意思。根据《圣经》记载，以西结原是耶路撒冷的祭司。他在迦勒底人第三次进攻犹大地时被掳往迦巴鲁河谷，耶和华的手降在他身上，他被圣灵感动，便为被俘的犹太人作预言，成为三大先知之一。

虽然乔纳桑也曾有过把安德鲁收为养子的打算，但他让安德鲁接受教育的真实动机算不上高尚，恰如克拉克（John Clarke）所说的：“奴隶主所允许的是培训，而不是教育。”（ix）刚见到以西结时，乔纳桑就坦白说：“安德鲁是我的财产，适当的培训能增加他的价值。”（12）他原本只打算让安德鲁学一些实用技能，“像是图书管理、市场研究或修理家具等事情”（18），不料他请来的以西结却是一位全能学者。以西结对古往今来的东西方哲学、宗教和文化知识几乎无所不通，他带给安德鲁的教育也是百科全书式的：“从8岁开始，我就跟着以西结学希腊语，到12岁时已能阅读色诺芬和柏拉图的著作。接下来是演讲、辩论和钢琴课……我还学习莱布尼茨的单子论、古典语文以及东方思想……他还教给我四圣谛、八正道、165个处世诀窍、3000条格言、80000条行为规范等。”（12—13）不过他的教学目的可不是乔纳桑所期待的“使用技能”，而是“一种完美的道德教育”（13）。在长达近十年的时间里，他主要把两种并不完全一致的伦理观念带给了安德鲁。

首先是清教超验主义伦理。虽然以西结懂得那么多知识，但他的生活并没有因此而变得丰富多彩。作为“George Ripley 超验主义俱乐部”的一名成员，他从内到外都透露出一副古板教条的清教徒形象：

> 在书房微弱的光线下，他看上去像是我曾见过的托马斯·潘恩的雕像，或者像一位从书卷中抬眼往上看的中世纪学究，有时他又让我想起一个（加尔文教派的）故事书传道士；听说他还是梅斯特·爱克哈特（Meister Eckhart）的莱茵兰布道文的两三位权威专家之一。（11）

以西结对自我和他人都有十分苛刻的道德要求，他把一切行为都与道德联系起来。与乔治一样，他宁愿让生活对自己更严酷一点。为了让自己的过去看上去更痛苦，有时候他甚至会想象出一些不幸。他厌恶一切世俗享受，不允许安德鲁接触任何有铜臭气的东西，也不准他听娱乐性的音乐，以免影响其精神修养。他是个彻底的素食主义者，相信一切生命都是相互关联的，“世界上的一切暴力、战争、奴役、犯罪和痛苦的根源都或多或少来自我们吃到肚子里的东西”（27）。在他的影响下，安德鲁也放弃了肉食，而且也能对自然万物产生爱默生式的超验感受：

> 很奇怪，他让我感到每种声音都非常神奇美妙——他和我、那些冒着水泡的浪花、裹挟着尘土的风，都是世界必需的要素。好像那些拧好的稻草、此刻我们的双脚正踩踏在上面的疙疙瘩瘩像人骨一般的几大块浮木以及形似心脏的光滑碎石，它们都在我的身体内，它们都在思考自己，充满了某种奇妙的神圣材料（Godstuff）——我可以在夜晚从我的血液里感受得到却触摸不到的神圣材料。（31—32）

这些“奇妙的神圣材料”不正是爱默生所说的“超灵”吗？

其次是东方宗教伦理。以西结曾经在印度游学，向已经觉悟的世外高人南十字星（Trishanku）[①] 拜师求法，并由此成为被朋友称赞的“或许是北美地区唯一真正懂得《摩诃婆罗多》[②] 的人，命中注定的东方学专家”（9）。他把印度教和佛教中的很多教义都作为课程内容交给了安德鲁，让那些深奥神秘的东方宗教术语——比如业报、轮回、涅槃等——在安德鲁的内心被牢记。以西结向他讲述的有关南十字星求法的故事更是让安德鲁感触深远，为他后来的解脱奠定基础。根据印度教传说，南十字星经过30多年的苦苦修行仍然不能悟道，最后身体极度虚弱的他向大梵天求助，询问究竟何为轮回，但大梵天并未直接回答他的问题，而是设法引导他重新回到世俗生活，让他遇到一位美丽善良的姑娘莉拉并与之相爱、结婚生子。在此后的日子里，南十

① 南十字星原指位于半人马座和苍蝇座之间的南十字星座，是全天88个星座中最小、但最有特色的一个。其造型以十字形为主，在北回归线以南的地方皆可看到整个星座，因此被称为南十字座。而在此处南十字星则是指印度教的神话历史古籍《史传》（*Itihasa*）中的一个神话人物，他象征着在人的欲望和当前所拥有的事物之间的中间状态。

② 《摩诃婆罗多》是享誉世界的印度史诗，它的汉语全译本约有五百万字，和《罗摩衍那》并列为印度两大史诗。

字星几乎忘记了求法的愿望，踏踏实实地做了一名木匠，勤奋持家，成为全印度最有名的木匠。“但让他感到最快乐的事情永远都是回到家里和家人在一起，那是他幸福的根源和果实。”（33）这个故事的结尾和中国传说“南柯一梦”颇为相似。就在南十字星一家人的生活最幸福之际，一场大洪水让他迅速失去了一切，他又变回那个一无所有、赤身求法的人。大梵天这时候才用一声棒喝把他从幻境中唤醒，让他明白了轮回的真谛。

从表面来看，这个故事似乎是在宣扬虚无主义思想，告诉人们一切世事繁华不过是一场梦，人们不应该沉溺其中。但从另一方面来看，它却真实透露出印度教的一个重要特征，即不鼓励人们为了寻求解脱而抛弃自己的世俗责任，它要求教徒在通往个人精神觉悟的道路上必须承担应有的伦理责任，包括在家庭和社会等方面的义务等。根据肯斯利（David Kinsley）的介绍，印度教一般把人的生活划分为四个阶段，对于上层种姓社会的男子而言，前两个阶段分别是“学生”和“居士”（Householder），在这两个阶段，“个人需要研究神圣典籍，学习支撑社会的神秘仪式，并结婚和抚育后代，承担他的种姓应该有的社会责任（dharma），服务社会”。随后两个阶段分别是“林栖者”（forest dweller）和“弃世者”（world renouncer），要求信徒“远离家庭和社会角色，退居森林进行思考”（Kinsley 94）。不难看出，印度教鼓励信徒承担自己的伦理责任，没有把信仰和世俗行为对立起来，这与《十牛图》中的“入廛垂手”在主题上是相通的。

除了上述两种伦理观念的引导，或许以西结本人的生活悲剧对安德鲁的影响更为深刻。童年时期的不幸家庭遭遇给以西结留下深深的心理创伤，再加上清教超验主义的影响，以西结似乎无法领会禅宗和印度教对世俗生活的重视。相反，他把自己完全与社会疏远开来，并把几乎全部的精力用于探讨永恒的、抽象的、绝对的“超验自我”（85）。他的房间里挂满了无数的镜子，每一件物品的影像都被不断反射，形成让人晕眩的景象，但他却说：“我发现这些镜子可以打开一个空间，因此我从没有感到受困，我认为它们是开口或通道。”（30）这不过是自欺欺人，因为镜子里即便有通道，那也不过是幻象而已，根本不可能通达现实。一旦他试图通过其中，必将撞得头破血流。这正是他的悲剧所在。

以西结和“马克思”[①] 于1850年6月在跛子门种植园的会面是这部小说中的一个有趣情节。约翰逊运用典型的后现代历史书写手法，杜撰了这一段虚假历史，让当时正非常落魄的“马克思”抽空接受了以西结的访问邀请。约翰逊用非常幽默的手法对历史上的真实马克思的形象做了大胆改写，对他的思想和行为进行了揶揄，但我们并不能就此认为约翰逊的意图是要嘲讽马克思主义。他之所以要插入这么一个偏离史实的插曲，主要有两个目的。一是可以达到考尔曼所说的那种“陌生化效果”，通过改写马克思的形象和学说，“打破人们对马克思和黑人小说的既有观念，从而让小说成为一个不带有明显黑人文学传统的奇怪杂糅”（Coleman 639）。二是可以凸显以西结盲目追求某种超验知识的悲剧后果。以西结原本以为“马克思”一定和自己一样对不公正的现实充满愤怒和仇视，他一定会用尖锐的政治言辞抨击现存秩序的不合理性。他非常期待“马克思”可以用深刻的思想帮助自己解答一切痛苦和压迫的根源以及改变现状的途径等。

刚见面没多久，以西结就迫不及待地向“马克思”展示他最新的学术成果，讨论本体论和德意志神学等有关话题，并满怀期待能够得到“马克思”的积极回应。他急切地说：“我是为你而写的。我一直渴望一位有思想的读者，一个热爱真理的人……”（85）然而让他极为失望的是，这位来宾与他想象中的马克思完全不同，“他并不像以西结那样为政治或其他思想而活，他是那种古老的梵语意义上的居士（householder）”（84）。以西结没有想到，“马克思”对那些自己非常精通的话题——比如宗教哲学、阶级剥削、政治革命和社会罪恶等——毫无兴趣，却对文学、美食以及寻常百姓的各种日常生活兴味盎然。他尤其讨厌以西结把真理当成某种超验之物去追寻的苦行主义做法，而是认为“真理就是某个人”（85）。他看出了以西结的问题

---

① 小说中的这位马克思是约翰逊虚构出来的人物，为了与历史上的真实马克思加以区别，下文凡是涉及前者的地方，我们在“马克思”这一名字上加上引号。

所在，后者完全把自我封闭在唯我主义的超验自我之中，所有的知识都好像他房间里被无数面镜子来回反射的光一样，无法抵达真实世界。生活就在那里，触手可及，但以西结却在一次次的反思和冥想中放弃了参与其中的机会，生活也变得痛苦和荒凉。“马克思”为以西结指出了突围的方向：“去爱上某个人”(87)，并且认真地告诉他：“我写的一切东西都是为了一个女人——这也是看待社会主义的一种方式，不是吗?”(87) 在“马克思”的眼中，“当两个主体走到一起时，他们会在一种对彼此有利的交互主体生活中意识到一个共同世界的存在。……与之相比，任何其他的存在方式都显得破碎不全、片面和空洞”(86)。

“马克思”的意思其实和大梵天对南十字星的指引是一致的，他们都反对人们以追求真理的名义逃避生活。以西结对此并非完全不懂，他也同意“所有的学问都是关于人、为了人的”(85)，但他不敢面对的是，一旦自己对他人的爱得不到积极回应该怎么办？因为他认为“拒绝我的爱，……就是在拒绝我的生命。”(87)“马克思”的回答异常简单：“欢庆 (rejoice)。”(87) 然而对以西结来说，它做起来非常艰难。他的清教超验主义伦理不允许他欢愉：

> 就连傻子也知道，现在世界上还有很多问题。在这种情况下去欢庆在他看来是不适合的。难道精神不是正处处遭受奴役吗？整个地球不是正被蹂躏吗？政府不是仍在坏人掌控中吗？战争不是即将爆发吗？日常生活中到处充满缺陷和不完美，哪里有欢庆的理由？(88)

虽然对“马克思”的建议将信将疑，以西结的原有生活信念还是受到了强烈冲击。他愤怒地砸碎了屋里面的所有镜子，焚烧了自己的所有书稿，他要跟自己的过去一刀两断，不再追求现实之外的超验秩序，而是“去拥抱是其所是的事物，感受物质的神圣一面”(88)，或者干脆像“马克思”所说的那样，去找到一位爱人。

不幸的是，以西结刚刚为自己的生活点燃希望，就碰上了最卑鄙无耻之徒山姆 (Sham)，后者只用他女儿艾尔茜的一张旧照片外加一些胡乱编造的可怜故事就迅速让以西结动了怜香惜玉之心。以西结轻信了山姆的花言巧语，真的以为艾尔茜正重病缠身，于是就把自己每个月的收入都送给了山姆，却不知后者只是在骗他的钱财去挥霍。以西结“就像牛奶罐中的老鼠一般疯狂地”（18）向他臆想中的艾尔茜传递自己的无私之爱。他不再像之前那样担心自己的爱得不到回应，相反他就是要用这种绝对的无私奉献来向自己证明获得了一种更值得追求的道德存在，从而摆脱现实生活中的混乱无序。然而以西结的悲剧也是注定了的，因为他爱的对象并非真实存在的人，充其量只是一张破损不全的老照片而已，剩下的全是他自己的主观想象。他不可能获得“马克思”所说的那种交互主体生活，他永远都只是活在自己的超验自我之中。当他最终发现自己彻底被欺骗了之后，由于再也无法承担自己的主观梦境破产的后果，他突发心脏病而气绝身亡。

恰如斯托霍夫所说的：“约翰逊让以西结死于心脏病，这是对其想要获得永恒与稳固身份的唯我主义幻想的徒劳之举的评判。”（Storhoff 73）可能这也是安德鲁从他的悲剧中得到的最直接感悟。要想拥有稳固的自我身份，不能停留在主观幻想的世界里，他必须行动起来。“去寻找一个爱人”将成为摆在他面前的急切命题。

三　利维坦之囚：自由也可能成为另一种奴役

安德鲁很快就找到了自己爱的对象，即同为跛子门种植园奴隶的女裁缝茗蒂。或许是为了凸显小说与《十牛图》之间的互文关系，约翰逊刻意安排安德鲁在牧牛时与茗蒂相识并初尝禁果。在男子汉的虚荣心驱使下，安德鲁决心要为茗蒂的未来幸福负责到底，由此他也产生了对自由和身份的渴望。他央求乔纳桑解除他的奴隶身份，然而后者不但拒绝了他，还把他放逐到远方朋友芙萝的利维坦种植园为奴。安德鲁本计划等他在芙萝那里赚够钱后再返回跛子门种植园为茗蒂以及自己的家人赎身，却不料自此一去不返。

芙萝是约翰逊的所有小说中最具有颠覆性的女性人物之一。在传统奴隶叙事中，女性奴隶经常遭受白人男主人的性剥削，而在这里，芙萝反倒成了不断要求男性奴隶为其提供性服务的色情狂。年近 40 岁的她先后有过十余次婚姻，虽然小说没有明确告诉我们她的婚姻失败的原因，但我们可以猜出必然与其过于强势的女性家长作风以及永不满足的性欲有关。与她所处的时代相比，芙萝的确显得过于前卫，她自己对此也十分清楚，她说："我经常认为我是在另一个星球上出生的，或许是水星，那是一个属于被娇纵坏了的女人的世界，她们都是爱的天才，永远年轻迷人。但不知什么原因，或许因为某场可怕的宇宙事故，我被奴隶贩子们带到了这里，距离我真正的家和我的姐妹们有数百万里之遥。"（38—39）虽然芙萝已经没有了多少姿色，可她的欲望依然无穷。她会从自己的种植园里挑选一位中意的奴隶作为管家，实际上就是专供其淫乐的男宠，直至将其玩腻后再另找一位新人取而代之。在安德鲁到来之前，已经先后有多位管家被她玩弄致死。现任管家是棺材匠睿伯之子派特瑞克，他即将因为被安德鲁取代而切腹自杀；派特瑞克的前任是穆恩，后者在逃亡的路上被捉魂人班农所害。

如果说安德鲁在跛子门种植园的生活促成了他对自由和身份的渴望的话，那么他在利维坦种植园里的经历将促使他反思和检验自己对自由和身份的理解。首先是关于其性别身份的理解。在芙萝面前，安德鲁感到自己的男性气概受到挑战。一般来讲，一个人的生理性别是其自我身份建构中最根本、最具确定性的因素。它是先天获得的，仅靠生殖器官的存在就可以证明其真实性。然而作为一个人，仅仅属于或拥有某种生理性别还不够，他或她还必须以某种系统化的象征符号去表现性别身份才行，也就是朱迪斯·巴特勒所说的"性别操演"。一个人不仅要是男的（male），还必须按照一定的标准来行动，这样才能成为男人（man）。在大部分情况下，从拥有生殖属性的男性到表现出足够男性气概的男人是一个自然而然的过程，但对长期生活在种族压迫环境下的黑人男性来说，这个过程却非常艰难。正如康奈尔所说的："（来自白人统治者的）制度压迫和肉体摧残影响了黑人社会中的男性气质构成。"（Cornell 110）很多黑人男性在种族奴役的重压下，不敢表现或被剥夺了其男性气概。

在安德鲁青少年时期的男性气概建构过程中，他曾经面临两种矛盾选择。一方面是谨遵清教伦理的养母麦娣和老师以西结对他的女性化气质建构。另一方面则是作为暴力革命分子的父亲乔治对他的男性气质建构。麦娣和以西结联手不断压制安德鲁身上的男性气质，在他们看来，男性代表着理性、侵略和伤害，“男人只是瞥见了自然的代数和字母，却根本不懂情感；男人就像绘制元素周期表一样找出了存在的变化规律，但在理解人们的内心方面，他们还只是孩子”（28）。从以西结身上，安德鲁也感到“他的品味有些女性化”（29）。以西结的思想中充满了对西方男权文化的批判，他说：“或许所有哲学都可以被归纳为一种简单的恐惧，害怕这个世界根本不需要我们——我说的是男人，因为不知道为何，女人总比我们男人更贴近存在。你从未有过这种感觉？你难道没有经常感到我们已经在地球上被禁阻了吗？没感到我们是作为世界的敌人而去接近她，但她却已背转身去？”（30—31）

为了压制安德鲁身上的男性气质，以西结和麦娣都劝他成为素食主义者，因为无论是基督教还是佛教，都反对杀生。恰如钱德勒曾指出的：“你吃的东西会反过来影响世界，可以塑造你的价值观和你在世界中的位置。实际上，在世界上的很多宗教里，食物与人的神圣生活和责任有特殊关联。”（Chandler 336）以西结和麦娣把饮食上升到道德层面，认为“吃肉是一种邪恶”（25），也是一切不友好行为的根源，而素食则象征着和平。麦娣向安德鲁灌输说：“男人都极度残忍，都是没有教养的异教徒，因为吃肉……破坏了自保罗以来的一切文明价值。只要放弃咸牛肉……就可以战胜一切痛苦。”（23）

对于安德鲁接受的这些女性化教育，乔治感到非常不满。在他看来，吃肉就代表着自然界最基本的生存法则，“你要想吃，就得杀戮！这就是自然！”（24）只有那些养尊处优的白人才会把素食当成高尚的道德行为，而对于缺少生命保障的黑人来说，“你想要生存，就得杀戮”（26）。在乔治这里，其实吃肉也是一种伦理选择，它意味着对黑人民族解放事业的忠诚，为暴力革命积蓄力量，而素食则意味着背叛自己的种族和伦理使命。为了纠正以西结和麦娣对安德鲁的误导，乔治带他一起去打猎，故意在他面前残忍地猎杀一只小鹿，并强迫他亲手去屠宰。在乔治看来，这才是“一件体面的事情”（27）。来自父亲、养母和老师的不同影响让安德鲁感受到前所未有的“男性精神危机”（28），这既是性别身份建构的危机，同时也是伦理选择的危机。他越来越急切地想要弄清楚“做男人究竟意味着什么？什么才是真正的满足？怎样才能更接近我的性别所要求的标准？”（28）

让安德鲁没有想到的是，芙萝会以一种赤裸的、压迫性的方式解答他的这些困惑。因为在芙萝面前，他根本不必再纠结自己是不是男人，他只需要做一名能够满足她的性要求的男性就够了。芙萝和乔治一样反对素食主义，因为对她来说，食欲和肉欲是分不开的，“美美的享受一块肉就和做爱一样”（42）。从第一次见到起，她的眼神里就充满占有欲。她会不知羞耻地偷看安德鲁的裸体，“就像主妇们在市场上比量几大块猪肉一样”（41），还干脆声称“我想尝尝你是什么味道”（45）。在和安德鲁第一次做爱后，她的感觉则是“你尝起来像牛奶的味道。”（53）

在安德鲁成为芙萝的新欢后，他很快过上了快活逍遥的日子。每天他除了侍奉芙萝寻欢作乐之外，不需要做其他任何事情，还可以享受丰盛的饮食，以及芙萝送给他的各种犒赏。安德鲁一度对这种神仙般的日子非常满足，他甚至逐渐相信“快乐就是人生第一原则”（43），更开始怀疑像父亲那样“为了光荣与伟大而献出自我”（43）是否值得。他自欺欺人地试图从自己的肉体沉沦中寻找形而上的意义：

> 说来也怪，我从芙萝那里知道了做爱的神奇。恰当地来说，它也是一种道（Way）。我曾听说这世界上有很多种道，但如果你想体会快感，那么你就——她告诉我——必须给予快感。为了能永远做到这一点，其中一方就必须把奉献自我的感觉和服务他人的理想记在心里。（64）

安德鲁渐渐沦为了芙萝的性奴隶，虽然他无须像别的奴隶一样到地里去干活，但他失去的自由甚至更多。不过安德鲁似乎很享受这种生活，他甚至开始向别人推荐自己总结的性爱技巧：“第一，消除自我。第二，吃好。第三，经常做。”（64）也正是由于他开始时能够完全忘记自我、全心全意地甘做芙萝的玩物，他才被后者赞赏为“我有过的最好仆人”（64）。然而一年多以后，安德鲁开始感到危机：“她给我的男性气质施加了巨大压力。”（43）她的欲望永无止境，还会想方设法地让安德鲁为她提供更大、更刺激、更频繁的满足。她的需求不但有生理的，还有心理方面的，比如她要求安德鲁在她身边扮演各种角色——“芙萝幻想中的情人变化多端：丈夫、恶棍、老师、骑士……”（61）但可悲的是，安德鲁的真实身份其实只有一个，他不过是芙萝用来发泄欲望的工具而已。难怪睿伯在第一次见到他时颇有深意的称之为“鲜肉”，因为他早已预料到安德鲁的命运。当她和安德鲁做爱时，芙萝也根本没把他当做一个爱人，正如她所说：“我只感到自己的脉动。我自己的感受……我的节奏遍及全身。”（53）

在亲眼看见了芙萝的两位前任管家（派特瑞克和穆恩）死后的惨状后，安德鲁自己的心理危机终于爆发。他们都是被芙萝玩够了的奴隶，他们的下场也将是自己的下场。虽然他们的具体死因不同——派特瑞克是在芙萝的床上剖腹自杀，而穆恩则是在逃跑的路上被捕杀——但正如兽医格罗（也是穆恩的父亲）所分析的：“严格来说，导致这些黑人男子死亡的原因根本不是生理方面的，不是平常所说的身体毛病，虽然他们受到的折磨是这世上最古老的疾病。这种疾病不能凭经验诊断，甚至无法用器械检测，我们只能通过它的病症来了解它。虽然它很神秘，但无疑是致死的病因。”（58）

格罗所说的这个“致死的病因”便是“对个人身份的信念”（58），或者说，由于他们总是固执地相信自己应该有一种“我之为我”的存在价值，却又寻觅不到或屡遭拒绝，以至于他们仅能拥有一种“表皮化的存在（epidermalized being）”（52），这是一种比皮鞭和枷锁还要可怕的精神奴役，一种几乎无药可救的心理疾病，它会让身强力壮的年轻人完全丧失活下去的信念和勇气。

安德鲁也不可避免地患上了这种疾病。各种莫名其妙的恐慌和沮丧让他心绪难平。虽然格罗只是一名兽医，但他却是小说中仅次于木匠睿伯的第二位最富有智慧的人。比如他对这种疾病的诊断就极富哲理。在他看来，身份就是一个镜花水月般的幻象，终究是可望不可得。根本没有什么类似科学依据的东西让我们拥有某种实体内核，成为独立的个体。主体身份从来就是一个神话或谎言，若要对之执迷不悟地追寻，那么当一切努力都遭到否定之后，必将危及人的存在。

虽然格罗的话听上去有些虚无，却传达出了这部小说最重要的主题之一，即基于佛教思想的主体观。他并不是要否定生活，在他看来，身份到底是实在的还是虚构的并不重要，重要的是我们能够做到"不执"，既不执于证明它的实在性，也不执于勘破它的虚妄性。我们只需要在生活中找到一种希望、"一种生命的确证（life-assurance）"（70）就够了。在格罗的启发下，安德罗虽然仍将信将疑，但他也逐渐看到了自己的病根："一个男性幻想……男性自我的一部分"（71）。由于他的男性自我从未得到芙萝的肯定，他的存在价值始终被贬抑为一种性欲工具，所以他才无从得到那种生命的确证，而要想获得这种确证，恐怕他必须逃离芙萝的控制才行。

在一次接受访谈时，约翰逊说道："《牧牛传说》当然是一个奴隶叙述，但我更关心那些比脚镣和枷锁更严重的奴役问题：不仅是肉体上的奴役，还包括心理、性以及精神方面的奴役等。"（McWilliams, *Passing the Three Gates* 129）在约翰逊看来，多数传统黑人文学对自由的界定都比较狭隘，它们往往把自由理解成等同于推翻白人的种族压迫，获得在政治和法律意义上的平等权利。约翰逊却要突破这种狭隘认识。如前所述，安德鲁最初来到利维坦种植园的打算是赚钱回家为自己和亲人赎身。彼时的他对自由的理解很简单：自由就是摆脱法律、身体和物质方面的奴役，那是可以用金钱换取的东西。在他眼里，芙萝无疑是自由的，就像她自己所宣称的那样："我是利维坦的统治者，是它的灵魂。从某种意义上来讲，所有其他人都不过是维系这个灵魂的关节、肌腱、神经和组织而已。"（38）在她的种植园里，她可以为所欲为。她也丝毫不受道德规范的约束，尽情放纵自己的情欲。

芙萝自诩是功利主义伦理学的信徒。第一次见到安德鲁时，她就询问后者是否读过本杰明·边沁的著作。这不免让我们想起当年以西结针对安德鲁的教育计划是“以詹姆斯·穆勒对他儿子约翰·斯图亚特·穆勒的教育为模版的”（12）[①]。不过以西结只是模仿了詹姆斯的百科全书式的教学计划和内容，并未教他有关边沁的功利主义哲学。正如斯托霍夫所指出的，约翰逊在小说中对边沁的两次指涉并非偶然，而是为了表达他对后者的功利主义伦理学的批判。（Storhoff 65）边沁思想的核心是最大幸福原则，而由于他所说的幸福往往主要指物质利益和生理感受，因此这一原则也常被视同于快乐原则。边沁特别强调趋乐避苦是人的本性，是进行一切行为选择的根本动机。他说：“自然把人类置于两个强有力的主人的控制之下：痛苦和快乐。只有它们才能向我们指出应当做什么，并决定了会做什么。”（转引自赵敦华，《西方现代哲学新编》45）。在他看来，只要一件事能最大程度地增加人们的快乐，或减少人们的痛苦，那么它就是正义的、合乎道德的，反之就是邪恶的、不道德的。约翰逊非常反对这种观点，因为它假定人的本性是稳固不变的，却忘记了它总是在特定社会历史语境中生成的，而且也在不断变化中。更严重的是，在边沁的理论中，人们将永远挣扎在趋乐避苦的旅程中。他把追求幸福当成了简单的快乐累加法，却没有给人指出生命的终极意义，结果必将导致人们陷入肉体享乐主义和精神虚无主义。从约翰逊的东方宗教视角来看，对快乐的过度追逐会让人成为欲望的奴隶，人反倒失去了自由，生命的意义也就变得很贫瘠了。

芙萝的情况正是如此。如果从今天的女权主义视角来看，她的行为或许还有一定的积极意义。她曾经向安德鲁控诉白人男权社会对她的不公，其前夫艾尔是一位蛮横粗野的大男子主义者，整天要么忙于料理农场事务，要么到处寻花问柳，完全无视她在精神和肉体上的需要，还傲慢地压制她想要表达自我的愿望。正是由于她的内心无法从白人男性那里得到情感满足，她才把她的情感目标转移到黑人男性身上，因为她认为“黑人男性比其他人更能看透这些”（59）。在温顺驯服的黑人男性那里，她可以随意索取一切她未能从白人丈夫那里得到

① 詹姆斯·穆勒正是边沁的好朋友，而斯图亚特·穆勒则是边沁思想的最主要继承者。

的东西，这样才能得到她作为白人、女人和主人的复合存在快感。以她信奉的边沁思想来判断，她的所作所为似乎也符合幸福最大化原则。

然而如果我们从约翰逊更认同的东方宗教视角来看的话就会发现，芙萝的所作所为既不道德也没能给她带来真正的幸福。表面上看，她像是安德鲁小心侍奉的女王，但实际上她和安德鲁一样，彼此谁也离不开谁。恰如睿伯所洞察到的："她并不自由……她和你我一样，也是奴隶"（62）"如果没有你，她就不知道自己是谁。而如果失去她，你也一无所是……"（62）从芙萝身上，安德鲁可以找到一点做男人的快感，尽管那只是一层被极度化简的男性价值——性能力。而在他身上，芙萝也得到了她欲求的东西。她之所以拒绝给安德鲁支付工钱，是因为她明白自己离不开他，担心他攒够钱后离她而去。在她身上，自由和奴役悄然互换了位置。尽管她在身体和物质上是自由的，但在精神和心理上却无法摆脱欲望的奴役。就像佛教所说的永远居于欲界的饿鬼一样，她永远受自己欲望的奴役，甚至于连她也感到自己就是"一件公共用品"（60）。对肉体享乐的无限欲求最终让快感变了味。当安德鲁意识到自己终将无法从芙萝这里得到他想要的那种真正的自由和身份之后，他的忍受也就到了极点，他和芙萝之间的肉体欢爱也变得索然无味，并最终导致他在冲动之下失手打了她好几个耳光。盛怒的芙萝不再宠爱他，把他放逐到黄狗矿井去做苦力，由此也为安德鲁开启了继续寻找自由和身份的下一个旅程。

第三节　木匠睿伯与道家思想中的精神自由

为了打破传统奴隶叙事对自由的狭隘界定，约翰逊在《牧牛传说》中有意从多种文化、哲学和宗教的角度来深化我们对自由的认识，这其中道家思想是一个非常重要的视角。如前所述，《牧牛传说》不但以佛教思想作为小说的重要主题，而且还渗透着很多道家精神，特别是庄子的自由思想。它集中体现在睿伯这个人物身上。作为利维坦种植园里的一名棺材匠，睿伯是整部小说中最具神秘传奇色彩的人物。他是非洲刚果河沿岸传奇部落阿穆瑟里人的后裔，其曾祖父拉克豪曾是该部落的祭司。传说这位祭祀拥有神奇法力，曾用巫术挫败了部落首领阿克巴的邪恶阴谋，后者背叛了自己的部落并皈依邪教，还企图迫使全体部落成员都和他一样改变信仰。后来这个部落不幸遭到白人入侵，大部分成员都被贩卖到美洲做奴隶。而睿伯更是被数易其主，几经周转最后被芙萝的前任丈夫艾尔收购，主要负责为利维坦种植园上死去的人做棺材以及其他一些木匠活。

约翰逊把他心目中的道家精神充分展现在对睿伯的刻画上。这个人物的原型直接取自《庄子·达生》中的“梓庆”，熟悉道家思想的读者可以轻易看出这一点。当安德鲁夸赞他做棺材时的精湛技艺时，他回答说：“我并未做任何东西……事物自然而成，如此而已。”（47）此时的安德鲁尚无法理解他的意思，便继续追问道：“不过你做的每一件棺材都各不相同，其中一定有一些技巧。”（47）睿伯接下来的回答完全让我们想起《庄子·达生》中的“梓庆削木为鐻”的故事，他说：

> 技巧？……你想知道我做了什么吗？我什么也没做。……在我尚未打开工具箱之前，我会先独自走到那边的树林里过上一星期。我试着忘记我做过的每一口棺材。一天之后，我便记不得其中任何一口了。两天之后，我忘记了祖先们传授给我的一切指导，不管他们是否高兴。五天之后，我甚至忘记了做棺材这件事。七天过去了，我忘记了关于自己的一切。这时候，我才开始寻找用来做棺材的树。(47)

我们不妨与之比较一下“梓庆削木为鐻”的原文：

> 臣，工人，何术之有？虽然，有一焉。臣将为鐻，未尝敢以耗气也，必齐以静心。齐三日，而不敢怀庆赏爵禄；齐五日，不敢怀非誉巧拙；齐七日，辄然忘吾有四肢形体也。当是时也，无公朝，其巧专而外滑消。然后入山林，观天性。形躯至矣，然后成见鐻，然后加手焉。不然则已。则以天合天。器之所以疑神者，

其是与！（《庄子·达生》）

梓庆是一位技艺高超的雕刻工匠，他的每件作品都如鬼斧神工一般。他能够做到这一点的诀窍就在于“齐以静心”。按照叶朗先生的解释，“齐”通“斋”，“齐以静心”就是庄子在《大宗师》中所说的“心斋”或“坐忘”（参见叶朗117），也就是从各种是非得失的算计和思虑中解脱出来，彻底排除利害观念，做到“堕肢体，黜聪明，离形去知，同于大通”（《庄子·大宗师》），达到“无己”“无功”“无名”“外天下”“外物”“外生”“丧我”的境界。在庄子看来，这就是人生最高的自由境界。所谓“不敢怀庆赏爵禄”“不敢怀非誉巧拙”说的也就是“无功”“无名”，而“辄然忘吾有四肢形体”也就是“无己”“外生”“丧我”。到达了这个境界，人便既可以无欲无求，也可以无往不胜。

在睿伯身上体现的正是这种自由。当他看到集市上摆满商品而自己却一无所需时，他感到欣喜；当恶人用枪口指着他的头时，他连眼睛都不眨一下。“他体内储存的力量足以徒手把一辆小货车拆散，但他却选择温柔。”（134）不管多么劳累的工作，对他来说都如同休闲，他从不会感到疲乏，也从不生病。整个种植园都可以见到他忙碌的身影，然而似乎处处都未留下他过多的存在痕迹。他好像对整个世界都已一无所求，“他几乎从不主动制作任何东西。他只是等待着，像一只猫那样安静。直到有外力作用于他，给他一点压力，推他一下，或猛戳一下他的脊梁，只有这样他才会动一下”（75）。

面对残酷的种族奴役，他采取的是一种与乔治的民族革命主义完全不同的反抗策略。乔治用尽自己的全部力量去对抗白人，直至鱼死网破也在所不惜。然而这种直接对抗并不能带来真正的自由和解放，因为他的目的往往不过是想颠倒白人与黑人的压迫秩序、让黑人成为白人的主人而已。他依然执迷于白人/黑人、自由/奴役、主人/奴隶等这样的二元对抗结构，精神的不自由状态仍将无限延续下去。相反，在睿伯这里，他不再对一切压迫进行正面反抗，那些二元结构对他已经失去意义。“面对疾病，他会说‘Yes’。面对苦难，他会说‘Yes’。

面对自由，他会说‘Yes’。面对不幸，他会说‘Yes’。”（76）别人可以剥夺他的食物、财产、亲人，给他的身体套上枷锁，却无法侵害他的精神自由。有人肯定会说这不过是一种自欺欺人的消极抵抗策略。但在安德鲁（以及约翰逊）眼中，“这就是他的道（Way），是一种力量与精神英雄主义的道”（77）。用拉什迪的话来说，这种道就是“质疑一切代表自私之心的代称，不相信任何有关种族身份的界定”（Rushdy，“The Phenomenology”390）。

必须指出，约翰逊和庄子都认为只要人能够彻底清除自我内心的得失考量就可以达到最高自由境界，这种观点显然是有问题的。仅仅依靠奴隶们消除头脑中的二元对立差别不可能对现实的奴隶制造成大的改变，充其量只能换来一种虚假自由。然而我们也不能完全否定约翰逊的用意。他在这里最主要的想法还是以道家自由观为参照，来映衬芙萝表面自由下的精神奴役状态，也为安德鲁进一步寻找他的自由身份探查道路。另外约翰逊也没有把睿伯的不抵抗策略绝对化。当他和安德鲁一起被放逐到黄狗矿井做苦力后，两个人在途中秘密协商并成功脱逃。他的逃亡意志甚至比安德鲁还要坚定。当安德鲁途中打算留在斯巴坦堡与佩姬成家立业时，睿伯表现出了少有的愤怒，并且毅然独自前行，直至最后到达芝加哥，获得彻底的自由之身。值得一提的是，虽然他在途中也曾被捉魂人班农抓住，但恰恰因为其“外生”、“无已”的道家精神，他才得以从这位杀人魔王手中免于一死。

从某种意义上来说，班农和睿伯是一对有着很多相似性的反面镜像。作为一名专门追杀逃跑奴隶的职业杀手，虽然班农也是黑人，却是一位天生的杀戮狂，在他很小的时候就自称“喜欢杀戮胜过吃布丁”（112）。他凶残至极，无数的逃跑黑奴都命丧他手，其中就有安德鲁的父亲乔治以及芙萝的前管家穆恩。他每杀死一人，就会把对方的相貌纹在自己身上，既像是在宣扬自己的战利品，又像是为那些死去的冤魂找个附身之所。

班农也曾经短暂地为自己的罪恶忏悔，试图从教堂那里得到上帝宽宥，然而抑制不住的杀人冲动最终让他放弃了自我拯救，反倒日益加深自己的罪过。他把自己的罪恶归咎于上帝，认为“上帝不想让我成为一个充满和平的人”（112）。他甚至认为杀戮就是上帝分派给他的任务。他说：“我也是在为上帝服务，并且我干得还不错。”（111）如此一来，他便从自己的罪恶中找到了某种“神圣”的使命感。虽然他极为残忍，却不会草率地处死猎物，而是为他的追杀行为注入了很多形而上的意味：

> 当你追捕一名值些赏钱的逃犯时，你应该忘了自己的猎人身份。你在凌晨爬起来，悄悄来到黑奴的藏身之所。当你猎取一名黑奴时，与其说是在身体力量上打败他，不如说是在精神上击垮他。你必须摸透他的思想，他的内心……捕猎黑奴靠的是你如何运用命运。你必须让命运超过你正追缉的黑奴，然后钉牢他。（114—115）

如果我们忘记了这是一位职业杀手在讨论自己的杀人之道，我们几乎可以把其中蕴含的哲理与睿伯谈论其技艺时的话相媲美。从一定意义上来说，他们都做到了“游心于物”“无己”“无名”。班农甚至和睿伯一样从不主动出击，而只是静静地等待机会，就像猫捉老鼠一样，先尽情玩耍猎物，只要对方不先露出破绽，他绝不会给出最致命一击。而他所说的破绽，就是对自由身份的渴望以及因逃跑失败而产生的绝望与愤怒之情。“当内心被压力击垮、打败，失去了再生希望的力量，捉魂人便迈进去提供最‘仁慈’的服务。”（170）也就是说，只要奴隶渴望自由或还想逃跑，他就会追；只要对方仍不死心，他就会继续陪着玩这场捕捉游戏。而一旦对方陷入绝望，他就会立即出手置其于死地。班农把这一策略称为自己“倚之为生的美学原则”（117），并为自己设定了放下屠刀的前提条件：“如果有一天，我遇见一位让我抓不住的黑奴，我就放弃。”（116）当安德鲁在斯巴坦堡和佩姬结婚后，忙碌却又幸福的平凡生活让他感到非常满足，他甚至忘记了自己还是一名正在逃亡的奴隶。他不再继续逃跑，对生活充满希望。班农按照自己的“美学原则”，也就没必要继续追捕他。而当睿伯撇下安德鲁独自逃亡之后，班农自然也要继续“陪着玩”。不过当班农最终追上睿伯后，他却意外发现睿伯就是一个让他根本无法抓住的人。他后来向安德鲁如此描述："你的朋友一无所求，你有何办法抓住这样一位黑奴？他不能被逮住，他早已是自由身。虽不是法定意义上的自由，但你明白我说的意思……我一直遵守一条原则，即毁掉一个人、让他最终失去警觉的事物一定最初始自欲求。你的朋友无欲无求。我没办法抓住这个黑人，他就像一阵烟一样。"（173）

睿伯处在庄子所说的那种最高的自由境界。对他来说，自由与奴役、生与死、主人与奴隶等对立关系不复存在。他没有欲求，也就不会感到绝望，生命总能保持一种无尽的欣快，即便身处苦役或面临追杀，他也能坦然应对，平静地等待命运安排。他的道家精神不但让他获得了最终的身体自由，也为班农乃至安德鲁的最终解脱创造了条件。

必须承认，约翰逊的这种安排带有一定的自我欺骗性。没有哪个奴隶能以这种方式获得自由，也没有哪个捉魂人会在追杀黑奴时有如此形而上的审美策略。而且约翰逊在表现睿伯的道家自由精神时，他在逻辑上也带有明显的矛盾性。但即便如此，我们不要忘了约翰逊的创作意图本来就不是历史现实主义，而是充满宗教与伦理内涵的黑人哲理小说。为了探讨比身体自由更难得的精神自由，他才把道家自由观运用到美国的种族主义语境中，这种尝试的意义还是值得肯定的。

经过芙萝和睿伯或负或正两方面的引导，安德鲁对自由和身份的理解又前进了一步。在和睿伯一起逃离利维坦后，他已经基本获得了身体自由，但精神自由仍待寻找。带着芙萝留给他的身心创伤，他在逃亡途中找到医生安德克里夫为他治病。与此前兽医格罗对他的诊断不同，安德克里夫认为他"只是生理上有些小毛病，都无大碍"（120），并建议他只需要静养几天便可痊愈。不过安德克里夫所说的下一句话值得注意，他说："像你这么一位22岁的小伙子竟有着斗牛士般的体格，一位很老的斗牛士，或许还有他的牛……"（120）这句话是约翰逊给读者提供的一个很好的暗示，他提醒我们安德鲁已经结束了"牧牛"和"骑牛归家"，进入了"忘牛存人"的阶段。不过此时被他忘记的"牛"并非绝对意义上的身份，而只是他原有的黑人身份而已。为了便于逃跑，安德鲁利用自己的肤色优势伪装成白人[①]，化名威廉·哈里斯，还为自己编造了完整的家世，不但在路上骗过了好几位白人盘查者，甚至连自己都相信了自己的新身份。如果按照《十牛图》的框架来看，安德鲁接下来还需相继经历人牛俱忘、返本归源和入廛垂手等三个阶段。不过在此之前，他还需要最后几位导师的帮助才行，他们分别是捉魂人班农、昔日的情人茗蒂以及未来的妻子佩姬。

第四节　勘破自由与身份的幻象：佛教启示下的精神解脱

安德鲁和佩姬的婚姻并非开始于浪漫，它在一定程度上是无奈选择的结果。一方面，对佩姬来说，斯巴坦堡是个偏僻小镇，优秀的白人适婚男子十分稀罕，“很难为一位有文化的女孩找一个如意郎君”(138)。虽然佩姬的容貌一般，甚至有点丑陋，“身材如同梭矛一样平淡无奇，橘黄色的头发也毫无出众之处。和她父亲一样，也戴着眼镜，双眼鼓得跟气球似的”（124）。但是她却充满活力，“就像一把持续沸腾、冒着热气的茶壶”（124）。她有着很出众的文化修养，个性又非常率直，自然免不了有些孤芳自赏，“她恰如其分地保持着……一种自我防卫：有距离的反讽。整个斯巴坦堡都让她感到难以忍受”（125）。

由于佩姬有如此的性情，再加上她的父亲安德克里夫又是斯巴坦堡最有影响的人物之一，她的这些优势反倒成了阻碍她获得美满姻缘的障碍。她甚至担心自己有可能终生嫁不出去或者成为同性恋。在这种情况下，不期而至的安德鲁让她感到欢喜异常。虽然安德克里夫早已察觉了安德鲁的伪造身份，可是他身上的良好文化修养还是让他显得十分出众。而对安德鲁来说，他也别无选择。为了偿还诊疗费，他不得不留下来为安德克里夫打工赚钱，身份被识破后又遭到后者的胁迫，在这种情况下，他只好答应了安德克里夫的安排，与佩姬仓促举

① 这也暗合了清居禅师等人的《牧牛图》中原有的“黑牛变白牛”的轨迹。

行了婚礼。

在这场貌似不太合乎道德的婚姻中，其实也蕴含着安德克里夫（以及约翰逊）非常赞同的一种关于日常生活的伦理观。他在婚礼上如此祝福他的女儿：

> 我也想和别人一样祝你们幸福，但我认为这世界上恐怕根本就没有幸福。它是诗人们的发明创造。……我给你们的祝愿就是希腊人所说的“德性”（Arete），即“把该做的事情做好”。我敢说这里面并没有太值得欢庆的东西，但如果一个人能在晚上睡得很踏实，拥有这种德性，再有一副好肠胃，没有精神烦恼，总是心平气和，如果这样他还不知足的话，那就是在挑战上帝的耐心了！（137）

正如斯托霍夫所说的，这段话中隐含着对亚里士多德的《尼各马可伦理学》的指涉，而且“安德克里夫的这段祝福也为安德鲁在小说剩余部分的性格形成奠定了基础。”（Storhoff 80）在拉丁语中，“arete”的意思就是“道德品质”或“德性”，它不是生来就有的。只有当一个人圆满履行了自己的伦理责任之后，才可以说他具备了这种德性。亚里士多德的伦理学强调人在现实生活中应该奉行“中道”原则，即在理性与感性之间做出平衡。只有这样，人的行为选择才算是合乎伦理要求的。人既不可过于算计，也不可太情感用事。这种平衡能力不是生来就有的，而是可以在后天的生活经验中被不断培养和积累的，直至形成某种行为习惯。最常见的培养方式就是模仿悲剧艺术或是现实生活中的他人的行为。之前的安德鲁显然缺乏这种中道精神，他的很多选择都是年少冲动所致，而他的身边也缺乏合格的伦理导师。以西结过于理性，与生活始终保持一段距离。芙萝又过于感性，凭肉体感官快乐引领她的生活。而现在的安德克里夫父女却为他提供了中道精神的很好示范。比如安德克里夫虽然很富有，却没有送给女儿过多的嫁妆，而只是送给她一栋很简陋的小房子，以便让她和安德鲁用自己的付出过上好日子。而佩姬更是亚里士多德所说的德性的完美体现。她毫不苛求了解安德鲁的任何秘密，即便后来知道了他的真实身份也不予追究。她并没有像跨种族婚姻中常见的情况那样，当一方发现另一方隐瞒了种族身份后，会表现出极度的失望和愤怒。相反，她平静地接受了安德鲁的所有过去。后来为了救助惨遭各种蹂躏的茗蒂，安德鲁倾尽所有把她从奴隶贩子那里赎买回家，而佩姬也非常大度地支持了他的做法。非但如此，她还给予茗蒂无微不至的照顾，直至后者伤重不治身亡。在日常生活中，佩姬更是一位近乎完美的贤妻，她既勤于家务，又能在精神上做丈夫的红颜知己，并且乐得把这种平凡的生活当成最浪漫的事。

在此之前，安德鲁从未对自己的婚姻有什么美好的期愿，“因为我从未见过一桩‘称心如意的’婚姻”（144），包括父亲乔治和养母麦娣、乔纳桑与安娜、茗蒂的父母、芙萝与她的几位前夫等在内，他们的婚姻都充满了各种失败和挫折。但佩姬却让他对婚姻的看法完全改变。她似乎总能快乐地度过每一天，能够从最琐碎的日常事务中发掘出不一样的伦理价值。在佩姬和安德克里夫的影响下，安德鲁终于对自己苦苦寻找的解脱之道以及伦理身份有了新的认识：“自从离开跛子门种植园以来，我已看到了很多种道——以西结的学问、芙萝的感官、班农的神圣杀戮以及睿伯，他确实是一个一去不返者。但在所有这些路径之中——它们谁也不比其余更好——我发现了我的法门，那就是作为一名居士。”（147）

“马克思”让他看到了以西结的清教超验主义伦理的破产，睿伯让他认识到了芙萝的功利主义伦理的虚妄。不过，在睿伯身上体现出的道家精神只能作为一种值得尊敬的精神理想，虽然看上去很吸引人，却有着强烈的出世主义和个人主义取向，并不适合普通人追随。相比之下，“马克思”的居士伦理学（ethics of householder）更值得普通人去效仿，这也是佩姬带给他的伦理启示。于是他学会了去感受蕴含在当下平凡生活中的独特伦理价值：努力地工作、安详地生活；忙起来热情满怀，闲起来悠然自得；认真履行当前该尽的义务，不为未知的明天而忧，也不为昨日的痛苦而恼怒。“他想要的正是使人们讨厌的东西——平庸。波澜不惊、柴米油盐、平平淡淡的生活。不悖逆人伦法则，而是拥抱、接纳它，和芸芸众生一样舒适、勤劳地生活。”（115）这也正是《十牛图》中宣扬的“人牛两忘”的境界。

不过安德鲁要想沿着《十牛图》中描述的轨迹，实现最后两个阶段的“修行”，他还必须接受最后一个考验：捉魂人班农。其实从第一次见到安德鲁时，班农就已经知道他身上流着黑人的血，即便后来他伪装成白人哈里斯，并且竭力掩饰自己，也丝毫不能逃过这位阅人无数的捉魂人的眼睛。只不过他后来在斯巴坦堡的平静生活让他放弃了继续逃亡的愿望，心中也没有了对自由身份的绝望，反倒充满愉悦和希望。按照班农的杀人美学，安德鲁自然也就暂时得以豁免。不过他心里明白，即便目前他不再为自由身份感到焦虑，他仍然不能确定自己是否已完全弄清楚了“我是谁”的问题，仍旧需要面临一次最关键的考验。当班农最后一次找上门时，安德鲁明白，这一刻终于来临了。

在整部小说中，安德鲁与班农一共有至少三次面对面的交流。第一次是在兽医格罗那里，第二次是在与睿伯一起逃亡的途中。在这两次见面时，班农都一针见血地指出了安德鲁的真实身份。而安德鲁也会设法逃避班农对自己身份的“定位”，就像一只老鼠躲避猫的利爪一样。但在这最后一次见面中，安德鲁却不再做任何精神反抗。在这位死神化身面前，安德鲁将升华他的死亡恐惧，并迎来最后的精神解脱。

约翰逊为小说最后一章起了一个非常有宗教象征意味的标题——“解脱”。与其说他为安德鲁和班农安排的这次会面是现实意义上的，不如说它是对小说主题的高度形而上的提升和概括。“解脱”一词是佛教用语，“解是解除惑业的束缚，脱是去掉三界的苦果，或简单说，是永离苦海”（张中行 45）。解脱后所得之境为涅槃，它是一切佛教修行的最终目的。传说佛祖释迦牟尼经过七七四十九日的静坐冥想，终于悟出了生命之苦的根源和解脱之道，总结出苦、集、灭、道四圣谛，也就是有关人生的一整套认识或真理。在佛陀悟道之前，人们普遍认为苦行是唯一正确的修行之道。以西结以及早期的安德克里夫都曾经是这种苦行主义的信徒，他们相信只有通过苦行才能悟得真理，恨不得生活对他们越残酷越好，似乎只有这样，生命才显得更真实。然而佛陀反对这种苦行办法，他自身也曾受到这种错误观念的束缚，苦行让自己失去了健康，差点没有足够力量去悟道。此外佛陀也反对走向苦行的另一极端，即沉溺于感官享乐，被食、色、名、利等各种欲望所控制，例如安德鲁和芙萝之间发生的一切，这样更不能让人们得到解脱。佛陀的教法是两者之间的中道，他并不要求人们逃避人生，而是帮他们尽可能彻底地把自己和世界联系起来。按照八正道的指引，当我们在现实生活中逐渐辨识苦的本质和根源之后，就会变得平静而喜悦，最终开启佛教所说的空（shunyta）、无相（animitta）和无愿（apranihita）三解脱门，进入涅槃之境。

第一解脱门是空，空就是空掉、没有的意思。西方传统哲学特别强调世界的实体属性，认为“无”也是一种“有”。而佛教正好相反，认为“有”也是一种“无”，但这种“无”并非彻底的虚无，而是表示各种事物和存在的相互依存关系。正如一行禅师所说：

> 我们不可能单凭一己而存在，只能和宇宙其余的一切相互依存。修行即是全天候滋养这种澈见空性的洞见，无论走到哪里，我们都在所接触的万事万物中触及空性的本质。当我们深入地观察桌子、蓝天、朋友、山川以及自己的愤怒和欢乐，就会看清这一切都缺乏独立的自我。当我们深入接触这些事物时，就会看见一切存在之物相互依存、融摄的本质。空性不代表“无”或“不存在”，而是表示相互缘起、无常及无我。（一行，《佛陀之心》145）

“空”就是介于“有”和“无”之间的中道，类似于现代哲学所说的“主体间性”。只要我们仔细观察，就会发现任何事物都非绝对纯粹的自我，其中必然含有“非我”的成分。万物之间也没有绝对的界限，所谓的界限不过是人为虚妄的划分而已。消除了你我之间的界限，我们也就会看到他人与自我始终苦乐相连，对抗和仇恨也就可以化解。

经过漫长的心路历程，安德鲁面对找上门的捉魂人终于不再感到恐慌，也不再掩饰自己的真实身份，他只是平静地等待命运的判决书。不过班农这次并非上门索命的，因为他已经兑现了自己的承诺，永久地放下了屠刀。在某种意义上来讲，班农从“无法被抓住的”睿伯那里也获得了解脱，而解脱后的他又将成为安德鲁的引路人。在班农身上，安德鲁似乎突然得到了顿悟：

> 捉魂人坐在我旁边，谈论着他那些让人恐怖的技巧。他的形象驱散了所有的错误念想，把我的感觉剥离地犹如鲸骨一般干净，使它摆脱了那些常常影响我的偏狭的视野和自私的关切。我可以听到雨鸦正在前方的树上鸣唱，另一声鸟叫听上去像是燕子，或者是一只鹪鹩，或者我就是这个声音本身；我在树下发现了不为人知、静待被人发觉的矢车菌。我又看到了这棵有两支树干的大树本身。它正梦想着再次转变成人，沿着生物链向上爬，一种形态连着另一种形态，直至到达值得付出最高牺牲的物种——人类。(172)

安德鲁终于看到了自己的苦的根源，不是因为他是黑人，“而是一种看待事物的方式，是我从乔治·霍金斯那里继承来的东西——分别之心（seeing distinctions）”（172）。分别心一起，就会让人陷入各种二元对抗结构之中，那么生命就一定是痛苦的。这是真正让他不自由的原因，不是用一纸契约或是金钱就可以换回来的东西。只要他还像父亲那样一辈子生活在对你/我、主人/奴隶、黑人/白人进行二元切分的世界里，他就永远不会获得真正的解脱和自由。

第二解脱门是无相，“相”（lakshana）是指事物呈现在我们面前或心目中的表象、意象，比如水会有冰块、蒸汽和流水等不同的“相”。《金刚经》说：“凡有所相，皆是虚妄。”意思是说我们表面看到的事物并非事物的本真面目，而是掺杂着很多主观情意投射，因此是虚假的。如果我们以假当真、执迷不悟，就会受困于诸相之中而产生恐惧、烦恼、焦虑和悲痛等感受。《金刚经》中主要列举了我相、人相、众生相、寿者相等四种相，前三者分别相当于自我中心主义、人类中心主义和生物中心主义，它们会让人误以为自我高于他人、人类高于万物、有生命之物高于无生命之物等。寿者相是指人执迷于生死之分，从而贪生怕死，然而如果你深入观察就会发现，这种区分也不是绝对的，生命和宇宙一样，从未出生也永不会消亡，恐惧之情就会自然消解。一行禅师说：“当我们超越诸相，就进入了无有恐惧及无责难的世界中，我们能超越时空，看见花、水与自己的孩子，也知道就在当下、此刻，祖先存在于自己身上。我们还看到佛陀、耶稣，以及其他一切先圣先贤，他们都还未逝世。”（一行，《佛陀之心》148）面对班农刺满全身的无辜生命的形象，安德鲁感受到的不再是恐惧，反倒是看到实相后的欣喜和超然。约翰逊用一大段很抽象、诗意的文字描写了安德鲁的感受，我们在此予以完整引用：

> 我看到的根本不是纹身，而是像沙丁鱼一般拥挤在他身上的各种形式，都是被班农从小至今杀死的动物：无脊椎的昆虫，被折断翅膀的苍蝇；然而在这片身体马赛克中，即便是最微小之物也明显是和更高级的形态一样复杂的小社会，一个由原子、分子和细胞和谐构成的合生体。在这片生命的墓地里，无一物是孤立存在的，而且也不想、不必孤立存在。这个死亡生命的共和国在他的胸口上、肚皮上、肥实的肩膀上移形换位，手与爪、脚与蹄、腿与翼都相互交错变形，只为尽情享受万物多样的小天地和繁殖增生的美……而在每一副不同的面孔之后……同一自我的脸庞在午夜时分隐现，那是我的父亲……接下来他的形象便消失在这片能量区域里，随后一与多之间的奥秘游戏一次又一次地把父亲，还有他的爱，以从蛆虫到巨大的漆树之间的各种存在形态返还给我，因为它们也是我的父亲。(175—176)

在班农的这副高度具有象征意义的躯体上，所有事物都不再以可以切分的独立状态存在。父亲和儿子、黑人与白人、生者与死者、人与动物、捉魂人与逃亡者……他们全都交织在一起，你中有我、我中有你，一切生命在这里合奏了一曲和平共存的欢快乐章。二元主义的樊篱不复存在，所有生命都进入了涅槃的无相世界，获得最大解脱。

然而佛陀告诫人们，绝不可以执着地以否定生活的方式寻求解脱，修行的悖论就在于，你越是渴望解脱，它就愈发不可得，因为这也是一种“执”。所以佛教提出的第三解脱门就是“无愿”，即无须刻意修行什么佛法、证得什么果位，无须为自己设定什么修行的目标，只需要像一片云、一朵花、一只鸟那样存在就够了，因为我们早已拥有了自己希求的一切。一行禅师说：

> 做你自己！生命本来就是珍贵的，让你快乐幸福的要素当下就已具足，无须追求、奋斗、搜寻或挣扎。单纯地活着吧！正当下此刻单纯地活着，那是最深入的禅修。……禅修并非为了达到觉悟，因为我们本身已具足觉悟。我们不必到处寻找，也无须任何目标或意图。我们并非为了获得某种更高的位阶而修行的，在无愿三昧中，我们看见自己一无所缺，以达到自己希冀的境界，于是能就此停止奋斗挣扎，平静、安详地活在当下，单纯地看见阳光透窗而入或听闻雨声，无须追求任何一物，而能享受每一刻。(一行，《佛陀之心》150—151)

这也正是《十牛图》中所描绘的最终境界。一行禅师的意图是要人们认真地活在当下，珍惜拥有的一切，好好履行吃饭、穿衣、工作、交往这些世俗生活中的伦理责任，把每一个平凡的时刻变成快乐的修行。在小说结尾处，安德鲁就像一行所说的这样，他从最初对自由身份的强烈苛求进入无愿解脱门，和妻子佩姬一起继续他们一如既往的平静生活，“带着女儿安娜转向重建世界的工作”(176)。值得一提的是，他为女儿起的名字与自己的亲生母亲相同，这或许也暗示了他和母亲的和解，正如同他和父亲的和解一样。在约翰逊看来，传统黑人文学总是过多讲述黑人生活中有关压迫、奴役和抗争的一面，这也就把黑人的性格和经验脸谱化、模式化了。而他通过安德鲁的故事想要告诉读者，这种奴隶叙事并未触及一种更高层次的、更普遍的、精神意义上的生活真理。正如父亲乔治的悲剧所告诉人们的，那些总是用充满仇恨与对抗的眼光看待种族关系的黑人也必定会反伤自身。如果黑人不能摆脱这种心理负担，那么即便获得了法律和政治意义上的自由，他们依然是精神层面的奴隶。当人们像安德鲁那样消除了内心的二元对抗结构，最彻底的自由终将获得。

小　结

派克曾如此评价约翰逊的小说创作："约翰逊并没有用压抑的精神和对自由的梦想填满故事人物的头脑，而是展开了对自由本身的探索。他用来自康德、黑格尔以及《薄伽梵歌》[①] 的智慧武装他的主人公们，而他则站在一旁观看他们如何发展。"（Packer 7）安德鲁带着对自由和自我身份的渴望和追问，为我们演绎了一部美国版本的"牧童寻牛"故事。恰如作者本人在小说序言中所说："在美国黑人小说中，安德鲁·霍金斯是第一位获得经典意义上的解脱的主人公。"（Johnson，"Preface" to *Oxherding Tale* xvi）他先后直接或间接地了解了以西结的清教超验主义、乔治的黑人民族主义、南十字星的印度教、芙萝的享乐主义、睿伯的道家思想等，但最终还是在佛教智慧的启迪下得到觉悟。当他彻底战胜了内在的分别心，不在视自我为可以与他人和世界分开的孤立个体，安德鲁也就找到了所有痛苦的根源，同时也就获得了真正的自由。

毋庸置疑，约翰逊对小说中先后出现的这十多种哲学或宗教所代表的伦理观念有不同的态度。他最反对黑人民族主义，因为在它的逻辑中处处渗透着分别心，永远不可能让黑人摆脱痛苦。他嘲讽清教超验主义和享乐主义，因为它们是两个极端，前者让人远离生活、失去爱的能力，后者让人纵欲无度，沦为欲望的奴隶。他尊重道家伦理，十分推崇道家对彻底的精神自由的追求，但他不能完全认同道家伦理中的个人主义和出世主义倾向。相比之下，约翰逊最赞同的还是印度教和禅宗佛教伦理中蕴含的对世俗伦理责任的担当精神。所不同的是，印度教强调先履行世俗义务然后再求得个人解脱，而禅宗则强调解脱

① 《薄伽梵歌》（Bhagavad-gita）是印度教的重要经典，成书于公元前五世纪到公元前二世纪，是古印度的哲学教训诗，收载在印度史诗《摩诃婆罗多》中。

之后的入世，即把自己获得的智慧再传递给别人，帮助他们也摆脱痛苦。不过我们由此也看到了约翰逊的一个不足，即小说结尾处的安德鲁还没有达到“入廛垂手”的境界，并未把自己的智慧带到家庭之外的更大社会中，也就没有发挥应有的更大的伦理功能。这个不足还要留待他的最后一部长篇小说《梦想家》中去弥补。

此外我们还需要补充的是，约翰逊利用东方宗教思想来为黑人探寻自由问题寻找启示，这种尝试也必然引发很大争议。利特尔就曾指出：

> 当种族意义上的自我被消解在主流社会的洪流中以后，种族存在的行动力量几乎也就丧失殆尽了。……为了更大的整体利益而放弃个人身份、融合他人身份，约翰逊提供的这一解决方案在精神哲学层面上较有思想深度，也很有吸引力，但由此带来的风险是，为了维护经济和文化现状而被强加在受压迫的少数族裔和种族群体身上的那种力量……也就隐而不见了。（Little，*Spiritual Imagination* 107—108）

我们并不否认黑人也有很多需要解决的精神奴役问题，但恐怕如何获得物质和社会层面上的自由才是更紧迫、更现实的问题。约翰逊对于这种批评显然早有预料。他自我辩解称，自己的小说主要是写给当今的读者看的，他不是为了再现黑暗历史、触碰种族伤疤，而是想要解决今天的人们遭受的精神奴役困境。但问题是，如今的美国大部分黑人，在法律和政治意义上，真的已经获得与白人平等的自由和身份了吗？对于这个问题，可能只有那些在当今美国社会真实生活的黑人才能回答。

第四章 《中间航道》：贩奴贸易、民族创伤及黑人父性缺失问题

由于缺乏坚强、简朴、勤劳、有奉献精神的父亲作为榜样，我们的男孩们迷失了道路，学不会该怎样为人父母（或成为男人）。疲惫不堪的黑人母亲独自养家糊口，而这样的糟糕状况也就被一代又一代延续下来。(Johnson, "Shall We Overcome?" 13—14)

对约翰逊来说，1990 年无疑是其创作生涯中最辉煌的一个年份。凭借长篇小说《中间航道》，他一举夺得该年度美国文学界的最主要奖项、同时也是他一生所获的最高荣誉——国家图书奖。约翰逊能够摘得此项桂冠并不容易，要知道当年和他一起角逐该奖项的最终几位候选人中，还包括像乔伊斯·卡罗尔·欧茨（Joyce Carol Oates）这样著名的作家。曾有不少媒体和批评家对于这次评选结果颇有微词，他们认为约翰逊之所以能最终折桂，主要还是有赖于他的非裔作家身份，因为自从 20 世纪 80 年代以来，由白人主导的美国文学评论界对少数族裔作家在过去受到的不公正对待而越来越感到愧疚，如何给予他们更多的关注、甚至是精神补偿已成为大势所趋。约翰逊也正是主要依靠这种运气成分才侥幸获奖。这种看法虽然并非全无道理，却也有失公允，我们不能因为约翰逊获奖的有利天时而低估《中间航道》的文学价值。近二十年来，围绕这部小说展开的研究成果已经蔚为可观，它在美国黑人文学史上的经典地位也逐步得以确立。

这部小说的题名源自美国乃至整个世界历史上最黑暗、最灭绝人性的事件之一，即大约从 15 世纪中期开始延续数百年的贩奴贸易。当

时的奴隶贩子们大多都驾驶商船从欧洲大西洋沿岸港口出发，一路南下抵达非洲西海岸，用各种罪恶手段购买或绑架土著黑人，然后横跨整个大西洋，把他们运送到美洲加勒比海沿岸，出售给白人种植园主做奴隶，继而再把换来的白银以及工业原材料运送回欧洲，最后把赚来的钱用作下一轮循环贸易的资本。这样就在欧洲—非洲—美洲之间大致建立起一个三角形的贸易航道。欧洲是每次贸易的起点和终点，而“中间航道”也就专指把黑人从非洲运往美洲的这段旅程。这也是人类历史上最为悲惨的航程之一，无数黑人被强行从他们世代居住的古老土地上掳走，让他们妻离子散、背井离乡、家破人亡。这段航程通常需要 40 多天时间，途中至少 15% 的黑人会死于各种疾病和折磨。据统计，在近 300 年的时间内，大约有 400 万黑人直接或间接死于这场贸易。侥幸活下来的那些黑人被迫成为白人种植园里的奴隶，受尽各种非人待遇。这段历史给美洲的黑人民族造成巨大的心理创伤，正如马修·约翰逊（Matthew Johnson）所说的：

> 那些从这次航程中活下来的人被系统而野蛮地剥夺了文化和身份，被当作奴隶带到另一个文化中，在这里他们是被边缘化的弃儿，在任何意义上都是不完整的存在。他们被迫在皮鞭下生活和劳作，面临绳索和枪口。他们不被当成人看，他们的身体被迫屈服于各种形式的性剥削和蹂躏，其骇人程度至今仍不为世人了解和承认。这是一种灾难性的创伤，而且这种创伤还通过制度性暴力被一直维系和延续至今。（M. Johnson，544）

如果说 16 世纪的英国清教徒漂洋过海抵达美国是为了寻找自由、维护信仰的主动选择的话，黑人们来到美国则完全是被迫的，等待他们的也只有奴役。两个事件均给整个美国历史造成无法估量的影响，也成为白人和黑人两个民族的集体记忆中完全不同的原始积淀。

时至今日，虽然奴隶贸易早已停止，但它的影响还在，特别是它给黑人造成的心理伤害仍旧难以弥合，甚至已经沉淀为整个黑人民族记忆中的集体无意识。派德森（Carl Pedersen）认为中间航道是“非裔美国经验的标志性时刻”（Pedersen 225），马修·约翰逊也指出：“在美国历史上的这一关键时间段形成和触发的力量塑造了一种连贯的历史现实，今天的我们无疑仍然深陷在这一现实之中。特别是对非裔美国人来说，当前的现实美国仍旧主要是这一最初状况所导致的，当然对更多的美国公众来说也是如此。”（M. Johnson 542）不过遗憾的是，虽然这段历史如此沉重，但很多生活在今天的美国人似乎对之了解很少，也就无法从中汲取应有的教训，并指导现在和未来的生活。约翰逊对此感到很不满，他说：“大部分（非裔美国）历史都不为人知，我们对它有很多猜测、偏见和错误知识，这造成了很多痛苦。而文学可以应对这些问题。”（Levasseur and Rabalais 143）在他看来，用美国非裔民族的这段记忆来教育今天的全体美国人乃是他作为一名作家的伦理责任，因为对过去的探索有助于理解当下生活，抚平心中的创伤，以更加积极的心态去面向未来。

由于约翰逊在这部小说中运用了很多后现代叙事技巧，同时又刻意使小说内容与历史事实相关，因此有很多批评家都把它看作是一部典型的后现代历史书写元小说。比如斯泰恩伯格重点关注了“该小说对奴隶叙事的反思、区别及评述”，以及“它对传统奴隶叙事观念的修正”等（Steinberg 384）。司格特和塞登也都分析了《中间航道》对众多文学经典的戏仿和颠覆，指出它同时肯定又质疑我们所有关于种族、身份和自由的现有观念等。（Scott 654；Thaden 754）与上述研究不同，本文将重点关注小说中表达的黑人父性缺失的伦理后果问题。这也是今天的美国社会普遍存在的一个严峻社会现实问题。一直以来，绝大多数非裔男性被认为不能做合格的父亲，他们不会赚钱、没有教养、性格粗暴、不负责任。据统计，今天的美国约有近一半的黑人儿童生活在缺少父亲的单亲家庭之中。父亲的缺失给美国社会造成很大麻烦。奥巴马总统在2008年的父亲节演讲中提到：“在缺少父亲的环境中长大的儿童陷入贫困或犯罪的可能性高出平均数5倍，辍学率超出9倍，被关进监狱的几率则高出20倍。他们更容易出现行为问题，或离家出走，或在未成年时就成了有孩子的父母。由于父亲的‘缺失’，我们的社会基础正变得更加脆弱。”① 而费城市长纳特（Michael Nutter）在2011年的一次讲话中也把黑人少年犯罪多发归咎于那些不负责任的父亲：“那些在费城到处实施抢劫的青少年团伙都是被他们的父母给害的。而他们的父母也是被政府所害的，因为政府没有教育他们怎样应对变化的经济环境。我们对这个问题都负有责任。”②

究竟是什么原因导致了黑人男性不能或不愿意承担作为父亲的伦理责任？它又会带来哪些伦理后果？关于这些问题，心理学家和社会学家们早就进行过很多研究，他们从各种角度提出了很多补救措施。而约翰逊在《中间航道》中对这些问题的探索，或许将给我们带来更多的启示。

第一节　逃走的父亲与缺失的责任意识

约翰逊的小说中经常出现一些不负责任的黑人父亲形象。由于各种原因，他们抛妻弃子，离家而去，有的是为了一些听上去很高尚的事业，比如像《菲丝与好东西》中的库吉查古列，更多人则只是为了摆脱家庭负担，一个人到外面去逍遥快活。还有一些最恶劣之徒，比如《梦想家》中的史密斯，他们竟然会毫无人性地杀妻灭子，然后逃之夭夭。不管出于什么动机，有一点毫无疑问，所有这些黑人父亲都没有承担起作为父亲最起码的家庭伦理责任，也给他们的孩子留下了很恶劣的影响。一代又一代的黑人男性往往由于缺少一位尽职尽责的好父亲的伦理示范而迷失方向。犯罪率高发和缺少责任意识也就成了贴在黑人男性身上的标签。

《中间航道》中的主人公鲁特福德恰恰就有这么一位不负责任的浪荡父亲。母亲在他年仅3岁时就去世，而父亲瑞雷因为不愿意独自

① 参见“Obama's Father's Day speech”，http：//edition. cnn. com/2008/POLITICS/06/27/obama. fathers. ay/。

② 参见 http：//www. patheos. com/Resources/Additional-Resources/Problem-with-Black-Fathers-Rick-Banks-11－29－2011. html。

承担养家糊口的重担便突然离家出走，把他留给比他大 8 岁的哥哥杰克森照顾。鲁特福德一家原本都是南伊利诺伊州种植园主钱德勒的奴隶，但幸好这位主人是“一位为人公道、富有同情心、心地善良的人”（111）[①]。由于钱德勒的妻女早年亡故，他便把鲁特福德和杰克森视如己出，成了他们兄弟俩事实上的养父，不但从不虐待他们，还教给他们文化、演奏音乐，并且许诺将在自己去世后把自由以及一切家产留给他们。

现代研究表明，孩子的年龄越小，父亲的缺失所造成的心理创伤就越大。四岁之前受到的伤害甚至终生都无法弥合，即便找到一位继父也难以起到有效的心理补偿。（参见杨丽珠 260—266）被父亲抛弃后，年仅 3 岁的鲁特福德和 11 岁的杰克森所受到的影响程度显然不一样，兄弟俩表现出来的心理反应也有巨大差异。在弟弟鲁特福德看来，父亲逃走不是为了赚钱回来给他们兄弟俩赎买自由（就像《牧牛传说》中的安德鲁所计划的一样），而是完全为了“很自私地享受个人自由”（113）。为此他非常痛恨父亲，在很多年内都很想找到父亲，“主要是让他知道我的感受，然后再把他痛揍一顿……”（112）而哥哥杰克森却更能理解父亲，虽然他也不能原谅父亲的逃脱，却能够“充满深情地谈论我们的老爹，不管他逃到了哪里，都祝他好运”（113）。

被父亲无辜抛弃后，鲁特福德感受到的是满腔的愤怒和仇恨。不过他自己也很清楚，“仇恨就像是锋利的剑刃，如果长时间握在手里，很难不伤及自身”（119）。由于他始终心中充满这种糟糕情绪，他变得消沉堕落、自暴自弃，似乎只有以最彻底的方式作践自己才能发泄对父亲的怨恨。他逐渐染上各种恶习，整天游手好闲、拈花惹草、撒谎成性、偷窃上瘾，他说：“我总爱说谎，有时候只是为了看到别人把信念和行为建立在虚假事物之上的滑稽效果。”（90）“对我来说，偷窃有时已成为一种神经过敏的习惯，只是为了给手头找点事情干，缓解一下压力。”（103）似乎整个世界都对他不公正，偷窃和欺骗是

① 本章所有来自小说中的引文都出自同一版本（Charles Johnson, *Middle Passage*, New York: Scribner, 2005），将随文直接标出页码，不再详加注释。

他理所应当地报复社会的权利。钱德勒很早就发现鲁特福德身上的这些恶习，担心他早晚会走上邪路，于是便想尽办法引导他改邪归正。由于鲁特福德的手指头偏硬，似乎生下来就是做小偷的材料，于是钱德勒就让他练习书法和钢琴，同时还用《圣经》里的各种故事来感化他，试图将来能够把他改造成一位黑人牧师，或者至少像哥哥杰克森那样老实本分。然而鲁特福德拒绝被拯救，尤其不愿意变得像杰克森那样平庸懦弱。他更愿意过一种逍遥快活的放荡生活，可以不承担任何责任。

与鲁特福德不同的是，杰克森没有因为被父亲遗弃而激愤难平。或许在他的年龄上已经能够部分地理解父亲的苦衷。在父亲走后，杰克森面临一个伦理两难的选择困境：要么像父亲一样一走了之，要么留下来继续做奴隶，尽己所能地承担抚养弟弟的伦理责任。他毅然选择了后者。为了给幼小的弟弟撑起一个家，他忍辱负重，像对待亲生父亲一样侍奉钱德勒，顺从地听从养父的教诲。在后者病重的日子里，日夜守候在他的病榻前，为他端茶送药、喂饭梳洗，并且把这一切当成自己作为老大应尽的义务。然而鲁特福德根本无法理解哥哥的选择。在他看来，杰克森所做的一切都是“没有骨气的行为”（3）“奴颜婢膝”（113）。和很多黑人一样，鲁特福德也坚信：“如果你是出生在最底层——活在奴役中——那么你只有两条路可以选择：要么公然反抗，要么闷声改造”（114）。这是一个非此即彼的选择。他选择的是前者，不过他的反叛方式不是积极的武力斗争，而是消极抵制，用各种对别人和自己都不负责任的言行来表达自己与奴隶制度的不合作态度。杰克森的选择却是截然相反，“杰克森走的是另一条道，他是个守规矩的人，按时去教堂做礼拜。每当我不负责任的时候，他就会做出些无私的举动与我形成反差，似乎是有意要羞辱我，抑或是为了用自己作为反例来证明那些关于黑人的偏见都是谎言”（114）。

兄弟俩在品行上是如此对立，以至于鲁特福德把杰克森看成是“选择了另一条人生道路可能的我、我所逃避的那个自我”（112），而自己也就是哥哥的“影子自我”（113）。他们互相视对方为自己最讨厌的那一类人。哥哥认为弟弟是“社会寄生虫，开锁入户的小偷，庸俗之人”，并在他身上“看到了逃走的父亲的影子”（113）。而弟弟认为哥哥是“有色绅士”（114）。[①] 钱德勒在临终前兑现了自己的诺言，他不但给予了兄弟俩自由，还把自己的全部财产交由杰克森随意处置。鲁特福德自然是欣喜异常，他期待着能从哥哥那里分得一大笔钱财，自此可以花天酒地的享受后半生了：“我幻想着从明天开始就可以每天早餐吃上鸡蛋面包，然后一直睡到晌午，闲逛到天黑，头戴漂亮的帽子，脚穿时髦的靴子，再吃着从英国来的鲑鱼罐头，从法国来的腌肉。”（116）

不料杰克森却做出了像圣徒一般的决定。虽然他没有像《牧牛传说》中的安德鲁一样对东方宗教有很深的了解，他对人的物质欲望的认识却渗透着深刻的佛教智慧，他说：

> 我可以要一块地，但包括你在内，谁又能真正拥有什么东西呢？比如外面那些树木，或者我也可以要那个罐子，那东西不错，此刻肯定是。但这些事物就和女人们做的被褥类似，所有人一齐参与，你缝上一针我绣上一朵花，最后完成的东西一定大于其中任何一小部分。我一直琢磨这个问题，我在想，什么事情不是这样？任何事物都不能独自存在，比如铜和锡需要上百万年才会合成制作那个罐子用的白镴。在我看来，要最后制成这个罐子，还需要阳光、季节、铸造工匠、他的家庭和祖先以及一切创造的整体。我怎能说自己拥有这么一件物品呢？（117）

杰克森把所有的财产平均分配给了钱德勒种植园里的每一位奴隶，这样最终分到鲁特福德手里的只有可怜的 40 美元，外加一个便盆和一部《圣经》。

在鲁特福德看来，杰克森的无私举动简直愚蠢至极。他大骂哥哥：“你这个傻瓜！”（117）他感到不但父亲抛弃了他，现在连哥哥也彻底背叛了他。对于世代为奴的黑人来说，能够获得法律层面的自由往往

---

① 即被白人驯服的奴仆的意思。

是最值得高兴的一件事。但鲁特福德却感到“这一天是如此沮丧和压抑”（3）。从这一天开始，他内心原有的愤怒和仇恨被愈加放大，“任何会动的事物都让我感到愤怒”（118），他也变得愈加放纵自我：“我做事情从不知道什么叫适可而止，我渴望——非常渴望——最多姿多彩的生活。你可以说我是感官的奴隶，是好色之徒，喜欢各种新鲜‘体验’带来的精神和肉体刺激，就像吸食鸦片一样。”（3）直到有一天，鲁特福德决定离开这个“可恨又乏味的”（3）故乡，去新奥尔良寻找更刺激的生活。

第二节　责任意识的缺失与婚姻恐惧症

对于从小在偏僻的乡下长大的鲁特福德来说，灯红酒绿的新奥尔良市非但没让他感觉陌生，反倒让他真正有了回到家里的感觉，这里“简直就是天堂”（2），“是按照我的喜好建造的城市”（1）。在他眼里，“这座城市看上去就像一位正处于激素分泌旺盛期的风姿绰约的妓女一样（2）”。没有了任何约束的鲁特福德在新奥尔良市彻底放纵起来。他整日靠偷来的财物混迹于赌场和酒吧之间，很快便债台高筑，经常被债主追得无处躲藏。

伊莎朵拉的出现是他生命中的关键转折点。她原籍波士顿地区，其祖上早在独立战争时期就已经获得自由，但家境一直不宽裕。她的父亲以赛亚·贝雷也是一位很不负责任的男人，性格暴戾、酗酒成性，经常无故打骂妻子和女儿，并把妻子折磨致死。好在伊莎朵拉出淤泥而不染。或许因为她是女孩的缘故，某种本能的恋父情结再加上宗教寄托，让她对父亲始终很宽容：

> 她心中没有怨恨、自私、虚荣或消极悲观，或许每当父亲开始抽打她的时候，她就会藏起某个部位，使其免受伤害。她的这个部位一直从当地的循道宗圣公会教堂受到哺育，以《圣经》为防御。这是个安静的、未遭毁坏的中心地带，就像一朵中国莲花

一样，虽然长在污泥之中，却依然保持纯洁美丽的姿态。(18)

为了缓解家里的经济状况，20岁的伊莎朵拉从波士顿来到新奥尔良寻找工作机会。但由于受种族歧视而无法找到让她满意的教师职位，她只好受聘成为放荡的混血夫人托露丝的家庭教师。伊莎朵拉是一位"简朴、文静的女孩子，虔诚的基督徒"（5），她相貌一般，但性情非常高洁。或许因为读了太多书的缘故，她显得有点迂腐。为了逃避那些轻薄之徒的骚扰，她甚至故意让自己的身材发胖变丑。除此之外，她还心地善良，对所有人和动物都极富同情心，家中住满了各种被她救助来的流浪动物。

最早让鲁特福德注意到伊莎朵拉的显然不是她的容貌，他对后者的描述甚至带着明显的嘲笑："伊莎朵拉从不化妆，从5岁开始就一直使用直发梳子，把头发拉紧固定在头后面，每一缕头发都很油亮，像电线一般竖立着，同时还把前额两边的皮肤向后面拉紧，致使她的鼻子像一个门把手一样往前翘着。两只看上去总想流泪的水汪汪的大眼睛也显得更大。"（6）[①] 鲁特福德之所以会盯上如此相貌平平的伊莎朵拉，只是为了找机会窃取她身上的钱包，但随着对她的了解增多，鲁特福德发现自己竟然悄悄地喜欢上了她："她当然不是一个值得向朋友炫耀的女孩，但和她在一起能有一种安全感，因为她有一种内在的才华、智慧和透彻的心灵，这些都征服了我。"（6—7）不能不说，鲁特福德最初对伊莎朵拉的爱是非常轻浮的，因为他从未打算为自己的行为担负任何责任。正如他所说的："我一直感觉人们陷入爱情就像掉到坑里一样。我觉得一个聪明的男人应该避免犯这样的错误。"（7）然而对伊莎朵拉来说，爱情却是非常严肃的事情，绝不仅仅是为了感情或肉体上的消遣。或许她不想重蹈父母婚姻的悲剧，抑或是她对自己的母亲当年没能成功地让父亲改过自新而感到懊悔，她把鲁特福德当成了自己的伦理实验对象。伊莎朵拉非常希望鲁特福德能和她结婚，

① 由于伊莎朵拉的相貌在约翰逊的笔下显得很丑陋，以至于有人怀疑作者对她的刻画是"一种厌女症的模式化描写"（Muther 649）。

因为她相信只有成家立业才能让他逐渐学会承担一个男人应该负起的伦理责任。她对婚姻的理解非常朴素，比如她如此劝说鲁特福德同意她的结婚提议："等到有一天，我们都老了，儿孙满堂，你再回头看时就会明白，正因为我们携手共建了舒适的家庭，你才能过上这种热闹而自由的生活，到那时候你会感谢我的。"（16）可怜的伊莎朵拉并不知道，这样的未来生活图景正是鲁特福德"最讨厌的那个样子"（9）。

对伊莎朵拉来说，婚姻意味着家庭和责任，是夫妻两人勤劳朴实、相互忠诚、白头偕老、相伴终生。而对鲁特福德来说，婚姻却让他想到平淡乏味、没有自由的日子。显然父亲的错误表率严重影响了他对婚姻的看法，导致他误认为婚姻就是对个人自由的否定，让他感到紧张和恐惧。尤其是当伊莎朵拉经常用一些大道理来对他进行说教时，他尤其感到"无法忍受"（7）。于是他坚决拒绝了她的结婚要求，他说："不……我相信我永远也不会结婚，我有太多事情要做。而且你看，生命对我来说如此短暂，没时间让我把自由捆绑或抵押在婚姻上。"（10）不过伊莎朵拉却是铁了心地要实现她的计划，即通过婚姻来改造鲁特福德。继钱德勒之后，她是这部小说中第二位试图改造鲁特福德的人。为了达到目的，她找到鲁特福德最大的债主、绰号为"老爸"的新奥尔良黑帮老大泽润（Zeringe）。她替鲁特福德偿还了全部债务，条件是要求泽润帮她逼迫鲁特福德答应婚事。摄于"老爸"的威胁，鲁特福德只好无奈暂时答应了她的要求，不过后来又表示了反悔。他强烈反对伊莎朵拉对他采取的这种婚姻讹诈，甚至还动手打了她，并且再次表明自己对婚姻没有任何打算。放荡惯了的他还根本不打算收敛自己的行为，更不愿意被婚姻的枷锁拴住自己的手脚，他自忖到："和她结婚会有那么坏吗？那天晚上，我看到了我们的结合在未来几十年后的样子——早餐要喝18693杯黄樟茶，每一杯中我都会发现从猫或鸽子身上掉落的毛屑。不，对于一个渴望冒险的心灵来说，这可不是一个让人兴奋的景象。"（19）

鲁特福德把自由和责任完全对立起来，这是一种误解。不受任何责任意识约束的自由其实是另一种束缚，表明他还没有摆脱各种低层次的感官享乐冲动的奴役。虽然他从钱德勒那里获得了法律意义上的自由，但他和《牧牛传说》中的芙萝一样，仍未获得精神解脱。他此时所理解的自由就是一个人可以毫无羁绊地满世界游荡，寻找各种新鲜刺激。在他眼中，那些每天离开港口出海的水手们就是最自由的人：

> 我会眺望大海，羡慕那些在好天气里搭乘商船出海的水手们，幻想在地球边缘的另一个国家或远方的岛屿上有一个港口，在那里，自由的人们可以逃避城里人称之为利己之心的虚荣、他们称之为成就的平庸以及他们称之为个人自由的赤裸裸的自私——这些东西让陆上生活的每一天都变得如同行尸走肉一般。(4)

为了逃避与伊莎朵拉的婚姻，鲁特福德设法从他偶遇的“共和国号”贩奴商船上的厨师斯奎布身上偷来相关的水手证件，趁夜色悄悄混上即将起航的“共和国号”上。他原本打算去体验更刺激的生活，不料等待他的却是“比我在新奥尔良逃离的命运更糟糕的状况”（1）。不过他更没想到的是，未来的这段航程经历将会彻底改变他的人生。

第三节　法尔肯的衰亡综合征及其引发的伦理危机

冒名混上“共和国”后，鲁特福德的虚假身份很快就被觉察，不过船长法尔肯（Falcon）出于自我需要，并没有把他驱赶下船，而是把他留下来当了一名厨房里的帮工，同时要求他做自己的亲信，负责监视船员们的言行。此外，法尔肯还把记录航海日志的任务委托给他。正是由于这个原因，鲁特福德得以逐渐了解发生在“共和国号”上的所有事情，并以日志的形式记录下来，传达给读者。

“共和国号”是一艘由多位神秘股东合资运营的贩奴船，正计划横跨大西洋向东驶往非洲西海岸的几内亚地区装载一批来自古老的阿穆瑟里部落的奴隶，然后在3个月时间内返回美国进行交易。正如很多研究者注意到的，约翰逊在小说中使用了很多象征手法，让这次航行与美国文学中的众多经典航海小说——尤其是赫曼·麦尔维尔的名著《白鲸》——之间存在很多互文关系。船长法尔肯是一位“有强烈的爱恨激情的浮士德式的人，一位情绪多变、举止反常的怪物”（49），他在成为一名水手前曾犯下谋杀和叛国等多项重罪，为了逃避惩罚才开始了海上冒险生涯。多年的历练让他变成了一位和《白鲸》中的船长埃哈伯类似的性情古怪、偏执多疑、自大狂妄的唯我主义者。此外他也和《菲丝与好东西》中的提皮斯一样，也是尼采的超人意志学说和达尔文进化论的忠实信徒，他说：

> 只要彼此双方对同一个情况看法不同，那么就会出现屠戮、奴役、一方向另一方屈服，因为对事物的两种观念从来不会和平共处……一个不容辩驳的原因是，每个人内心都坚信自己最高明。事实上，每个人在内心深处都是不民主的……我们相信自己的信念，检验对错的最终标准就是在异域土地上的战争、在你的前院里的战争、在你的卧室里的战争。如果你听多了他人意见的话，在你的内心深处也会有战争。在每场战斗中，获胜者的信念就是正确的信念，统治者的见解就是可靠的见解。（97）

从法尔肯的这段话中，我们看到的是一幅极为黯淡的伦理图景。世界就是一个充满冲突的战场，压迫和掠夺是它的主旋律。这里没有善恶区分，只有强弱之别。伟大的造物主不会对卑微的弱者投去任何可怜的目光。可想而知，相信这种学说的人自然也会是奴隶制度的坚定支持者，或者说他不过是在为自己的邪恶行为找寻借口而已，他说：“对抗是意识的本质。二元主义就是鲜血染成的思维结构。主体与客体、感知者与感知对象、自我与他者，这些古老的孪生事物……被深嵌在思想内部，如果没有它们，我们就无法思考……思想生来就是为了谋杀。如果你认真思考……就会认识到，奴隶制度就是更深层次的视觉创伤的社会对应物。”（97—98）法尔肯用种种极端残酷的方法在肉体和精神上训练自己的超人品质。在数年时间内，他完成了很多具有传奇色彩的非凡成就，终于让自己成为名闻天下的帝国英雄，“那种雕塑家们喜欢在城市公园里为其塑造巨像的天赋异禀的帝国建设者、探索者和帝国主义者”（29）。

法尔肯所代表的是非常典型的帝国主义者的形象。他们都是彻底的道德虚无主义者和狂热的反和平主义者，心中所关心的事情永远只是“把整个星球都美国化”（30）。按照美国现代精神分析学家埃里希·弗洛姆的观点，好战往往是受“衰亡综合征”（弗洛姆 5）的影响所致，它是一种由爱死、恶性自恋和乱伦固恋等三种心理倾向并发形成的心理病症，其病因往往与儿时不正常发展的恋母情结有关。而法尔肯在小时候恰恰与母亲之间存在非常紧密的依恋关系。就像《儿子与情人》中发生的情形一样，由于无法和寡言少语的丈夫在任何问题上达成交流，于是法尔肯的母亲便把自己全部的精力投入到儿子身上：“她给他讲黄金国和不老泉的故事，把自己的情感和幻想都倾注给他。她把地图和音乐盒都摆在他面前。和所有溺爱儿子的母亲一样，她从儿子那里获得生活的乐趣。”（49）母亲的如此行为自然给儿子的心理造成很大影响。“法尔肯长大后下决心要超越父亲（以及大多数其他男人），从世界各地为她带回她从未见过的礼物。”（49）无条件地取悦母亲正是他掩饰其恋母情结的借口。

按照弗洛姆的学说，生本能和死本能是人的两种基本潜能，“如果出现生的合适条件，第一潜能便发展……如果不具备合适的条件，恋死倾向便会发展并操纵人”（弗洛姆 36）。促进恋生本能发展的条件自然是一个积极乐观、充满爱和关怀的成长环境，而促进恋死本能发展的条件则是“在爱死的人中成长，冷漠、害怕、生活处于墨守陈规、无聊的状态……”（弗洛姆 36）。而法尔肯小时候的成长环境几乎满足所有这些条件。他的母亲是一位“面色苍白、性情孤独的女性”（49），她与丈夫之间也缺少培养恋生本能所需的“直接的、富有人情关系所决定的秩序”（弗洛姆 36）。弗洛姆指出：“（母亲）不会以任何明显的方式伤害她的孩子，然而她可能慢慢地扼杀他的生活乐趣以及他对成长的信念，最后她把自己的恋死倾向感染给他。”（弗洛姆 35）暴力、乱伦、自恋、同性恋、冷漠、嗜血、孤僻、施虐狂……这些都是恋死癖或衰亡综合征的具体表现。我们在法尔肯身上几乎可以找到所有这些症状。

首先，他有严重的施虐倾向，残酷虐待船上的奴隶，对待船员也极为严苛，导致几乎所有人都恨之入骨。因为无法忍受他的暴虐，船员和奴隶们都想造反，推翻他的统治。其次，他冷漠孤僻，绝大部分时间都待在自己的阴暗狭小的船舱内。由于他不相信任何人，他在自己的舱室里密布机关陷阱，连睡觉时也把匕首和手枪带在身上，唯恐遭人暗算。恰如弗洛姆所指出："只要人的大部分精力多半消耗在防御他的生命免遭外来攻击或防止饥饿上，爱生就一定受到阻碍，恋死就会发展起来。"（弗洛姆 40）再次，他还是同性恋者，在懦弱的服务员汤姆身上发泄各种变态欲望，后来还试图诱使鲁特福德顺从于他，但未能得逞。由于他是共和国号的船长，因此我们也可以把他和下属之间的这种同性恋关系看作一种乱伦。最后，也是最重要的，他有着严重的恋死情结。别看他曾用各种超人方法锻炼自己的生存技能，也别管他时刻小心提防别人对自己的暗算，其实他身上始终给人留下"一种拼命想死的感觉"（52），就像《白鲸》中的船长埃哈伯以及《海狼》中的船长拉森一样，他们都有这种疯狂的念头。作为"共和国号"的船长，法尔肯原本应该为众人的安危负责，这是他义不容辞的伦理责任，然而他却毫不在意满船人员的性命。船员们其实都感受到了他身上的这种致死的念头，正如大副克林格告诉鲁特福德的："离他远点，他是个疯子。……如果你还想活着回到新奥尔良的话，最好现在就和他分开。……他会把船弄沉，然后让我们和他一起同归于尽的。他根本没打算回来，你知道吗？"（62）他甚至有意在船员们中间制造分裂、冲突和矛盾。

远离陆地在海上航行的共和国号就是一个微型世界，即便船员们带着不同的背景出身，也即便他们从事的是人类历史上最肮脏的交易，但既然他们来到一起，就应该同舟共济、团结互助，共同度过疾病、风暴和饥饿等众多考验。但法尔肯却像《白鲸》中的埃哈伯一样，能够成功地让每一位船员都在精神上受到他的强烈传染和控制，心甘情愿听命于他的驱使。在法尔肯的挑唆下，他们离心离德、相互挑衅："船员们永远都在愤怒和不满的情绪之中。奇怪的是，这种愤怒并非他们自己的，而是法尔肯的。他的情绪如同朗姆酒和朽木的味道一样弥漫在整艘船上，……其他人捡起这些情绪，就把这些没头没脑的怒气当成了自己的。”（53）在这样一个不和谐的小世界里，鲁特福德的特殊身份反倒让他获得了十分有利的位置。他是所有船员中唯一的黑人，由此得以在白人船员和阿穆瑟里黑人之间都能取得信任。他与大部分船员都保持较好的关系，同时又被法尔肯视为唯一的心腹。法尔肯让他帮自己监视船员们的举动，而当船员们密谋造反时也力图拉他入伙。最初，鲁特福德为了自保，不得不在各派力量之间左右逢源：“不妨直说，在这片奇怪的水域里，和谁站在一起看上去都不合适，我不知道该效忠谁。无论是在陆地上还是在船上，无论是在主人和副手之间还是在男人和女人之间，任何关系都是出于便宜之计而暂时达成的谎言，一旦不能服务于彼此利益就会迅速破裂。”（92）如前所述，鲁特福德原本就是一个自我享乐主义者，从来不愿意为别人承担责任。他心中所想的只是自己的安危和利益。但在他被不知不觉地卷入各种复杂关系后，他逐渐对自己身上的责任产生了越来越自觉的意识。

共和国号本来就十分破败，在暴风雨中穿行时刻面临解体的危险，而偏执狂妄的法尔肯又根本不考虑船员们的生死。在这种情况下，以水手长麦克加芬为代表的船员们对自己的命运忧心忡忡。在约翰逊的小说世界里，家庭似乎是检验男人的责任意识的可靠标准，那些肯为家人着想的男人总是值得读者尊敬的典范。麦克加芬试图劝说克林格带领大家一起推翻法尔肯的统治，拯救满船人的生命，他说：“现在你有责任趁着为时不晚力挽狂澜。你知道我想让你干什么吗？你有足够的胆量吗？如果你贪生怕死不敢当此大任，我们就找那些有骨气的人来干，咱们打赌，看看我们敢不敢干。”（84—85）

然而当众人把希望寄托在克林格身上之后，却也把他置入到一个十分艰难的伦理困境之中。克林格曾有着优越的家庭出身。他之所以选择当水手，就是因为他厌恶作为商人的父亲身上那股浓浓的市侩气息，他不愿意接受父亲为他安排得非常庸俗的人生。他的俄狄浦斯情结驱使他一定要选择与父亲不一样的成功道路。他最大的梦想就是依靠自我奋斗当上一名优秀的船长，同时摆脱父亲形象的压抑，成为一名真正的男人。对克林格来说，通过造反夺权成为船长，这样的行为既不合法也不符合他心目中的伦理规范。他就像哈姆莱特一样在重大选择面前犹豫不决。在他心目中，船上的伦理秩序是最重要的，他们作为船员不应该做出忤逆之事。虽然他对船员和奴隶们的痛苦满怀同情，却仍对法尔肯的暴行视而不见或隐忍不发。也正是因为如此，斯托霍夫才认为在克林格身上体现的是“一种自由主义的白人小资产阶级的负罪感”（Storhoff 169）。他们反对奴隶制，同情奴隶和下层人的不幸遭遇，但由于自身也是这一罪恶制度的同谋或受益者，于是便没有勇气公开批判和打破这种制度。

当船员们商议等到造反成功后该如何处决法尔肯时，克林格公开为其求情，他说：“饶了他吧。我们没必要非得伤害船长……公正地说，他已安全把我们带到现在……这值得考虑一下。”（89）克林格不愿意破坏自己心目中的伦理规范，却也放弃了自己应该拯救船员于绝境之中的伦理责任。在勉强答应担任造反首领后，他又犯了用人不察的错误，在众人的反对声中把鲁特福德拉入伙。倒是更精于世故的麦克加芬准确看出鲁特福德不值得信任，他说：“用谁我都赞成，唯独他不行。他不是水手，而是个偷渡客……我从没看见他签署什么协议……我敢说你来这船上只为搭个方便。如果我们能活着返回陆地的话——我现在却越来越怀疑这一点——你会继续去务农或是打猎，剩下的我们却必须考虑各自的家庭和未来。”（86）在麦克加芬看来，一个男人如果没有家庭，就不会有足够的责任意识，而只有像他这样有家有业的人才更能懂得自己肩上的担子，才不会恣意胡来。因为一旦自己遭遇不测，就必将给家人带来灾难：“我们的老婆将成为寡妇。我们的姐妹、可怜的亲人们将不得不到镇上赚点血汗钱。而我们的孩子们呢？他们会变成孤儿，或者被卖到劳动救济所里去。”（88）

正如麦克加芬所担心的，鲁特福德立即把造反计划泄密给法尔肯，让后者早有了准备。只不过让所有人没有想到的是，船上密谋造反的不只是船员，还有那些不肯忍受折磨的阿穆瑟里人，他们在代麦罗的率领下突然起义，让法尔肯和克林格等人猝不及防，完全打乱了前者的防御布置和后者的计划安排，正如小说中所说的：“这么多人相互争执，就像法国大革命期间的各个参与方一样，谁都有和别人不一致

的意愿，甚至还有人并不完全清楚自己的意愿，最后出现的只能是谁也不想要、也始料未及的结果。”（126）

阿穆瑟里人的造反颠覆了船上的原有秩序。虽然他们也损失了不少人，却杀死了大部分船员，仅剩下的四个人——鲁特福德、克林格、法尔肯、斯奎布——也大多都身负重伤成了俘虏。法尔肯的意志被彻底摧垮，在告诉了鲁特福德一切有关共和国号背后投资人的秘密后自杀身亡。而克林格或许为自己没能及早扭转事态的发展深感懊悔。船上的秩序陷入混乱，那么多人的生命死于相互残杀，他要为这一切后果承担责任。在船上陷入粮食短缺后，重伤濒死的克林格决定进行自我献祭。他让厨师斯奎布活生生地把他的身体肢解成肉块与众人分食，用一种耸人听闻的方式完成了生命中唯一的壮举，实现了自己的伦理超越。正如鲁特福德所感叹的：“不管从哪方面讲，他都是我们最好的伙计。在这次艰苦航行中，数他最大度、最绅士，在绝望的处境中最慷慨。实际上，他甘为人梯、给别人带来希望，总是解决麻烦而不是制造麻烦。”（174）

第四节　阿穆瑟里文化与东方传统伦理观念

到此为止，我们仍未对小说中的阿穆瑟里人进行细致讨论，而他们却是这部小说中非常重要的一个群体。正是在他们的影响下，共和国号上的很多人，尤其是鲁特福德、克林格、斯奎布等人，才逐渐改变了以往信奉的伦理价值观念，实现了各自的精神超越。[①] 值得一提

① 需要指出，我们此处是在佛教意义上使用“超越”一词的，按照斯托霍夫所说，这种超越意味着“摆脱一个以自我为中心的、有限的经验视角，感知自我，去除任何二元主义的主体性，并把自我奉献给一个如其所是的丰富完满的世界。在约翰逊的小说中，这种超越意味着延伸自我身份，使其涵括我们所处的整个社会群体”。有了这样的超越，人和人之间也就实现了最充分的同情和理解。参见 Gary Storhoff，“‘Opening the Hand of Thought’：The Meditative Mind in Charles Johnson's *Dr. King's Refrigerator and Other Bedtime Stories*”，In Whalen-Bridge，John and Storhoff，Gary. Eds，*The Emergence of Buddhist American Literature*. Albany：State University of New York Press，2009，p. 210。

的是，在约翰逊的每一部长篇小说中，都可以见到阿穆瑟里人的身影，比如《菲丝与好东西》中的沼泽女巫，《牧牛传说》中的棺材匠睿伯，《梦想家》中的史密斯等。另有两个短篇故事，即《魔法师的学徒》(The Sorcerer's Apprentice，1986) 和《奥索的礼物》(The Gift of Osuo，1996)，也完全是围绕这个族群创作的。而在《中间航道》中，约翰逊更是在阿穆瑟里人身上投入了前所未有的大量笔墨。

有关这个族群，作者本人有时也会透露一些有迹可查的信息，比如说它是“在洛佩兹角和刚果河之间的丛林之中隐藏了数个世纪的古老部落”(Johnson，*Oxherding Tale* 48)，但它更主要的却是在一些基本原型上添加“约翰逊丰富的虚构和想象的产物”(Rushdy，“The Phenomenology” 373)。在作者的艺术加工素材中，一方面或许是如沃尔比所说的“班加拉、多哥以及埃及等地的宗教神话的复合物”(Walby 658)，但更值得我们注意的却是作者在这个虚构的族群身上附加的大量东方宗教文化元素，这使得阿穆瑟里人看上去更像是一群散落在西方语境下的东方宗教信徒。他们仍然秉持着很多传统的东方宗教观念，坚守着在现代社会早已失落的传统价值，既充满异域气息，又有神秘色彩。

虽然约翰逊从未系统地介绍这个族群，但从他零散的描述中，我们大致可以推断出它的概况。阿穆瑟里人是一个生活在西非地区的古老民族，据说他们的手上没有指纹，在脊柱下方长有另一副大脑。除了这种奇特的体形，他们在行为习惯和思维逻辑上也迥异于世界上一切现有民族。实际上，约翰逊在这个民族身上融合了很多古老文明曾经拥有、却被今天的人们背弃或遗忘了的优秀品性，“我借鉴了不同的第三世界文化，创造出这个复杂的部族，我想让它的价值观尽可能地不同于西方文明”(McWilliams，*Passing the Three Gates* 136)。由此来反观当今文明存在的诸多问题。正如拜尔德所指出的：“阿穆瑟里人的世界观不仅包括道家思想，还包括来自非洲、印度和中国的各种传统信仰的教义。换句话说，约翰逊在《中间航道》中大幅度地扩展了这个非洲部落的世界，使其涵括了很多所谓的‘第三世界文化’。”(Byrd，*Charles Johnson's Novels* 123) 而哈代克则认为“阿穆瑟里人代表了所有的前西方文明，代表了堕落前的人类”(Hardack 1031)。

从阿穆瑟里人身上，我们经常可以看到东方宗教智慧的体现。比如他们像佛教徒一样坚守“不二法门”，“阿穆瑟里人所理解的地狱景象就是在哪里都体验不到存在的同一性”（65）。他们完全不懂什么是主客二分、二元对立，也拒绝用抽象概念对事物进行区分割裂。约翰逊在小说中用一大段描述深入介绍了他们的语言和思维习惯，值得我们详细引述：

> 从他们把冠词、名词和动词相互榫接的表达方式来看，我想那根本不能算是一种语言，而更接近一种有节奏的深呼吸。我也不知道我此刻说的是什么意思，反正恩格尼亚莫告诉我说那个赋予事物存在属性的谓语动词“is”经过长时间的衰变，已经退化为仅仅是一个信念而已。在他们的词汇里，名词或者说固定不变的本质事物几乎根本不存在。他们把“床”（bed）称为“休憩”（resting），把“衣袍”（robe）称为“保暖”（warming），而且每个动词也会随施动对象的性质不同而发生改变，比如针对蔬菜、矿物、哺乳动物、长方形或者是胖圆的物体等之时，情况都不同。当恩格尼亚莫和他的族人们谈话时，他所指涉的那些对象便如流水一般和人们汇聚到一起，交换不同的形态，一会是流动的海水，一会是固态的冰，一会又变成上升到桅杆顶的水汽。(77)

我们在这段描述中不难发现，阿穆瑟里人的语言和思维完全避免了德里达所说的逻各斯中心主义，它们也是海德格尔期待的“语言作为存在的家园”的完美体现。而在拉什迪看来，“他们的口语是一种交互主体关系的完美建构……他们的书面语……是超验的，并在每个方面都体现出主体间性和跨文化经验的先决条件”（Rushdy，“The Phenomenology”378）。

阿穆瑟里人都像印度教徒那样对苦行有极高的忍耐力，尽管遭到法尔肯的残酷折磨，也很少做出反抗。他们身上也有道家风范，虽然在肉体上遭受奴役，却可以在精神上高度自由。在《牧牛传说》中，睿伯出神入化的木匠技艺让我们想起《庄子·达生》中的梓庆；而在《中间航道》中，约翰逊再一次把《庄子·养生主》中的“庖丁解牛”的典故运用到恩格尼亚莫身上。他如此描述了后者在厨房中杀猪的过程：

只见恩格尼亚莫在动手前先放松肩膀，差不多用了好几个时辰来调节气息，双眼紧盯着那具猪身，似乎要把它看穿……恩格尼亚莫开始下刀了。他的刀在骨头和肉之间穿行，好像肉没有长在那里一样，或者至少可以说长得不牢固。他也不用大力劈砍，所以屠刀不会有丝毫损伤。我想他一定有什么用刀的诀窍，就像我做贼也有诀窍一样……他的刀在肌肉、肌腱和器官组织构成的隐秘框架间穿行，直到整具猪身在他手下被完全分解，没有留下任何用刀的痕迹，丝毫没有。(75—76)

如此温顺的一个民族自然也是最彻底的和平主义者。他们不杀生、不吃肉、不贪图他人财物、不爱慕虚荣，也从不与他人发生冲突。据说年长的人外出时都会随身携带一把扫帚，轻轻扫开挡在路上的小动物，以免不小心踩到它们，这不免让我们想起佛教关于“扫地不伤蝼蚁命、爱惜飞蛾纱罩灯”的训诫。约翰逊还把他十分推崇的一行禅师的“交互存在”（interbeing）理念渗透进阿穆瑟里人的伦理观念中①。他们相信任何事物的存在都不是孤立的，自我与他人、人与动物、动物与植物、有生命之物与无生命之物……总之一切事物的存在都彼此相关，构成一个同一整体。这与法尔肯所信奉的二元对立世界观是完全不同的。如果说法尔肯身上体现的是衰亡并发症的话，那么我们在阿穆瑟里人身上看到的就是弗洛姆所说的“生长综合体”（syndrome of growth），它是人的爱生潜能在适宜条件下充分开发出来的结果。阿穆瑟里人没有仇恨，反对暴力，对一切有生命和无生命的事物都怀有崇敬、爱怜之心，大爱无疆是对他们的生命伦理的最好概括。约翰逊在一次访谈中曾如此称颂说：“他们是世界上最有精神追求的部落，所

① 拉什迪认为阿穆瑟里人身上体现了“交互主体关系的理念”（Rushdy, “The Phenomenology” 373），这种说法并不准确，因为在这里不只是主体与主体之间的关系。

有的部落成员都是像特蕾莎修女和圣雄甘地这样的人。”（Rowell 545）

阿穆瑟里人所信奉的神偶最具象征性地体现了他们的伦理观。为了满足西方学者的文化猎奇心理，也为了能让阿穆瑟里人在被运往美洲的途中能保持安定，法尔肯设法把他们的神偶一起劫掠到船上。对于这尊非常神秘的神偶，满船人有各种传言：

> 斯奎布宣称它是人类和类人猿之间丢失的一环；克林格认为它最有可能是一种近乎灭绝的蜥蜴，足以让那些从剑桥到女王学院的学者们重写自然历史。麦都思说得最吓人，他在城堡中听人说它是从天上掉下来的，刚好落到阿穆瑟里村庄附近，被他们救起后藏匿在洛佩兹角和刚果河之间的丛林里，一直保护了数百年。(67—68)

据说阿穆瑟里人自石器时代就已经开始膜拜这尊神偶。它神秘莫测，变化多端，其特征像极了老子所说的“道”：“它是万物的基石”，“它像一架织布机一样日夜不停的工作……确保日月星辰运转，并让那些比眼珠还小的粒子永不停息、漫无目的地旋转”，“它是火的热性……水的湿性”，“它只发挥了四分之一的威力便可以保证光合作用，让地轴稳定……”“它也没有具体的形象和名称”（100）。它时而是物质的，时而又是超物质的。事实上，正如法尔肯所描述的，我们根本不能用西方传统的二元主义或本质主义思维来理解它，“阿穆瑟里神偶是一切事物，我们这些凡夫俗子们依赖的认知条件——在认知主体和认知对象之间做出区分——从未出现在它的经验里。或者你可以说，经验知识只处在我们人类这边，不处在神的那边”（101—102）。西方人引以为豪的理性分析能力在它面前失去了效力，当你说出它是什么的时候，它早已经不是那个“什么”了。真可谓“瞻之在前，忽焉在后”。然而如此飘忽不定、拥有无穷神力的神偶竟然成了法尔肯的猎物，被他囚禁在船舱密室之中，而且还需要经常有人去给它喂食，这听上去既讽刺又不合逻辑。[①] 不过考虑到约翰逊作品中常有的魔幻主义色彩，我们也不

① 至于它吃的是什么，谁也不知道，因为小说中从未明确告诉我们。

必对此大惊小怪，毕竟他这种文学想象的目的是为了更好地批判西方传统文化、哲学和伦理。

出于恐惧和好奇，船员们抓阄决定让服务生汤姆下到船舱里一探究竟，看看它到底是个什么怪物。汤姆也就由此成为小说中第一位亲眼看到阿穆瑟里神偶（象征他们的文明核心）的西方人。展现在他面前的是一个笼子，里面有一只黑乎乎的怪物，正卧身于爬满蛆虫的便溺[①]之中："它用爪子挠着墙壁，口中喃喃自语，如同一只被锁在山洞之中已有千年的怪物一样。它的声音细腻轻柔、甜美悦耳，就像塞壬之声一般玄妙，就连它的呼吸声也如同充满爱意赞美诗一样，如怨如慕，如泣如诉。他听得有些心醉，越听越想听。"（68—69）这个"最甜美的"（69）轻柔曲调似乎有"洗脑"（69）效果，完全消除了汤姆头脑中原有的西方文化观念，"他忘了自己现在哪里，也忘了自己为何而来，他经历了我们谁也没见过的一种彻底转变"（69）。不知不觉中，汤姆摆脱了传统二元主义的观念束缚，进入了阿穆瑟里人所说的天堂般的同一性存在："它们全都合为一体了，歌曲、歌者和听者，光与光，内部和外部，这里和那里，今天和明天，就像最深处的繁星或是最遥远的天堂一样，所有的边界都被擦除。"（69）从船舱返回甲板后，汤姆再也没恢复到原来的神智。他像完全变了一个人一样，整日恍惚不定，自娱自乐地哼唱着神秘曲调，再到后来干脆躲到船舱中再也不出来了。

必须指出，约翰逊对阿穆瑟里人的描述就像对天堂的描述一样，完全是浪漫想象的结果，其中含有很多逻辑矛盾。斯泰恩伯格就曾指出了其中的诸多疑点，比如他们中间也有人偷窃、自杀或杀人等。（Steinberg 379）在《牧牛传说》里的睿伯身上，我们已经见到过这种逻辑矛盾，而在《中间航道》中，这种矛盾表现得更加突出。比如阿穆瑟里人在代麦罗[②]的领导下发起暴动，他们从理想的和平主义者突然变成血腥的杀戮者，疯狂报复曾经迫害他们的船员们。他们甚至变

① 这不仅又让我们想起庄子所谓"道在屎溺中"的言论，参见《庄子·知北游》。

② 利特尔认为代麦罗代表着"60年代后期的黑色权力运动以及当代非洲中心主义信仰"（Little, *Spiritual Imagination*148），通过他的行为及其恶果，约翰逊意在向这两种思潮发出警告。纳什也认为代梅罗代表了"一种黑色文化民族主义原则的极端表现"（Nash 144）。

得和曾经的法尔肯一样暴虐专制，非要把所有白人都斩尽杀绝。另外，从恩格尼亚莫讲述的有关阿穆瑟里人的故事中我们得知，代麦罗一直是一个很不讲道德的人，他从小就劣迹斑斑，好吃懒做，喜欢欺负弱小，还好耍流氓，所有这些都不符合我们在前面对阿穆瑟里人的完美印象。那么所有这些矛盾是不是像纳什认为的那样，都体现了约翰逊对阿穆瑟里世界观的“不可维系性”的怀疑？（Nash 139）其实不然。我们可以把前面描述过的阿穆瑟里人的价值观当作一种终极理想，并不是说每一个阿穆瑟里人都能够完美达到这一理想，更何况当他们被装运到贩奴船上受尽折磨后，他们不再坚持原有的文化规范也是可以理解的。

不过，虽然阿穆瑟里人造反成功，却很难说他们就获得了自由。血腥的杀戮已经彻底玷污了他们的灵魂，让他们背叛了自己原有的价值观念：“以阿穆瑟里人的眼光来看，船长已经把恩格尼亚莫和他的族人们变得和他一样嗜血。他在他们身上打开了一个价值缺口，加上了一道远比普通钢铁铰链更坚固的锁镣。”（140）他们的心中自此充满了仇恨，他们失去了天堂般的同一性存在，永远坠入充满对抗与冲突的二元世界之中。法尔肯虽然死了，但他的衰亡综合征却像瘟疫一般传染给代麦罗等人。在一阵疯狂的举动中，代麦罗不慎将一发炮弹误打到共和国号船身上，导致船只解体沉没，除了鲁特福德、斯奎布以及几个阿穆瑟里人的小孩被随后赶来的朱诺号邮船救起外，其余人员都葬身海底。这样的结局显然具有很大的象征意义，它预示着如果为了发泄愤怒和仇恨而不惜一切代价去报复曾经迫害过自己的人，结果必然会给自己和他人带来毁灭性灾难。而整个美利坚合众国的命运就像“共和国号”所影射的一样，也将取决于不同种族间能否放下仇恨，学会宽容并共同生活下去。

第五节　爱与责任：来自阿穆瑟里人的伦理启示

暴动之前的阿穆瑟里人拥有完美的伦理观念，其核心价值便是爱与责任。在他们的世界里，人与万物共属于一个和谐统一体，没有等级差别，每个个体存在都与他者息息相关，这也意味着每个人在生活中都应该时刻为他人负责。显然这与崇尚个体、强调竞争的西方伦理观念有巨大差异。在共和国号的航程中，除了法尔肯之外，几乎每一位船员的伦理观念都从阿穆瑟里人那里受到积极影响。

从鲁特福德的叙述中我们得知，共和国号上的船员们原本大都是和他一样没有责任心的人，“我们……都曾犯下过这样那样的过错，说老实话，我们都是逃避责任的人。和那些与社会格格不入的人一样，为了逃避城市生活而不断向西部挺进。我们把大海当作欢迎坏蛋、梦想家和傻瓜前来的最后的边疆”（39—40）。厨子斯奎布连他自己都不清楚究竟结过多少次婚，但每当感到新任妻子有不完美之处后就会另觅新欢。理发师麦都思虽然看上去老实懦弱，实际上却是亲手杀死妻儿老小、连家中的牲畜都不放过的灭门案逃犯。但就是这么一群毫无责任心的人，随着与阿穆瑟里人的连日接触，也逐渐开始关心起别人的安危，主动做出一些利他主义的选择。比如麦都思开始为众人义务洗衣服，甚至连阿穆瑟里人的脏衣服也不拒绝。在大部分船员都被阿穆瑟里人杀死后，斯奎布更是默默地揽起多项工作：“如果有人指派他去清理船舱或固定舱板，他会默默地照办，不管自己乐不乐意干……哪里需要干什么，他就去干什么。”（175—176）事实上，斯奎布从内到外都已经变得和阿穆瑟里人一样，后者的伦理价值观念完全改变了他。

克林格在最后时刻的伦理超越也与阿穆瑟里人有关。在此之前，他虽然同情他们的遭遇，却没有做出任何实际行动去消除他们的痛苦。他甚至也和大多数白人一样，在骨子里有着根深蒂固的种族主义观念，把阿穆瑟里人看作低人一等的异类。他的同情心既虚伪又肤浅。也难怪他甚至比法尔肯更让阿穆瑟里人憎恨。也就是说，身为大副的克林格在船员和阿穆瑟里人两边都没有尽到伦理责任，辜负了双方的期待。在阿穆瑟里人暴动后，克林格最初还试图寻找机会反击或脱身，但随着他的伤情恶化重病缠身，他在生命的最后关头终于突破了心中原有的爱的樊篱，用一种近乎恐怖的方式献出了自己的身体，让快被饿死的人们分食其肉，也算是对自己的伦理失责做出补偿。[①]

当然，鲁特福德在自我伦理责任意识上的觉醒才是小说的重点。我们在前文已说过，他原本是个毫无责任意识的玩世不恭之徒，他对身边几乎所有的事物都充满仇恨，似乎整个世界都对他有亏欠，并把这一切归咎于不负责任的父亲身上。和法尔肯一样，他也受衰亡综合征的困扰，失去了爱的能力。当他终于爱上伊莎朵拉之后却又不愿承担后果，像父亲一样逃避了自己的伦理责任。刚到共和国号上时，他发现自己作为外来者的身份反倒给了他一个十分有利的位置，他可以骗得各方力量的信任，穿梭在他们之间便宜行事，为自己谋得好处。不过随着他与阿穆瑟里人的交流增多，他从恩格尼亚莫那里学会了他们的文化和语言，了解了他们的传统和价值观念，并潜移默化地接受了精神改造。有一天，鲁特福德竟然主动把食物分享给饥饿的阿穆瑟里小女孩贝蕾卡，这个无私的举动可被看作鲁特福德伦理意识觉醒的转折点。此后他每天都像父亲一样义务照顾这位小女孩，与她形影不离，并且在小说最后还把她连同其余三个孤儿一起收为养女，标志着父性在他身上的完全回归。

当鲁特福德把船员们的造反计划向法尔肯告密时，他并非出于什么很阴险的动机，“或许，我只是想说话而已”（96），他根本没有考虑自己的行为有可能会给别人带来灾难。但当他渐渐知道了法尔肯的狂妄打算后，他开始为自己的草率行为后悔。如果阿穆瑟里人的神偶真如他们所说的那样是世界的原动力，那么法尔肯对它的伤害岂不会给全人类带来灭顶之灾？为了对自己的错误行为酿成的后果负责，鲁特福德决心寻找机会扭转局面。

阿穆瑟里人的突然暴动打乱了所有人的计划，却也把鲁特福德推到一个非常关键的伦理位置上，因为只有他才可以设法保住克林格等人的性命。他竭力劝说代麦罗同意暂时放过他们，理由是只有他们才能安全驾驶破烂不堪的共和国号安全返航并回到非洲。对此时的鲁特福德来说，家庭、生命和责任已经成为最重要的考量：“我跟谁都不

① 这种人物性格的突然转变是约翰逊小说的一大弊端。

站在一边！我只想让我们都活下去！我不知道在这艘船上谁对谁错，我再也不管那么多了！我现在只想能回家！”（137）亲眼看见法尔肯的自杀以及克林格的自我献祭之后，鲁特福德的责任意识被完全唤醒。在失去航向的共和国号上，瘟疫、饥饿和伤病让活下来的人们陷入绝望，而鲁特福德却变得像特蕾莎修女一样悉心照顾每一个人。他似乎完全忘记了自己的伤痛，为病员止痛，为恐惧的小孩讲故事哄他们入睡，用善意的谎言和笑话鼓励人们坚持下去。他再也不感觉自己一无是处，相反，他感到自己充满责任和力量。

过去的鲁特福德曾把生活简单理解成不负责任的个人享乐，他最大的梦想就是可以有一大笔钱让他满世界游荡，去获取尽可能多的感官经验。为此他痛恨命运不公，剥夺了他寻找更多刺激的机会，这种仇恨也导致他“把偷窃别人正在经验的事物当成理所当然的事情”（162）。然而，他从恩格尼亚莫那里得到了新的启示：

> 他们所理解的“经验”是每个人都完全为自己的幸福或哀伤负责，为自我世界的空虚或丰盈负责，甚至也对他的梦想以及看待世界的方式负责。因此，即便一个阿穆瑟里穷人也可能是富有的，只要他内心纯净。而他们的国王也可能是贫穷的，只要他的内心隐藏着饥饿、仇恨或抱怨。（164）

他曾经十分害怕与伊莎朵拉结婚，担心过上平淡乏味的生活，然而现在他却对这种生活产生了渴望：“好像我在梦里又回到了伊莎朵拉的房间，我把茶碗放在她的烛台上，在铺着地毯的地板上双膝跪行至她的跟前，把脸埋进她的裙摆里，乞求她接纳我，原谅我当年想要寻求刺激的愚蠢想法，然后用一切甜言蜜语抚平我曾经给她造成的创伤。”（165）不过，和《牧牛传说》中的安德鲁一样，鲁特福德要想实现最终的伦理超越，他还需要了却一桩“未完成的恩怨”（167），去化解心中那个最根本的情结，即对父亲和哥哥的仇恨。与前两部长篇小说一样，约翰逊再一次运用了魔幻现实主义场景实现了故事的最高潮。受代麦罗指派，鲁特福德到船舱里去喂养阿穆瑟里神偶。他也就成为除了汤姆之外第二位亲眼看到神偶的白人。与《牧牛传说》中的安德鲁在捉魂人班农的纹身上看到的景象非常类似，鲁特福德在阿穆瑟里神偶身上看到的也是无数事物难分难解的混杂在一起的形象，构成一个具有高度象征意味的存在共同体，其中就有他父亲瑞雷的身影，但他却没办法把父亲的形象与其他形象分离开："我辨析不出这个人的生命，因为它同时必然连带着整个先前世界的内容，而我的父亲作为单独的一条线就隶属其中。"（169）

在这个神奇的景象中，鲁特福德看到了父亲的过去，也看到了整个黑人民族的过去，他们密不可分地交织在一起。他突然对父亲当年的离家出逃有了新的理解：

> 当好处都被钱德勒那样的人占有时，你没理由责怪一个黑人男人总是像小孩一样偷懒或是行窃。最重要的是，他被剥夺了太多尊严，以至于每当他和妻子露比做爱时，都可以发现她的脸上写满了对他的软弱无能的痛恨，甚至连孩子们也瞧不起自己的父亲，因为他们经常看到父亲被监工抽打，也知道在这个世界上，他的话并不比他们更有分量。（169—170）

他明白了，父亲当初逃走的原因并非是为了自己逍遥快活，而是因为奴隶制度的迫害让他失去了做男人和做父亲的勇气。父亲偷懒耍滑、不听规劝，最终抛妻弃子，这些都是他向奴隶制做出的消极反抗。事实上他并未成功逃脱，因为在他跑出去还不到十里路就被追上杀死了。

在共和国号上的经历让他重走了祖辈们被贩卖至美国时的"中间航道"。在阿穆瑟里神偶身上看到的景象让他理解了父亲的苦衷。他终于可以化解心中的块垒，因为父亲没有无缘无故地抛弃他。如果说身为奴隶的瑞雷没有能力和勇气承担起做父亲的伦理责任的话，那么已经获得自由的鲁特福德应该可以补偿父亲的过错：

> 经过数个月的海上生活，我已经准备好迎接神秘而陌生的黑人生活了，甚至也包括有色人种在他们生命中的每一个充满欢乐

的日子里都要面对的没完没了的社会阻力、挑战和考验。我记得伊莎朵拉经常在晚上和我一起散步时对我说，现在的确已经有了一些进步，以及一些虽然渺小却持续久远的事物，它们可以抚平我们在岸上生活所受的苦。(179)

在小说尾声处，共和国号被代麦罗误发的炮弹击沉，大部分人都落水溺亡，只有鲁特福德、斯奎布以及另外三名阿穆瑟里孤儿侥幸被驶过的朱诺号邮船救起。回首这段恍如隔世的经历，鲁特福德至少在三个方面有了巨大改变。

首先，他有了强烈的责任担当意识。恰如轮船在大海上航行，只有所有人都同舟共济，才能够渡过难关、化险为夷，“每当危机来临，所有的行动都必须是为了帮助你的船员同伴。你无暇歇息，你的职责永远是让船变得更坚固。如果你还想活着回到陆地的话，就必须把自己全部奉献给众人的安危，永远不能抱怨，要始终警惕有什么问题出现。”(186—187)

其次，他从阿穆瑟里人身上学会了爱、忍耐和坚守，学会了用一种最高级别的智慧来看待世界、珍爱生活，“这次航行不可逆转地改变了我看待事物的方式，使我变成了一个文化混合体，也把世界改造成一个瞬息万变的影子游戏，我感到没必要去占有或控制它，只是在永远被延伸的当下去欣赏它。海上的色彩更清晰了，水更湿了，冰更凉了”(187)。他不再受困于二元主义视角，像传说中的得道高人一样能够做到等量齐观或齐一万物。在世界万物之间做出区分，然后再耗费心神于如何做出更有利的选择，这样的做法正是让人陷入痛苦的根源。如果说之前他曾是感官欲望的囚徒，不断追求漂亮的女人、美丽的华服、恣意的玩乐的话，那么现在他已经得到解脱，“我现在已经不干这些事了。经历了中间航道后，他们对我已经没有任何意义”(188)。

最重要的是，鲁特福德已完成了从贪图个人享受的浪子到尽职尽责的好父亲的角色转变。他把贝蕾卡收为养女，给予她无微不至的关爱，其任劳任怨的程度简直超乎想象：

> 只要贝蕾卡走出我的视线，我就会感到焦虑。如果她擦伤了自己，我会感到疼的是我。不管白天还是黑夜，我都祈祷上帝保佑她事事平安，甚至直到她死后……除非我确定她已经先吃饱了，我才会再吃东西。如果她还在玩耍，我也不会睡觉。更麻烦的是，如果她长时间没什么动静，我又会担心是不是有什么状况……（195）

所有这些转变都为鲁特福德最终回归家庭做好了准备，也正在此时，鲁特福德意外发现“老爸”泽润就在朱诺号邮船上，而且正在用卑鄙的手段企图逼迫伊莎朵拉嫁给他。在过去的这段日子里，伊莎朵拉就像荷马史诗《奥德赛》中等待丈夫归家的珀涅罗珀一样，使用了同样的计谋拖延时间，终于等到了鲁特福德回心转意的这一天。利用法尔肯临死前告诉他的秘密，鲁特福德揭穿了泽润的丑陋面目，原来他虽然一直摆出一副黑人保护者的形象，号称“老爸”，背地里却是共和国号贩奴船的三大股东之一，始终靠着从事龌龊的奴隶贸易聚敛财富。鲁特福德以手中掌握的证据为要挟，成功迫使泽润放弃了与伊莎朵拉的婚姻。

约翰逊在此巧妙地为小说的首尾安排了一个戏剧性的呼应。我们还记得在故事开始时，泽润以敲诈的方式逼鲁特福德答应娶伊莎朵拉为妻，而在结尾处，鲁特福德同样以其人之道还治其人之身，逼迫泽润放弃与伊莎朵拉的婚约，并且还成功“敲诈”了一大笔钱财用来抚养那几名孤儿。

小说以鲁特福德与伊莎朵拉之间的一场颇为滑稽的做爱拉上帷幕。原本非常矜持淑女的伊莎朵拉突然变得激情似火，而曾经放荡轻薄的鲁特福德却变得被动麻木。经过了这段时间的改造，他已经不再是感性欲望的奴隶，他与伊莎朵拉结婚的目的不是为了获得肉体快乐，而是为了组建一个温暖的家庭，可以更好地抚养自己的三个孤儿长大。充满关爱和责任感的平凡生活才是他此刻心中所想的。

小 结

自然界的绝大多数动物都不会为了繁衍后代而组建家庭，雄性一般也极少担负养育后代的责任。人类在进化早期也是这样，没有稳定的家庭结构，男性往往只是在不同的母系群体间流动，扮演生物基因交换者的角色。然而随着文明程度的不断提高，家庭逐渐成为人类生活和繁育后代的基本社会单位。与家庭有关的各种伦理观念也被确立起来，其中最核心的价值理念便是爱与责任。这恐怕也是人与动物相区别的最主要标志之一。母亲往往对子女有一种天然的养育责任意识，她们会给予子女最无私的爱。然而父亲却更容易受原始欲望的驱使，贪图享受、逃避家庭责任。这种情况在美国的黑人家庭尤为常见。“失败的父亲”或“长不大的男孩”似乎是黑人男性身上难以消除的印痕，由此也给一代又一代的黑人儿童带来成长危机，也给美国社会造成很多社会问题。在2006年的一篇文章中，约翰逊深切表达了他对当前困扰美国社会的黑人问题的忧虑，他说：

> 由于缺乏坚强、简朴、勤劳、有奉献精神的父亲作为榜样，我们的男孩们迷失了道路，学不会该怎样为人父母（或成为男人）。疲惫不堪的黑人母亲独自养家糊口，而这样的糟糕状况也就被一代又一代延续下来。作为一个生存单元的黑人家庭是失败的，随之而来的是本就脆弱的集体生活的坍塌。（Johnson, “Shall We Overcome?” 13—14）

他甚至大声疾呼：“我们的家庭正遭遇危机，黑人男性已经是一个濒危物种！”（Johnson, “Shall We Overcome?” 13）

人们往往把导致黑人父性缺失的原因归咎于不公正的社会制度，认为是黑人在政治地位、经济收入和受教育状况等方面的劣势让他们没有足够的能力供养家庭。为此美国政府近些年来还推行了一系列诸如“黑人父性计划”（Black Fatherhood Project）等救助措施，力图通过提升黑人的就业技能和文化素质来帮助他们有能力担负起做父亲的责任。然而仅仅有这些似乎还不够，因为“黑人男性家庭观念的缺失以及对子女的责任意识的淡薄也是黑人家庭中父亲缺席的一个重要原因。”（隋红升 78）

约翰逊在《中间航道》中做出的贡献就在于，他试图从心理上探究黑人男性责任意识单薄的原因，并试图为此寻找解决办法。恰如斯泰恩伯格所说：“约翰逊更关注那种超验心理层面上的奴役，而不是在特定历史时期的奴役。他没有把这个主题具体化，而是把奴役的观念普遍化了，进而让我们留意那些在生理、心理和文化上被延续下来的奴役。”（Steinberg 384）今天的黑人就如同小说中的鲁特福德一样，身体上的自由已然获得，但精神上的奴役却依然存在。通过回溯中间航道这段历程，约翰逊告诉我们，很多黑人——尤其是生活在今天的、已经获得人身自由的黑人——仍然生活在一种难以名状的怨恨与愤怒情绪之中，他们感觉像是被抛弃的无辜孩子，一种深深的无助感像历史的重荷一般压在他们身上，让他们看不到希望和未来。就像弗洛伊德的精神分析法所做的那样一样，我们只有重新了解那段过去，通过揭示压抑在无意识深处的创伤情结来化解心中的芥蒂，才能重新获得爱的能力。毕竟让我们能够更好地生活下去的东西不是愤怒和仇恨，而是爱与责任。

或许有人会说约翰逊对奴隶制度的描写充满想象和虚构，是完全不可信的，我们有足够理由怀疑是否真得曾经存在像钱德勒这样开明仁慈的奴隶主，或者怀疑被父亲抛弃是否就是导致黑人缺乏责任意识的根源。然而如果我们以这些理由来否定《中间航道》的价值，则是完全忽视了约翰逊的真正创作意图。约翰逊绝非是要美化或浪漫化奴隶制度。他只是认为，如果我们对那段过去的解读非但不能解决我们当前的困境，反倒会带来更多痛苦，那么我们就应该重新梳理和解读那段过去。在众多评论家中，似乎塞登最能理解约翰逊的真正用意，他说：“约翰逊并不十分关心一个在1830年被父亲抛弃的奴隶会作何反应。他关心的是20世纪90年代的读者们（包括黑人和白人）在读到这一事件时的反应，以及由此给社会和他们自身会带来哪些后果。”(Thaden 760) 通过虚构这样一则故事，约翰逊想让他的每一位读者都去重新审视自己与奴隶制度的关系。对小说中的鲁特福德以及现实中的黑人来说都一样，奴隶制时代已经过去，它不能再被当成一切玩世不恭的反社会行为的借口。

第五章　《梦想家》中的种族、政治与伦理问题

> 假如今天路德·金仍然可以和我们讲话的话，他或许会说，除了暴力革命，我们还需要在黑人群体中带来一次价值革命、一次思想的革命。他会说，我们不仅需要把非暴力作为社会政治改革的工具或方式，我们还需要把它当成一种生活方式，一种生存之道。（John Lewis，qtd. in Byrd，*I Call Myself an Artist* 198）

《梦想家》是约翰逊到目前为止发表的最后一部长篇小说。它以美国历史上最伟大的和平主义者、民权运动领袖和非暴力反抗的倡导者马丁·路德·金在生命的最后几年所从事的活动为背景事件，在参考了大量与金有关的真实历史文献和传记资料的基础上，添加进很多丰富的文学想象，成为美国第一部以金为重要人物的虚构小说。（Byrd，*Charles Johnson's Novels* 145）小说题名直接取自金最为人熟知的演讲《我有一个梦想》。单从题名来看，很多人可能会理所当然地认为金将是小说的核心人物，但实际上并不完全准确。金身边的两位虚构小人物——他的文秘兼保镖、本部小说的主要叙述人马修·毕绍普（Matthew Bishop）以及金的替身史密斯·柴恩（Smith Chayn）——也是小说中的主要角色。他们是千千万万参与民权运动的无名志愿者的代表，也是一切没有走到历史舞台前，却在幕后默默无闻地做了大量付出的小人物的代表。可以说，小说主要有两个主题。一个是反思金为后人留下的精神遗产；另一个就是关怀伟大人物背后的小人物的命运。两个主题相互萦绕，丰富了整部小说的思想内涵。

这部小说发表于1998年，距离1968年4月4日金在田纳西州孟菲斯市的洛兰汽车旅馆二楼阳台上遇刺身亡刚好30年。在这过去的30年间，金的形象被不断偶像化甚至商品化，他的照片随处可见，他的著名演说词被满世界传播颂扬，他遗留的物品、信札和稿件在商业拍卖市场上被追捧。他似乎和小肯尼迪、梦露一样成为那个时代的经典符号，被后人们反复消费。然而让约翰逊感到悲哀的是，人们只顾迷恋那个被神化的传奇偶像，却唯独对金留下的精神遗产漠不关心。有很多黑人青年一代对金的了解仅限于他的著名演讲《我有一个梦想》，甚至有不少人一直认为金就是在发表这次演讲时遇刺的。早在金尚在世时，他的非暴力反抗就已经遭到很多黑人质疑，而在他遇害后，他所宣扬的那些“四海之内皆兄弟”的和平主义理念很快就被人们抛之脑后。以马尔克姆·X（Malcolm X）、休伊·牛顿（Huey Newton）和埃尔德里奇·克里弗（Eldridge Cleaver）为代表的激进黑人民族主义分子取代金，成为黑人运动的精神领袖。以血还血的暴力手段虽然看上去能够在政治经济方面为黑人赢得一些自由和权利，实际上却把仇恨的种子深深埋进每个人的心中，为美国社会多元民族的和平共处留下巨大隐患。人们完全忘记了金的警告：“如果美国的民权斗争退化为黑人反抗白人的斗争，那么它将是非常危险的，甚至是个悲剧。”（转引自Byrd，*I Call Myself an Artist* 196）即便人们享有了表面上的社会平等，但在内心深处却都隐藏着不承认平等的二元主义结构。它会让人们永远相互仇恨、嫉妒，而不是相互关爱、和平共处。

于是自20世纪八九十年代以来，非洲中心论或黑人民族主义的论调再次响起，甚至里面还夹杂着反对犹太人、华人以及其他少数族裔人群的种族沙文主义声音。在约翰逊看来，这是非常危险的信号。金曾经劝诫人们：“我们都必须学会像兄弟一般生活在一起，否则我们会像傻瓜一样一起衰亡。”（转引自Byrd，*I Call Myself an Artist* 199）让约翰逊感到痛心的是，今天的美国人，尤其是黑人群体，似乎还没有学会放弃仇恨。他发现很多黑人依旧生活在和几十年前几乎没有差别的状态中。居高不下的失业率、犯罪率和辍学率仍是黑人社群留给人们的普遍印象。

约翰逊曾说过一次让他颇感震惊的经历。1995 年，芝加哥的一家小剧场打算把他的处女作《菲丝与好东西》改编成戏剧演出，邀请他去参观指导。他惊讶地发现观看演出的人群中竟然有 78 位怀孕的未成年黑人少女，据说导致她们怀孕的大多是其单身母亲的男友或是当地其他一些街面上的小混混。更让他难以理解的是，当演出进行到提皮斯强暴菲丝的那一幕时，台下的女孩们竟然大笑起来，有的还起哄敦促提皮斯快点施暴。所有这些现象促使约翰逊在 1996 年写下《被我们抛弃的金》一文，反思黑人生活，并试图回溯到金的精神遗产中寻找答案。他想起了金说过的黑人民权运动需要在两个战场上同时进行的必要性："有效的社会改变需要在两条'前线'上同时付出努力，一条向外推进，去消除政治领域中的不公正；另一条向内，去提炼我们的性格和文化价值。"（转引自 Byrd，*I Call Myself an Artist* 199）他在这篇文章中还引用了刘易斯（John Lewis）在两年前说过的一段话，以表达金的精神遗产对今天的美国黑人的启示："假如今天路德·金仍然可以和我们讲话的话，他或许会说，除了暴力革命，我们还需要在黑人群体中带来一次价值革命、一次思想的革命。他会说，我们不仅需要把非暴力作为社会政治改革的工具或方式，我们还需要把它当成一种生活方式，一种生存之道。"（转引自 Byrd，*I Call Myself an Artist* 198）

正是带着这种关切，约翰逊把大量心血投入到《梦想家》的创作中，直到 1998 年小说才最终问世，距离他的上一部作品《中间航道》出版的时间已有 8 年之久。小说发表后很快引起众多评论家关注。目前相关研究主要以章节的形式出现在几部专著中。塞尔泽分析了这部小说的创作语境，认为"《梦想家》是约翰逊向当今围绕金的精神遗产争议做出的最无可挑剔的贡献"（Selzer 252）。拜尔德重点分析了史密斯与金之间的二重身（doppelganger）结构隐喻关系（Byrd，*Charles Johnson's Novels* 144—170）。斯托霍夫关注了金（以及约翰逊本人）受一行禅师影响在其后期思想中把基督教和佛教思想融合起来的倾向（Storhoff 183—216），如此等等。与前人研究不同，本文将从伦理批评的角度研究这部小说。我们重点关注的话题主要有如下几个方面：首先，金的非暴力反抗策略有哪些深刻的伦理内涵？其次，约翰逊对史密斯和马修的刻画又体现了什么样的伦理关切?

第一节　马丁·路德·金的非暴力思想及其伦理内涵

一　回溯金的民权运动生涯

约翰逊把金的民权运动事业划分为两个阶段（参见 Johnson，*The King We Need* 42—50）。在第一个阶段，金以非暴力反抗策略逐渐赢得民众的广泛信任，在那些号召使用暴力的黑人领袖中脱颖而出，成为民权运动的主要精神领袖。这一阶段有两个标志性事件值得关注。一个是 1956 年 1 月 30 日的炸弹袭击事件，有人向他位于蒙哥马利县的住所投掷炸弹，金的家人差点遇害，很多前来保护他的支持者与大批警察在他家门口对峙，双方剑拔弩张，冲突一触即发，但金却劝告双方说："我们不能使用报复性的暴力手段解决这一问题"（转引自 Selzer 226），随之化解了这场流血危机。约翰逊认为，这个事件显示出金已经决心把非暴力反抗贯彻到民权运动中去，显示了他远高于其他黑人领袖的精神和伦理境界，"他的甘地式立场和圣爱视野被传遍世界"（Johnson，*The King We Need* 48）。第二个标志性事件是 1964 年金荣获"诺贝尔和平奖"，它标志着全世界人民对金的非暴力反抗的高度认可和赞扬。金的声望达到前所未有的高度，却同时也促使金向他事业中的第二个阶段转变，"他现在意识到自己不仅是南方民权运动的领袖，同时有义务在世界舞台上推动他的和平以及友爱群体的信念"（Johnson，*The King We Need* 49）。从现在开始，金反对的不仅是美国种族社会里的压迫和不平等现象，他也要反对全世界任何地方存在的任何形式的非正义事物。他要号召全世界人民一起反对暴力、饥饿、贫穷、战争，清除掉心中对他人的仇恨，用最博大无私的爱构建一个充满幸福与和平的美好世界。于是金开始频繁地在一些民权运动之外的国际事务上发表意见，比如公开谴责美国政府发起的越南战争等。不过他也由此开始招致包括政府在内的各方面的不满。随着民权运动在 20 世纪 60 年代中后期进入白热化，金作为黑人领袖的权威也受到质疑。越来越多的人对他的非暴力理念失去信心和耐心，甚至视他为黑人民族的叛徒，是“没有骨气的汤姆叔叔”等。曾经一呼百应的金在其生命的最后几年却陷入左右不讨好的困境。

约翰逊在《梦想家》[①] 中主要截取了金的事业中最困难的这段时期作为故事背景。在时间跨度上，小说从 1966 年 1 月 23 日金举家搬迁至芝加哥的南哈姆林大街 1550 号的廉租公寓开始，到 1968 年 4 月 4 日金在孟菲斯市遇刺身亡结束。故事内容基本上符合历史事实，描写了金在这段时期艰难领导芝加哥和孟菲斯的民权运动的状况，但在对金以及其他相关人物形象的塑造上，约翰逊也加进去很多虚构。正如斯托霍夫所指出的那样：“约翰逊的文学目的并不仅是为了描述那个历史上的金，而是为了给我们提供一个当代的道德向导。”（Storhoff 186）在下文中，凡是涉及金的地方，只要不特别指出，我们都是指的小说中的虚构人物金。

二　源自基督教的圣爱精神

故事开篇即为我们展示了金刚到芝加哥时面临的非常困难的局面。在过去的 10 年里，他把自己全部的心血都投入到为黑人争取权力的斗争中。他对自己的事业有强烈的使命感，即便遭遇各种暗杀威胁他也毫不动摇。他像蜡烛一样无私地消耗着自己的生命。由于每天要应对极为繁重的事务和承受极大的精神压力，他夜不能寐、未老先衰。但让他倍感沮丧的是，自己的努力并未得到人们的足够理解：“在他的非暴力抵抗取得最漂亮的胜利的十年之后，媒体以及那些曾经和他一起手拉手高呼‘我们将胜利’的人们现在却认为他的方法已经过时了，他坚持人们应该爱自己的仇人的想法也被认为愚蠢至极，而他对黑色权力的反对完全是一种背叛。”（16）金逐渐对民权运动的最终目

① 本章所有来自小说中的引文都出自同一版本（Charles Johnson, *Dreamer: A Novel*, New York: Scribner, 1998），将随文直接标出页码，不再详加注释。

的有了更高的认识：仅仅为黑人争取一些实际层面的权利还是不够的，只要人们心中仍然顽固留存着你—我、白—黑、男—女、贫—富、主人—奴隶等这样的二元对立结构，并对它们构建起来的虚假身份保持迷恋，就不会消除对彼此的仇恨，亦将永远无法真正相亲相爱地生活在一起，各种非正义的事情亦将永远不会消失。“他能想到的每一种社会罪恶，以及他后来喜欢说的‘本体性恐惧’都源自这种铭刻在事物内心深处的二元结构：自我和他人、我和你、内和外、感知者和感知对象，等等。如果得不到弥合，这种分裂将会把整个世界吞没。”（18）

然而很少有人理会金的良苦用心。很多黑人只是急切地想用暴力手段获得报复性快感。他们嘲笑金的思想是幼稚懦弱的表现，根本不切实际，注定会迅速破产。正是在这种形势下，金才不顾劝阻来到芝加哥，去领导这里的民权运动，说服各个斗争派系接受自己的主张。他需要在这个重要的大城市用一场关键的胜利来证明自己。“如果能在此获胜，在一个每天平均至少有两人死于谋杀的野蛮城市建立一个非暴力主义的前哨……那么也就能够征服世界上任何一个不公正的堡垒。”（16）

虽然出生于牧师家庭，并且他的父亲也希望他能子承父业，但实际上金在青少年时期对基督教的很多基本教义持怀疑态度。他不相信耶稣会再度降临，也不相信会有终极救赎。为此，他也常常感觉苦恼，怀疑自己是不是一个“最坏的罪人和伪君子”（79）。在他看来，宗教信仰“常常看上去太过出世，对这个世界没一点好处”（79）。它宣称要帮人们做好升入天堂的准备，这听上去似乎不错，但问题是如何改善人们在今生今世的生存状况。相比之下，他更愿意做一名律师或者是医生，能够用知识直接帮助人们解决困难。不过随着年龄增长，金逐渐发现《圣经》中还是蕴含着很多深邃的道理，尤其是它所宣扬的圣爱精神和普遍的兄弟情义，这对解决当前美国社会的种族矛盾问题很有帮助。由此他才决定进入神学院学习，并最终成为一名浸信会牧师。

金特别深信耶稣对门徒的教导：“你们听见有话说：‘要爱你们的邻居，恨你的仇敌。’但是我告诉你们：要爱你们的仇敌，为那逼迫你们的祈祷。”(《马太福音》5：44)他的非暴力理念则直接来自《马太福音》中耶稣的训诫：“但是我告诉你们：不要与恶人作对。有人打你的右脸，连另一边也转过去由他打。”(《马太福音》5：39)以及“收刀入鞘吧！凡动刀的，必死在刀下。”(《马太福音》26：52)对金来说，爱上帝就是爱身边的每一个人，不管他是你的朋友还是仇人。他说：“如果你相信上帝，那就……应该相信贫穷的人、失业的人、被捕的人、失明的人、受伤的人以及所有数不清的社会弃儿们……没有人能让我仇恨，除了爱别人，我别无选择，因为我就是别人。”(141)

三 源自东方宗教的非暴力思想

对金来说，1959年的印度之行是一次影响深远的“朝圣之旅”，“在这个印度洋、阿拉伯海和孟加拉湾交汇的地方，在一个转瞬即逝的瞬间，他体会到了一种难以名状的平和，也感受到前所未有的自由……”(22)古老的东方智慧让他获得了某种精神启示，也让他更看清了美国民权运动的未来方向。正如他日后经常挂在嘴边的一句话所说的：“耶稣提供了信息，甘地提供了……方法。”(114)作为印度独立运动的最伟大精神领袖，甘地领导的非暴力反抗及其渗透着印度教智慧的思想都对金产生了深刻影响：

> 甘地的方法绝非扎根于基督教思想中的二元论，而是源自印度教《薄伽梵歌》(*Bhagavad Gita*)。它告诉甘地：“那些渴望得到拯救的人，在行为上就应该像一个神的受托代理人一样，尽管他拥有大量财富，却不把其中任何一丁点当作自己所有的。”他非常无私、谦卑、超然物外、不带私心地生活。他的生命完美而透彻，不图个人得到好处，不屈不挠。为了他热爱的人们，他可以直面任何社会冲突。他的目的也从来不是为了羞辱或打败对手。他关心的问题是，如何在结束罪恶的同时不造成新的错误或罪恶？(114)

耶稣让人们把仇人视为兄弟，甘地让人们放弃自我，两者都蕴含着极大的伦理智慧，也是完全可以相互贯通的。自笛卡尔以来，西方文化似乎总对那个坚实的自我之核报以极大的迷恋，他们相信自我是一个拥有种种真实属性的本质主义的实体，性别、肤色、阶级、民族、地域……它们共同界定自我的边界，却也由此让每个人都把自己裹挟在一个想象的封闭场域内。彼此以邻为壑，守护自己的神圣领地，不容他人有丝毫侵入或沾染。这种自我迷信也是种族主义仇恨的根源。白人想尽办法把黑人隔离开来，这不仅仅是害怕黑人会来抢夺他们的工作和女人，更是因为“他们害怕丢失他们的自我感，我们都知道这是世界上最大的恐惧，是其他一切恐惧的根源”（138）。

甘地曾说他最大的愿望就是“把自己缩减为零”（114）。受其影响，金也把信仰上帝与迷恋自我看作相互矛盾的选择，他说：“什么是上帝？当我每天晚上跪在地上祈祷或闭目沉思时，我都要为自我举行一场葬礼，为自我挖掘一个小墓穴。我的意思是，就像我读到的那位在加尔各答帮助穷人的可爱的天主教修女一样，我要清理掉我身上所有与上帝不一致的东西。我将去除心中一切人为创造之物，我将生活在贫困之中，了无牵挂。我将主动摒弃我的意志、愿望、念头和想象，让自己成为上帝意志的忠实随从。”（139）

1965 年 6 月 1 日，正在美国举行各种反越战活动的越南著名禅师释一行写信给金，希望他能够公开呼吁美国政府停止侵略越南。在一行的感染下，金后来于 1967 年 4 月 4 日在纽约发表了著名演说《越南背后：打破沉默的时刻》（*Beyond Vietnam*：*A Time to Break Silence*），强烈抨击美国政府发起的这场不义战争，却由此招致来自美国政府以及民权运动支持者两方面的不满。他的言论让政府不悦的原因自不必说。民权运动阵营不喜欢其言论的原因主要在于人们担心他把过多的精力投入到无关的工作中去，会因此耽误美国的民权运动事业。1966 年，金与释一行首次见面，志趣相同的他们很快被彼此的思想理念所吸引。金还向诺贝尔奖委员会公开推举释一行为 1967 年的和平奖候选人。虽然没有直接证据表明金受到了释一行的启发，但根据两人的上述交往，再加上他们本来就非常接近的精神理念，我们有理由相信释一行的思想对金造成了积极影响。也正因为这个原因，约翰逊把释一行的

"交互存在"理念渗透进了金的思想中，虚构了下面一大段金的心理活动：

> 在整个南方，黑人和白人的生命都紧密交织在一起，以至于他们的血缘和姓氏都是共享的。不管他们喜不喜欢，他们都是在这个独特的制度大熔锅里创造出来的同一个民族……如果回溯到公元700年，地球上的每一个人都有一个共同祖先。没有哪两个人的关系能超出50个表亲，不管他们来自哪个种族。今天地球上的每个男男女女都是耶稣、孔子、释迦牟尼、苏格拉底、图坦卡蒙以及犹大的直系后代。并且我们的相互联结程度远超于此……既然生命是如此相互重叠，我们有理由期待，一旦这种人为的隔离障碍被解除，主人和奴隶的孩子都将认识到种族不过是一个幻象。所有孩子在严格意义上——在基因意义上——都是他们自己的孩子。我们将把彼此视为同胞并相互拥抱。(83—84)

四 "全面地过好当下生活"

在约翰逊的笔下，我们看到金也是一位非常有家庭责任感的人，他在日常生活中也有非常平凡朴实的一面。他喜欢陪妻子跳舞、看演出，陪父母做礼拜，陪孩子学习和玩耍，他对锦衣玉食的富贵生活毫无向往，一家人幸福美满的生活让他非常知足。在家里他会感到彻底的自由和放松，可以不修边幅，陪家人做各种他喜欢做的事情，"有时候或许还会像释一行一样过一整天简单修行的生活"(18)。而最让他感到痛苦和内疚的事情之一就是在家庭和事业之间分身乏术。为了实现他心中的梦想，让全人类都能共享和平、自由和正义，金可以说真正做到了舍小家顾大家，这是一种伟大的博爱精神的体现。重要的是，他并不是为了获得什么可以让他流芳百世的虚名才这样去做的，这与史密斯迫切要求成为金的替身的动机完全不同。金只是把这一切看作自己义不容辞的责任，"他感到自己有一项种族使命——或者天降大任——要去完成，他个人需要为消灭世界的痛苦而负责"(202)。

他总是带着强烈的伦理责任意识去应对各种繁杂的工作。小说中有这么一个细节。当金乘坐飞机从芝加哥飞往亚特兰大时，一名乘务员认出了他，便准备了数十份照片和本子要求金在上面签名留念。原本疲惫不堪的金还是耐心满足了她的过分要求。其实金根本不需要人们送给他的那些荣誉和追捧，“但他接受了这些荣耀，以免别人生气”（76）。

金批评美国的种族主义行径强加给黑人的种种不公正对待，但他并没有把黑人的所有问题都归罪于来自白人种族主义者的迫害。他也清醒地认识到了黑人自身存在的问题，并勇敢地对自己民族的种种劣性提出批评，比如暴力、酒精和毒品泛滥、高犯罪率、不讲卫生、不求上进、爱慕虚荣，等等。在金看来，这些现象都是黑人自暴自弃的行为，对自己和家人都很不负责任。这也是他强烈呼吁应该在改造社会和改造心灵这两条战线上齐头并进的重要原因。改造心灵就是要让人们“不只是争取和平，而且让他们本身就体现着和平，即便是对生活中最微不足道的事物也充满热爱”（62—63）。他于 1964 年在芝加哥发表的一场演讲中号召黑人们应该“全面地过好当下生活”（63），因为有太多黑人要么沉溺在过去的伤痛之中难以自拔，要么因为期待未来早日彻底翻身而焦虑不安，唯独不愿意用积极进取的心态和勤劳付出去好好地对待当下生活。金的父亲是一名靠自我奋斗成功的典型。他家境贫寒，十五岁时仍是半个文盲，却凭借自己的努力完成学业，为自己和家人赢得体面的工作和尊严。受父亲影响，金也用自己的努力取得学业上的优异成绩。他相信种族主义并没有剥夺黑人的一切未来希望，只要不放弃，肯付出。黑人也一定可以改善自己的生活处境。他说：“如果你在赛跑时被别人落下了，那么跑到前面去的唯一方式就是超过你前面的人。当你同寝室的白人舍友说他累了，要去休息，那么你就应该点灯熬油继续奋斗。”（63）

然而很少有人真正理解金的理想。他对黑人民族的自我批评以及对美国越战的公开指责都让他自己陷入被动。人们骂他是叛徒、懦夫、傻瓜，给他起的绰号是“马丁·失败者（Loser）·金”。他的威信不断下降，对民权运动阵营的控制力越来越弱。不管是在芝加哥还是孟菲斯，他都没能赢得扭转局面的关键胜利。他领导的非暴力示威游行屡屡失控演变为激烈的暴力冲突。在整部小说截取的近800个日夜里，我们看到金在不断地遭受各种打击和挫折。沮丧和失落情绪总是挥之不去，对他的人身安全的威胁也是无处不在。他甚至对自己坚持的非暴力原则产生了深深的怀疑："应该把人看作堕落的天使，还是进化的猿猴？如果我必须在两者之间做出选择的话，我更喜欢选择前者……但猿猴就在外面，黑的和白的，它们的目的就是要把这个世界变成丛林。我说，让它们相互杀戮吧！把一切都毁灭！那样的话，渴望上帝的男人和女人们才可以重新开始。"（223）

金深深地明白，要想彻底根除种族主义的毒瘤，就不能使用暴力手段，因为暴力会让斗争的双方两败俱伤，会让仇恨的种子在人们心中继续生根发芽。即便黑人用暴力手段获得了他们想要的平等，他们也很难与白人和平共处在同一片土地上。他告诉人们："在争取合法地位的过程中，我们不要采取错误的做法。我们不要为了满足对自由的渴望而抱着敌对和仇恨之杯痛饮……我们不能容许我们的具有崭新内容的抗议蜕变为暴力行动。"（马丁·路德·金 99）只有用非暴力手段终止暴力，用爱去化解仇恨，才能实现他心中的那个伟大梦想，去建立一个不分种族、性别、阶级、肤色的"友爱群体"，所有人可以像兄弟一般和平共处：

> 昔日奴隶的儿子将能够和昔日奴隶主的儿子坐在一起，共叙兄弟情谊……那里的黑人男孩和女孩将能与白人男孩和女孩情同骨肉，携手并进。……上帝的所有儿女，黑人和白人，犹太教徒和非犹太教徒，耶稣教徒和天主教徒，都将手携手，合唱一首古老的黑人灵歌："自由啦！自由啦！感谢全能上帝，我们终于自由啦！"（马丁·路德·金 101—103）

为了更好地执行他的非暴力原则，金要求每一位参加他领导的组织的成员都签署一份志愿书，牢记并遵守他提出的非暴力十诫，其内容如下：

志愿者十诫

我在此宣誓把自我全身心地奉献到非暴力运动之中。为此我将遵守以下告诫：

1. 每天沉思耶稣的生平和教诲。

2. 永远铭记非暴力运动的目的是正义与和解，而非胜利。

3. 以爱的方式行走和交谈，因为上帝就是爱。

4. 祈祷每天都能为上帝所用，去帮助所有人获得自由。

5. 牺牲自我意愿，以便让所有人都获得自由。

6. 无论对朋友还是对敌人，都要礼貌待人。

7. 努力尽到自己对他人和世界的普通义务。

8. 克制在身体、语言以及心头上的暴力。

9. 努力保持身心健康。

10. 追随运动方向，在游行中听从领袖指挥。

我已认真思考了我的行为，决定签署此保证书，并将信守承诺。(91—92)

这十条原则充分显示了金的强大精神力量，它是一种为印度圣雄甘地、南非国父曼德拉以及图图大主教所共有的一种伟大精神力量，而我们在近代的托尔斯泰、雨果和古代的耶稣、佛陀和孔子等一切真正伟大的人文主义者身上也可以发现这种力量。正是有了这种力量，金才可以像他的先驱们一样视死如归，甘愿用自己的鲜血和生命换来对他人的救赎。金的终极理想是用和平的方式在美国实现社会正义，他坚信胜利的一天终将到来，不过他也深深地明白需要为此付出代价。他说："要争取自由，必须付出流血的代价，而流的血必须是我们的鲜血……无辜受苦是有救赎力量的，它可以取代欺压者与受压者双方苦毒怨恨的悲剧结局。"

金遇刺身亡后，很多人认为这标志着他的非暴力思想的彻底破产。越来越多的黑人转而把暴力当成寻求正义的途径。然而约翰逊认为，金并没有失败，只是我们都背叛了他。"我们全都杀死了他——我们所有人，包括白人和黑人——因为在他活着的时候，我们都没有听从于他，虽然事实往往都是这样：没有哪个先知会在活着的时候被他的国家所接受。”（235）时至今日，看看美国社会依然存在的严峻种族矛盾，再看看全世界有那么多不同民族和不同宗教信仰的人们依然对彼此怀有深刻的仇恨，我们有义务回到金那里，去认真聆听他的教诲。

第二节　柴恩·史密斯："你若行得好，岂不蒙悦纳？"

一　史密斯与金的镜像关系

在1990年凭借《中间航道》荣获国家图书奖之后，约翰逊立即成为媒体和评论界关注的焦点，各种访谈邀请纷至沓来。在1991年接受一位来自《出版商周刊》（*Publisher's Weekly*）的记者采访时，约翰逊无意中透露出自己正在酝酿一部与金有关的小说。消息传出后立即引发巨大关注，或许因为金是美国历史上太著名的黑人领袖的缘故。在此后的8年时间里，很多人以各种方式询问约翰逊的写作进展，各种质疑或支持的声音严重干扰了他的创作。时任华盛顿大学校长的威廉·杰哈丁还专门向他表示能否更换小说题名，因为用《梦想家》做名字会让读者误以为小说有讽刺金是一位不切实际的人的含义。（McWilliams，*Passing the Three Gates*xiii）金的家属们则通过代理人找到约翰逊，希望他还能再写一部与金的遗属和亲人们在90年代的生活有关的快餐小说。其实所有这些人都误解了约翰逊的写作计划，他们没有注意到约翰逊早已清楚表明金并非是《梦想家》的最核心人物，他说："这不是一部传记，而是与马丁·路德·金的替身——就像萨达姆·侯赛因的替身一样——有关的故事，他会在金忙得脱不开身的时候，替他在一些公共场合应付一下。"（McWilliams，*Passing the Three Gates* 77）

至于为什么会有这样一个创意，约翰逊也做出过解释："我们都曾听说斯大林和希特勒都有替身，和他们的长相很接近的人。他们会被假扮成元首出席一些公共事务，以免出现刺杀行为。"（McWilliams，

Passing the Three Gates 47）于是，一个奇妙的创意在约翰逊头脑中形成：假设金的身边也有这么一个替身保镖，他的长相和金几乎一模一样，又具有模仿的天赋，能够在语言和神态做到与真人难辨真伪，不过他的出身背景却与金完全不同，两个人的内心世界也几乎完全对立。去探寻这样一位人物的背后故事以及他的内心秘密就成为小说关注的重点。为了增强艺术效果，约翰逊有意凸显了金与史密斯之间的差异，除了在相貌上难分彼此之外，两人在其余任何地方都形成鲜明反差。

第一，两人的家庭背景不一样。金来自富足的中产阶级家庭，从小享受着慈爱的父母给他的无微不至的关爱。宽敞的房屋、多样的玩具、可爱的伙伴、安全的社区、丰富的书籍、美妙的音乐……所有这些条件都让金的童年充满爱与欢乐，也塑造了他积极乐观的人生态度。与之相反，史密斯从小就是一个无父无母的孤儿、整日在大街上闲混的野孩子，从未体会过家的温暖。和约翰逊小说中任何一位被父亲抛弃的孩子一样，他也始终被一种无助、绝望和愤怒的情绪包围着，所有这些负面情绪最后都可以转化为一种无缘无故的恨，深深地嵌在他的心底，他不仅恨自己那位不负责任的父亲，也恨身边所有境遇比他好的人。①

第二，两人的人生道路也不一样。优越的家庭条件再加上良好的天赋，使得金可以顺利地完成学业，然后成为一名受人尊敬的牧师，用自己的杰出口才赢得世人喝彩。而史密斯虽然也有不同寻常的资质，“他是一位不知疲倦的读者，是那种可以一目十行、过目不忘的自学成才者。他的记忆力非常好，几乎不用学习也能通过考试”（35）。但是由于贫穷，他不得不放弃学业。他在事业上也屡受挫折，“我哪里都去过，什么都干过，但最终大都一事无成”（34）。到20岁时他选择参军，被派到朝鲜战场打仗。颇为讽刺的是，两年的战斗没有让他损伤毫发，却在外出庆祝自己还有一个月即可退伍回国时误踩地雷被炸伤一条腿。

---

① 在威伦-布里奇看来，“金与史密斯之间的不同预示着民权运动内部的阶级分裂”（Whalen-Bridge, *Waking Cain* 508）。金代表黑人中的中产阶级，而史密斯则代表下层阶级。

第三，两个人差不多在同一个时间（1954 年前后）游历东方，受到了东方文化和宗教的深刻影响，但结果却完全不同。印度之行让金获得了某种精神觉悟，让他对种族、自由和身份等问题有了更深刻的认识，坚定了他用非暴力原则赢得斗争的信念。史密斯退伍两年后，由于找不到生活方向，他感到极度悲观厌世，屡次想自杀，后来经朋友介绍投奔位于日本东京的一所著名禅宗寺庙，希望能在那里获得精神解脱。就像中国古代传说中的情形一样，他在庙门口冒雨长跪三天，终于感化了寺庙住持同意接收他入寺修行。此后史密斯以惊人的毅力和极大的耐心潜心钻研佛法，恪守戒律，和其他僧人一样行脚、化缘、劳动。在一年时间内，他的功课进展迅速，几乎就要达到悟道的临界点：

> 在我习禅的那一年里，我从不碰钱，也不想女人、不喝酒。那个把我害得很惨的世界也消失了，我感到很快乐。天哪，我甚至忘了自己的存在。日常功课结束后，我们会干一些劳动。劈柴、打理庭院，我们默默地干活。每一项日常工作都是一种打坐，都是神圣的，不管这项工作有多么微不足道，它都是一种精神训练。(98)

他感到自己就像找到了天堂一般，“我可以永远待在这里”（99）。然而他终究还是无法获得他想要的那种解脱，因为他只是把寺庙当成忘却尘缘的世外桃源，却不知道禅修者的真正目的“不是对社会的逃避，而是重新武装自己，以便使自己有能力融入社会，像一片滋养大树的叶子”（一行，《活得安详》64）。他更无法明白“禅修是为所有人的福祉，不只是为禅修者本人”（一行，《活得安详》65）。或许正是看到了这一点，寺庙住持才劝他不要继续留在寺中，因为过多的禅修反而无助于重燃他对生活的热情。史密斯无法理解住持的用意，他偏执地认为住持一定是出于种族偏见才要把他逐出寺庙，于是他在当天夜里便愤然离去。后来他又试图去非洲寻找梦中的故土，却发现那里的黑人早已不把他这个美国黑人当成自己人，他也早就不属于那里。就这样，他越来越深地陷入自我种族身份的牢笼里，被强烈的无辜受过意识包围着："我们是不被需要的人、总是被忽视的人。直到临死那一天，我们也仍然是流浪汉。我们在哪个地方也不习惯长时间停留。"（100）他无法像金那样看到人与人之间的相互关联性，却看到自我与他人、黑人与白人、东方人与西方人之间根本无法逾越的巨大沟壑。

第四，两人在婚姻和家庭生活方面也完全不同。前文说过，金在家庭生活方面也是一位成功的典范。他有很强的家庭责任意识，是一位好丈夫、好父亲、好儿子。与之相反，史密斯在家庭上却是一个彻底的失败者。他也曾经试着去做一位负责任的好丈夫和父亲，默默接受了水性杨花的朱恩妮塔（Juanita）用圈套硬加给他的婚姻，还把她的三个私生子视如己出。为了让家人过上更好的生活，他拼命赚钱，一个人同时做好几份工作，却始终无法满足他们越来越大的胃口。三个孩子也不听管教，纷纷走上邪路。爱慕虚荣的朱恩妮塔也对他不忠，为了一点诱惑就背叛了他。巨大的生活压力最终压垮了他的神经。虽然小说中没有明示，但种种迹象表明他很有可能在精神错乱中亲手杀死了全家。他也因此被强行送到精神病院接受治疗，直到两年后才算基本病愈出院。

第五，两个人拥有的财富也存在巨大差距。无论是在物质上还是精神上，金都称得上是一个"有产者"，他有财产、有地位、有亲人、有事业、有声望，走到哪里都是万众瞩目的焦点。相比之下，史密斯却是一位彻底的"无产者"，他在精神和物质上都几乎一无所有。物质上的贫困他还可以忍受，精神上的赤贫却让他倍感焦虑。他如此告诉马修："我不想被人遗忘，不想被那些讨厌的庸人们遗忘。哦，上帝！我想干一些事情，让他永远记住这个黑人——那就是我。"（100）他嫉妒金所拥有的一切，怨恨命运为何如此不公，只给了他和金相似的长相，却在其余方面厚此薄彼。更让他愤怒的是，很多暴力分子经常把他误当成金而进行袭击骚扰，让他平白无故地代替金遭受了很多伤害。为了在精神上变得像金一样富有，他才找到马修，希望后者能把他介绍给金做替身保镖，并且直言："我想要的并非只是一项工作……而是想从仁慈的博士（指金）那里分到一些他最不稀罕的东西。"（43）而他所说的这个

"最不稀罕的东西"就是"永垂不朽"(43)。

与史密斯的初次会面带给金很大的心理冲击。在此之前,他一直相信上帝是公正的,所有人在上帝面前都一律平等。但这个在哪个方面都很像是自己的失散兄弟的史密斯却让他开始深刻检讨自己的理念:"他在想,或许它不过只是一个词语,一个毫无意义的抽象空洞的声音。"(45)他们两个人在外貌上的相似反倒因为在其余方面的巨大差异显得颇具讽刺性,"他们两人之间除了肉体上的近似,在其余任何地方均无平等可言。事实上,他们俩就像是对彼此的否定……在他和柴恩的生活之间,公平只能是个笑谈。他想到,不仅财富在社会中的分配非常不均,而且天赋才能也不一样。美貌、想象力、运气、慈爱父母的佑护,这些都是命运随机分布的产物,不能说它们都是理所应得的"(47)。

然而金并没有因为自己受到了命运更好的眷顾而幸灾乐祸,他没有像很多处境优越的人那样认为自己所得的一切都理所应当,更无法对以史密斯为代表的不幸的人们视而不见。相反,他感到自己对他们负有巨大的伦理责任:

> 是的,不公正已被编织到存在结构之中,没有谁比别人更配得上拥有更多天赐的礼物。不过,尽管人与人之间有这些命运上的差异,他们可以主动分享彼此的命运。他们可以、实际上也应该重构世界,均衡一下随机分布的机遇、意外和偶然性。如果运气好的人不伸出援手,那么仇恨和流血就永无休止。处于最不利地位的人们有权利打破这个不能满足他们的需要的社会契约。他们会反抗,会暴动,如同他们现在在芝加哥所做的事情一样。为了其自身安危着想,那些被上帝偏爱的人们必须去帮助那些被上帝冷落的人们。(49—50)

二 史密斯与该隐的隐喻关系

由于史密斯和金在这些方面的异同性,我们很自然地联想到西方文化传统中堪称一切兄弟关系的原型——《圣经·创世纪》中记载的亚当与夏娃的大儿子该隐（Cain）与小儿子亚伯。事实上，正如纳什所指出的，“Chayn”无论从发音还是词源上都与“Cain”密切相关（Nash 166）。而约翰逊也在小说中多次暗示他们两人就是该隐与亚伯关系的隐喻。在史密斯刚一露面时，约翰逊如此描述他的形象：“史密斯仍在那儿，双眼眯缝着，嘴角透着一丝淡淡的笑，其中一小部分是出于自我保护意识的反讽，剩下大部分则是出于对他人的挖苦。似乎他身上有不可告人的秘密（或是罪恶），一旦说出来，会把别人从屋子里吓跑。……他的裤子也被溅上了一些说不清是什么的污点。”（33）据说该隐原本是个种地的农民，亚伯则是放羊的牧民。有一天他们带着各自生产的礼物献给上帝，哥哥拿的是粮食，弟弟带的是羊的油脂。上帝更喜欢弟弟和他的礼物，却看不上哥哥的祭品。为此哥哥感到十分嫉妒和恼火，但上帝却对他说：“你为什么发怒呢？你为什么变了脸色呢？你若行得好，岂不蒙悦纳？你若行得不好，罪就伏在门前；它必恋慕你，你却要制伏它。”其中的英文原文“If you does well, shalt thou not be accepted?”也可以从字面上解释为“如果你好好干，岂能得不到别人的认可？”约翰逊认为，上帝在这里并没有偏心。“好好干”其实是他对该隐指出的赢得恩宠的自我救赎之道，就像我们现在所常说的“天助自助者”。这其实也是小说中的金以及约翰逊本人向他们的黑人同胞们发出的期许和忠告。

约翰逊在小说中描写了很多这种“好好干”的正面典型黑人形象。比如艾米的外曾祖父詹姆斯及其家人，再比如以约翰逊的伯父为原型的罗伯特·杰克逊，以及生活在芝加哥埃文斯顿区的大部分黑人等，他们都积极乐观、勤劳朴实、自强不息，虽然面临很糟糕的处境，却能通过自己的努力付出为家人改善生活、赢得别人的尊重，“在别人只看见种族限制和行为禁令的地方，杰克逊却从骨子里坚信，只有黑人自己创造机会，机会才有可能出现”（127）。他们团结友爱、与人为善、懂得分享，能够把家庭和邻里关系经营得十分和谐融洽，尤其是在种族混杂的埃文斯顿区，白人和黑人之间相互接纳、和平共处，与芝加哥其他城区激烈的种族矛盾相比，这里简直就是世外桃源。

“他们都相信生活在改善，相信自从离开南方以来，他们献给上帝的礼物早已得到百倍的祝福和回报。”（129）

然而并非所有人都愿意这么“好好干”，嫉妒和仇恨那些“干得好”的人往往是很多人更直接的心理反应。《圣经》中的该隐就是因为嫉妒而杀死了自己的亲弟弟，并由此得到了上帝的惩罚：“现在你必从这地受诅咒”。为了避免该隐在遭放逐后会任人诛杀，上帝又在他身上留了个记号，并诅咒“凡杀该隐的，必遭报七倍”。

历史上有很多西方学者为了替殖民主义和奴隶制寻求道义上的辩护，他们总是把黑人歪曲为该隐的后裔，认为他们的黑皮肤就是继承了上帝在该隐身上留下的标记，是他们因为祖先的罪过而受到诅咒的象征。这种观念甚至也被很多黑人接受，成为他们自暴自弃的理由，似乎黑人遭受白人的迫害就是一种报应一样。史密斯似乎也无时无刻不被这种原罪意识所折磨。当他在东京寺庙被住持劝离时，他感慨：“哪里也没有我的容身之地……不管走到哪里，我都是个黑人。”（99）他还试图把这种原罪意识传染给马修，他说：“你得记住，这世上没人喜欢黑人，黑人也不喜欢黑人。我们是社会弃儿，而弃儿永远不会创建一个群体。我去过很多地方，哪里都是这样，全世界都鄙视我们。你有没有想过，或许因为我们总体上就是劣等人，所以才成了二等公民？”（65）事实上，正如马修所感觉到的，“史密斯似乎总是忘不掉亚当的那两个儿子的故事”（160），以至于“他好像对自己的存在感到羞耻，甚至鄙视”（142）。

让史密斯感到自卑的不只是他的肤色，还有与金一模一样的长相。他初次见到金时便如此表达了心中的愤懑：“我猜是上帝糟蹋了我却又替我感到惋惜，但他更偏向你。”（34）似乎是受一种原始的同胞争宠的本能心理驱使，他近乎偏执地收集各种与金相关的新闻报道。他越是看到金取得了非凡的成就，他就越感到嫉妒。相反，每当读到有关金的负面评论，他就感到异常愉悦。为了让史密斯在言谈举止上变得更像金，马修和他一起仔细阅读金发表过的各种演说，却意外发现其中有不少篇章都模仿（甚至抄袭）了很多过去的名家名篇。对马修来说，这至多说明金的思想是多元复合的产物，“借鉴了所有的语言、所有的进化形式、所有先于我们的生命”（104），然而史密斯却对此发现兴奋异常，他幸灾乐祸地说：“你看，我早就怀疑他不可能有那么聪明。”（104）于是他对金的著作的阅读就变了味，“他在找错，寻找任何可以降低金的威望的东西，可以让自己有呼吸的空间”（104）。

强烈的原罪意识扭曲了史密斯的人生观和价值观，在他看来，“世界上只有两种人：捕食者和猎物，狮子和它的餐点”（55）。人与人之间只能有仇恨和剥削，无休止的冲突才是生活的主题：“如果你查看一下手中的《圣经》，就会发现世界并非开始于爱，而是从杀戮、正当的仇视和怨恨开始的。我要说的是，嫉妒是黑人的疾病，我们身上被做了污点标记，至少在我看来，别的原因都无法解释我们的处境。”（66）

正因为他有这样偏执的视角，当他听到艾米讲述其外曾祖父詹姆斯及其家人的幸福往事时，他才表现出了极大的怀疑和不屑：“她刚才讲的故事全他妈的是谎言，前前后后都很拙劣。所有故事都是谎言、是假象，你不知道吗，伙计？一旦你把经历编成句子或一个故事，它就变得可疑了，变得比现实更美或更丑陋。语言不过是一张网，记忆主要是想象。如果你想要自由，最好别信这些故事。”（92）而当艾米要求他在印有非暴力十诫的志愿表上签字时，他竟然把它夺过去当了厕纸！这种极不礼貌的言行充分暴露了他的精神世界有多么阴暗，而这也正是金最希望用非暴力方式去化解的。

三　史密斯的自我救赎之道

在马修和艾米的安排下，天资聪慧且模仿力极强的史密斯很快就由内而外地学会了金的一切言行举止，他甚至准确地概括出了金的三条思想精髓[①]：

① 当然，约翰逊在此叙述的也是他自己对金的理解。参见 Charles Johnson，“The King We Need：Teachings for a Nation in Search of Itself”，*Shambhala Sun*，13.3（January，2005），pp. 42－50。

> 首先，在更深层次的意义上，非暴力并非仅是一种斗争策略，而是一种“道”，一种日常准则，人们必须把它贯彻到每一个行动中。史密斯把它比作梵文中的“ahimsa”（不杀生）来理解，“himsa”意为“伤害”，“a”意为“没有”或“不”。由此，金的道德主张就是不给一切存在之物造成伤害。其次是圣爱，我们爱某个事物，不是因为它当前可爱才爱它，而是因为它可以成为的样子而爱它。这是一种目的论意义上的爱，它认识到一切事物都在变化过程中，并非完成之物，它能够看到事物表面下的潜在属性。最后，整体性是存在自身的生命之本。(108)

然而由于他从骨子里就根本不相信这些理念，他也就无法像金那样在真实的行动中获得道义上的巨大勇气。当他第一次接到任务去代替金参加在加略山教会（Calvary AME）的颁奖礼时，他原本打算借此机会好好证明自己可以和金做得一样出色，不料却临阵慌了手脚，不知所措。幸好金及时赶到才化解了危机。然而金的出色演讲愈加让史密斯感到自己与之相比简直就是惭凫企鹤：“史密斯的心中充满了敬畏和无能为力的失落感。人们把爱戴和崇拜献给他的这位著名的孪生同胞，自己却只能在旁边眼巴巴看着，迷失在渺小的自我之中，没办法体验这种美好的感觉。”（142）

为了找回心理补偿，史密斯在他们返回途中执意把一位非常落魄的老人带上车。老人和史密斯有着同样不幸的过去，并且也把不幸的根源归咎于金身上，似乎是金的非暴力主张阻挠了像他这样的人翻身做主的机会。由于他的妻子和一名牧师私奔背叛了他，他便把仇恨转嫁到包括金在内的所有牧师身上。他把史密斯误当成了金本人，并抱怨说：“全都是因为你们，像你这样的牧师们都应该为我的不幸负责。”（146）他说完便开枪把史密斯击成重伤然后逃离。其实这位老人正是当时很多黑人的代表，他们的满腔怒火无处发泄，就把仇恨转移到金身上。

为了便于史密斯养伤，马修再次把史密斯送回艾米的外祖母家的乡下老宅。在这里，史密斯几乎就要像“化蛹成蝶一般”（153）经历他在精神上的彻底升华。“与死神的这次近距离接触改变了他”（153），他似乎突然明白了生命的真谛不在于去和他人争夺虚无缥缈的名利，而在于认真过好每一个当下。他不再为过去而悔恨，也不再为未来而焦虑。广播里传来的各种大事件对他已经失去吸引力，他开始全身心地关注以前极为鄙视的那些“鸡毛蒜皮的小事情”（154），比如帮着艾米收拾房子、做家务等。最重要的是，他看上去已经没有了嫉妒心，不再拿自己和他人攀比，甚至已经像得道的高僧一般到了忘我境界。他不再打理自己的头发和胡须，因为形象对他已经不重要，他似乎又回到了当年在东京寺庙里修行时的精神状态。

养病期间，史密斯在伯特利教堂（Bethel AME）里偶然听到了利特尔伍德（Littlewood）牧师的一场布道，内容讲述的是与该隐和亚伯有关的故事。按照利特尔伍德的解释，上帝并没有不公正地对待他们兄弟俩，他在该隐身上留下的印记并非为了诅咒和惩罚，而是出于仁慈之心，是为了保护他免受伤害。上帝留给该隐的不是罪恶的标记，而是“一个激励性的暗示”（157），让他有机会通过“好好干”重新赢回上帝的恩宠。利特尔伍德对这个故事的重新阐发带给史密斯很大的启发，彻底化解了压在他心头的死结。史密斯决心留在教堂里做一名园丁，完全自愿帮着教堂打理各种杂务，既不求任何物质报酬，也不是为了获得某种宗教救赎，而完全是出于无私奉献的精神。他对马修说：“我只觉得这些工作是我应该做的……我不管它是否公平。此刻我所做的事情就是我正在做的事情。可能有人会觉得我干得不错，也可能没人在意，甚至连上帝也不关心，但总有那么一两个瞬间，它会让一些在周日走过此处的人感到愉悦。除此之外，我别无他求。”（182）

我们试着想象这样一幅图景：史密斯在教堂花园里辛勤劳作，闲暇时间里，有时他会认真画一些优美的风景画，有时会舒缓地练习早年从日本学来的富有道家精神的二十四式杨式太极拳。一个隐居室外的得道高人形象跃然纸上。作为神秘的阿穆瑟里人的后裔，他几乎和他的祖先们一样脱离了烦恼，活在一种高度的精神自由中。然而与他之前在东京寺庙里的经历一样，他这次仍然是在一种完全切断与世界的联系的条件下获得的解脱。一旦这种封闭状态被打破，他就有可能前功尽弃。事实的确如此。当格若特和威尔金斯两位联邦特工找到他时，面对他们的威逼利诱，史密斯再一次没能经受住考验。他不得不同意参与他们的秘密行动计划。虽然小说没有明确告诉我们这个计划的内容，但我们几乎可以肯定他们是要利用史密斯的外貌搞一些对金不利的行动，可能破坏金对民权运动阵营的领导等，因为从他们的言语中经常透露出对金的不满。

史密斯原本已经非常接近金的精神境界。在伯特利教堂养病期间，他摆脱了心理阴影，心中不再有仇恨和嫉妒，按照上帝的指示"好好干"，用真挚的爱默默向身边的人无私奉献。然而在最关键的考验面前，他没能坚持到最后。面对枪口威胁，他对自我生命的最后一丝贪恋让他无法拥有和金一样临危不惧的道德勇气。不过，或许我们不应该苛责史密斯，至少在故事的后半段，他做出了向金看齐的努力。正如威伦-布里奇所说的那样，史密斯"朝着善的奋斗"与金"对善的完成"同样值得尊敬（Whalen-Bridge，"Waking Cain" 515）。尤为值得一提的是，史密斯在跟着格若特离开前专门找机会回来与马修见了最后一面，并递交了已经签名了的非暴力志愿表。虽然在纳什看来这"至多不过是一个似是而非的举动"（Nash 176），但比起他之前的行为，我们认为这至少表明他已经部分认同了金的价值理想。

第三节　马修·毕绍普：放下仇恨才能学会爱

一　处于历史舞台阴影中的小人物

除了金和史密斯，小说中还有一个关键人物，那就是故事的叙述人马修·毕绍普。他是约翰逊虚构出来的金的秘书兼保镖，这种身份上的便利使他能够近距离观察发生在金身边的大部分事情，在负责记录这些事件的同时，"也对金、史密斯以及叙述事件做出了比约翰逊的以往作品中更系统、更有反思性的评判"（Nash 176）。作为一名刚辍学不久的哲学专业学生，马修在故事开始阶段正迷失在人生的十字路口上。和史密斯一样，他也是“一个从来不知道父亲是谁的野种”(214)，这种被无辜遗弃的感觉给他留下强烈的自卑意识，让他无法相信上帝公平对待了自己，也就因此失去了对上帝和生活的信念，“我再也无法向《圣经》所体现的视野中注入活力，因此也无法给任何意义系统注入活力”(54)。不过与史密斯不同的是，马修并没有彻底绝望，而是“拼命想要”(54)寻找自我救赎的办法。尽管他从来都不能真诚地向上帝祈祷，却始终随身携带着一部袖珍版《圣经》，“作为危机时刻的护身符”(54)。

马修选择成为金身边的一名普通志愿者的原因也非常简单，只是因为他的母亲非常崇拜金。作为一名虔诚的基督徒，她也属于金曾经热烈赞扬过的那种默默无闻地“为文明注入新的意义的黑人民族”(26)中的一员。她能够在白人面前不卑不亢，平静地面对各种歧视和不公，用坚强积极的心态和努力的付出赢得生活尊严。她把金视为圣徒，像崇拜耶稣一样崇拜他。在母亲的影响下，马修才志愿加入了金的团队，“我想帮助这项对我母亲来说非常重要的运动，这个愿望比其他任何事情都强烈”(27)。不难看出，马修最初参与民权运动的动机更多的是出于一种伦理的冲动，他为了忠于母亲所以才选择忠于母亲的“爱人”。从某种意义上来讲，他把金当成了自己的精神之父，他要在这位父亲的影响下寻找人生方向。

除了金，史密斯在马修的成长道路上也扮演着非常重要的导师角色。他与史密斯首次会面时就强烈感受到了后者对他的某种精神暗示：“突然，史密斯直盯着我看，脸上闪烁着嘲讽、甚至是挑逗性的傻笑，好像我们俩成了某种意义上的同谋，抑或他知道某些与我有关的丑闻，尽管我们几分钟前才刚见面。”(35)两人之间也的确存在太多相似性。首先，他们都是被父亲抛弃的儿子，并都因此丧失了生活信念以及对自我价值的肯定。其次，两人的世界观也很接近。马修在退学前读的是尼采哲学，说明他也相信世界的本来面目就是权力意志相互倾轧的舞台。最后，两人都生活在金的巨大背影之中，他们都感受到金的伟大形象对他们的威压之势。马修说：“我也说不清楚为什么，只要他一出现，似乎就在以一种无名的方式向我挑战。即便他一语未发，似乎也在评判我作为一个人、一个黑人、一名基督徒身上的惊人的缺点。”（136）两人都在金的身边工作，也都对金的思想主张充满怀疑。马修很清楚自己只不过是“金的组织中众多无名志愿者之一”（25），他负责的都是一些无关紧要的事情，根本不会引人注意。他其实也和史密斯一样，渴望能在历史的紧要关头独当一面，“去干一些让生命有价值的事情”（39）。

当芝加哥的民权运动形势正异常紧张的时候，金却要求马修和艾米一起负责护送史密斯到乡下进行心理康复训练。这样的安排显然让马修很不满意。“从金让我们三个一起工作那一刻开始，我就感到我的胃一直在恶心、拧巴、绞痛。”（64）不过史密斯一眼便读懂了马修的心思，径直道出了后者内心的最大恐惧，他说：“你永远也不会出名或有钱。或许连个女人也不会有……等到你死的时候，就会跟从来没有活过一样。”（65）正是因为他抓住了马修的心理弱点，才能够让后者渐渐同意了参与他的计划——帮他成为金的替身，在紧要关头代替金发挥重要作用，进而让他们俩各自卑微的心灵都能获得拯救。在金并不知情的情况下，两个人就这样成了实实在在的“同谋者”。

二 史密斯对马修的消极影响

在故事的前半段，史密斯带给马修的影响大多都是负面的。在去接史密斯的路上，马修试图救助一位遭到白人警察殴打的黑人青年，不料反被那名青年猛烈袭击，幸好史密斯及时赶到才帮其脱险。史密斯抓住这个向马修灌输一些错误的人生观和价值观，试图唤起在马修内心深处的自卑和仇恨意识，他说：“有些人不能被帮助。我知道这一点。你俯身去拉他起来，他却有可能把你掩倒在地，还要再往你身上啐一口。”（55）他嘲笑马修不该幼稚地相信人与人之间可以兄弟相待，教唆他应该明白人心叵测、以邻为壑的道理：

我听见你叫他“兄弟”？你还不知道他叫什么名字！你是否

只是因为他是个黑人，就那样称呼他？还是说像在教会里称呼别人一样？你认为真正的兄弟应该是什么样子？像罗慕路斯和雷穆斯那样？[①] 还是像雅各布和以扫那样？[②] 如果一方比另一方更出色，他们怎能不相互仇恨？如果我是你，我就会忘了那些关于手足之情的废话，并且我会记住法国大革命时期人们所说的那句话：要么做我兄弟，要么我就杀死你。(55)

在史密斯看来，世界上不存在什么真正的兄弟友爱，不要认为别人和你有同样的血缘或肤色就会理所当然地把你当自己人。只有为了共同的利益或者面临同样的对手，人与人之间才有可能结成同盟，而且只能是一种"脆弱的、被迫的结盟"（55）。他还强调，人和人并非仅是"道不同、不相谋"的问题，而是非敌即友的二选一问题，"要么和我做兄弟，要么我就杀了你"（55）。这也正是那名黑人青年对马修恩将仇报的原因所在。

其实史密斯所说的话也并非全无道理。在种族矛盾异常严重的情况下，黑人群体并没有团结起来共同协作，反倒是四分五裂、离心离德，甚至相互伤害。在试图暗杀金的人中，有不少都是黑人。黑人生活的社区也往往很不安全，很多对生活绝望的暴徒把怒气发泄到自己的同胞身上。以艾米居住的街区为例，她每天晚上需要在从大门到卧室之间连上五道锁，即便这样睡觉时还得胆战心惊，"不知道是否哪位邻居会趁你睡觉时杀死你"（62）。但问题是如何改变这种恶劣状况。是像史密斯以及众多黑人民族分子宣扬的那样以暴制暴，还是采取金的非暴力手段？

史密斯对马修的教唆很快起到了效果。当马修随后在购买快餐过程中再次遭到白人服务员的侮辱时，他第一次学会了用暴力还击，把

---

① 在罗马神话中，罗慕路斯（Romulus）与雷穆斯（Remus）是一对双生子。他们的母亲是女祭司雷亚·西尔维亚，父亲是战神玛尔斯。兄弟俩为了争取更多的神支持自己而发生冲突，结果罗慕路斯将雷穆斯杀死。

② 据《创世纪》记载，亚伯拉罕的儿子以撒（Issac）和妻子利百加（Rebecca）生了一对双胞胎儿子，长子叫以扫（Esau），次子叫雅各布（Jacob）。但由于以撒和妻子对兄弟两人各有偏爱，导致他们为了在父母那里争宠而反目成仇。

食物猛然甩到服务员脸上，然后又摔碎了一些餐具和瓶子并夺路而逃。虽然事后他有过短暂的内疚，“我感到羞愧，似乎愧对牧师（指金），愧对母亲，也愧对自己”（74），但他同时也声称“我为自己的所作所为感到兴奋”（74）。也难怪马修在第一次向艾米冲动地求爱时遭到了拒绝。作为金的忠实追随者和崇拜者，艾米早已把金的理想和信念当成了自己的理想和信念，也把他当成了自己将来选择爱人的标准。她说：“我想找一个我从小到大都比较熟悉的那种男人。或者像金博士那样的人。”（94）这句话让马修感到非常自卑，他深深地知道自己在成就和名望上根本无法与金相比。但实际上他误解了艾米的意思。艾米其实并非要求他能有金那样的作为，而是要求他在思想高度和价值理念上达到和金同样的境界。而至少到目前为止，马修仍对金的理想半信半疑，而且还沾染了史密斯的精神病毒，他距离艾米的期望还很遥远。

求爱遭拒后，马修开始变得自暴自弃、玩世不恭、顾影自怜。在史密斯的影响下，他越来越深地陷入前者的思想泥潭，“跌入了他的轨道”（164）而难以自拔：

> 由于史密斯的原因，我开始接受无法摆脱的悲惨自我。我无法选边站，身上还带着孤独、自体性（ipseity）、苏格拉底式的怀疑、内在性（interiority）以及总是带点事后聪明的标记。我感觉无法忍受自己的书呆子气、反讽倾向以及让世界顺其自然的感觉（更不用说为其辩解了）。（109—110）

三　金对马修的积极影响

幸运的是，一个关键的事件改变了马修在精神上的堕落趋势。他和艾米经过不懈努力终于把史密斯训练成金的形神兼备的替身，并在一个十分危急的时刻掩护金安全脱身。他未经允许擅自制订的替身行动方案终于得到了金的肯定。这件事让马修感到前所未有的成就感。他似乎成为了历史的紧要关头的关键角色，既保护了金的安全，也帮助史密斯完成了心愿。强烈的自我满足感缓解了他内心的压抑、自卑和焦虑，就连他对艾米的爱也得到了升华。他不再像以前那样冲动得想去拥抱和亲吻她，而是“当她需要我的肩膀依偎、需要握住一只手、或者需要某个人倾听时，我只要能站在她身边就感到很满足了”（122—123）。

在加略山教会的教堂聆听完金的长篇演说后，马修更加明白了金所宣扬的非暴力理念，也学会了像金所说的那样“在四个维度上进行思考”（140），能够看到人与万物的存在总是相互关联的，过分地迷恋自我的独立性是造成人与人不能平等相待、友好相处的根本原因。而艾米也慢慢感受到马修的思想变化，并逐渐对他产生了好感。史密斯意外受伤后，马修不得不陪他再度返回乡下养伤，而且后来又很不情愿地陪他一起在伯特利教堂做起了义工。之所以不情愿，是因为他既不想让自己在芝加哥民权运动的关键时刻缺席，又不想与艾米分开。不过也正是在他和史密斯密切相处的这段日子里，他才得以获得心灵上的彻底改造。随着马修近距离地目睹史密斯从一个充满仇恨的自私偏执狂一步一步地蜕变成乐于奉献、甘居人后、不求名利的人，他也终于明白了包括自己在内的众多黑人总是不能坦然应对当下生活的原因：

> 全都是因为我们身后那段痛苦的历史。在奴隶制时期，黑人男性要想保护自己的家庭，往往有丢掉性命的危险。从那之后的几个世纪里，黑人男人和女人们总是相互伤害、背叛或者仇恨。尽管人们始终被要求宽容、承诺忘记过去、重新开始，但长达几个世纪的种族歧视造成的伤害一直未能愈合，它仍然处于……我们的内心深处。（170）

如果黑人都能够像史密斯一样放弃那个让自己焦虑、自卑、愤怒和悔恨的自我身份幻象，他们就可以从历史的重荷下得以解脱，重获精神上的自由和爱的能力。

马修和艾米一起误入狂热的黑人民族主义暴力分子祖贝纳（Zubena）举办的革命动员会，这是他经历的又一次考验。[①] 祖贝纳杜撰了耸人听闻的种族恐怖言论，试图煽动他们对白人的怒火和仇恨，进而挑唆起种族战争，但此时的马修已经彻底看透了黑人民族主义者的危险意图和思想局限："他的历史视野十分刻奇、革命主义的刻奇。他的思维方式是把种族政治当作每个三段论的主要前提，致使他所有的思想全都指向同样的终点。"（174）而艾米更是坚定地回击祖贝纳说："凡是想让我学会仇恨的人都是我的敌人。"（175）到此为止，马修在思想上终于向金完全靠拢。艾米高兴地说："你的心中已经没有了仇恨。"（176）马修在精神境界上达到了艾米的期待，也就顺理成章地赢得了她的爱情。

如前所述，在故事开始阶段，马修正处于一种迷茫状态之中，既没有信仰，也看不到人生方向。但如今他在史密斯身上看到了自己的存在价值。他看见史密斯——这个一直梦想能像金一般人前显贵、青史留名的"该隐"——竟然心甘情愿、默默无闻地在教堂花园里做起了各种杂务，这不正是我们——"那些注定平凡生活在世界边缘的折翼的天使们"（183）——值得效仿的生存之道吗？他和史密斯都曾经对金的伟大形象感到自惭形秽，但金真的是为了赢得虚名才那么忘我奉献的吗？他不也时常惋惜自己无法像普通人那样很好地履行自己的家庭责任吗？而他的最大梦想不正是为了能让所有人都过上平静幸福的生活吗？

马修从他在伯特利教堂墙壁上看到的一幅壁画中得到了强烈的精神启示。画的内容是《圣经·马太福音》第27章所讲述的情节：在耶稣被罗马士兵驱赶着赶赴骷髅地行刑途中，一位名叫西蒙的黑人替他背负起沉重的十字架。西蒙的名字在《圣经》中仅被提及了这一次，也没有任何有关他的言语被记载下来，关于他的故事我们几乎一无所知，"寂寂无名的西蒙融入了正在痛苦的人群中，消失在历史之外"（212）。但在马修看来，西蒙的作用也不容忽视，他用自己的力

① 纳什认为祖贝纳的原型就是美国20世纪六七十年代著名的黑人演说家埃尔德里奇·克里佛（Eldrige Cleaver），而我们也不免想起约翰逊上大学期间参加过的巴拉卡的演讲会。那场充满黑人民族主义鼓动宣传的演讲会对约翰逊产生过很大的精神触动。

量暂时缓解了耶稣临刑前的痛苦。虽然他没有被后人铭记，但他毕竟为历史做出了贡献。在西蒙身上，马修看到了自己的身影，也坚定了他的信念，他要像西蒙一样用尽自己全部的力量，忠实陪伴在当世的耶稣——金的身边。

在小说结尾处，马修来到埃比尼泽洗礼堂（Ebenezer Baptist Church）参加金的葬礼，耳边响起广播里正播放的金的一次演说录音。这是金在1968年2月4日所做的生前最后一次演讲，距离他遇刺刚好还有两个月。在这篇题为《乐队指挥家本能》的演说中，金借用《圣经·马可福音》第十章中雅格和约翰都想在耶稣面前得到特殊优待这一典故为例，深刻批判了隐藏在每个人心中的争强好胜的本性，他称之为"乐队指挥家本能"："这是一种想要位居人前的欲望，想要引领游行队伍的欲望，想要争第一的欲望。而且这也是一种贯穿生命始终的东西……我们都想成为重要人物，超越他人，与众不同，做领军人物。"（234）或许在很多人看来，这种本能是一种积极的能量，它会促使人们不甘平庸、奋勇争先，去做生活中的强者，所谓"物竞天择、适者生存"是它所遵循的伦理规则。我们的社会似乎也鼓励人们调动这种本能，把优胜劣汰的竞争机制引入各个领域。我们给那些优胜者报以热烈的掌声，而那些所谓的弱者至多得到一点同情。然而在金看来，"乐队指挥家本能"却是暗藏祸端，它会让人们在生活的各个方面都想与别人攀比，虚荣、嫉妒和仇恨也由此而生。他说：

> 我们想把事情干好。你知道，我们也想得到夸赞……但有时候这种乐队指挥家本能会变得具有破坏性。这正是我下面要说的……你知道吗？有很多种族问题都是源自这种本能。有些人总想比别人更优越。国家也摆脱不了这种本能。我一定要当第一，一定要成为至尊，我们的国家一定要统领世界……（234）

在这里，金并不是要劝导人们放弃竞争。作为一种本能，它也是不可能被清除干净的。他只是想劝导人们把这种争强好胜的竞争意识引向更加具有建设性的领域，"别放弃。继续保持奋勇争先的欲望。

继续保持这种拿第一的需求。但我希望你们争当最有爱的人，我希望你们争当道德最高尚的人，我希望你们争当最慷慨大度的人。这就是我对你们的期望”（234）。如果我们都能够像他所期待的这样去做，那么我们距离建成他所梦想的那种友爱群体也就不远了。

小 结

在约翰逊的四部长篇作品中，《梦想家》是最接近作者生活时代的一部小说，其中涉及最多与他的亲身经历直接相关的内容，比如他把自己的家乡埃文斯顿区直接搬进了故事里，他的伯父也成为小说人物罗伯特·杰克森的原型等。而在伯恩斯坦看来，“马修也是以约翰逊年轻时的自我为原型的”（Bernstein C8），比如两人在大学里读的都是哲学专业，都对金的思想经历了从怀疑到认可的过程等。通过这个自我的化身，约翰逊巧妙地向读者传达了他对整个事件的评价，并且在伦理和感情上向金所代表的价值观念做出了倾斜。

在一次访谈中，约翰逊也当仁不让地表达了自己对创作这部小说的自信：

> 我感到从马丁·路德·金的视角进行创作很舒服。我们都在攻读博士学位期间受过哲学训练（他是神学）；我们都生活在黑人教会。我们都把精神生活看得最重要。而且金和我的父母是一代人，或者说是和我在童年时期每天见到的黑人是同一代人。我怀疑是否还有哪位白人作家能像我一样从他的内心深处出发，并舒服地创作。（McWilliams, *Passing the Three Gates* 281—282）

或许我们还要追加一点，两人都从释一行那里得到了重要的思想启发。正是由于这些相似点，约翰逊才得以准确地把握金的思想精髓，进而惟妙惟肖地虚构出金在加略山教会所做的那场精彩演讲。

约翰逊的真正目的是要把金塑造成今日美国公民的道德楷模。他能够深切理解金的梦想中所蕴含的巨大伦理价值，也就更会因为如今的人们忘却了金的教导而痛惜不已。他希望人们能够真切聆听金的教诲：把非暴力原则当成一种基本生活原则，忘掉仇恨，以无差别、无条件的圣爱之心对待身边每一个人和物。人们应该认识到，自我与他者之间并非相互割裂，而是以各种方式“交互存在”的。约翰逊希望今天的美国黑人不要因为种族歧视的存在而丧失生活的信心，只要他们能够挺直脊梁，不让内心被种族仇恨所吞噬，同时又拥有“好好干”的勇气和毅力，黑人必将赢得更有自由和尊严的未来生活。正如斯托霍夫所说，“金代表这样一个人，他知道美国的社会和司法结构及其官方意识形态都必须通过完全合乎道义的方式进行彻底改造”（Storhoff, *Pragmatic Ethics* 125）。而我们还要补充一句：约翰逊也代表着这样一个人。

第六章 《魔法师的学徒》:承前启后的创作实验

> 艺术创作就像是走进一间实验室……这里的实验器材不是试管和本生灯，而是其他工具——包括人物、情节、语言的可能性以及我们从过去继承来的形式等。在实验结束时，你们最初的假定或许得到肯定、否定或被重大修正。不管是哪种情形，你都将学到一些关于你的研究现象以及你自身的东西。我认为艺术必须被如此看待，即它是一个寻求真理的过程，这个过程需要的是开放的思想和心灵，以及面对一切可能后果的勇气。(Nash, *A Conversation with Charles Johnson* 224)

如前所述，《牧牛传说》在约翰逊的创作生涯中占据非常重要的地位。从这部小说开始，约翰逊逐步摆脱了黑人美学对他的限制。随着自己的创作美学日渐成熟，他对自己所选择的偏离主流黑人文学的道路也更加自信。他大胆地使用从加德纳那里学来的各种文学形式，广泛借鉴来自古老东方的哲学和宗教思想，尝试用最具包容性的手法和理念去打开“黑人经验的完整视野”。不过，不管是对约翰逊本人还是对整个黑人文学来说，他所要探索的领域和主题毕竟还是非常陌生的。综合考虑艺术创新和经济风险等各方面要素，约翰逊不得不在创作这部他极为看重的“坛书”时保持谨慎。就像我们准备要做一项大工程时，为了降低风险往往会以一些小工程做实验一样，约翰逊也有类似的方案。他说：“当我无法创作《牧牛传说》时……我就会写一个短篇故事，它涉及的是与自由、个人和文化身份等相关的同样一些问题。”（转引自 Nash 79）无论从美学角度还是经济角度来看，短篇小说所承担的风险都要比长篇小说小得多。对于一个刚刚凭借《菲丝与好东西》取得一点不错的名声和一份稳定工作的约翰逊来说，他不允许自己的第二部作品成为事业的滑铁卢。于是在酝酿和创作《牧牛传说》的 8 年期间，约翰逊陆续完成了 10 余篇短篇小说，并于 1986 年把它们结集出版，这便有了他的第一部短篇小说集《魔法师的学徒》（下文简称《魔法师》）。[①]

很多评论者都注意到了《魔法师》在约翰逊的全部作品中所具有的重要地位，这也使它成为约翰逊迄今为止最受关注的一部短篇小说集。比弗斯（Herman Beavers）借鉴巴西教育家弗莱雷（Paulo Freire）在《受压迫者的教育》（*Pedagogy of the Oppressed*）一书中的思想，分析了《魔法师》中的“不适教学法”（pedagogy of discomfort）问题，重点关注了故事中的师生隐喻关系。（*Conner and Nash* 40）拜尔德以怀特海的过程哲学为解读工具，认为“《魔法师》中的八个故事深刻展示了怀特海在《过程与现实》一书中提出的有机主义理论”（Byrd, *I Call Myself an Artist* 334）。斯托霍夫通过关注英国经验主义哲学家贝克莱在几个故事中的体现，认为约翰逊在小说中表达了理想主义的伦理关切，他和贝克莱一样厌恶物质主义，反对人们用机械的眼光被动地阅读现实世界，“他试图从情感上影响那些所谓的现实主义读者，让他们接受一种完全不同的感知世界的方式，让他或她放弃一种关于现实的惯常的、有限的、普通的认知版本，换一种更广阔、更有审美性的对世界的感受”（Storhoff, *Understanding Charles Johnson* 95—96）。利特尔则比较了《魔法师的学徒》与约翰逊的几部长篇小说之间的“显著差异”，认为他虽然也在这部作品中表达了一贯的主题，但其基调却是“非常悲观和冷酷的”，表现了作者的“融合美学和社会观的可怕的、破坏性的一面”（Little, *Spiritual Imagination* 109），如

① 这部短篇集中一共收录了 8 个短篇小说，它们最初被单独发表的时间或早或晚，但创作完成的时间都是在 1982 年之前。另外还有两个短篇故事，分别是《武馆》（*Kwoon*）和《绿带》（*The Green Belt*），也是完成于这一期间，但它们发表的时间更晚。我们会在下文对它们再做介绍。

此等等。

与上述研究不同，本文认为《魔法师的学徒》[①] 在约翰逊的创作历程中主要起一个承前启后的作用。一方面，它锻炼了约翰逊对各种文学体裁的熟练运用，比如民间故事、科幻、寓言、神话等；另一方面，也使他得以对与《牧牛传说》有关的构思进行先期实验，去拓展和尝试一些新的可能。下面我们就将挑选其中最具代表性的几个短篇故事进行详细讨论。

第一节 《明戈的教育》：探索“神秘莫测的道德法则”

在《存在与种族》中，约翰逊曾如此写道：“在（小说）世界的背后隐藏着神秘莫测的道德法则，主人公对此往往一无所知。不过他仍然必须采取行动，但由于不知道在表象之下的事物运作的方式，他发现自己的行为被证明是错误的或意义含混的、有限的，无法用理性来完全理解。这正如我在《明戈的教育》中所表达的那样。”（Johnson，*Being and Race* 49）这句话正是我们理解《明戈的教育》的关键，即约翰逊在这个故事中正是要去探索那些“神秘莫测的道德法则”。

作为《魔法师的学徒》的开篇之作，《明戈的教育》开启了一个经常出现在约翰逊的后来作品中的叙事主题，即：开明奴隶主是否有可能像父亲教育儿子一般教化自己的奴隶？这样又会产生怎样的伦理后果？《牧牛传说》中的乔纳桑虽然不是安德鲁的生身父亲，但还是对后者倾注了很大的养育热情，为其聘请了博学的以西结作为家庭教师，却由此引发安德鲁对自由和身份的追寻。《中间航道》中的钱德勒更是把理查德和鲁特福德兄弟俩视若己出，并试图用教育来引导生性顽劣的鲁特福德改邪归正，无奈却枉费心机。虽然乔纳桑和钱德勒都没有达到各自的目的，但我们不能否认他们对安德鲁和鲁特福德的

① 本章所有来自小说中的引文都出自同一版本（Charles Johnson，*The Sorcerer's Apprentice*，New York：Atheneum Publishers，1986），将随文直接标出页码，不再详加注释。

教育在后两者的人生道路上所起到的积极作用。没有这些教育的话，后两者不可能实现各自的精神解脱和伦理超越。然而在《明戈的教育》中，约翰逊却对这个叙事主题进行了更复杂和深入的思考：主人对奴隶的教育是不是出于一种纯粹的人道主义情怀？还是隐含着一种不易察觉的种族优越感？这样的教育是否会带来消极的伦理后果？如此等等。

和乔纳桑以及钱德勒一样，摩西·格林也是一位典型的慈父般的奴隶主。他生活简朴，“从没有结过婚，既没有孩子也没有其他亲人，一个人在南伊利诺伊州靠着五十亩土地生活”（3）。由于越来越感到自己老无所依，他从奴隶贩子手上买回来一位名叫明戈的二十多岁的年轻黑奴。据说明戈曾是非洲阿穆瑟里部落现任国王最小的儿子[①]，但被奴隶贩子们劫掠至此沦为奴隶。他身材壮硕，但完全不懂白人的语言和文化，故此摩西决定对他进行全方位的教育，以便把他培养成自己理想中的奴隶的样子——“一名下地干活的劳力或帮手——或者老实说，一个朋友”（3）。摩西对明戈说：“我自己来教你，我会把我知道的一切都交给你，孩子，当然都不会太难，只是些常识性的东西，但总比什么都不懂强，不是吗？”（3）虽说都只是些常识性的东西，包括语言、劳动技能和行为举止等，但摩西却把自己的教育计划看得非常严肃。“教育就如同对待心脏病一样，容不得半点马虎。要想在一代人的时间内把一名摩尔人洗白，你必须得先有个模范，一位和摩西本人一样出色的基督教绅士。”（5）在摩西身上复合了乔纳桑和钱德勒的教育动机，他不仅像乔纳桑一样希望教会自己的奴隶/儿子所有的知识和技能，还像钱德勒一样想把奴隶/儿子改造成符合白人文化标准的“绅士”。为了做好示范，摩西严于律己，完全按照绅士的行为标准要求自己，尽量不在明戈面前露出不文明的习惯：

> 他一边教明戈怎样干农活、怎样文明用餐、怎样结绳记事以及怎样熬玉米粥等，一边还不断修正自己的言行。他尽量不说脏

① 这是“阿穆瑟里”这个神秘人群在约翰逊的所有作品中第一次出现。

话……他也不再蘸着玉米面包喝咖啡，或者在公共场合挖鼻屎。摩西时刻约束着自己的行为……他感觉此刻自己就像是一位父亲，或者就像一位艺术家用双手把一个粗糙笨拙的外国泥坯子改造得既精致又高雅。(5)

不过摩西的动机并没有看上去那么高尚。他的骨子里渗透着白人至上的种族优越感，自认为白人文明就是最好的文明，而明戈不过是“一个粗糙笨拙的外国泥坯子”。他仍然相信“他和这个非洲人在各个方面都有天壤之别”（6），所谓的教育不过是用自己的优势文明去同化对方的劣势文明。正如利特尔所说：“对摩西来说，明戈就是幼稚、弱小的异域他者……摩西想要对明戈进行殖民、开化和基督教化，按照盎格鲁—基督教的形象重新塑造他、漂白他……”（Little, *Spiritual Imagination* 110）表面上他对明戈很仁慈，但他其实并未完全摆脱种族主义意识。“每当有人提及马丁·范布伦①或是自由土壤党人②都会让他厌恶至极”，这说明他实际上并不反对奴隶制，他只是希望奴隶主们对待自己的奴隶们更仁慈一点，以避免激起更大的种族矛盾。摩西并没有意识到，任何一种文明，即使看上去再怎么原始，它对生活于其中的人们来说都是“一个融贯的、一致的、完整的世界”（6）。相反，在外人看来，即便很发达的文明也有可能是“一个陌生的、矛盾的、奇怪的世界”（6）。如果漠视文明间的差异，用一种模式强行置换另一种模式，就有可能带来预想不到的变异后果。

从表面上来看，摩西的教育计划得到了很好的实现。明戈不但很快就掌握了那些生活和劳动技能，就连摩西的一言一行也都被他模仿

---

① 马丁·范布伦（Martin Van Buren, 1782—1862），曾作为民主党候选人击败辉格党的竞争对手，当选第八任美国总统（1837—1841）。他也是《美国独立宣言》正式签署后出生的第一位总统。在范布伦的时代，奴隶制问题已成为影响国家安定和统一的突出问题。范布伦的宗旨是尽力缓和南北矛盾，维持现状。由于他反对在得克萨斯州等地推行奴隶制而遭到很多南方奴隶主的激烈反对。

② 自由土壤党（Free Soil Party）是20世纪40年代在美国成立的一个小政党，其宗旨是阻止奴隶制向美国当时刚通过墨西哥割让而来的新领土上扩张，它的主要支持者包括农民、工人、手工业者和知识分子中的激进阶层。

和继承下来。明戈从内而外都像极了摩西的复制品，成了他的“扭曲的影子，或者……他自己分裂开的另一半形象”（6）。摩西甚至骄傲地向海瑞特说：“他很聪明——真的，就像是我自己又多出来的一只胳膊一样，那就是明戈，我会干的任何事情他都会干。”（10）“我说什么，明戈就做什么。我有什么想法，他就有什么想法。”（10）不过摩西完全没有意识到，明戈不单在行为方面与他十分逼肖，而且从心理活动上也几乎完全一致。明戈对他的内心潜意识的揣摩程度远超摩西自己的想象。摩西嘴上说以赛亚是他的好邻居、好朋友，但实际上“他们根本不是什么朋友。事实上，他觉得以赛亚·詹森是一头蠢猪，他也只是以普通的邻里之道和他交往”（14）。由于以赛亚经常借东西不还，摩西还诅咒过他。另外他和海瑞特的关系也是表里不一。表面上他喜欢和她一起聊天，并打算向她求婚，但在内心里却很讨厌这位聪明、傲慢、见多识广却庸俗世故的“喋喋不休的老母鸡”（21），并且渴望“一个安静、有耐心、不爱抱怨的女人”（21）。所有这些表里不一的东西，早已被明戈明察秋毫。

更让摩西没有想到的是，他教给明戈的东西竟然带来了与预期完全相反的结果。他告诉明戈“见了鸡鹰要猎杀它，见了陌生人要以礼相待”（13），孰料明戈竟然颠倒了顺序，他对待鸡鹰很友善，却先后杀死了以赛亚和海瑞特。摩西最初对这一结果感到极为震惊，并打算把明戈绳之以法，但明戈的一番话却让他改变了主意。明戈说：

> 明戈所知道的，都是主人格林知道的，就像明戈看见的和没看见的不过是格林教他看或没教他看的一样，再或者就像格林活在明戈身上一样，不是吗？……因此当明戈干活时就是摩西·格林在干活，是吗？因为摩西·格林就是通过明戈来工作、思考和做事的，难道不是吗？（15）

明戈的话让摩西看到了问题的复杂性。他突然意识到自己其实也是这两起谋杀案的帮凶，而且从伦理层面上来讲，他也认识到了自己作为奴隶制度的维系者和受益者，其实也与现在造成的悲剧脱不了干系：

> 不管这个非洲人干了什么，都是他通过摩西学来的，而后者并非一个看待事物的最可靠透镜。如果一个人完全在一块陌生的土地上，没有权力，没有特权，没有地位，没有财产——甚至他本身就只是别人的财产——他一无所有，或者说几乎一无所有，而且也毫无成就或判断力，那么你无权让这样一个人为自己的行为负责。(18)

由于他曾经把自己对明戈的改造比作上帝造人，摩西还想起了哲学家里弗斯普恩有关上帝应为人类所犯下的罪过负责的观点："如果说他创造了世界，那么人类就不必为任何事情负责；不管是强奸还是谋杀，它们都与那个应该为世界的构成负责的人有关。"（19）正是由于他认识到了自己的间接同谋作用，摩西不再单纯惩罚明戈，而是和他一起逃离故土，远走他乡。

单纯从法律的角度来看，摩西在整个事件中当然是无罪的，即便他心中有过恶的念头，但只要他没有实施犯罪，那我们就没理由谴责他。但从伦理的角度来讲，我们又绝对不能说他是完全清白的。明戈是所有被贩卖至新大陆的黑奴的代表，他们被剥夺了一切自由、权利和身份，受尽剥削和虐待，留下很多精神创伤。奴隶制度被废除以后，种族歧视却依然存在。白人对肮脏、低贱的黑人充满厌恶，试图用白人文化去改造黑人，但并未取得理想中的效果。白人谴责黑人的种种劣根性，却意识不到自己其实正是造成这些后果的元凶。就像摩西在故事的隐喻层面上表达的那样，若不是他们把黑人贩运至此，并用"一个陌生的、矛盾的、奇怪的世界"去强行替代他们原本的"一个融贯的、一致的、完整的世界"，可能就不会有那些社会问题。摩西在故事结尾处深深地感悟到："对也罢，错也罢，所有你现在或明天所做的事情——都是间接由我来做的，但无须任何谎言和借口，不用找原因，撇开所有真诚的假话和道歉，那都是空洞的行为，就像一只手臂的影子晃动一样。你永远不会和我完全一样地看待事物。我有罪，是我发动了这一切。”（22）其实这也正是约翰逊期望今天的白人们在面对当前美国黑人问题时能够做出的反思。

第二节 《交换价值》：心理创伤与扭曲的价值观

如前所述，约翰逊曾在一次访谈中表示：“对《牧牛传说》来说，它首先必须是一种奴隶叙述，但我也关注那些比枷锁和脚镣更严重的奴役问题：不仅是身体上的奴役，还有在心理、性以及精神方面的奴役等。”（McWilliams, *Passing the Three Gates* 129）而对于同样发表于1982年的《交换价值》来说，它也表达了与《牧牛传说》相同的主题，即奴隶制度给黑人造成的心理奴役问题。

洛夫提斯和库特是一对兄弟。他们父母双亡，一起租住在贫穷的芝加哥黑人区。哥哥洛夫提斯念过中学，还曾以优异的成绩毕业。他很认同于白人的价值观，“总想得到那些生活在海德公园里的白人们所拥有的一切”（29）。他的虚荣心很强，总喜欢购买一些假名牌来装点形象，但他也有较强的上进心，勤奋好学，严于律己。“不管有多大困难，他都打算成就一番大事业。”（29）不过现实很残酷，他仅找到一份晚上替人看门的差事。弟弟库特的性格与哥哥完全相反。虽然已经18岁了，却仍旧很懒惰。“我找不到工作，每天总是待在家里看电视，或者读一些笑话书，或者只是懒在床上听音乐，想象着自己从壁纸上的颜色中看出人脸或外国什么地方……”（29）[①]

由于生活拮据，兄弟俩想到入室盗窃。他们误以为邻居贝莉小姐不在家，便破门而入实施犯罪。贝莉小姐平常生活极为简朴，一分钱也舍不得乱花，就连吃饭也总是去附近饭馆讨要一些残羹冷炙凑合，这让兄弟俩误以为她在家里一定藏着“一个装满钱的鞋盒子”（27）。然而结果却大出所料，他们意外发现了一个巨大秘密：贝莉小姐的房

① 兄弟俩的这些特点很容易让读者想起《中间航道》中的鲁特福德和理查德兄弟俩，我们有理由相信这种情节上的相似性是作者有意为之的。

间里摆满了各式各样的财物，简直就像是一个宝藏一样：

> 这里有装满3台保鲜柜的未开瓶的杰克·丹尼威士忌，数百盒火柴，没穿过的衣服，一台燃油炉，数十枚结婚戒指，垃圾，与“二战”有关的杂志，一大箱一百盒装的沙丁鱼罐头，貂皮披肩，一些破布，一个鸟笼子，一大桶银币，成千上万卷的书画，两架钢琴，好几个盛满零钱的玻璃罐，一支风笛，一辆几乎崭新的福特 Model A 汽车以及从一棵枯树上截取的三截木头。(30—31)

原来贝莉早在20年前就从雇主那里继承了所有财产，作为主人对她20年精心照料的回报。利特尔认为，约翰逊所描写的这一场景具有高度的象征意义：“它象征着洛夫提斯、库特、贝莉小姐、他们的父母以及所有祖祖辈辈因为肤色的原因而被剥夺的东西。”（Little, *Spiritual Imagination* 113）或者说，它就是美国梦的具体体现，尤其是像洛夫提斯兄弟俩这样长期生活在社会最底层的黑人来说，他们时刻梦想着能拥有白人中产阶级所拥有的富足的物质生活。

贝莉原本或许可以过上无忧无虑的生活。但不可思议的是，突然拥有了这些从天而至的财富并没有让她获得自由和解脱。她没有拿这些财物去换来自己在物质和精神方面的更大自由，反倒把它们变成了马克思所说的那种“商品拜物教”。正如约翰逊所写的：

> 或许她这三十多年来一直穷怕了，深受那种特殊的黑人恐惧心理影响，害怕花光生命中那一点点少得可怜的积蓄……内心总觉得明天无论是通过上帝的保佑还是自己的劳动，都不会得到更多了……因此当康那斯（她的雇主）把财产遗赠给她，让她的命运有了转机的时候，她却中了邪，被生命的希望所控制，害怕消耗损失，被囚禁在过去的记忆里，因为每一次花销，都是一次不当购买，都是在失去生命。(37—38)

尽管贝莉小姐已是价值近百万美元财产的主人，但实际上她却沦为了商品拜物教的奴隶。她在自己家里用各种瓶瓶罐罐布下很多机关陷阱，防止窃贼进入。她大部分时间都把自己锁在家里，过着半隐居的生活，成了彻头彻尾的守财奴。所有的财物都放在屋里，直至结了蜘蛛网，她也分毫未动。她仍旧过着沿街乞讨、捡拾垃圾的生活，最后甚至直到她被活活饿死也没舍得打开近在咫尺的沙丁鱼罐头。她彻底忘记了任何物品的交换价值本身其实都只是抽象虚无的，只有其使用价值才更具体实在。如果不被用来交换和使用，那么再多的钱财也毫无意义，就像那些腐败的沙丁鱼罐头一样。

不过更大的悲剧还在后面，因为洛夫提斯和库特兄弟俩并未从贝莉小姐的命运中吸取教训。在发现贝莉早已死去多日后，俩人把所有的财物偷偷搬回自己家里，但同时也被那种所谓的"黑人恐惧心理"所感染。兄弟俩一开始对这笔从天而降的巨额财富的反应完全相反。库特的行为很像那些一夜暴富之人的做法，他盘算着怎样去花掉这些钱："贝莉小姐的财物就是我们的生活依靠，它也是未来、纯粹的潜能、各种可能性……洛夫提斯和我就像魔法师一样可以把它们随心所欲地变成任何东西。在我看来，我们接下来所要做的，就是决定用它们来换些什么。"（34—35）也就是说，库特此时想到的是如何使用这些财物，去兑现它们的潜在价值，所以他才急切地揣上一大兜钱去城里挥霍。如果洛夫提斯也和库特有一样的想法的话，兄弟俩有可能很快把钱财挥霍一空，但至少可以避免重复贝莉的命运。不过可惜的是，洛夫提斯的想法与弟弟完全相反。他最先想到的不是怎样去"使用"这些财物，而是去"清点"它们，直到把它们统计出一个抽象的价值符号才算满意。他没有像库特那样急切地去消费，而是想着如何囤积和守护这些财物。他和贝莉一样，在家里布下各种陷阱，甚至还立即更换了门锁。在看到库特花钱购买了很多东西后还立即警告后者："一旦你买了东西，你也就失去了买东西的能力。"（36）

洛夫提斯果然很快重复了贝莉小姐的悲剧。他开始翻捡别人丢弃的垃圾，不断往家里堆积越来越多的物品。为了捡路上别人丢弃的一分钱，他竟然在马路上整整游荡了四个昼夜。虽然库特对洛夫提斯的行为感到震惊，也想极力避免重复贝莉的命运，但他还是不可避免地受到了哥哥的传染。他也开始去要饭，宁愿饿死也舍不得打开贝莉留下来的那些罐头。在故事最后，库特还小心翼翼地把哥哥捡回来的一分钱收起来，这预示着兄弟俩接下来的不祥命运。或许就在不久的将来，又会有人在他们的房间里发现两位守着大量财富却被活活饿死的两个守财奴。

正如塞尔泽所注意到的："在约翰逊的叙述中，阶级和种族关系并非作为分开的范畴出现的，而是相互构成的社会产物。"（Selzer, *Exchange Value* 258）通过这个小故事，我们看到了长期的种族压迫和经济剥削给黑人留下的心理疾病。那种常人无法体会的深切的被剥夺感导致黑人无法重建对未来的信心。即便他们如贝莉和洛夫提斯兄弟一样有了改变处境的机会，往往也会陷入行动上的困境。只要他们仍旧坚守有关其种族存在的一种有限的观念，尤其是那种根植于长期的压迫和不公正的感觉之中的观念，或者换句话说，只要黑人仍旧把自己认定是不公正社会制度的无助受害者，那么他们就很难真正获得改变现状的勇气。而约翰逊最希望黑人放下的东西，就是这种受害人心理。设想一下，如果洛夫提斯兄弟俩或者贝莉等人能够用意外获得的巨额财富去做一些有助于改善黑人群体处境的公益事业，那么对他们自身来讲，岂非是更加积极的行为？庄子曰："有大物者，不可以物；物而不物，故能物物。"（《庄子·在宥》）这就是说，只有健康的心态才能保证人在物的面前不丧失自我，人应该成为物的主人，而不是相反。

第三节 《中国》：对中国文化元素的初次尝试

如前所述，大量中国文化元素的存在是《牧牛传说》的一大亮点。然而在黑人文学中突然加入这些"新鲜事物"还是相当大胆且冒险的尝试。就连加德纳对此都难以理解，更不用说那些眼界一般的普通读者和出版商了。即便如此，随着约翰逊对武术、佛教和道教的不断深入了解，他对这些渗透着深刻的东方智慧的事物越来越痴迷，并产生了要把它们写进小说里的强烈冲动。如果说《牧牛传说》主要包含了佛教和道家主题的话，那么他在创作《牧牛传说》的间歇期创作完成的三部短篇小说——分别是《中国》《武馆》（*Kwoon*）和《绿带》（*The Green Belt*）——则更多涉及了武术题材，并以此为突破口，引导西方读者逐渐了解古老的东方文化。

《中国》的主人公是一对中年黑人夫妇。丈夫鲁道夫和妻子伊芙琳虽然只有40岁左右，却好像已经进入垂暮之年。他们的生活沉闷枯燥，没有一点儿生气。两人的健康状况很差，鲁道夫身患高血压、肺气肿和扁平足等各种疾病，心脏病和癌症似乎也已离他不远。伊芙琳的主要问题则是视力退化，双眼不时出现暂时性失明。更糟糕的是，两人的感情生活也日渐恶化，都对彼此失去了热情。所有这些都让他们看不到未来的希望，两人就在一种极度消极的状态下虚耗着剩下的生命，似乎谁都在期盼对方早死。具有讽刺意味的是，伊芙琳最大的慰藉就是她觉得丈夫总有一天会先她而去，这样她就可以独享几年清静日子了。其实，外在的病态不过是两人内在精神病态的表征。他们从内心深处接受了不公正的种族结构，使自己完全囿于种族主义视角对黑人生活经验的狭隘界定，似乎失败、无助、仇恨、愤怒以及其他各种黑暗的"负能量"天然就应该是自己生活中的主旋律。要么像理查德·赖特笔下的比格那样用暴力报复白人，要么像斯托夫人笔下的汤姆叔叔那样逆来顺受，但似乎就是不可能有什么好办法可以让他们平和、积极、乐观地"活在当下，活在此时此刻"（一行，《随处自在》103）。

然而有一次在两人去看电影时，他们的生活迎来转机。鲁道夫意外看到了一部有关中国武术的电影宣传片，画面中那些神奇的中国功夫让他突然产生了强烈的好奇心，继而引发他对武术的热情一发不可收拾。他不顾伊芙琳的反对，毅然报名参加了当地一家中国武馆。虽然习武的过程异常艰辛，但鲁道夫还是以顽强的毅力坚持下来，并且取得了意想不到的效果。他不但重获了健康，而且彻底改造了他的精神面貌，战胜了此前消极病态的人生观，让他的身心状况有了从内而外的巨大变化。他不再感到自己处处是个生活的失败者，并时刻准备好以积极的心态去面对他身边的人和事。正如纳什所评论的："在武术训练的影响下，鲁道夫发现自己可以超越有限的种族范畴，去拥有一个更圆满、更积极有为的人生。"（Nash，*Charles Johnson's Fiction* 95）尽管每天的艰苦训练让他疲惫不堪，但同时却激发出他体内更大的能量。他告诉伊芙琳：

> 功夫的意思就是"下苦功"……我觉得我这辈子从来没有真正下过苦功……没干过什么需要我竭尽全力的事情……我从来没有为任何事情全力付出过。这个世界从不让我这么做。它不让我全力投入……我做的每一份工作、每一件事情，都只需要我投入我的一小部分即可。这让我觉得在工作完成以后，我身上仍有那么多劲没被使出来。(76)

通过这段话我们能够想象得到，作为一名邮递员，或许鲁道夫曾经一直抱怨社会不公正，没有让他得到一份更好的工作，并因此长期敷衍了事，直至整个生命就将在这种毫无动力的拖沓中消耗殆尽。或许这也是许许多多的黑人在种族主义的阴影下生活的真实感受，即以一种不合作的消极姿态应对社会不公，似乎这样就可以让自己获得心理补偿。然而幸运的是，通过武术，鲁道夫打开了通往东方思想的大门，也找到了摆脱精神困境的道路。

在武馆里，鲁道夫不仅要学习中国功夫，还要每天练习禅定，据说这样既有助于快速恢复体力，也有益于调节练功者的内心世界，清除那些私心杂念，以便全神贯注于功夫练习。约翰逊在后来的作品中也曾多次提到禅定的精神治疗作用（Johnson，*Taming the Ox* 4），这其实是有一定自传成分的。早在他 14 岁时，就因为一次偶然的机会首次尝试练习了瑜伽打坐，当时他感到自己进入了前所未有的安静平和状态，似乎忘却了一切烦恼。他说："我开始看待万物而不作判断。没有了判断，也就没有了区分。没有见了区分，也就没有了欲望。没有了欲望，也就只剩下澄明与慈悲之心。"（Johnson，*Taming the Ox* 4）佛教认为，我们在日常生活中之所以会有那么多烦恼，很大原因就在于意识中总有一个“分别心”在作怪，它不停地对身边事物做出好坏优劣的区分判断，诱使我们对各种利益得失锱铢必较。失去的东西让我们懊恼，没有得到的东西让我们焦虑，唯独不能全身心地专注于当下生活。而禅定则可以帮助人们解脱这颗“分别心”，从而止息内心的躁动。约翰逊如此描述自己禅定时的感受：“冥思之后，我再也不会浪费精力和意识去焦虑那些已经无法挽回或改变的、过去的事物了，也不再为那个或许永远不会发生的未来而杞人忧天。相反，我全部的注意力都平静地栖驻于此刻当前，完全沉浸在此地当下，很像那些浑然忘我的艺术家们正在聚精会神地创作一样。”（Johnson，*Taming the Ox* 4）

鲁道夫在禅定时的感受与作者本人如出一辙。文中如此描述：“好像在他和他所看到的事物之间没有了隔阂，他的脸色变得虚无，他的眼睛……也像烟一样。在落日的余晖中，他只是看着，不做任何判断，没了判断也就没了区分，没了区分也就没了欲望，没了欲望也就……”（85）在禅定中，鲁道夫的思想来到一个纯净的世界，庄子所说的“独与天地精神往来，而不敖倪于万物”（《庄子·天下》）。也就是这种境界，即物我两忘的同一状态。往日那些痛苦和烦恼也烟消云散，那些生命的无助感、挫折感也不见了踪迹。如果说在练武之前，鲁道夫曾经对生活的虚无倍感恐慌的话，那么现在的他再也没有这种感觉了，因为在彻底清空了自己的内心后，他眼中的世界呈现虚空（emptiness）而非虚无（nihilism）的一面。他说：“虚空也是一种充实，我现在不再害怕它了。”（88）

我们知道，西方传统哲学特别强调世界的实体属性，认为“无”也是一种“有”，不存在绝对的“无”。而佛教则相反，认为“有”也是一种“无”，“无”才是绝对的，但这种“无”又非彻底的虚无，而是蕴含各种事物和存在的交互依存。正如一行禅师所说：

> 我们不可能单凭一己而存在，只能和宇宙其余的一切相互依存。修行即是全天候滋养这种澈见空性的洞见，无论走到哪里，我们都在所接触的万事万物中触及空性的本质。当我们深入地观察桌子、蓝天、朋友、山川以及自己的愤怒和欢乐，就会看清这一切都

缺乏独立的自我。当我们深入接触这些事物时，就会看见一切存在之物相互依存、融摄的本质。空性不代表“无”或“不存在”，而是表示相互缘起、无常及无我。（一行，《佛陀之心》145）

“空”乃是介于“有”“无”之间的中道，接近于现代哲学所说的“主体间性”。只要我们深入观察，就会意识到，任何事物都不是由绝对纯粹的自我构成，其中一定含有“非我”的成分。万事万物之间并没有绝对的界限，所谓的边界只不过是人为划分而出。消弭了彼此之间的界限，我们也就可以看到自我与他人从来都是苦乐相连，斗争和仇恨也就可以被化解。

按照佛教观点，能够看到世界“真空无相”的一面乃是一种“正见”（perfect view），是一种大智慧，而禅定正是通往这种大智慧的有效途径。在传统印度佛教中，禅定又被称为“内观禅修法”（vipassana），也就是在冥思中超然于各种主观情绪之外，就像旁观者一样看清它们起伏生灭的根源，进而获得精神解脱。对于像鲁道夫这样的下层黑人来说，种族主义显然是各种痛苦的总根源。而在约翰逊看来，禅定恰是摆脱痛苦的有效办法。他说：“（在禅定中）我们将不仅体验到面对人生中一般痛苦（比如生、老、病、死）时的慰藉，还能获得一个澄明的庇护所，让我们逃离白人种族主义以及黑人生活的某些极为痛苦的轮回，我在此所说的‘轮回’是指很多黑人在特定社会条件影响下产生的、他们曾长期被剥夺的、对短暂易逝的物质财富和肉体享受的饥渴和执着。”（Johnson，*Taming the Ox* 83）

对鲁道夫来说，武馆里的学员生活具有非凡的精神超越意义。不同的学员们来到一起相互学习、切磋技艺，忘记了彼此在阶级、种族、地域、年龄等方面的差异，“就像一个整体”（82）。在这里，鲁道夫找到了前所未有的归属感。他终于彻底摆脱了那种消极、枯燥、虚无、麻木的生活状态，他已不再是那个种族主义的无助受害者和消极反抗者，“他变得更谦恭、更有耐心了，但他也去掉了他在人们身上常见到的那些事物：脆弱、恐惧、罪恶感、自我怀疑……”（88）这些负能量也正是让他之前的生活陷入死寂的根本原因。更重要的是，武术和禅修让他获得了充沛的“正能量”，因为“佛教禅定的目的绝非为了从现实逃离出去……相反，是为了更密切地全神贯注于日常经验的每个细节”（Johnson，*Taming the Ox* 28）。禅宗反对修行者为了获得个人解脱而背离自己的世俗义务。他既要看到世界“真空无相”的一面，还要看到其“真空妙有”的另一面。痛苦与解脱或许本身都是主观欲望投射的幻象。有时人们越是渴望得到解脱，痛苦反倒越陷越深。这就是约翰逊所说的“轮回与涅槃之间的辩证法”，他说：“这两条真理并不矛盾，因为轮回即是涅槃，神圣即是俗常。俗常即是神圣。”（Johnson，*Taming the Ox* 38）禅宗尤其强调两者的统一性，认真履行自己的世俗义务，服务好家人、朋友和社会，这本身就是修行的一部分。就如一行禅师所指出的，“（禅修者的真正目的）不是对社会的逃避，而是重新武装自己，以便使自己有能力融入社会，像一片滋养大树的叶子”（64）。

在故事最后，鲁道夫在自己的第一次正式比武中取得了胜利。他一跃而起腾空数丈的身影象征着他彻底摆脱了原有的心理枷锁，获得了精神上的超越。正如约翰逊在小说篇头引用《法句经》[①]（*Dhammapada*）里的一句话所说：“如果一个人在战斗中战胜了一千个人，而另一个人战胜了自己，那么后者就是最伟大的胜利者。”（61）鲁道夫战胜了自己，所以他也就是最伟大的人。

众所周知，西方个人主义的主体观对自我的界定是本质主义的：“我”就是“我”，有着与众不同的独特属性。种族观念其实也是这种本质主义主体观的延伸：黑人与白人是两个完全不同、甚至对立的种族，白人至上乃是源自某种内在属性的结果，黑人天生就是劣等的，他们只能被白人奴役或监管。由于长期的种族迫害，很多黑人甚至接受了这种种族主义—本质主义的自我身份界定，并内化为自己的人生观、价值观和世界观的内在基准。鲁道夫的妻子伊芙琳就属于这种情况。

与鲁道夫积极接受东方文化对自己的精神改造形成鲜明对比的是，伊芙琳始终囿于自身原有的悲观主义和本质主义的世界观、人生观，

① 《法句经》是用巴利文写成的著名佛教典籍之一。

拒绝看到有任何变化的可能。作为一名虔诚的基督徒，她相信世界上不存在奇迹，一切都由冰冷的自然法则和社会法则所决定。电影中展示的那些飞檐走壁的武术本领让鲁道夫惊叹不已，却让伊芙琳对这些违反地心引力的行动深表怀疑。在她看来："人是邪恶的……或者说，即使不是邪恶的，也有不可救药的缺陷。一切都于事无补，这就是某种法则。"（78）她不断用语言打击鲁道夫的积极性，希望他用不了多久就会知难而退，打消不切实际的愿望。但正如纳什所说："伊芙琳代表着西方文化，尤其是……有关黑人属性和黑人经验的传统看法。"（Nash，*Charles Johnson's Fiction* 97）她日渐退化的视力不过是对其褊狭思想的隐喻。她不断从本质主义的角度提醒鲁道夫不要试图翻越种族和文化的樊篱。她说："你和我一样，也是在南卡罗来纳州的霍吉斯市长大，生活在一个名正言顺的黑人教会。要是你去过中国，或许我还能理解。"（90）在伊芙琳眼里，没去过中国的人却迷恋上中国文化，这是很愚蠢的行为。她还警告鲁道夫："你永远都不可能成为中国人。"（93）然而在鲁道夫看来，自己从未想过要成为中国人，他真正感兴趣的是东方文化对他的精神启迪，他也不认为自己作为一名从未去过中国的黑人就没有可能全面领悟这种古老的异域智慧。①

与种族主义—本质主义的主体观不同，佛教对自我主体的理解是反本质主义的，因为从佛教观点来看，"真空无相"是绝对的，执迷于自我本来就是一种"妄识"。一行禅师说："在佛教里没有独立的个体这回事。"（一行，《活得安详》61）我们所说的"自我"既指一切事物，同时也一无所指。实际上它是一个没有内在本质或真实性的空壳，至多可以被看作一个不断发展变化着的过程，它在每个不同阶段都与别的事物相伴相生。这就是佛教"正见"的智慧，如果拒绝这种智慧，仍然囿于虚幻的自我，那么就永远难以摆脱由此生出的贪、嗔、痴三毒，在痛苦中周而复始。所以约翰逊强调："静止的（种族）身份是一个幻象，我们总是在不停地变化，每时每刻都在经历重生。我

① 约翰逊本人就从未来过中国，但他对武术、道教和佛教的了解和热爱程度绝对超过大多数土生土长的中国人。

们没有作为身份的本质、天性、自我或实在基础，也与在大众文化和国民意识中用来对黑人进行漫画式描写的那种邪恶的种族形象毫无关系。”（Johnson，*Taming the Ox* 76）由于伊芙琳囿于这种静止的种族身份观，她也就深陷苦海无处逃身。在她眼中，家乡亚特兰大市简直就是一个人间地狱：“到处是贫穷、失业，每一分钟就有 21 名儿童死于饥饿或营养不良，超过 20 人被谋杀，年年如此，天天如此。”（92）而她自身的痛苦也不过是整幅苦难画卷中的一个小注解。

实际上不单是对自我的种族身份，伊芙琳对任何事物的认知——包括对丈夫、武术以及中国文化——都局限于头脑中那些早被预设好的、片面僵化的框架、概念和假定。虽然她对中国的了解仅来自新闻里的道听途说，却相信“那里的人们都喘不过气来！……他们都烧烟煤，排到空中的废气形成酸雨，人们都带着面罩……”（90）与丈夫朝夕相处 20 年，她自以为非常了解他，但实际并非如此。她完全看不到鲁道夫身上每时每刻都在发生的变化。在约翰逊看来，当我们不假思索地使用那些僵化的概念范畴去描述或界定他人时，这实际上是对他人的一种认知暴力，因为我们头脑中的认知框架总会选择性地接纳和排除他人的各种属性。这和伦理学家列维纳斯所说的他者伦理学（ethics of others）是非常接近的。和列维纳斯一样[①]，约翰逊也认为，每当我们试图用头脑中既有的认知框架——比如性别、阶级、种族、信仰等——去界定他人时，这种抹杀他异性的总体化就会发生，因为“在某种程度上，他者仍旧是一个神秘之物，他总是超越我们的概念、感觉以及对他的感知”（Johnson，*Taming the Ox* 62）。在他看来，佛教倡导的正见和正语可以让人们摆脱这种对他者的认知暴力，“在面对一个如此神秘之物时……佛教的做法是无私地倾听他者如何每时每刻在现象学意义上自我呈现的方式。这种无私倾听的另一个说法就是爱”（Johnson，*Taming the Ox* 62）。如果人与人之间都能够不带任何成见地相互倾听，那么建立一个没有任何歧视的友爱社会的梦想也就快实现了。

① 关于列维纳斯的他异性观点，参见前文第一章第三节。

值得庆幸的是，伊芙琳在故事结尾处显示出了超越自我的迹象。就在鲁道夫比武获胜的一刹那，她突然意识到自己以往认知能力的局限："这不是那个与她同床共枕20年的男人……她不了解他，或许也从未了解过他……"（94）一个颇具象征意义的细节是，几乎与此同时，她的视力突然有了瞬间好转，看到了丈夫凌空跃起的身影，这或许象征着她对整个人生都将有新的视野。

作为一名虔诚的黑人佛教徒，约翰逊毕生都在思考这种源自东方的古老宗教对今天的美国黑人到底能有什么启发？他坚信，黑人生活在今天的糟糕处境既有政治、历史的原因，也不可否认有文化、心理上的原因。要想让黑人的生存状况有彻底的改善，单纯在政治战线上的战斗还不够，人们还需要对黑人的思想精神进行"内在革命"，以及对黑人文化进行"文化革命"（Johnson，*Taming the Ox* 77），对黑人的文化、心理和价值观念进行彻底改造，帮他们用积极健康的心态来置换长期压抑在心底的"负能量"。长期生活在种族主义的阴霾下让黑人饱受创伤。白人与黑人、奴隶与主人、自由与奴役、压迫与反抗、卑服与惩罚——这些二元对立关系都在黑人心底凝成牢不可破的"无意识"，让他们世代不得解脱。而佛教的作用恰在于此，它可以为黑人指明解脱的道路：

> 佛教教义强调人们应该抛弃有关自我的虚幻错觉，而在众多轮回幻象中，种族问题又是最突出的，其他还包括所有关于差异的本质化观念。它们自18世纪以来已造成很多痛苦和不幸。佛教可以让人摆脱二元主义的认知模式，这种模式总是把经验切分成相互独立的隔间：身体与心灵、自我与他人、物质与精神。我们可以看到，这些区分从本体论上来说与南非和美国的种族隔离制度是相互关联的，而且同样有害。（Johnson，*Turning the Wheel* 54）

也就是说，佛教可以帮助黑人从那些二元对立的种族思维中解放出来。往事不可鉴，来者犹可追。不必完全沉溺于痛苦的回忆中难以自拔，也不必图一时之快再把痛苦施加给别人。约翰逊并非简单地呼吁黑人忘记历史和仇恨，他不是要让黑人把佛教当成精神鸦片来寻找一种虚假的治疗。他只是要求黑人从佛教中寻找能够带来真正解脱的智慧。他说："一种常见的误解就是认为佛教很虚无地抹杀了社会现实。与之相反，我们认为佛教是一种致力于创造性重构的宗教。"（Johnson，*Afterword* 236）也就是说，当他们像佛教徒一样真正看透了痛苦和奴役从哪里来，也就知道了自由和幸福该往何处寻。

约翰逊用鲁道夫的故事阐释了以武术和佛教为代表的东方文化如何可以帮助西方人尤其是黑人战胜心中那个种族主义的痼疾，摆脱无助脆弱的受害者心理，以一种更加积极、平和、从心所欲的心态去认真追求"此处当下的完满"（78）。鲁道夫通过向东方古老智慧的学习，打开了看待黑人生活的新视野。他自己获得了新生，也为他人带来了启示。

第四节　影响的焦虑：《魔法师的学徒》中的成长隐喻

单从题名上就可以看出，《魔法师的学徒》应该是这部短篇小说集中最重要的一个。很多批评家都认为这个故事在内容上与约翰逊本人的艺术成长道路存在隐喻关系。（Little 127—131；Nash 85—87；Storhoff 140—145）正如纳什所指出的："在这个故事中，魔法象征着写作。"（Nash，*Charles Johnson's Fiction* 86）魔法师则代表着约翰逊的恩师加德纳，或者说所有曾经给予青年作家以影响和启发的文学前辈，而学徒则代表所有像约翰逊本人一样在前辈的指导下逐渐成熟、羽翼丰满的年轻作家。我们在前文已说过，约翰逊把加德纳视为自己最重要的启蒙老师，称其为自己的文学之父，并在后者的全力指导下完成了自己的处女作。约翰逊深知，如果自己要想成为一名真正成熟的作家，就不可能完全效仿加德纳的创作路径，他必须给自己的作品加入一些创新元素才能青出于蓝而胜于蓝，然而当他尝试在《牧牛传说》中添加一些东方宗教文化元素的时候，却遭到了加德纳的反对和不理解，再加上《牧牛传说》在出版过程中遭受的挫折以及出版后受到的冷遇，所有这些都不可避免地给年轻的约翰逊带来深深的自我怀疑。《魔法师的学徒》或许正是隐喻地表达了作者本人如何走出这种心理困境的过程。

故事开始时，南卡罗来纳州的一个小村庄里有一位年迈的老巫师名叫鲁比，他同时也是村里的铁匠。由于他感觉自己去日不多，便想寻找一名年轻人当徒弟，继承自己的衣钵。他选中了埃兰，因为他曾用魔法治愈过埃兰的父亲的疾病，所以后者对他极为崇敬。在埃兰的眼中，鲁比的魔法很神奇，它不但可以治病救人，更是一种充满道义的力量，就像《菲丝与好东西》中的沼泽女的魔法一样，“它可以抚慰病患，阻止邪恶，用飞蝗和疾病惩罚那些刚获自由的奴隶们的敌人”（149）。埃兰和他的父亲都感到非常荣幸能够被鲁比挑中，他发誓自己将做他“忠实的”（150）徒弟，期待自己能够早日像师父一样伸张正义、惩恶扬善。

不过让埃兰感到失望的是，鲁比并没有马上开始传授魔法，而是不断让他做各种各样的杂务，于是埃兰逐渐开始抱怨，因为他急切地想学有所成去扶弱济困。或许正是看到了埃兰急于求成的心态，鲁比才适时地告诫他：“你渴望行善，但不能对此太过认真或太急切，否则善就会转变成恶。”（150）此时的埃兰还不能理解鲁比的意思，在他看来，“魔法本身并无善恶之分，只要你意在行善，那么结果就一定是善的”（151）。为了纠正埃兰的这种错误认识，鲁比说了一段很有哲理的话：“凡是我知道的灵验的东西，我都会教给你。但我不能确定它们在你那里也能起作用，或者即使对我来说，也不一定还能再一次起作用。好的魔法来了又走了……因为即使我干了50年，仍旧无法预测某个咒语是有魔力的还是愚蠢的。”（151）

恰如利特尔所说：“埃兰的学习过程与约翰逊向加德纳求学时的情况很相似。”（Little，*Spiritual Imagination* 128）当年初学写作的约翰逊带着自己的手稿去拜访加德纳时，他也一定像埃兰一样渴望这位前辈能传授自己一些写作技巧，让他醍醐灌顶、茅塞顿开。他甚至认真拜读了加德纳发表过的每一部作品，细心模仿老师的方方面面，把加德纳的所有指导意见都奉若圭臬。而埃兰也是如此，他把鲁比所教的东西完完整整地模仿下来，比如有些魔法原本是可以用右手完成的，但由于鲁比的左手有关节炎活动不便，所以被改成了左手。不料埃兰竟然误以为必须用左手才符合要求，也把这个习惯继承下来。

由于埃兰过于刻板教条地模仿鲁比的行为，他不可避免地感受到了来自师父的影响的焦虑。虽然他的技艺进步很快，能够用自己的本领帮村民们做一些事情，但他对自己的怀疑却也与日俱增。他担心如果真的像师父所说的那样，这些魔法本身并不总能奏效，那么一旦他离开师父后，还能否独立完成那些魔法？“如果一位魔法师不能从心所欲地使用魔法，他也就毫无价值了。”（157）他突然感觉自己对学来的那些魔法都失去了控制力，无论奏效与否，它们都不是他能够自己决定的了。埃兰的这种感觉像极了一位初出茅庐准备独闯文坛的年轻作家的心理感受。回想当年，约翰逊刚刚在加德纳的指导下发表了自己的处女作，然而师徒情缘却到了尽头。羽翼尚未丰满的约翰逊此时对自己未来能否独自实现自己的文学梦想缺少信心。他和埃兰一样，都急需用一个独立取得的胜利奠定自信。然而不幸的是，他们很快遭受到失败的打击。约翰逊的转型之作《牧牛传说》没有得到出版界和评论界的青睐，埃兰也没能用魔法成功挽救一位病重婴儿的性命。下面这段话不只是埃兰的想法，恐怕也是当年心灰意冷的约翰逊本人的真实心理写照：“现在他确信，要想获得神奇魔法，只靠推理或意愿是不行的。技艺本身没什么用处，他的才能只适合模仿。他可以模仿，但永远不会真正起死回生；他可以复制美，却不能召唤美；他可以模仿善举，却永远不能给出真正的魔咒。”（164—165）表面上这是在说魔法，实际上也是指的文学创作。当年约翰逊在加德纳的创作培训班上学到的也就是一些基本的写作技巧，但真正的文学创作只有这些技巧还是远远不够的。更为关键的要素应该是创新和灵感，而这些东西是无法从老师那里学来的。它必须由作家自身在所学知识和技能的基础上融会贯通、千锤百炼、推陈出新才行。

初试身手便遭遇失败的埃兰一蹶不振，“我不是一名合格的魔法师或铁匠，我什么都不是”（164）。他觉得自己辜负了所有人、特别是父亲的期待。万念俱灰的他想到了自杀，于是用魔法招来魔鬼，希望他们带走自己的生命。魔鬼们嘲讽他只会模仿师父的魔法却不会创新，因此永远不配成为一名成功的伟大魔法师。然而魔鬼们在最后关头对他的奚落和嘲笑却让埃兰突然间产生了顿悟。他终于知道，要想成为和师父一样伟大的魔法师，他就必须摆脱对师父的依恋，从影响的焦虑下走出来，用自己的创新手法真正造福于身边的人。

其实这几位魔鬼代表的正是年轻的作家在走向成熟的道路上必然会面对的心理障碍：失败、挫折、对自我的怀疑、对前辈的仰慕、对未来的迷茫，如此等等。当他们最终突破了前辈设置的规范，敢于大胆运用自己的“魔法”进行创新后，他们才能真正成为伟大的作家。在故事最后，埃兰打通了自己的心结，他放弃了自杀的念头，魔鬼们也只好悄然散去，这象征着一位年轻作家终于战胜了自己的心理危机，他将在未来的文学道路上变得越来越自信和成熟，用大胆的创新手法为黑人文学乃至整个美国文学的发展做出贡献。

小结

作为约翰逊的首部短篇故事集，《魔法师的学徒》在创作时间上与《牧牛传说》基本重合，都是在 1977 年至 1982 年。这段时间正是约翰逊的创作才能从青涩走向成熟的关键期。在《菲丝与好东西》中，加德纳的影响隐约可见，但到了《牧牛传说》中，约翰逊已经为自己的作品打上了鲜明的个人印记。无论是在创作手法还是在文学主题上，约翰逊都找到了属于自己的个性表达。如果没有他在《魔法师的学徒》中的短篇小说所做的各种创新实验，恐怕很难取得后来的成功。因此正如利特尔所说的，“运用这些故事，尤其是其中的《魔法师的学徒》，（约翰逊）既是在向加德纳致敬，也是与后者的艺术魔法拉开距离，同时也是在反思自己有关美学和启示的最深信不疑的观念”（Little，*Spiritual Imagination* 130）。

我们在本文主要分析了四篇比较有代表性的短篇故事，特别指出了它们在主题上对约翰逊后来作品的先导性和实验性意义。其实这些特点也同样体现在我们没有分析的剩余几篇短篇故事中。比如《笼中兽：一则儿童寓言》呼应了约翰逊在《中间航道》和《梦想家》中探讨的多元文化和种族冲突问题；《鲍普尔的疾病》批判了《牧牛传说》和《梦想家》中所说的那种“致死的疾病”，即黑人对自我身份的执着，等等。由于在叙事手法和主题上的实验性，这些短篇故事阅读起来往往让人感觉比约翰逊的长篇小说要晦涩得多，趣味性和可读性不强，但它们在其创作生涯中的承上启下的意义却不容置疑。因此正如纳什所评价的：“《魔法师的学徒》中的这些故事就是约翰逊的文学功夫，正是有了这些付出，他才有可能实现在《牧牛传说》中的飞跃。”（Nash，*Charles Johnson's Fiction* 105）

第七章 《捉魂人及其他故事集》:“有感情地唤起一个历史时刻”

> 今天我希望，这些故事……可以成为读者的时间机器，把他们带回非裔美国人的过去。并且在至今仍在进行的民主历程中，在创造这个我们当下正生活于其中的共和国的过程中，这段过去在每个方面都是关键构成要素。（Johnson，*Soulcatcher and Other Stories* xv）

1999 年，约翰逊和帕特里夏·史密斯（Patricia Smith）合作编著了一部历史书，题名为《非洲人在美国：穿越奴隶制度的美国历程》（*Africans in America*：*America's Journey Through Slavery*），详细发掘了从第一批黑奴被贩卖至美洲大陆开始直至美国当今，这数百年期间的黑人民族历史，包括黑人的苦难遭遇，以及他们在政治、经济、文化、文学、军事等各个方面为美国的发展所做出的贡献。在此之前一年，为了配合这部历史书的宣传发行，约翰逊又应邀编著了《非洲人在美国：穿越奴隶制度的美国历程·辅助用书》（*Africans in America*：*America's Journey Through Slavery*，*a companion book*），其中就包括约翰逊本人创作的 12 个短篇故事。后来这 12 个故事又被他结集出版，于是就有了他的第二部短篇故事集《捉魂人及其他故事集》（以下简称《捉魂人》）。

与《魔法师的学徒》相比，《捉魂人》既有相同也有相异之处。相似之处在于约翰逊继承了他对各种叙事形式的广泛采用，12 个故事分别采用了不同的叙述形式，包括心理独白、对话体、书信体、日记体、新闻体，等等，而且每种叙事形式也都和各自的叙事内容完美吻合，毫无卖弄之嫌。不同之处在于，这12个故事全部都以美国历史上的奴隶制度为故事背景，从贩奴贸易一直延伸到南北战争前夕，而且涉及很多真实的历史人物和事件，包括华盛顿、杰弗逊、道格拉斯、菲利斯·惠特莉（Phillis Wheatley）等人。《捉魂人》的故事性较强。虽然也有很多虚构成分，但总体来看，还是以现实主义风格为主，而不是像《魔法师》那样充满魔幻现实主义色彩。所有这些都大大增加了《捉魂人》的趣味性。约翰逊后来在一次访谈中透露出这样做的主要目的。他说："对于这项任务，我觉得最好不要把这些故事弄得很高深。我们希望它们能够被高中生甚至是初中生所接受。"（McWilliams，*Passing the Three Gates* 275）

然而《捉魂人》所引起的反响远远未达到约翰逊的预期。在他所有已发表的虚构性作品中，《捉魂人》受到的关注最少。迄今为止，有关它的书评或研究文章都乏善可陈，而且仅有的一些还以批评性意见为主。比如斯托霍夫就批评这12个故事篇幅都太短，"不足以支撑他那些复杂的沉思主题"（Storhoff，*Understanding Charles Johnson* 218）相比之下，只有卢卡斯（Stephen Lucas）对它的评价较为积极，他认为："约翰逊事实上在《捉魂人》中开创了一种后现代主义形式的传记写作模式。这部故事集非但不拒绝、反倒欢迎在美国历史和历史书写中掺入一种复杂的谬误成分"（Lucas 289）。约翰逊既运用了大量真实的历史人物和事件，比如美国国父华盛顿和杰弗逊、美国独立战争、1739年的史陶诺动乱等，同时还经常刻意采用新闻报道和文献记录等体裁以增强故事的真实性，但无处不在的后现代戏仿手法又暴露出故事的虚构性。卢卡斯认为："《捉魂人》同时把人物传记在形式和意识形态上的意图置于虚构作品的中心，并质疑这些知识的文本依据和历史效果。"（Lucas 306）

与前人不同，本文认为《捉魂人》[①] 也是一部比较有分量的作品，

---

① 本章所有来自小说中的引文都出自同一版本（Charles Johnson，*Soulcatcher and Other Stories*，New York：Harcourt，Inc.，2001.），将随文直接标出页码，不再详加注释。

并且在约翰逊的创作生涯中占有重要地位。它集中体现了作者对美国奴隶制度的反思，并意在揭示在美国历史上那些“有趣却又时常意义含混的逸闻、讽刺、幕后花絮和悖谬等”（Johnson，*Preface* xii）。有了这些知识，人们或许会改变对美国历史的固有认知，进而换一个角度思考当下和未来。正如拉什迪所留意到的，《捉魂人》中的12个故事基本上都是按照事件发生的历史顺序排列的，前两个故事发生在殖民地时期，接下来的三篇与美国大革命有关，再往下的三个故事涉及在18世纪晚期至19世纪中期发生的事件，而最后几篇关注的是19世纪50年代的知识界和社会上的动荡。（Rushdy，*Soulcatcher and Other Stories* 339）下面本文就按照这个顺序把这12个故事划分为4个小组来分组讨论。

第一节　殖民地时期的黑奴血泪史

1619年，荷兰人把第一批约20名黑奴贩运至弗吉尼亚州的詹姆士敦港口出售，这标志着北美地区的奴隶制度的萌芽。但直到17世纪末，黑人奴隶制才在北美地区正式形成，并被确立为合法的劳动制度。（参见刘祚昌54—55）作为人类文明史上最黑暗和野蛮的社会制度，古典奴隶制早在一千多年前就已在欧洲大陆消失，但标榜自由和进步口号的资本主义却为了获取最廉价的劳动力，不惜做出逆反人类文明进化史的行为，在美洲大陆复活了这种最不人道的剥削制度。无数的黑人被从自己世代居住的土地上掠走，他们与自己的亲人骨肉分离，被套上枷锁，在茫茫的大西洋上经历九死一生的磨难最终抵达这块陌生的大陆。他们像牲口一样被出售为奴，遭受奴隶主的疯狂剥削和压榨，一旦有人试图逃跑或反抗，就会被处以极为残酷的惩罚。为了防止奴隶们串联，奴隶贩子和奴隶主们还故意把他们相互拆散，让他们彼此在文化、语言和血缘上几乎都没有任何联系。慢慢地，黑奴们甚至都忘记了自己的文化根源，成为精神上的孤儿。《传授》和《招供》正是发生在这样的历史背景中。

《传授》讲述的是一对黑人兄弟在贩奴船上生死相依、竭尽全力为黑人文化基因的传承保留一丝希望的故事。马拉维和一群陌生的黑奴一起正在被运往美洲的船上。幸运的是，他和哥哥奥伯托没有被拆散。他们相互依靠着面对航行途中的各种凶险，和其他大部分黑奴一样，马拉维无法理解自己为何会遭到如此悲惨的命运，他甚至认为这是因为他们在道德、宗教或法律等方面犯下了过错而遭受的神的惩罚。眼前的一切让他感到十分恐惧，他觉得那些白人奴隶贩子都是不可思议的魔鬼，“用货物交换黑人肉的幽灵”（4），是要把他们“带往地狱”（2）。与马拉维的茫然和恐惧不同，奥伯托坚持勇敢地面对苦难。在他眼里，白人并非强大到不可战胜。虽然他们手中有枪和锁链，“但他们受伤时也会流血”（6），而且他还从白人身上看到了他们内心的脆弱和恐惧。他对马拉维说：

> 我看到他们在日头下也会被热昏。我还见过有一名船员在撒尿时哭泣，就好像尿尿很疼或者是一件很痛苦的事情一样。你看见他们有些人快完了吗？我的意思是说他们的牙齿都坏了，还有一些十指不全，或者少一只胳膊。他们躲在角落里相互安慰，看上去总是很害怕，摆弄着枪，四下张望。（6）

然而不管奥伯托如何说，依然无法让马拉维的内心强大起来。马拉维沮丧地说：“我害怕他们，我很抱歉。”（7）马拉维对白人的恐惧其实很有代表性。当时的确有很多黑人误认为白人就是上帝派来的天神，就像康拉德在《黑暗的心灵》里描写的那样，一大群土著黑人把一两个白人殖民者奉为神灵供养的情况并不罕见。其实黑奴们之所以不敢反抗，不仅是因为手里缺少枪支，更是因为头脑里缺乏精神武器，那种思想意志上的脆弱才是最根本的原因。作为他们部落的唱书人（griot），奥伯托的脑海里储存着有关他们民族的所有文化历史的记忆，“包括他的人民在数个世纪以来的希望和梦想、悲剧和胜利”（8），这些记忆让他对自己的民族充满信心。也正是因为拥有这种强大的精神支持，奥伯托在面对白人的时候才能毫不畏惧地起来反抗。虽然奥伯托被白人打成重伤，但他的精神意志却坚不可摧。在生命的最后时刻，他把自己的民族记忆传授给了马拉维，让后者终于找到了精神根基："现在马拉维意识到，他的根基并未被从世界上抹去，它的遗迹依然被保存在奥伯托的内心里。"（8）

虽然奥伯托死了，但他却把自己保留下来的文化基因传给了马拉维，并让后者战胜恐惧，重新看到希望："经过几周的磨难，马拉维渐渐明白了，哥哥传授给他的这些东西，经过他夜以继日的犹如祈祷般的反复记诵，让他避免了精神失常，他也没时间陷入绝望。"（9）"他知道在自己的内心——在那些幽灵们触及不到的地方——有很多东西，它们将永远活下去。"（11）故事的结尾很有象征意义。马拉维的诵词激发起一位白人船员的好奇和同情。他希望马拉维把他的故事唱给他听，让他了解更多。这不正预示着约翰逊本人通过他的小说要传达给读者的意图吗？

与《传授》不同，《招供》主要讲述的是一群黑奴试图造反却遭遇镇压失败的故事。提伯瑞耶斯是博斯韦尔家里的一名黑奴，也是一名被白人驯化了的"汤姆叔叔型"的家奴，对主人忠心耿耿，起早贪黑、无微不至地照顾主人一家的饮食起居。他接受白人灌输的基督教思想，按照主人的要求规规矩矩地做事，自称"我从不是那种惹麻烦的人，也从不打架，从不会不守规矩"（14），这意味着他也认可了奴隶制度的存在，甚至愿意做它的维护者。当那些田奴们对残酷的待遇表达愤怒时，他便用主人吃剩的饭菜去讨好他们。渐渐地，他甚至对自己的身份产生了错觉："我有时候觉得自己生活在两个世界里，仅仅是因为我在家里工作。"（16）与提伯瑞耶斯形成鲜明对比的是田奴领袖詹米。他是黑人民族主义的代表，从不会被白人奴隶主的暴行所吓倒，更不愿意做卑躬屈膝、任人宰割的羔羊。他有一副出色的好口舌，用极富煽动性的言辞激起奴隶们的反抗意志，并领导他们为自由发起暴动。在听到詹米的那些鼓动性言论后，就连提伯瑞耶斯也感到自己如梦方醒，对自由的渴望从未如此强烈：

以前我从未想过自由是什么感觉……当他的话讲完后，一切似

> 乎都变了。好像以前我一直生活在一个洞穴里，误把自己看到的影像当成了真实事物。直到詹米举起灯光，它们才全都消散……我的意思是，如果你听——仔细听——詹米讲话的话，你会认识到奴隶制是很疯狂的。真的很疯狂。我们所有人，不管白人还是黑人，就像那些疯人院里的疯子一样，误以为自己从生到死所经历的生活都是很自然的方式，却不知它从头到尾都是再疯狂不过了。我们都是疯子。我觉得自己像是在梦游，是个一辈子都在做梦的人。但杰米把我叫醒了。(19)

然而当暴动真正被发起之后，提伯瑞耶斯却暴露出一个革命机会主义者的嘴脸。他先是退缩不前，好像暴乱与他完全无关一样。等到詹米等人杀死奴隶主一家人后，他又立即调转方向，试图从暴乱中捞取一些个人好处。在暴乱被镇压之后，他们都成了俘虏。此时的他又成了缩头乌龟，百般辩称自己对主人一家如何赤胆忠心，只是被人唆使才出于一时冲动而参加了暴动。他还向白人监工哈金森等人邀功，声称自己如何避免暴动造成更大的损失，等等。他天真地以为自己这番表白可以讨得宽恕，但在故事结尾处提供的暗示来看，他似乎难逃一死，因为两名白人监工正拖着他前往刑场。

《招供》比较真实地反映了白人对黑奴的控制情况。一方面，他们会对黑人进行奴化教育，让一部分黑人心甘情愿地接受奴隶制度，认可白人对他们的剥削，主动放弃反抗的愿望。另一方面，一旦有黑人试图反抗，白人又会对他们进行最残酷的镇压，很少会因为念及他们曾对自己做出的贡献而放过他们。

第二节　美国大革命时期的蓄奴制度

1775 年 4 月，由华盛顿领导的革命者在莱克星顿打响了美国独立战争的第一枪。次年 6 月，在费城参加第二次大陆会议的代表们正式签署《美国独立宣言》，宣布北美十三州成为完全独立自由的北美合众国，并向全世界发出“人人生而平等”的自由宣言。生命权、自由权和追求幸福的权利被认定为人人享有的、不可剥夺的天赋权利。对于渴望自由和解放的黑奴来说，这一宣言让他们看到了希望。他们成群结队地逃离奴隶主的控制，希望通过参加革命而获得自身的解放。然而以华盛顿为首的革命者们并没有像他们在《独立宣言》里说的那样做，他们不但不把黑人看作平等的革命战士，反而歧视黑人，不准他们参加革命军。甚至有些种植园主还因为担心黑奴逃走，采取更加严酷的手段镇压黑人。与革命军不同，英军看到了黑人在战争中的巨大价值。他们规定，只要黑人参加英军并有立功表现后，他们就可以获得自由，并被允许去往英国生活。在整个独立战争期间有大量的黑奴逃离庄园参加英军，为了实现真正属于自己的自由梦想，他们个个作战都异常勇敢，给华盛顿的军队造成很大的压力。直到后来华盛顿一方认识到自己的错误，他们才改变策略，允许黑人参加革命军，才逐渐扭转了黑人参加英军的局面，使得大批黑人转而成为革命军的有力支援。《为英王战斗的士兵》和《玛莎的困境》所反映的正是这一历史背景。

在《为英王战斗的士兵》中，多罗西原本是奴隶主塞尔比的一名奴隶。他生性好赌，在任何事情上都喜欢试一下运气。这倒不是因为他贪财，而是因为他喜欢只有在赌博中才能体会到的那种有关未来的不确定性。在现实生活中，他是任人宰割的奴隶，没有任何自主行动的权利，生命中的一切都是被主人安排好了的。但赌博则不然，“赌博中有些让你难以抗拒的东西。里面有悬念，让你感觉到自己的未来并非早已由白人所决定。或者被玩完了。里面还有机遇，抓个好彩头。在掷色子或玩扑克牌时，总有某种——怎么说呢——开放性，一种结果难以预料的可能性。你或者赢或者输”（33）。

当独立战争爆发后，多罗西和他的哥哥提特斯以及表兄凯萨逃离塞尔比的种植园去参加英国军队。他们并不了解、也根本不关心交战的哪一方更有道义，他们唯一感兴趣的是英军统领科林敦爵士宣称凡是参加英国军队的黑奴们都有机会获得自由。对多罗西来说，这又是一场至关重要的人生赌局。他不知道这次他是否还能一如从前那样幸运，总是能押准胜负。不过有一点他很清楚，那就是他知道自己既不是在为英王战斗，也不是在为美国战斗，而是为自己在战斗。所以他才在战场上异常勇敢，而且任劳任怨地接受各种苦差事。他身经百战，也负过伤，虽然英军最后被打败了，但他自己却终于凭借自己的战功获得军队颁发的自由身份证明。当他最后搭上开往英国的轮船后，他知道自己赢得了一次最重要的人生赌局。

《玛莎的困境》则虚构了一个发生在华盛顿夫妇身上的故事。在领导独立革命取胜后，华盛顿两度出任美国总统，不过由于过度疲劳，身染重病，终于在1799年10月猝然离世。虽然华盛顿曾经支持过奴隶制度，但他还是很早就在自己的遗嘱中许诺等他和夫人玛莎去世后，他的奴隶们将自动获得自由身。现在他去世了，却让仍然健在的玛莎陷入极大的恐慌，因为她感觉所有的奴隶们都在期盼着她早点死去，甚至她怀疑他们想要谋害自己。虽然玛莎和华盛顿一样同情黑人，不支持奴隶制度，但她又深知自己离不开这些奴隶。早在华盛顿还活着的时候，他们就完全依赖奴隶们照料他们的农场和饮食起居。其实华盛顿夫妇也是所有新自由主义者的代表。他们从理智和情感上都知道奴隶制度不应继续存在，但作为这一制度的受益者，他们又不舍得放弃自己得到的好处。像《中间航道》中的钱德勒和《明戈的教育》中的摩西等都是这样的人，他们所能做的最大让步往往也就是许诺在自己死后把自由还给奴隶们。

然而正如黑格尔曾经说过的那样，从心理层面上来说，奴隶和奴隶主之间往往存在一种吊诡的辩证关系，因为更害怕失去对方的是奴隶主而非奴隶。这种情形就恰好发生在玛莎身上。她不舍得放奴隶们走，又害怕他们谋害自己，于是便整日生活在惶恐不安的气氛里。表面上看她仍然是主人，但在内心里她却是这种关系的囚徒。直到最后她下定决心在自己活着的时候就释放所有奴隶。她把自由还给了奴隶，也就把自己还给了自己。

第三节　18世纪末至19世纪中期的黑人生存状况

独立战争胜利后，北美十三州摆脱了英国的统治而获得独立。但在战争中浴血奋战的黑人们却并没有得到《独立宣言》所允诺的自由和平等。尤其是1781年开始实施的美国第一部宪法——《美利坚合众国邦联条例》——非但没有给黑人以自由，而且还以法律的形式宣告了奴隶制度存在的合法性。比如《邦联条例》的第二条规定："各州保留其主权、自由和独立，以及其他一切非由本邦联条例所明文规定授予合众国国会的权力、司法权和权利。"在这一条例的掩护下，奴隶制度在美国南方各州得以继续存在，黑奴们依然遭受着残酷的压迫和剥削。于是经常有大批的黑奴从南方各州逃到北方，其中比较幸运的一些人可以永远留在北方，成为自由人，但更多的逃奴则被奴隶主抓回去处以严厉惩罚。即便在那些废除了奴隶制度的北方地区，种族平等也远未实现。获得了自由的黑人们大多沦为社会的最底层，他们生活在最拥挤肮脏的城市聚集区内，从事着最低贱的工作，并且处处遭受歧视。随着种族和阶级矛盾的不断加剧，一系列的社会问题也接踵而至。于是有很多白人想要把黑人隔离开，甚至还有人想把所有的黑人全都遣返回非洲去。在这样的情况下，黑人与白人应该以怎样的方式共同生活在一起，便成了两个种族都需要认真思考的历史命题。《大瘟疫》和《人民在说话》所反映的也正是这样的背景。

《大瘟疫》所讲述的内容源自一个真实的历史事件。1793年，美国费城爆发大瘟疫，成千上万的人因感染黄热病而死去。在瘟疫发展初期，人们发现患这种病的人以白人为主，于是就有传言说这是上帝给白人下的诅咒，以惩罚他们对黑人的压迫和歧视。当然事实并非如此。很快人们就发现不管什么人，都会感染这种瘟疫："黄热病并不管人们的年龄、肤色、性别、阶级或社会地位，就连医生也和他们的病人死得同样快。"（52）所有的医疗手段在它面前都不起作用。人们因为害怕传染，都纷纷断绝与别人的接触，有的父母竟然将刚刚患病的幼儿扔到大街上，那些因患病死亡的尸体也没人处理，眼看整个城市就要陷入一场更可怕的人道主义灾难。就在这危急关头，黑人牧师理查德和白人医生拉什决心阻止更大灾难的发生。虽然理查德在维护黑人的基督教信仰时曾屡遭白人歧视和刁难，但他决心用这次机会以德报怨，去化解白人对黑人的误解，消除种族仇恨："如果我们在白人需要的时候伸出援手，难道他们不会对费城的黑人心存感谢吗？难道他们的仇恨不会被感激所替代？自从我招募我的民众加入到拯救那些曾经蔑视过他们的外人的工作以来，这就是我所期望的。”（51）与理查德牧师一样，拉什医生也用平等的眼光对待他的病人。无论黑人还是白人，他都会竭尽全力予以治疗，直至自己也感染瘟疫不治身亡。理查德和拉什就像两位圣徒一样，在瘟疫肆虐的城市街头救死扶伤、奔走呼号，他们想用自己的努力阻止灾难。更重要的是，他们希望通过这次灾难让人们认识到在种族问题上的错误。在上帝面前，白人误以为自己比黑人有更大的优越性，但这场疾病却彻底暴露了白人优越论的虚妄。理查德率领很多黑人冒着极大风险为整座城市的病人提供各种救助，目的是能就此改变白人对黑人的印象，“用黑人对他们的帮助来感化白人的心肠”（52）。

然而现实并没有按照理查德想象的那样去发展。很多白人不但没有对黑人的贡献心存感激，反倒用各种谣言污蔑他们是在趁火打劫，想借这次瘟疫报复白人。有的白人宁死也不愿意接受黑人的救助。拉什医生在临死前对理查德的美好愿望表达了深深的忧虑：“我怀疑它能改变多少人的内心。在我送给你的那个药箱里，有很多可以治愈肉体疾病的药剂。但我希望上帝能够发明出某种能够治愈白人灵魂的东西。”（56—57）在故事最后，一位曾经被理查德救活的白人妇女仍旧怀有很深的种族偏见。这预示着在肉体上蔓延的瘟疫终有结束的那一天，但在人们头脑中传染的疾病却很难被根除。

《人民的声音》同样是在真实历史事件的基础上加以虚构而成的。1817 年 1 月 15 日，3000 多名普通黑人民众以及数位杰出的黑人代表聚集到费城的伯特利教堂，共同商讨一项由新成立的“美国殖民组织”提出的事关所有黑人命运的议案。该议案计划将所有已获得自由的黑人遣送回非洲故土，以便在未来把黑人和白人彻底分开，重建一个完全由白人组成的新美国。正如文中所写的：“这是美国黑人心灵内部的两种同样强烈却彼此对抗的梦想间的争辩。”（68）几位最有影响力的杰出黑人代表全都到场，包括教父艾布瑟罗姆·琼斯、企业家保罗·卡非、商人詹姆斯·佛敦等人，他们全都生在美国、长在美国，并且通过各自的奋斗部分地实现了自己的美国梦，成为成功人士，而且也为美国社会的发展做出了突出贡献。然而出人意料的是，这些人几乎无一例外的支持黑人返回非洲。佛敦的话最有代表性，他说："不管我们为这个国家做了多少贡献，我们仍旧没有——或许永远都不会——被它的白人公民所接纳。"（69）卡非对美国黑人的未来同样充满绝望。他说："朋友们，我怀疑黑人和白人能否和谐共处。他能放弃主宰别人的欲望吗？你又能忘记在这个由白人掌控的国家的历史上，我们经受的那些恐惧吗？不，让我们像一个民族一样和平共处，我认为这样的要求，对他们和我们双方来说都很过分。(71)"或许他们在走向成功的奋斗道路上受到了太多的不公正对待，他们早已对这个国家在《独立宣言》里所许下的承诺失去信心。在他们看来，只有回到非洲，黑人才有可能实现一个真正属于自己的自由、民主和平等的国度：

> 既然麦迪逊们和杰弗逊们不可能平等对待我们，这对你我来说也是一个巨大的机遇，我们作为自由人，可以回到我们的故土，带着我们的技艺和知识，让那片被奴役和压迫摧残的大陆变得强大起来，展现在世人面前。把美国留给白人吧。一个更伟大、更高贵的文明在召唤我们，但我们还需要有勇气响应它的呼唤。(71)

然而即便所有的杰出黑人代表都支持回到非洲，剩余的3000多名普通民众却都无一例外地投票支持留在美国。正如艾伦神父在最后所说的："你们拒绝了返回非洲，不管我们有什么样的未来，你们都决定了我们的未来就在这里，就在这片海岸上。上帝保佑我们……"（73）对所有的普通黑人来说，即便他们仍在遭受着各种歧视和不公正对待，他们依然对这个国家抱有希望。

第四节　南北战争前的美国黑人命运

独立战争结束以后，美国资产阶级革命者们并没有兑现他们在

《独立宣言》中所做的有关人人生而平等的承诺。虽然有不少黑奴因为参加了革命军而获得了自由，但更多的黑奴依然被南方大奴隶主所控制和剥削。在美国建国后的半个多世纪里，北方资产阶级虽然厌恶奴隶制度，但因为害怕与南方大奴隶主发生冲突后会伤害自身利益，所以他们一直容忍，甚至变相支持南方继续保留奴隶制度。等到了19世纪50年代以后，事情发生了变化。从历史客观条件来看，随着北方资产阶级实力的壮大，他们急需更多的自由劳动力来扩大生产规模。另外人类文明都已发展到19世纪中期了，就连南美洲的很多国家也都已经废除了奴隶制，如果还在美国继续保留这种落后野蛮的剥削制度，这对号称是民主国家典范的美国来说实在是一个巨大的讽刺。一大批有重要社会影响力的政治家和思想家也纷纷指责不应该继续保留奴隶制。于是有关奴隶制的存废争端愈演愈烈，直至后来成为爆发南北战争的最重要导火索。《捉魂人》中的最后几篇故事正是发生在这样的历史背景之中。

《捉魂人》是这部短篇故事集的标题故事，其重要意义自不必说。它讲述的是一位名叫弗兰克的黑奴在逃亡途中如何摆脱追杀、成功逃脱的故事。捉魂人是指那些专门为奴隶主缉拿和追杀逃跑黑奴的职业杀手的别称。他们中间既有黑人也有白人，有些人甚至本身就是逃跑的黑奴。自从殖民地时期以来，就经常有很多黑奴因为渴望自由而设法逃离南方种植园，去往北方各州甚至加拿大。等到美国独立后，由于北方地区普遍废除了奴隶制，越来越多的南方黑奴便渴望逃到北方成为自由人。于是为了防止黑奴逃脱，奴隶主们便雇用大量捉魂人，让他们到北方追捕甚至就地处决那些逃奴。在最初时间里，很多北方人对捉魂人的行为敢怒不敢言，甚至有些州还立法规定人们不得以任何形式阻挠捉魂人的行为。但到了后来，尤其是19世纪以后，越来越多的白人或者黑人都自觉地加入到营救逃奴的行动中。他们有时候甚至会直接出面与捉魂人对抗。

捉魂人大都是职业杀手。他们性情冷酷，手段残忍，行动又极为狡猾。大部分逃奴都很快就落入他们的手心。我们在约翰逊的好多作品中都见过这样的情节。比如在《中间航道》里，鲁特福德的父亲还没有逃出几里地就被捕杀。因此捉魂人对黑奴来说就像是一个难以捉摸的梦魇一样，对他们构成极大的精神压力。有时候当捉魂人刚一出现，逃奴就陷入崩溃，主动放弃任何反抗能力。《牧牛传说》里的睿伯和安德鲁在面临捉魂人班农时，若不是因为他们早已从佛教和道家思想中汲取了强大的精神力量，恐怕就难逃厄运。

《捉魂人》中的弗兰克在逃亡途中与追捕他的捉魂人克莱蒙特·沃克反复斗智斗勇，他甚至还用偷来的猎枪打瞎了沃克的哥哥杰瑞米·艾德的双眼。但沃克依然如幽灵般穷追不舍，“自从逃离主人的农场以来，那个人就在他的睡梦里，或者更确切地说，就在他的噩梦里……似乎他现在就在他的体内了，象征着他的所有恐惧”（78—79）。最终捉魂人与弗兰克在波士顿的一个小镇上狭路相逢。精疲力竭的弗兰克几乎已经陷入绝望：

> 当他看见他的时候，他的第一本能反应就是逃跑，但是上帝呀，他已经跑累了，或者厌倦了孤独。这可是他当初为了寻找自由而逃跑的时候所没有预计到的：步履维艰的孤独感。那种疑虑，始终活在恐惧中，害怕自己随时都有可能被抓回去继续忍受奴役的折磨。（79）

与《牧牛传说》中的安德鲁不同，弗兰克不是因为看透了种族身份的幻象而坦然面对捉魂人的枪口。相反，他是被自己内心的恐惧和绝望彻底击垮了。他宁愿被枪杀也不愿意继续在无尽的孤独和恐惧中去寻找那遥不可及的自由了。沃克不像班农那样因为猎物主动放弃了反抗就愿意放下他的屠刀。不过幸运的是，几位自由联盟成员及时出现救了弗兰克的性命，并杀死克莱蒙特。得救后的弗兰克不但获得了自由，而且在他的黑人朋友中找到了归属感。

《市长的故事》则反思了白人应该如何对待逃跑黑奴的问题。海兹恩纳是哥伦比亚特区的一座小城镇的市长。在故事开始时，他的一切生活都比较如意，夫妻和睦、儿子上进、事业稳定、仕途光明。在黑人问题上，他还算比较开明，支持废除奴隶制，对待身边的黑人也比较公正。不过，虽然他不像那些种族主义者那样明显地歧视黑人，把黑人看作低白人一等的劣等民族，但在他的内心深处依然潜伏着一种不易觉察的白人优越论。在他看来，黑人虽不是不可救药的下贱人，却是需要白人帮助和佑护的弱势群体，“如果没有白人，黑人就会迷失方向。他们像孩子一样依赖白人”（94）。无论在市政管理还是在家庭生活上，他都自诩为黑人的保护者。正是有了他的庇护，本市的黑人们才得以安心生活。他在家中雇用了好几位黑人做仆人，付给他们可观的工资，经常嘘寒问暖，把他们像家庭成员一样对待。

然而一个意外事件打破了这一切。有一天，他签署通过了一项法案，规定从今以后本市任何人不得容留逃跑至此的黑奴，并且有义务协助警方抓捕和遣返他们。他在签署这项法案的时候并没有认真阅读其条款细则，也完全没有想到会有多么严重的后果，不料次日早晨醒来后，他却惊讶地发现整座城市里的所有黑人，包括他家中的仆人，全都在一夜之间逃得无影无踪。原来本市几乎所有的黑人都是没有获得合法自由身份的逃奴，因为担心法案生效后会遭到抓捕而四散奔逃了。没有了这些黑人，整座城市的运作陷入瘫痪。垃圾没人处理，积雪无人清扫，重要物资无人搬运，就连市长本人的生活也受到严重影响。一日三餐无人照顾，所有的家务活都没人料理，他不得不自己动手，去亲自伺候他那位泼辣蛮横的夫人。更糟糕的连锁反应还在后面。由于没有仆人提醒，他错过了重要的工作日程，受到政敌的严厉指责，民众们也因为生活陷入混乱而抨击他工作不力，导致他的支持率大幅下滑，眼看就要输掉近在眼前的换届选举。直至此时，海兹恩纳才意识到黑人在这座城市里的重要性，自己的命运与黑人也是非常紧密地交织在一起的：

> 直到现在他也没看到这座城市的生活——以及他自己的未来——是如何依赖于黑人的。虽然看不见，但他们的命运在任何事物里都是相互交织的。就像毛衣外套上的吊带一样，只要一拉，就可以把整件衣服解开。而且如果去除了它，就会导致所有事物——不管高尚还是低俗，或者是个人隐私——都会崩

溃。（99—100）

海兹恩纳在种族关系上的认识转变颇有代表性。很多白人其实都是如此，他们最初把黑人看作低贱的劣等民族，甚至是未进化完全的猴子，后来又把他们看作需要白人照顾的幼稚儿童，直到最后才意识到黑人和白人是同样平等的民族，他们之间不是谁压迫谁、谁照顾谁、谁依赖谁的关系，而应该是荣辱与共、和谐共存的共同体。只有认识到这一点，美国的种族矛盾才真正有彻底解决的那一天。

小　结

在约翰逊的全部作品中，《捉魂人》算是比较“另类”的一部。首先，虽然它如麦克威廉斯所指出的那样，“缺少了（约翰逊作品中常见的）典型的思想深度和含混性”（McWilliams, *Passing the Three Gates* 275），却大大增加了故事的趣味性和可读性。每一篇故事都长短适宜，可以让读者在短时间内读完而无拖沓疲惫之感。其次，它几乎没有涉及任何在约翰逊的其他作品中常见的东方思想主题，佛教、道教、印度教以及武术等东方思想文化不再是他用来思考种族问题的视角。或许正是由于这两方面的原因，才让纳什从中感受到了“一种非常不同的价值观”（Nash, *Charles Johnson's Fiction* 192）。比如，约翰逊在这里很少再把种族身份当成幻象，也没有把他毕生梦想创建的“友爱社会”当作可能的设想，甚至还多次暗示种族之间存在着无法逾越的鸿沟，等等。那么这是否意味着《捉魂人》像纳什所说的那样，是对约翰逊之前的价值立场的“修正”？或者说约翰逊的价值观已经发生了“根本性的转变”（192）？

当然不是的。我想《捉魂人》之所以会有这么多不同于以往的地方，主要还是由它的创作目的所决定的。正如约翰逊在该书《前言》部分所提到的，在20世纪60年代之前的美国，黑人历史几乎完全不为人所知，它们犹如“暗物质，隐身于人们面前”（ix）。即便是黑人自己对本民族的过去也知之甚少。大部分人们都只是出于一种被大众媒体误导的思维方式去想当然地理解黑人的过去，似乎黑人在美国的历史上完全就是一个被压迫和剥削的边缘群体，他们始终都只是存在于奴隶主的皮鞭控制下的种植园里似的。原本丰富、深邃的黑人历史也就变得贫瘠乏味。而约翰逊上大学时通过对相关文献资料的发掘，出于对自己民族历史的强烈好奇，他逐渐发现黑人在美国历史上的存在远比人们想象的要重要得多。他说："如果没有黑人自 17 世纪殖民地时代就在这块大陆上留下的身影，美国历史在任何一个能够想得到的层面上——政治的、经济的和文化的——都是无法想象的。"（x）而后来他在为美国公共电视网编著那部《非洲人在美国：穿越奴隶制度的美国历程·辅助用书》时，更是惊讶地发现与黑人有关的许许多多闻所未闻的事件。除了把这些事件编写进《非洲人在美国：穿越奴隶制度的美国历程》一书之外，约翰逊还应邀创作了这一系列短篇故事配合它的出版发行。为了"给这些很有启发意义的事实带来一些鲜活感"（xiv），约翰逊并没有严格遵守历史事件的原貌，而是在基本符合事实的基础上，添加进了很多的文学想象和虚构。只有这样，写出来的东西才不至于只是一种简单的历史复述，而是可以增加读者的历史在场感，从而"有感情地唤起一个历史时刻"（67）。虽然这些故事读起来简单有趣，但它们绝非只是为了娱乐休闲目的创作出来的快餐文学，而是同样带有约翰逊一贯的现实伦理关切，恰如他所说："今天我希望，这些故事……可以成为读者的时间机器，把他们带回非裔美国人的过去。并且在至今仍在进行的民主历程中，在创造这个我们当下正生活于其中的共和国的过程中，这段过去在每个方面都是关键构成要素。"（xv）

第八章 “艺术是通往他者的桥梁”

——约翰逊的小说伦理观

> 任何有这种使命感的艺术家都深知艺术永远都不能仅仅是一种“娱乐”或逃避现实的形式。相反，它必须是一种探究现实的方式，因为艺术需要担负一种现象学意义上的职责、揭示秘密的职责，不只是为了美国黑人，而且是为了全人类。（Johnson, *Afterword* 237）

本章以“小说伦理观”作为标题，不是说我们要探究约翰逊作品中的道德内涵，而是主要讨论约翰逊文学创作的伦理旨归，其中包括他对美国传统奴隶叙述的戏仿、他与美国实用主义哲学和伦理学传统的承续关系以及他的艺术创作的政治性等。我们在前文已经说过，约翰逊受其启蒙导师加德纳的影响至深，他非常强调艺术创作的道德使命感，但他也坚决反对把道德教条当作文学的首要内容。在他看来，真正的道德小说不是去教导人们怎样用抽象的道德公式做出具体的伦理判断和选择，而是引导人们消除隔阂、加深了解，为共建一个和谐、友好的“友爱社会”（friendly community）创造条件，这才是真正伟大的道德小说需要承担的社会使命。这样的使命在伦理和政治两个层面上都有意义，因为它不但试图改善人与人之间跨越阶级、种族和肤色的关系，而且也渴望最终带来社会变革。

第一节　约翰逊与新奴隶叙事

在讨论“新奴隶叙事”之前，我们需要先简单介绍一下什么是“奴隶叙事”（slave narrative）[①]。著名非裔文学理论家盖茨曾说过，奴隶叙事是“关于黑人被奴役的书面的或口头的证词”（Davis and Gates XII）。作为美国黑人文学的主要源头之一，奴隶叙事主要盛行于19世纪，尤其是美国南北战争和废奴运动期间。由于多数黑人都不识字，奴隶叙事往往都是由黑人口述再经白人抄写而成。据说至少有数千名奴隶都曾参与创作这种叙事文本。总体来看，奴隶叙事在形式上非常程式化，主人公往往就是叙述者本人；在内容上也大多讲述奴隶如何遭受虐待、如何逃离和寻找自由的过程，就连开篇也几乎千篇一律的都是“我出生于……”这样的程式化语言。在揭露蓄奴制度的残暴和推动废奴运动发展方面，奴隶叙事发挥了很大作用。另外它也促进了黑人文学的发展，推动整个美国文学走向成熟。[②] 但也应该看到，由于人物类型化，情节简单化，它自身的文学价值远不如其政治宣传价值。提姆·瑞恩（Tim Ryan）曾评论说：“在一定程度上，它对黑奴逃亡经历的传奇渲染和通俗化煽情遮蔽了奴隶经验的本质；它对个人才能和英雄主义的推崇无意中也贬抑了黑人群体的斗争反抗，减弱了黑人家庭和民族群体在摆脱蓄奴制对他们的心理塑造方面所发挥的作用。”（Ryan 88—89）客观地说，奴隶叙事对蓄奴制度的反思和批判大多仅停留在日常经验层面上，往往不能对自由、种族和身份等问题做出更有思想深度的形而上思索。

自20世纪中后期以来，以爱丽丝·沃克、托妮·莫里森、伊什梅

① 约翰逊更喜欢称之为“黑人叙事”（black narrative）。

② 美国超验主义者西奥多·帕克（Theodore Parker）曾认为：“所有独创的美国传奇故事都源自黑奴叙事，而非白人小说。”转引自 Yuval Taylor, eds., *I Was Born a Slave: An Anthology of Classic Slave Narrative*, 1770—1849, Vol. 1, Chicago: Lawrence Hill Books, 1999, p. xx. 这间接说明了奴隶叙事对美国文学的重要性。

尔·里德、欧内斯特·盖恩斯以及查尔斯·约翰逊等为代表的新一代黑人作家集中涌现，他们极大改变了人们对传统奴隶叙事的印象。他们在创作中经常沿用传统奴隶叙事的模式，却又大胆借用各种复杂的现代和后现代文学手法对其进行戏仿和重构，逐渐形成一种引人关注的新奴隶叙事风格。[①] 最早使用“新奴隶叙事”一词的是巴尔纳德·贝尔（Belnard Bell），他在《美国非裔小说及其传统》（*The African American Novel and Its Tradition* 1987）一书中用其指称一种“带有残余口述特征的、有关黑人从奴役逃往自由的现代叙事”（Bell 289—290）。虽然贝尔并未做进一步的深入研究，但他已经抓住了新奴隶叙事的根本特征，即它是一种“现代叙事”。后来拉什迪（Ashraf Rushdy）在为《牛津美国非裔文学指南》（*The Oxford Companion to African American Literature* 1997）撰写“新奴隶叙事”词条时，对这个术语作了更明确的界定，认为它是指“那种以叙述新世界的蓄奴制经历及其影响为主的现代或当代虚构文学”，它的主要特征是“把蓄奴制当作一种具有深远文化意义和难以消除的社会影响的历史现象加以再现”（Rushdy, *Neo-Slave Narratives* 533）。后来在其专著《新奴隶叙事：一种文学形式的社会逻辑研究》（*Neo-Slave Narratives: Studies in the Social Logic of a Literary Form* 1999）中，拉什迪再次称新奴隶叙述是指那些“套用南北战争之前的奴隶叙述的形式、文本习惯和第一人称叙述的当代小说”（3）。不难看出，拉什迪和贝尔一样，都非常强调新奴隶叙事的“当代”或“现代”特征。

在《阿穆瑟里人的现象学：查尔斯·约翰逊与奴隶叙事主体》一文中，拉什迪还把这种新奴隶叙事划分成四个类型。第一种类型是“要么把故事情节设定在南北战争前的南方黑奴群体中，要么以第三人称叙述方式重温曾做过奴隶的人对那段经历的回忆”（375），他把莫里森的《宠儿》（1987）和芭芭拉·蔡斯-里布（Barbara Chase-Riboud）的《莎丽·海明斯》（*Sally Hemings* 1979）视为这一类型的代

① 也有人称其为解放叙事（emancipation narrative）或有关蓄奴制的叙事（narrative of slavery）等。

表。第二种类型“把故事安排在20世纪晚期的当代美国，但会直接或间接地涉及那些祖先曾是奴隶的现代男女们的生活或心理问题”(375)，这一类型在当代美国黑人文学中占最大比重，像理查德·赖特的《土生子》、拉尔夫·埃利森的《隐身人》、戴维·布拉德利(David Bradley)的《昌奈斯韦尔事件》(*The ChaneysvilleIncident* 1981)，奥克塔维亚·巴特勒(Octavia Butler)的《家族》(*Kindred* 1979)以及格洛丽亚·内勒(Gloria Naylor)的《林顿山》(*Linden Hills* 1985)等都属于这一类型。第三种类型是“家谱叙述，它通过追溯某个家族在更大范围内的黑人经验来再现奴隶经验”(375)，其中最有代表性的当属亚历克斯·哈利(Alex Haley)的《根》(*Roots* 1976)。此外玛格丽特·沃克(Margaret Walker)的《欢乐》(*Jubilee* 1966)、约翰·埃德加·怀德曼(John Edgar Wideman)的《达姆巴拉赫》(*Damballah* 1981)等也属此类型。最后一种类型是“对奴隶叙述的形式和传统进行模仿的文本”(375)，代表作如里德的《逃往加拿大》(*Flight to Canada* 1976)和盖恩斯的《玫瑰曼小姐自传》(*The Autobiography of Miss Jane Pittman* 1971)等。(参见 Rushdy, *The Phenomenology of the Allmuseri* 375)

除了第三种类型以外，另外三种类型在约翰逊的作品中都可以被找到，比如，他的两个短篇故事《明戈的教育》(*The Education of Mingo* 1977)和《魔法师的学徒》(*The Sorcerer's Apprentice* 1986)属于第一种；《菲丝与好东西》和《梦想家》属于第二种；但约翰逊最主要的成就还是在创作第四种类型上，即套用传统奴隶叙述的基本形式，但又不断对之进行戏仿和改写，从而达到加拿大后现代理论家琳达·哈琴所说的“既沿袭又妄用”“既使用又滥用”“既效仿又质疑”的双重效果，《牧牛传说》和《中间航道》代表了约翰逊在这方面的最高成就。派克曾认为，如果在讲述与美国南方蓄奴制有关的历史故事时，我们非但不提及那些惨绝人寰的暴行，反倒用幽默的语调谈论很多让人无法置信的轻松浪漫话题，此种做法一定会被认为“没良心”(*Packer* 7)，黑人读者必定会指责这是对民族灾难历史的背叛。我们在阅读约翰逊的很多小说时，有时候的确会产生这种感觉，我们发现了在黑人文学中少有的轻松诙谐，知道了黑人在过去除了被奴役之外，还有一些鲜被提及的生活内容。他笔下的白人奴隶主很多都不是凶残的统治者，而更像开明仁慈的家长，比如《牧牛传说》里的乔纳桑和《中间航道》里的钱德勒。黑人主人公们也往往不是勇敢机智的逃亡英雄，而是带有一些“萨姆博”（Shambo）[①] 劣根性的反英雄，比如《中间航道》里的鲁特福德。更值得一提的是，约翰逊没有遵循经典男性奴隶叙述的“识字—身份—自由”的结构模式，而是更接近伊丽莎白·安·博利厄（Elizabeth Ann Beaulieu）所说的“家庭—身份—自由”的女性黑奴叙述模式（*Beaulieu* 8—10）。在约翰逊的所有小说中，日常家庭生活都是他非常重视的叙述主题。

如前文所说，约翰逊对传统黑人文学有些不满，他于 2008 年发表在《美国学者》（*American Scholar*）上的文章《美国黑人叙事的终结》（*The End of the Black American Narrative*）则最直接地阐明了他对奴隶叙事的失望态度，以及他希望为黑人文学寻找未来的决心和动力。他在文中指出，任何一个好故事都应该能给读者带来一些精神启示，“为人们揭示某些东西”（1）。传统奴隶叙事反复讲述黑人受难的经历，以至于形成一种思维定式，即黑人永远是蓄奴制的受害者，这一定式成为“我们的思维出发点、公认的前提以及谈论美国黑人话题时最重要的预设”（1）。但在约翰逊看来，历史已经发生了巨大变化，如今的美国已完全不同于 100 多年前的美国。蓄奴制和种族隔离都已被废除，虽然不能说黑人已经赢得与白人完全平等的社会地位，但他们至少已拥有了政治和法律意义上的自由，谁也不能阻拦他们实现自己的人生愿望。黑人已不再是千人一面的受害者，不管从哪个角度来看当今的美国黑人，我们都可以发现他们是一个复杂多面的群体，不能把他们简单归类为某一类型化的群像。他说：“我们再也不能简单地认为美国黑人生活的本质就是种族剥削和迫害、是惩罚和诅咒、是被肤色注定的悲惨命运了，在这种出生之前便已被决定的命运里，生

① 指在黑人男性中常见的一些不良习性，主要表现为“温顺忠实但性情懒惰，谦卑顺从但喜欢撒谎和偷窃等”，参见 Tim A. Ryan，*Calls and Responses*：*The American Novel of Slavery since Gone with the Wind*，Baton Rouge：LouisianaState University Press，2008，p. 14。

命的意义已遭到彻底物化。”（5）

约翰逊认为，如今的黑人经验正展现出前所未有的多元异质性，在黑人中间已经出现了包括奥巴马总统在内的无数杰出人士，黑人作家需要再现这些黑人经验的不同侧面。但让他感到失望的是，仍有太多黑人作家习惯用老套的奴隶叙事形式，他们无视社会进步和巨大成就，拒绝承认黑人境况已有实质改善，即便像奥巴马当选美国首任黑人总统这样的事情，对他们来说也意义有限。他们头脑中仍然装满了一个半世纪以前的经验素材。约翰逊想强调的是，我们并不否认奴隶叙事在历史上的贡献和价值，但如果总是重复讲述或聆听这样的故事就是对当今现实的无视，它会让人思维僵化，看不到进步。他说：

> 古老的黑人叙事作为一种阐释工具已然失去其有效性。……21世纪的我们需要更新、更好的故事，需要新的观念、词汇和语法，它们不是固着于过去，而是立足于未经探索的、激动人心的、充满未知的当下。我们同时还需要知道，每一个故事最多不过是对现实的一种暂时性阐释、在现象学意义上的一个侧面像，它们随时都有可能被修改，甚至是被完全推翻。这些叙事都不会宣称自己绝对正确，相反，它们都谦逊地把自身呈现为一个非常有试探性的假设，不管它们多么有限，每天都必须接受来自我们自身的经验以及手头拥有的一切可靠证据的检验。（Johnson，*The End of the Black American Narrative* 9）

约翰逊独具一格地强调，东方传统宗教和哲学思想对于人们重新认识黑人经验有很大帮助，因为它们可以支持并加深黑人对“自由”和“身份”的理解，并“为我们实现现实变革提供必要的内在革命”（Johnson，*Turning the Wheel* xvii）。与马丁·路德·金一样，约翰逊也坚信社会变革必须同时在两条战线上进行，一条战线是改造外部社会；另一条战线则是改造内在灵魂。相比之下，在前一条战线上，今天的美国社会已取得不小成就，但在后一条战线上却进展甚微。

约翰逊通过自己与东方宗教和文化的深入接触，逐渐实现了自己的内在革命。在一个黑人经常被丑化为愚蠢、懒惰、不负责任的暴力分子的社会里，他并未自暴自弃，而是“认真履行自己作为丈夫、儿子、教师、作家、同事、邻居、编辑、朋友和公民的义务，无私地服务好身边人”（Johnson，*Turning the Wheel* xvii）。从表面来看，约翰逊的小说似乎充满了对经典奴隶叙事的戏仿和改写，但他真实的目的并不是单纯要颠覆一种文学传统，而是为黑人文学探索更好的未来。恰如钱德勒（Gena Chandler）所指出，约翰逊反对黑人叙事的目的是为了“选择讲述不同类型的故事。在他那里，抗争的对象是自我，而非外部的种族主义力量、种族偏见或在（传统）黑人文本中经常出现的别的主题”。（Chandler 338）

第二节　约翰逊与美国实用主义伦理学

在第一章我们曾经提到，约翰逊深受恩师加德纳的影响，他的创作一直带有很强的伦理责任意识。然而约翰逊对于以康德、穆勒和边沁等为代表的欧陆道德哲学传统并不欣赏，他们的伦理思想也经常成为他揶揄的对象。由于约翰逊对传统东方宗教情有独钟，很多人认为东方宗教伦理尤其是佛教伦理是他的伦理观念的最重要基础。有关这一点，我们在前文也已有讨论。不过近些年来，有不少学者开始倾向于把约翰逊的伦理观与最具美国本土特色的实用主义传统联系起来。

一般认为，美国实用主义发端于19世纪的超验主义者爱默生，后来历经查尔斯·皮尔斯和威廉·詹姆斯的发展完善，再经过约翰·杜威发扬光大，逐渐成长为美国最具影响的本土哲学流派。上述四人也一直被视为美国实用主义的正统谱系。不过美国学者波斯诺克（Ross Posnock）近来却为我们梳理出实用主义在美国黑人思想家中传承的一条脉络，即“从詹姆斯到杜波依斯和艾伦·洛克（Alan Locke）”（参

见 *Conner and Nash* 84)①。虽然后两者在思想上存在相当分歧，但他们都同样受到过詹姆斯的重大影响，尤其是从他那里吸收了关于“实用多元主义”的思想。② 在杜波依斯和洛克之后，波斯诺克还把实用主义哲学在黑人思想家中的传承谱系一直延续至今，其中包括亚历山大·克拉梅尔（Alexander Crummell，1819—1898）、宝琳·霍普金斯（Pauline Hopkins，1859—1930）、吉恩·图默（Jean Toomer，1894—1967）、佐拉·尼尔·赫斯顿（Zora Neale Hurston，1891—1960）、拉尔夫·埃利森（Ralph Ellison，1914—1994）、阿尔伯特·莫瑞（Albert Murray，1916—2013）等（参见 *Conner and Nash* 84—85），这些黑人思想家的共同特点是“不相信存在本质意义上的种族身份，但与此同时，他们仍采取自认为最符合本种族利益的行动，而非袖手旁观”（*Conner and Nash* 85）。他们都抛弃了狭隘的黑人民族主义思想，呼吁人们承认并保留不同种族的文化属性，提倡多元主义的文化身份观。就像威廉·格里森（William Gleason）所评述的：“杜波依斯、洛克和埃利森等人的实用多元主义在 20 世纪末和 21 世纪初最重要的黑人实践代表就是詹姆逊。他不但延续和发展了他们的民主世界主义、他们对种族逻辑的挑战以及对不同文化相互重叠交织的信念，而且还继承了他们充当公共知识分子的角色。”（*Conner and Nash* 87）

格里森把约翰逊看作当今美国重要的黑人公共知识分子代表，这一看法并不为过。塞尔泽也指出：“自 20 世纪 90 年代以来，约翰逊越来越被视为公共知识分子。”（Selzer 158）近几年来，约翰逊开始频繁地在报纸和电视上发表涉及社会公共话题的言论，他的很多篇文章，比如《被我们抛弃的金》（*The King We Left Behind* 1996）、《第二条战线》（*The*

---

① 本节很多引文皆出自 Marc Conner 与 William Nash 合编的论文集 *Charles Johnson*：*The Novelist as Philosopher*，University Press of Mississippi，2007，其中收录了 Linda Selzer，Gene Chandler，Gary Storhoff，William Gleason 等人的研究论文。为了省略注释，下文都将随文直接标注引文出处页码，不再单独标注具体作者姓名。

② “实用多元主义”（practical pluralism）是由波斯诺克最先使用的术语，意思接近于“世界主义”（cosmopolitanism）或“文化多元主义”（cultural pluralism），它们都常被用来替代人们把美国社会比作“文化大熔炉”的说法，以凸显不同文化和种族之间相互包容、求同存异的融合过程。参见 Marc Conner and William Nash，eds. *Charles Johnson*：*The Novelist as Philosopher*，Oxford：University Press of Mississippi，2007，p. 84。

Second Front 1997）、《站在公共立场上思考》（*Thinking in Public* 1998）、《我们所需要的金：对一个正在寻找自我的国家的教谕》（*The King We Need*：*Teachings for a Nation in Search of Itself* 2005）、《我们是否将获胜？——当今美国非裔人的状况》（*Shall We Overcome*？*The Black American Condition Today* 2006）、《巴拉克·奥巴马的意义》（*The Meaning of Barack Obama* 2008）等，也都清晰表达了他对当今美国社会和政治生活的强烈关注。

应当承认，实用主义伦理学作为实用主义哲学的一部分，它不可避免地带有某些功利成分，但不管是在皮尔斯、詹姆斯还是杜威那里，他们的实用主义思想都不能被化简为功利主义。斯托霍夫曾指出，尽管实用主义伦理学也关心道德行为的实践后果，但它更重视实践主体与伦理环境之间的互动，即"人必须考虑由（自身所处的）某个道德立场所引发的实践行为，一旦他做出了选择，就必须在该选择行为的语境下相应调整他对现实的认识"（*Conner and Nash* 107）。在特定情况下，我们做出什么样的伦理选择，这并不是由预先存在的伦理法则决定的，而是取决于我们对具体语境条件的理解和判断，但这种理解和判断又注定是片面和暂时的。我们需要不断修正和调整我们对环境的认知，因为我们所获得的真理或知识并非永恒不变，而是依赖于对具体语境的判断。斯托霍夫认为，这并不等同于道德相对主义，它只是强调"我们进行新的（伦理）实践时，不能仅仅依赖于对世界的过去认识，因为我们早已远离了此前的现实语境"（*Conner and Nash* 107）。换句话说，人们对环境的认知应该与时俱进、时刻调整。在约翰逊的作品中，凡是不能及时变通眼光看待世界的人，特别是那些始终执着于头脑中的僵化思维模式和种族观念的人，经常都会做出错误的选择和行动，给他人造成伦理上的恶果。比如《牧牛传说》里的乔治、《梦想家》里的祖贝纳，以及《中间航道》里的法尔肯等。他们用本质主义的视角看待自我、世界和他者，不知道生活还有变化的可能。

可以看出，在这种实用主义的伦理观里面，蕴含着反本质主义思想，即任何事物之所以是其所是，并非因为它具有某种独特本质，而是因为它所处的环境条件至少在部分上影响和塑造了它的当下状况。

仅从空间上来看，事物之间或许呈现毫不相干、相互隔绝的样子，但若从时间维度上来看就会发现，一切事物都处于相互关联的一种矩阵之中，没有什么事物纯粹由自我决定，或者拥有绝对不变的本质；它们都缺少不了与其他变化中的事物的关系。斯托霍夫认为，这种反本质主义的实用主义伦理观对事物之间相互依存性的强调非常接近佛教哲学中的“空”的思想。（*Conner and Nash* 108—109）哲学家戴尔·莱特（Dale Wright）曾经对佛教的“空”做过精辟的解释，他说：“说某物为空，意思是说由于这个实体从根源上离不开其他实体，而且会随着这些外部条件的变化而变化，因此这个实体就没有‘自我存在’（own-being）或‘自我本质’（self-nature）。”（*Conner and Nash* 109）在约翰逊的小说中正是如此。“空”绝不意味着对存在或意义的彻底否定，它不是虚无，而是如斯托霍夫所说：

> 它只是代表一种开放状态或彻底的不确定性，拒绝完全确定的或自我封闭的属性。一个具体事物是空的，因为它从根源上有赖于别的事物，而且也随着所有其他事物的变化而变化。一切事物——物体、观念、有生命的事物等——都从促成了它的发端并部分塑造着它们的变化的无限因素中获取自身属性。因此，没有哪个事物拥有独立身份，或者因为自己的本质属性或意愿或自我决定的现实驱动力而成其所是。（*Conner and Nash* 109—110）

不同于以康德为代表的欧陆道德哲学传统，美国实用主义伦理学不主张空洞地谈论道德形而上学问题，反对用僵化、抽象的道德标准来指导或衡量具体伦理实践；它更强调特定的选择在具体语境下的伦理适当性，认为我们有关伦理问题的讨论必须从当下的语境出发，并服务于当下需要。这正是约翰逊的实用主义伦理思想的根本所在。他在作品中表达的伦理思想并非为了道德教条，因为教条主义者总是关心如何用设定好的标准去评价具体行为的伦理价值，而约翰逊却更想让读者明白，我们的基本伦理问题远远超过有关是非对错的道德说教。正如斯托霍夫所说：“约翰逊的伦理思想并不仅关心谁对谁错的问题，它的作用是恰当理解世界并改变自身的属性。”（*Conner and Nash* 112）对约翰逊来说，“恰当理解世界”就是用非本质主义的视角看待世界，认识到包括自我、种族和身份等在内的所有观念都不过是人为建构物，它们并没有稳固不变的实体指涉对象；各种事物之间始终存在相互依存关系，我们对彼此的依赖程度远远超出我们已有的认识水平。

约翰逊在其众多新奴隶叙事作品中使用了很多的历史素材，尤其是他的两部长篇小说《牧牛传说》《中间航道》以及短篇小说集《捉魂人及其他故事集》。如前文所述，很多论者倾向于把这几部作品看成琳达·哈琴所谓的“历史书写元小说”的代表。这种观点未免牵强。虽然这些作品的确具有一些历史书写元小说的特点，如“它们既具有强烈的自我指涉性，又自相矛盾地宣称与历史事件和人物有关”（Hutcheon 5）。但它们并不具备历史书写元小说的最根本特征，那就是：“用文学的手法来吸引人们关注和反思我们用以再现世界的那些机制，特别是文学再现和历史再现中的政治。所谓再现中的政治，就是指那些表面看上去中立、实际上却有意识形态偏向性、特别是出于权力和话语操控目的的再现的媒介、手段、符码和程序等。”（陈后亮 94）与之相比，把这些作品看成约翰逊的实用主义历史/伦理观的文学表达更为恰当。斯托霍夫的观点值得肯定：“从根本上来说，约翰逊的历史观是实用主义的。了解过去的主要意义在于，它是通往更伟大目的的途径，可以改善当前状况。约翰逊强调当下的人们有权自由地使用过去，我们应该认识到，历史就像这个国家自身一样，总是在当下时刻被不断创造着。”（*Conner and Nash* 115）在约翰逊看来，历史就是一种对世界的建构，就是一部“有用的虚构作品”，它虽然缺少那种绝对意义上的客观真实性，却能够为今天的人们提供指导，推动有益的行动。对他来说，评价一种历史叙述的标准不是它多么忠实于过去事件，而是它能够在多大程度上满足我们对人性信仰的需要，以及在多大程度上能够帮助我们在未来建设一个“友爱社会”。约翰逊并不否认有任何真实的历史叙述存在，他只是更倾向于讲述一种对今天和未来更有好处的历史故事，哪怕是一种虚构或对真实历史的篡改。

第三节 约翰逊小说的政治和伦理诉求

约翰逊的小说自从问世以来就一直面临不少争议。一方面，很多人称赞他在新奴隶叙事方面成就斐然，极大拓宽了黑人文学的美学疆界。但另一方面，也有不少人批评他的创作有逃避政治的倾向，认为他背叛了黑人美学传统，降低了文学在改善黑人的社会政治地位方面的积极作用。在众多批评和质疑的声音中，理查德·哈代克的看法最具代表性。他认为，虽然约翰逊在作品中也经常涉及蓄奴制，偶尔也会提到黑奴遭受的肉体折磨，但他更主要的还是把蓄奴制当成一种"几乎仅造成心理上的和形而上的创伤，却没有造成历史或政治后果的隐喻"（Hardack 1030）来思考的。以《牧牛传说》里的安德鲁和《中间航道》里的鲁特福德为例，他们在各自的故事中经受了不同形式的精神奴役，却几乎没有肉体奴役。哈代克很不认可约翰逊把种族身份视为主观幻象，把政治视为业报轮回的佛教思想。在哈代克看来，黑人至今仍未获得完全意义上的种族平等身份，他们作为独立、平等的种族群体的身份仍需继续加强。在这种情况下，约翰逊要求黑人把种族身份的观念当作一种虚幻的范畴加以超越显然不太恰当。

哈代克尤其不能接受的是，约翰逊似乎暗示很多形式的种族奴役其实都是黑人自我制造的幻象，似乎黑人能否得到自由只是一个主观意识的问题。约翰逊劝导人们放弃改造外部世界，转而去改造自己对世界的看法，这就和佛教劝导人们改造自己的主观精神一样。哈代克还试图从美国实用主义哲学的源头、超验主义者爱默生那里找出问题的根源。他发现，爱默生也曾认为黑人和白人同样需为奴隶制度的存在负责。他说："我们当然要指责奴隶主，但同时也要指责奴隶，因为他们甘愿自己被当作奴隶对待。"（转引自 Hardack 1043）哈代克认为，约翰逊和他的这位实用主义前辈一样，"主要都把蓄奴制度视为一种本体论意义上的、而非历史意义上的束缚"（Hardack 1043）。他们对蓄奴制度的描述主要是一种浪漫化的想象，较少能提出具体有力的批判。

应当承认，哈代克对约翰逊的批评不无道理。我们在约翰逊的小说中确实很少遇见直接的政治表达，他不像赖特或鲍德温那样把批判的矛头径直指向白人种族主义者，也并不试图唤起读者的政治革命热情。而且，就像《牧牛传说》里的乔治和《梦想家》里的祖贝纳一样，那些有着强烈革命意识和政治热情的黑人民族主义者都没有得到约翰逊的肯定性描写。不过，如果我们就此批评约翰逊的创作美学，批评他逃避政治，那我们就错了。虽然约翰逊本人多次表示他不喜欢政治文学，但他其实只是反对那种把小说简化为政治宣传品的笨拙做法。埃利森曾说："小说永远是一种公共行为，尽管不一定是政治行为。"（转引自 *Conner and Nash* xvi）而一切公共行为其实都可以被视为一种广义的政治行为，因为它们都涉及人们应以何种方式相互交往、共同生活以及分配权益等问题。康纳和纳什也正是在这种广义的政治含义上理解约翰逊作品的。在两者看来："约翰逊的作品绝对与政治有关"（*Conner and Nash* xvi），只不过约翰逊不喜欢谈论与权力斗争和社会革命有关的那种狭义政治。他和古希腊的柏拉图、亚里士多德等人一样，"把政治视为哲学、伦理学和美学的一部分、甚至是它们的补充"（*Conner and Nash* xvi）。

对约翰逊来说，艺术创作的美学目的与政治目的是统一的，不管我们是想要创造美的艺术还是更平等的社会，我们对真、善、美的追求是一致的、同样的。受狭隘的民族主义政治观影响，不少黑人作家很少从哲学的角度深入思考有关自由、身份和种族的问题，而约翰逊倡导的黑人哲理小说的使命就在于为读者开创一个"完整视野"（whole sight），让读者——特别是黑人——学会从更高的思想层面上理解自我身份以及与他人的关系。正如拉什迪所指出："约翰逊的真实政治愿望就是解放我们的世界观。"（*Conner and Nash* xvii）在约翰逊看来，历史已经发生了巨大变化，如今的美国已经与奴隶制时期的美国有了天翻地覆的变化。我们对政治行动的理解也需要做出相应调整。极端不公正的种族制度已不复存在于美国，然而有很多人——包括白人和黑人——却仍旧囿于狭隘的、对抗性的思维模式而难以自拔。

正是这种思维模式才滋生了种族主义，以及歧视、压迫和仇恨这些让人厌恶的社会产物。

从这一层意义上来说，约翰逊的文学创作从未远离政治，他只是不接受那种把政治等同于种族或阶级权益博弈的狭隘观点。他的政治关切的重心不是种族和阶级斗争；相反，他最关心的是如今的人们应如何化解对彼此的仇恨和误解并认识到相互共存性，从而为创造一个更美好的友爱社会准备条件。约翰逊在接受高什访谈时表示："我不认为我的美学立场与所谓的'抗议小说'是对立的。"（Ghosh 371）在他看来，自己的小说其实是一种广义上的抗议小说，不过他抗议的对象不再是白人种族主义行为，而是更普遍的"人类的无知和愚蠢（种族主义是其中一部分）、错觉与自私"（Ghosh 370—371）。约翰逊不否认种族主义的幽灵仍然残留于今天的美国社会，但它已经不再是最主要的麻烦。黑人在今天面临的主要问题不再是奴隶制度和种族迫害，而是它们遗留下来的心理创伤，以及由此衍生出的种种不良后果，比如懒惰和不负责任等。

在经典奴隶叙事中，奴隶制度的存在是导致黑人产生反社会行为的根源。为了获得自由，黑奴必须想方设法逃避奴隶制度的压迫和束缚，哪怕最终给自己和他人带来两败俱伤的后果。然而对于约翰逊小说中的很多主人公以及活在今天的美国黑人来说，奴隶制度已经被废除，不应该再拿它当作逃避家庭和社会责任的借口。如今的黑人已经和白人享有基本平等的权利和机会，他们生命的意义不再是被预先决定好的，而是由自己的行为来决定。奥巴马已经成功当选美国首位黑人总统，无数同样杰出的黑人也已出现在美国各个领域。约翰逊认为，这说明在今天的美国，"不论肤色，谁都可以出类拔萃；不分种族，谁都可以服务于他人"（Johnson，*The King We Need* 14）。他呼唤黑人们忘记仇恨和伤痛，绝对不应自暴自弃，应该以积极的心态去奋发图强，为自己、家人和社会创造一个更美好的未来。这正是约翰逊小说在政治和伦理上的终极诉求。

小　结

在谈到美国黑人的身份危机时，杜波依斯曾经说过下面这段非常著名的话，他说：

> 这是一种非常奇特的感觉、一种双重意识，它是一种总是透过他人的眼光来看待自我的感觉，是用一种正在以嘲讽、鄙视和怜悯的目光凝视他的那个社会尺度来衡量他的灵魂。一个人随时都会感到在他黑色的身躯内同时存在着作为美国人和作为黑人的两重性、两个灵魂、两种思想、两种永不和解的斗争以及两种相互敌对的思想。(Du Bois 3)

如果说美国的黑人通常都要遭受杜波依斯所说的这种“双重意识”的危机的话，那么黑人作家往往还要承受由此衍生出的另一种困扰，那便是他们既想忠实于普遍的艺术标准，同时又不想背叛黑人文化和经验的特殊性；他们既需要写得“好”，以便赢得由白人主导的出版商和读者市场，同时又需要写得有“政治性”，以免引起黑人批评家和读者的反感。这就是美国非裔作家经常面临的伦理困境。

在20世纪六七十年代以前，大部分黑人作家都受美国特殊社会语境和文学发生机制的影响，他们并不觉得“好的写作”与“政治性写作”有什么区别。两者似乎就是对等的。但到了80年代之后，这一矛盾便逐渐凸显出来。由于很多人坚持用旧的政治标准来衡量黑人文学，这让很多黑人作家越来越失去创作活力。内容雷同、形式粗糙的抗议小说很难继续适应新的时代需要。正是在这种情况下，以约翰逊为代表的新一代黑人作家才涌现出来。他们在形式上勇于创新，大胆借鉴现代和后现代艺术手法，在内容和主题上也不再拘泥于种族政治题材，而是广泛涉及黑人经验的各个方面，极大地加强了黑人文学的艺术性和思想性。虽然时常有人批评这是对黑人文学的伦理和政治责任的逃避，但这实际是一种误解，是一种源自狭隘政治和伦理观的偏见。正如林元富教授所说：

> 对于黑人作家而言，无论其“历史作为话语场域”的观念有多深，形式和风格有多诡异，在套用奴隶叙述时，他们作品的“政治性”是毋庸置疑的：那就是通过对历史书写的干预，再现多元异质的黑人主体；通过刻画蓄奴制这一“古怪的体制”下黑人痛苦的同时，重新唤起人们对当下美国语境下自由的概念和美国黑人整体命运的关注与思考。(159)

在众多评论的声音中，约翰逊最认可乔纳桑·利特尔（Jonathan Little）对他的评价，认为只有利特尔最深刻地理解了他的文学创作理想。利特尔指出：“在精神信仰、意识形态和哲学思想方面，约翰逊和金都非常相似。”（Little，*Spiritual Imagination* 3）确实，约翰逊不但创作了第一部以马丁·路德·金为主要人物的虚构小说，他还发表了大量纪念金的文章，而且几乎他的所有作品都在主题上回应了金的奋斗理想。在1960年的一次演讲中，金曾告诫他的听众：“我们最终的目的必须是创造一个友爱社会。”（转引自Johnson，*The King We Need* 2）约翰逊和加德纳一样，两人都把艺术创作视为一项神圣的道德工程。但他绝没有把艺术降格为道德教条，而是通过文学去增进人与人之间跨越种族、阶级、性别、信仰、肤色、文化和地域的理解与沟通，让人们意识到彼此的密切关联和休戚与共，一起为最终创造金所设想的“友爱社会”付出努力。他说：

> 艺术是通往他者的桥梁，从一个主体抵达另一个主体。因此，艺术经验即便不是普遍的，至少也是带有主体间性的，而这……正是我们最值得期待的好东西。艺术具有一种认知使命，它深深地鄙视狭隘的文化地方主义（cultural provincialism）；不过，除了可以带给我们知识，以及纠正僵化的世界观，艺术还可以做更多。（参见*Whalen-Bridge and Storhoff* 237—238）

约翰逊在非裔美国文学中独具特色的创作确实引发了一些争议，但他是否正确并非最重要的话题。因为不管对错，他都创造了优秀而有趣的作品，而且它们有助于打开有关黑人小说传统的新的重要研究领域。

参考文献

一　中文参考资料

[德] 埃里希·弗洛姆：《恶的本性》，薛冬译，中国妇女出版社 1989 年版。

陈后亮：《用传统东方智慧启迪现代西方人的心灵——查尔斯·约翰逊及其〈武馆〉》，《外国文学》2015 年第 6 期。

陈后亮：《"你若行得好，岂不蒙悦纳？"——评约翰逊在〈梦想家〉中对黑人的伦理告诫》，《外文研究》2015 年第 2 期。

陈后亮：《佛教视野中的美国种族问题——论〈牧牛传说〉中的佛教思想》，《外语与翻译》2015 年第 4 期。

陈后亮：《"我有一个梦想"——〈梦想家〉中的非暴力思想及伦理表达》，《复旦外国语言文学论丛》2015 年秋季刊。

陈后亮：《琳达·哈琴的后现代主义诗学研究》，山东大学出版社 2011 年版。

陈后亮、贾彦艳：《美国非裔文学中的"新鲜事物"——论〈牧牛传说〉里的道家思想》，《外语教学》2015 年第 1 期。

陈后亮、申富英：《"艺术是通往他者的桥梁"——查尔斯·约翰逊的小说伦理观初探》，《中南大学学报》2015 年第 6 期。

海德格尔：《存在与时间》，陈嘉映、王庆节译，生活·读书·新知三联书店 1987 年版。

何新敏、赵文博：《〈中途〉的空间及意义表征》，《长春理工大学学报》2014 年第 10 期。
何新敏：《“间质空间”阈限下的文化身份认同》，《山东外语教学》2014 年第 4 期。
何新敏：《诗性的历史叙述——〈中途〉的后现代历史叙事解读》，《贵州民族大学学报》2015 年第 5 期。
李公昭：《20 世纪美国文学导论》，西安交通大学出版社 2000 年版。
理查德·塔纳斯：《西方思想史》，吴象婴等译，上海社会科学院出版社 2011 年版。
[加] 琳达·哈切恩：《加拿大后现代主义——加拿大现代英语小说研究》，赵伐、郭昌瑜译，重庆出版社 1994 年版。
林元富：《历史与书写——当代美国新奴隶叙述研究述评》，《当代外国文学》2011 年第 2 期。
刘祚昌：《美国奴隶制度的起源》（上），《史学月刊》1981 年第 4 期。
刘祚昌：《美国奴隶制度的起源》（下），《史学月刊》1981 年第 5 期。
罗虹：《当代非裔美国新现实主义小说论》，中国社会科学出版社 2014 年版。
吕万英、陈石磊、唐金凤：《基于历史编撰元小说视角的〈中途〉叙事策略研究》，《外国语文研究》2015 年第 3 期。
马丁·路德·金：《我有一个梦想》，许立中译，载霍玉莲《我有一个梦想：马丁·路德·金告诉我们》，中央编译出版社 2001 年版。
[德] 尼采：《尼采论善恶》，朱泱译，团结出版社 2006 年版。
聂珍钊：《文学伦理学批评导论》，北京大学出版社 2014 年版。
聂珍钊：《文学伦理学批评：基本理论与术语》，《外国文学研究》2010 年第 1 期。
聂珍钊：《文学伦理学批评与道德批评》，《外国文学研究》2006 年第 2 期。
聂珍钊：《文学伦理学批评：文学批评方法新探索》，《外国文学研究》2004 年第 5 期。
聂珍钊：《关于文学伦理学批评》，《外国文学研究》2005 年第 1 期。

庞好农：《唯我论的表征与内核：评约翰逊的〈中间通道〉》，《外语教学》2015 年第 1 期。

［美］R. W. 康奈尔：《男性气质》，柳莉等译，社会科学文献出版社 2003 年版。

［法］一行禅师：《佛陀之心》，方怡蓉译，海南出版社 2010 年版。

［法］一行禅师：《活得安详》，明洁、明尧译，海南出版社 2011 年版。

［法］一行禅师：《随处自在》，颜和正译，海南出版社 2013 年版。

史永红：《〈中途〉的心理创伤与救赎之道》，《贵州社会科学》2015 年第 1 期。

隋红升：《危机与建构：欧内斯特·盖恩斯小说中的男性气概研究》，浙江大学出版社 2011 年版。

汪民安：《尼采与身体》，北京大学出版社 2008 年版。

王卓：《边缘地带的先锋：美国族裔文学语境中的美国非裔文学》，《山东外语教学》2012 年第 6 期。

叶朗：《中国美学史大纲》，上海人民出版社 1985 年版。

杨丽珠、董光恒：《父亲缺失对儿童心理发展的影响》，《心理科学进展》2005 年第 3 期。

张中行：《禅外说禅》，中华书局 2006 年版。

赵敦华：《西方哲学简史》，北京大学出版社 2001 年版。

赵敦华：《西方现代哲学新编》，北京大学出版社 2001 年版。

二　互联网资源

圆殊：“佛陀的启示”，http：//blog. sina. com. cn/s/blog_ 7085ea3901017cud. html。

如是我闻佛教网，http：//www. rushiwowen. org/category－01－1－002. jsp。

《禅宗十牛图解说》，http：//www. daode. org/jwsx/364. htm。

三　约翰逊著作及论文

Johnson, Charles, *Turning the Wheel: Essays on Buddhism and Writing*, New York: Scribner, 2003.

Johnson, Charles, *Being and Race: Black Writing since 1970*, Bloomington: Indiana University Press, 1988.

Johnson, Charles, *Middle Passage*, New York: Scribner, 2005.

Johnson, Charles, *Oxherding Tale*, New York: Scribner, 2005.

Johnson, Charles, *Dreamer: ANovel*, New York: Scribner, 1998.

Johnson, Charles, *Faith and the Good Thing*, New York: Scribner, 2001.

Johnson, Charles, *Dr. King's Refrigerator and Other Bedtime Stories*, New York: Scribner, 2005.

Johnson, Charles, *Soulcatcher and Other Stories*, New York: Harcourt, Inc., 2001.

Johnson, Charles, *The Sorcerer's Apprentice*, New York: Atheneum Publishers, 1986.

Johnson, Charles, "Wilhelm Reich and the Creation of a Marxist Psychology," Master'sthesis, SouthernIllinois University, 1973.

Johnson, Charles, "The King We Need: Teachings for a Nation in Search of Itself", *Shambhala Sun*, 13. 3 (2005): 42—50.

Johnson, Charles, "The Meaning of Barack Obama", *Shambhala Sun*, 17. 2 (2008): 19—22.

Johnson, Charles, "The End of the Black American Narrative", *The American Scholar* (Summer 2008), Web. 1 Nov. 2008, http://www.theamericanscholar.org/the-end-of-the-black-american-narrative/.

Johnson, Charles, "Northwest Passage", *Smithsonian* (Sept. 2008), Web. 1 Nov. 2008, http://www.smithsonianmag.com/people-places/mytown-seattle-200809.html.

Johnson, Charles, "Shall We Overcome? The Black American Condition Today", *Society* 43. 5 (2006): 13—14.

Johnson, Charles, "Afterword", In Whalen-Bridge, John and Storhoff, Gary, Eds., *The Emergence of Buddhist American Literature*, Albany: State University of New York Press, 2009.

Johnson, Charles, *Taming the Ox: Buddhist Stories and Reflections on Politics, Race, Culture and Spiritual Practice*, Boston: Shambhala, 2014.

Johnson, Charles, *The Words & Wisdom of Charles Johnson*, Ann Arbor: Dzanc Books, 2015.

四　英文参考资料

Beaulieu, Elizabeth Ann, *Black Womenand the American Neo-slave Narrative: Feminity Unfettered*, Westport: Greenwood Press, 1999.

Bell, Bernard W., *The African American Novel and Its Tradition*, Massachusetts: University of Massachusetts Press, 1987.

Bernstein, Richard, "Imagining a Cain to Shadow Dr. King", Review of *Dreamer*, by Charles Johnson, *New York Times*, 8 Apr. 1998, C8.

Blue, Marian, "An Interview with Charles Johnson", in Jim McWilliams ed., *Passing the Three Gates: Interviews with Charles Johnson*, Seattle: University of Washington Press, 2004.

Boccia, Michael, "An Interview with Charles Johnson", *African American Review*, 1996 (4): 611—618.

Brown, Bill, "Global Bodies/Postnationalities: Charles Johnson's Consumer Culture", *Representations*, 1997 (1): 24—48.

Byrd, Rudolph P., ed. *I Call Myself an Artist: Writings by and about Charles Johnson*, Bloomington: Indiana University Press, 1999.

Byrd, Rudolph P., *Charles Johnson's Novels: Writing the American Palimpsest*, Bloomington: Indiana University Press, 2005.

Byrd, Rudolph P., "Oxherding Tale and Siddhartha: Philosophy, Fiction, and the Emergence of a Hidden Tradition", *African American Review*, 1996 (4): 549—558.

Chandler, Gena E., "Mindfulness and Meaning in Charles Johnson's 'Dr. King's Refrigerator'", *Texas Studies in Literature and Language*, 2013 (3): 328—347.

Clarke, John H., "Foreword" to *The Education of the Negro*, by Carter G. Woodson, New York: A&B Publishing Group, 1999.

Coleman, James W., "Charles Johnson's Quest for Black Freedom in *Oxherding Tale*", *African American Review*, 1995 (4): 631—644.

Collins, Richard, "Honoring the Form: Zen Moves in Charles Johnson's *Oxherding Tale*", *Religion and the Arts*, 2010 (1): 59—76.

Conan, Neil, "Interview with Charles Johnson", *Talk of the Nation*, NPR. Washington, D. C. 28, Feb. 2005.

Connell, R. W., *Masculinities*, Berkerley: University of California Press, 2005.

Conner, Marc C. and William R. Nash, eds. *Charles Johnson: The Novelist as Philosopher*, Oxford: University Press of Mississippi, 2007.

Conner, Marc C. and William R. Nash, eds. *Passing the Three Gates: Interviews with Charles Johnson* (Book Review), *African American Review*, 2005 (3): 481—483.

Cox, Timothy J., *Postmodern tales of slavery in the Americas: from Alejo Carpentier to Charles Johnson*, New York: Garland Pub., 2001.

Davis, Geffrey, "The Threads that Connect Us: An Interview with Charles Johnson", *Callaloo*, 2010 (3): 807—819.

Du Bois, W. E. B., *The Souls of Black Folk*, New York: Bantam Books, 1989.

Fagel, Brian, "Passages from the Middle: Coloniality and Postcoloniality in Charles Johnson's *Middle Passage*", *African American Review*, 1996 (4): 625—634.

Gardner, John, *On Moral Fiction*, New York: Basic Books, 1977.

Gardner, John, "Afterword", In Robert A, Morace and Kathryn Van Spanckeren, eds. *John Gardner: Critical Perspectives*, Carbondale: Southern Illinois University Press, 1982.

Gates, Henry Louis, Jr. and Nellie Y. Makay, eds. *The Norton Anthology of African American Literature*, New York: W. W. Norton & Company, 1997.

Ghosh, Nibir K., "From Narrow Complaint to Broad Celebration: A Conversation with Charles Johnson", *MELUS*, 2004 (Fall/Winter): 359—378.

Gleason, William, "The Liberation of Perception: Charles Johnson's *Oxherding Tale*", *Black American Literature Forum*, 1991 (4): 705—728.

Goudie, S. X., "Leavin' a Mark on the Wor (l) d": Marksmen and Marked Men in *Middle Passage*, *African American Review*, 1995 (Spring): 109—122.

Hanh, Thick Nhat, *Living Buddha*, *Living Christ*, New York: Riverhead Books, 1995.

Hardack, Richard, "Black Skin, White Tissues: Local Color and Universal Solvents in the Novels of Charles Johnson", *Callaloo*, 1999 (4): 1028—1053.

Hawkins, Shayla, "To Transcribe and Transfigure: An Interview with Charles Johnson", In Ghosh, Nibir K. & E. Ethelbert Miller, eds., *Charles Johnson: Embracing the World*, New Delhi: Authorspress, 2011.

hooks, bell, "Waking Up to Racism", *Tricycle: The Buddhist Review*, 1994 (Fall): 42—45.

Hussen, Aida Ahmed, "Manumission and Marriage?: Freedom, Family, and Identity in Charles Johnson's Oxherding Tale", *African American Review*, 2008 (2): 239—253.

Hutcheon, Linda, *A Poetics of Postmodernism: History, Theory, Fiction*,

New York: Routledge, 1988.

Johnson, Matthew, "The Middle Passage, Trauma and the Tragic Re-Imagination of African American Theology", *Pastoral Psychology*, 2005 (6): 541—561.

Jones, William R, "The Crisis in Philosophy: The Black Presence", *Proceedings of TheAmerican PhilosophicalAssociation*, 1974 (1): 118—25.

Kapleau, Philip, ed., *The Three Pillars of Zen*, Boston: Beacon Press, 1967.

Kinsley, David R., *Hinduism: A Cultural Perspective*, Englewlood Cliffs: Prentice Hall, 1993.

Levasseur, Jennifer, and Kevin Rabalais, "An Interview with Charles Johnson", *Brick*, 2002 (Spring): 133—44.

Levinas, Emmanuel, *Totality and Infinity: An Essay on Exteriority*, Trans. Alphonso Lingis, Pittsburgh: Duquesne University Press, 1969.

Little, Jonathan, *Charles Johnson's Spiritual Imagination*, Columbia: University of Missouri Press, 1997.

Little, Jonathan, "An Interview with Charles Johnson", *Contemporary Literature*, 1993 (2): 159—181.

Little, Jonathan, *Charles Johnson's Fiction*by William Nash (Book Review), *Contemporary Literature*, 2003 (4): 743—747.

Lucasi, Stephen, "False to the Past: Charles Johnson's Parabiographical Fiction", *Critique*, 2011 (3): 288—312.

Muther, Elizabeth, "Isadora at Sea: Misogyny as Comic Capital in Charles Johnson's *Middle Passage*", *African American Review*, 1996 (4): 649—658.

McWilliams, James, ed., *Passing the Three Gates: Interviews with Charles Johnson*, Seattle: University of Washington Press, 2004.

Nash, William R., *Charles Johnson's Fiction*, Urbana: University of Illinois Press, 2003.

Nash, William R., "A Conversation with Charles Johnson", In Jim McWilliams, ed. *Passing the Three Gates: Interviews with Charles Johnson*, Seattle: University of Washington Press, 2004.

O'Keefe, Vincent A., "Reading Rigor Mortis: Offstage Violence and Excluded Middles 'in' Johnson's *Middle Passage*and Morrison's *Beloved*", 1996 (4): 635—647.

Ouimet, Lorraine, "Freedom Through Contamination: Collapsed Boundaries in Charles Johnson's *Oxherding Tale* and *Middle Passage*", *Canadian Review of American Studies*, 2000 (1): 87—96.

Packer, ZZ., "Thinking Outside the Icebox", Review of *Dr. King's Refrigerator and Other Stories*, by Charles Johnson, *New York Times Book Review*, Mar. 6, 2005.

Pedersen, Carl, "Middle Passages: Representation of the Slave Trade in Caribbean and African American Literature", *Massachusetts Review*, 1992 (2): 225—239.

Retman, Sonnet, "'Nothing was Lost in the Masquerade': The Protean Performance of Gender and Identity in Charles Johnson's *Oxherding Tale*", *African American Review*, 1999 (3): 417—437.

Rowell, Charles H., "An Interview with Charles Johnson", *Callaloo*, 1997 (3): 531—547.

Rushdy, Ashraf H. S., "The Phenomenology of the Allmuseri: Charles Johnson and the Subject of the Narrative of Slavery", *African American Review*, 1992 (3): 373—94.

Rushdy, Ashraf H. S., "Charles Johnson's Way to a Spiritual Literature", *African American Review*, 2009 (Summer/Fall): 401—412.

Rushdy, Ashraf H. S., "Neo-Slave Narratives", *The Oxford Companion to African American Literature*, Eds. William L. Andrews, Frances S. Foster, and Trudier Harris, New York: Oxford University Press, 1997.

Rushdy, Ashraf H. S., *Neo-Slave Narratives: Studies in the Social Logic of a Literary Form*, New York: Oxford UP, 1999.

Rushdy, Ashraf H. S. , "Soulcatcher and Other Stories by Charles Johnson", Book Review, *African American Review*, 2002 (2): 338—340.

Ryan, Tim A. , *Calls and Responses: The American Novel of Slavery since Gone with the Wind*, Baton Rouge: LouisianaState University Press, 2008.

Scott, Daniel M. , "Interrogating Identity: Appropriation and Transformation in *Middle Passage*", *African American Review*, 1995 (4): 645—655.

Selzer, Linda F. , *Charles Johnson in Context*, Amherst: University of Massachusetts Press, 2009.

Shizuteru, Ueda, "Emptiness and Fullness: Sunyata in Mahayata Buddhism", in *Eranos Yearbook*, Netherlands: E. L. Brill, 1976.

Steinberg, Mark, "Charles Johnson's *Middle Passage*: Fictionalizing History andHistoricizing Fiction", *Texas Studies in Literature and Language*, 2003 (4): 375—390.

Storhoff, Gary, *Understanding Charles Johnson*, Columbia: University of South Carolina Press, 2004.

Storhoff, Gary, "Pragmatic Ethics in Charles Johnson's Fiction", in Conner, Marc C. and William R. Nash, eds. *Charles Johnson: The Novelist as Philosopher*, Oxford: University Press of Mississippi, 2007.

Suzuki, D. T. , *Manual of Zen Buddhism*, London: Rider and Company, 1950.

Taylor, Yuval, eds. , *I Was Born a Slave: An Anthology of Classic Slave Narrative*, 1770—1849. Volume 1. Chicago: Lawrence Hill Books, 1999.

Thaden, Barbara Z. , "Charles Johnson's *Middle Passage* as Historiographic Metafiction", *College English*, 1997 (7): 753—766.

Trucks, Rob, "An Interview with Charles Johnson", *Triquaterly*, 2000 (Winter): 537—560.

Walby, Celestin, "The African Sacrificial Kingship Ritual and Johnson's

Middle Passage", *African American Review*, 1995 (4): 657—669.

Walby, Celestin, "Waking Cain: The Poetics of Integration in Charles Johnson's *Dreamer*", *Callaloo*, 2003 (2): 504—521.

Whalen-Bridge, John, " 'Whole Sight' in Review: Reflcctions on Charles Johnson", *MELUS*, 2006 (2): 244—67.

Whalen-Bridge, John, "Waking Cain: The Poetics of Imagination in Dreamer", *Callaloo*, 2003 (2): 504—521.

Whalen-Bridge, John and Storhoff, Gary. Eds. , *The Emergence of Buddhist American Literature*, Albany: State University of New York Press, 2009.

Yancy, George, *African American Philosophers: Seventeen Conversations*, NewYork: Routledge, 1998.

附录一　哲学与黑人小说[①](译文)

查尔斯·约翰逊著

卡尔·弥尔顿·休斯（Carl Milton Hughes）在其1953年的著作《黑人小说家》（*The Negro Novelists*）的结尾处曾抱怨说："能够以某种思考方式来影响黑人生活的哲理小说仍未出现。"[②] 如果说思想本身——理论和学说等——就是哲理小说的基本素材的话，那么很明显，近来的黑人小说已经可以让休斯的抱怨作古了：詹姆斯·鲍德温在《向苍天呼吁》中探讨了黑人基督教信仰问题；理查德·赖特在《局外人》以及《住在地底下的人》中探究了欧洲存在主义的某些问题；塞若斯·考特（Cyrus Colter）也同样在一部有鲜明的萨特风格的小说《马戏团》（*The Hippodrome*）中反思了宿命论；在《看不见的人》中，拉尔夫·埃利森思考了永恒的经验、意义以及其他问题；最后还有伊什梅尔·里德，已经过去这么多年了，可他的言辞依然那么犀利。他在《路易斯安那革命的最后审判日》和《逃往加拿大》中仍旧试图在埃及和伏都教神话中寻找一种能够给今天的我们带来深刻启示的人道主义精神。

不过，在黑人哲理小说内部仍有一个更深层次的问题值得我们反复讨论，这是因为，即便我们口口声声说要"如实讲述"，并且声称要忠实于黑人生活，但我们往往还是忽视了文学艺术固有的分析性维

---

① 译自 Charles Johnson, "Philosophy and Black Fiction", in Rudolph P. Byrd, ed., *I Call Myself an Artist: Writings by and about Charles Johnson*, Bloomington: Indiana University Press, 1999, pp. 80 - 84。译者获得了约翰逊的翻译授权。

② Carl Milton Hughes, *The Negro Novelists* (New York: The Citadel Press, 1953), p. 251.

度，从而也就背叛了我们的经验。尤其在今天，当我们正在围绕作家约翰·加德纳（John Gardner）的那部语气愤怒但又非常重要的著作《论道德小说》（*On Moral Fiction*）——一篇言之有理的宣言书，他声称“小说就是作家拥有的一种哲学研究形式，相当于科学实验过程”，(79）但在文中却只提到了五位黑人作家①——进行激烈争论之际，我认为很有必要厘清一下小说与哲学的重合之处，并且逐渐阐明，在文学和生活中，种族——我们最好称之为“族性”（raciality)，因为这样才能显示出种族不过是一个与性别、空间和时间一样的全部感受的结构——如何影响到了我们对经验的赋形。

很显然，很多滑稽夸张的黑人形象和陈词滥调的黑人生活状况在今天的好莱坞非常流行，在垃圾文学中尤为常见——比如会饶舌的花花公子、双面牧师、瘾君子、非洲宗教徒、不给男人留面子的黑人女强人、温顺的基督徒、瞎眼的白种人、脾气火爆的黑人社会活动家、以及所有那些备受挫折、任人宰割的生命等——但他们都没有、完全没能表达一种真正的观看事物的方式（我们暂且假定有或者可以有真正的黑人世界观）。我们想知道，黑人艺术家们到底都在干些什么。正如伊什梅尔·里德在很多文章中所写的那样，我们对于自身经验的阐释已经变得十分僵化，被压缩成公式。它已经不再像一切真正的哲理性（和审美性）小说所必须做到的那样，为读者提供丰富的意义或澄明的感觉。我们对黑人世界的感觉已然类型化，以至于即使是有才能的白人作者也可以十分逼肖地构造黑人女孩、运动员或革命分子的语言和生活。黑人生活已被固化成了一种单维度的存在风格。那么我们该如何挽救日渐僵化的黑人小说？答案看上去很简单，但真正做起来并不容易。因此它只能被当作一种理想，我们可以用它来衡量自我。为了避免我的观点可能会让别人恼火和愤怒，我在此将首先按部就班地层层推进，尽管这样会让我的文章看上去很拖沓。我会把我的古怪

① John Gardner, *On Moral Fiction*（NewYork: Basic Books, 1978）. 加德纳在文中简单提到了五位黑人作家，包括拉尔夫·埃利森、阿米里·巴拉卡（Amiri Baraka)，艾德·布林斯（Ed Bullins)，托妮·莫里森，还有我。这说明黑人作家们还需要在这场理论争端中继续发出自己的声音。

看法放在最后表述。

黑人哲理小说首先并且主要是一种思维方式、一种质疑经验的艺术。它是阐释的过程，或者是一种更高层面上的诠释学。要想让一部文学作品真正具有哲理性，作家无须直接表述哲理或者给概念穿上衣服，就像赖特在《局外人》或考特在《马戏团》中所做的那样。实际上，如果你不够小心的话，那样做往往会破坏缓慢的发现过程，而后者才是小说的第一目的。在化解文学表达的普遍性与黑人生活的特殊性之间的矛盾的问题上，我们已经在理论上争论了好久（甚至有人疯狂地宣称根本不存在值得讨论的普遍性），而实际上却有一个程序（procedure），它可以化解普遍性——或者说对经验的主流认识——与黑人生活之间的矛盾。我的意思是指那些哲学家的做法，他们把“悬搁”（epoché）或者所谓的“现象学还原”的方法运用到经验中去。在此我们不可能对现象学方法和策略进行全面描述，但我可以粗略介绍一下“悬搁”的含义，它对如何创作严肃的哲理小说最有启发意义。[①]

要想与黑人生活有一个“新鲜的遭遇”（fresh encounter），我们需要做到以下几方面：首先，所有的假定、所有我们认为自己知道的有关黑人生活的方面以及所有我们坚守的关于事物的本质与表象的信念等，都应该被悬搁、搁置、“加上括号”。经过“悬搁”之后，黑人世界的各个方面都变成了普遍反思的时机。其次，在完成了“加上括号”之后，黑人经验变成一个纯粹的现象领域（80），它只有两个重要的极点（poles），即意识（consciousness）以及意识的客体或他者。我们描述它们是如何显现其表象的，并且发现黑人主体性（包括记忆、欲望、期待和意志等）以一种特殊的感觉支撑着它们。（此处要想毫无偏见地描述以前从未见过或认识不如现在深刻的事物，诗性行为或者说创造新词——就像弯曲塑料一样使用语言——是有必要的。）

① 正如它的创建者胡塞尔所说的，现象学不仅仅是一种“哲学”，它还是一种不带有任何预先假定的检验经验的方法。要想更全面地了解这一方法，可参阅以下著作：Edmund Husserl, *Cartesian Meditations*（Paris：Martinus Nijihoff，1973）；Ronald Bruzina，*Logo and Eidos*（Paris：Mouton，1970）；Mikel Dufrenne，*The Phenomenology of Aesthetic Experience*，trans.，Edward S. Casey（Evanston：Northwestern University Press，1973）。

最后，我们检讨一下，如此看待黑人生活——因为它首先清除了所有黑人的特殊性，它在我们面前也就是一切经验的代表（比方说对黑人基督教信仰的反思也就成了对普遍宗教主题的反思）——是否揭示了某些可以在主题上启发我们的特征。毫无疑问，肯定是的。深深地筑基于黑人基督教信仰的特殊性——我们掌握超自然之物的途径——宗教主题也就显示出全新的一面。那么，它在黑人生活中发生的具体情形怎样改变了我们对宗教的认识？

因为一切观念——哲学——都以感受为基础，因此从原则上来讲，没有理由说我们无法从内部穿透黑人生活的特殊性，在那里不仅发现值得在小说中进行哲学探究的现象，而且——在此我将提出一个最大胆的观点——还有显著的新感受（new perceptions）。普遍性不是固定不变的，而是变化的、历史的、演进的，并且不断由特殊性加以充实和丰富。黑人的生活世界始终允许我们从一个全新的角度去审视那些有数百年古老历史的结构和主题。

埃利森在《隐身人》中曾如此写道："我们所生活的世界无边无界。一个快速流动着的沸腾的世界……"[①] 从黑人生活的特殊状况中，我们可以得到一种植根于种族经验的感受，进而理解全新的视野——再次让人焕发活力的视野——如何才能出现在黑人小说中。首先，通过一种"展示"的言说方式（a *saying* that is *showing*）——一种把真实从遮蔽状态下带出来的话语，这就像现象学家马克斯·舍勒（Max Scheler）所说的'除蔽'（alethia）：一种以黑人作家在世界中的黑人境况为基础的揭示——埃利森从黑人生活中汲取信息并与此同时赋予其形式。其次，他感受到的是一种真理（a truth），因为通过一个立足于具体的种族和阶级之中的（黑人）主体，艺术也就表达了真理的意义（meaning of the Real）。那些看上去与普遍性如此不相统一的、只有黑人生活才有的特殊性和偶然性反倒让他有可能表达出普遍意义。但是，正如布莱登·杰克森（Blyden Jackson）在《黑人文学所反映的尼格鲁形象的普遍性》（*The Negro's Image of the Universe as Reflected in*

---

① Ralph Ellison, *Invisible Man* (New York: Random House, Vintage Books, 1972), p. 487.

His Fiction）一文中所说的，许多黑人小说世界都是静止的，而非流动的。这些表达也是一种真理（a truth），但并非普遍真理（the truth），而且不管在任何给定时刻，只要稍微调整一下你的感知（我们前文所说的“主体”那一极），你就可以发现黑人生活有时是流动的，有时是静止的。（但不可能在同一时刻既是流动的又是静止的，因为世界总是超出我们的感知能力。）不存在有关黑人世界的唯一正确景象，但也不是说任何景象都只是主观产物。我们可以把黑人世界比作一棵大树，（81）它向前分出无数的枝杈，延展出无穷的意义。黑人世界以无数的面相显现出来。对于赖特的《今天的主》（*Lawd Today*）和《美国饥饿》（*American Hunger*）来说，20 世纪 30 年代的芝加哥南区污秽不堪。但在罗纳德·费阿（Ronald Fair）的《我们这些后来者》（*We Who Come After*）一文——他写给《我们无法呼吸》（*We Can't Breathe*）的“序言”——中，芝加哥南区却几乎成了黑人童年生活的田园牧歌场景。关键在于，我们作为黑人男人和黑人女人的生活经验远远超出了我们的感知能力。我们在别的地方早已更清楚地指明了这一点：黑人生活是含混复杂的，是意义丰富的万花筒。真正的黑人作家所能做的不过是用意义固定住那些最新鲜的解读，这才是真正的小说。从某种意义上来说，这也是一种哲学诠释学，因为作家就像考古工作者一样，是从真实中发掘隐蔽意义的人。当一个人再也无法深入观察黑人生活并生产出全新世界后，他肯定也应该封笔和闭口了。但你依旧是把普遍性当成了一个破坏黑人生活的固定模型来思考的，这是一个非常呆板的看法。

在我们即将进入 20 世纪 80 年代之际，对黑人小说来说，真正的危险甚至灾难就是坦然接受我们在 20 世纪 60 年代和 70 年代早已看到的被经典化和制度化了的事物。新鲜的感知很快僵化，成为教条的典型，这也就是思想的终结。我们已经达到了这样一个时刻，在这里，作为一个黑人——当然，我们在此讨论的是黑人文学和黑人的存在——也就是存在于经过史蒂芬·亨德森（Stephen Hendensen）的《理解新黑人诗歌》（*Understanding the New Black Poetry*）、尤金·雷德蒙德（Eugene Redmond）的《鼓声》（*Drumvoices*）以及亚历克斯·哈里（Alex Haley）在《根》（*Roots*）中所表达的那种发自肺腑却又被删减了的视野所界定出的种族存在的那些简单范畴之中。如果单听这些作家们所讲的，我们会以为黑人音乐、克里奥尔饮食、舞蹈、粗鲁的言行以及某些非洲遗俗等就构成我们黑人生活的全部内容。如果接受了这种诠释（它和一切真实的感受一样片面、狭隘、亟须补充完善）就必然会像刀子一般斩杀黑人生活的意义延展。

我们那些更年轻的黑人小说家们也在他们的探索中展示了同样奇怪的黑人世界：克隆世界。正如他们在各自的访谈中所表述的，这些作家当然在某些对他们来说无疑很重要的方面存在差异，但从哲学的角度来看，他们却在看待事物的方式上表现出了显著的相似性。和塞若斯·考特的《玛丽·考佛特》（“Mary Covert”）以及厄内斯特·盖恩斯（Ernest Gaines）的《三个人》（“Three Man”）情况一样，盖尔·琼斯（Gayl Jones）在《考瑞基多拉》（*Corregidora*）和《艾娃的男人》（*Eva's Man*）中也只发现了一个没有自由的黑人世界，充满了性屈辱和羞耻。在这个世界里，人际接触不过是黑格尔所说的主人—奴隶束缚关系的变体，只有通过死亡和更深层次的自我背叛，人才有可能逃脱。海尔·贝内特（Hal Bennett）的作品，比如《冥界之主》（*Lord of Dark Places*），以及约翰·威廉斯（John A. Williams）的《马瑟希尔与福克斯一家》（*Mothersill and the Foxes*）等，它们给我们提供的是黑人性活动的穿插表演，好像黑人的生活内容主要就是性一样。佛恩·史密斯（Vern E. Smith）的那本高度商业化的《琼斯人》（*The Jones Men*）为我们刻画了伦尼亚·杰克（Lennie Jack），他把当代黑人世界概括为一句话：“兄弟，那儿太冷了。”或许今天只有伊什梅尔·里德、艾尔·杨（Al Young）在《妙境奇遇》（*Sitting Pretty*）（82）中以及托妮·莫里森在她的《所罗门之歌》中表现得比较例外。他们笔下的黑人世界不再肮脏不堪，反倒有一种预先设定的和谐、各种幽默、奇思妙想、日常经验以及优雅之物。不过，如果说黑人小说有什么主导性的哲理特点的话，那就是黑人自我在寻找“舒适的隐身”（*deverticula amoena*）时的特殊痛苦，以及它在面对黑人世界变化的困境时遭受的折磨：静止与流动。与爱尔兰人一样，我们似乎也困惑于运动和身份。

结果很奇怪，我们和巴门尼德一样，也拒绝为我们的小说人物改变处境或知识。这些黑人世界中的人生观（weltanschauung）给我们的感觉是，正如华盛顿诗人考琳·麦克尔罗伊（Colleen McElroy）曾评价过的那样，“一切都是失败”。

在这些作家以及更多我没有提及的作家笔下的生活世界除了些许细微差异之外，它们在视野、思维或阐释方面几乎没有什么变化。对世界的阐释既不完整，也没有全面展示多种阐释。比如极少有人描述知识分子的生活。休斯的结论看上去依然准确。（对于这个让人不快的判断，仅有的例外是图默、赖特和埃利森，他们的小说是过程的产物，他们在情感和思想中夹杂着变化，深化了我们对生活世界的普遍性和黑人世界的特殊性的感知。）

在一定程度上来说，当我以同样的语气谈论黑人哲学和小说时，我会觉得有点恐慌，四下张望，等着有人上来指责我。大多数美国人都是如此，作为一个讲究务实的民族，我们对哲学很怀疑，或者说我们更看重感觉、情感和行动。大家都知道这一点。具体事物。斧子柄、茶杯、物体。但这不过是个逃避的借口，它不足以解释我们为何没有发展出严肃的哲理小说——能够深化感知经验的阐释性艺术。毕竟不管怎样，我们的感觉总是分析性的。我们在感觉上瞄准某个事物，通过愤怒或是喜爱的情感，让它在我们面前显现出与它在别处不同的样子。情感（以及一切主观活动）进入世界，最终成为知识，因此它们是工具性的，可以作为一种分析黑人生活现象的方式。其次，虚构世界是对黑人世界（它自身并不会吐露任何意义）的融贯性变形（coherent deformation），并由此制造出意义。作家的赋形过程（shaping process）——设计情节、刻画人物、描述、对话以及所有被他留下和排除的方面——照亮了黑人世界。布莱登写道：“在我看来，很少有哪个文学世界会像黑人小说里面的世界那样贫瘠。……我们无法从中找到……（最有趣的）那些事物。”[①] 黑人世界不也是一个人们可以从

① Blyden Jackson, “The Negro's Image of the Universe as Reflected in His Fiction”, *Black Voices*, ed., Abraham Chapman (New York: New American Library, 1968), p. 631.

中拷问道德的领域吗？难道我们不也同样希望了解宗教、政治哲学、他者的存在、善、意义、责任或者思想本身吗？——必须指出，塞缪尔·德莱尼（Samuel Delany）在他的科幻小说，比如《通天塔—17》（*Babel*—17）中，花了很多心思在思想和语言上。不过，虽然他的意图让人兴奋，但他表达的世界只是《星球大战》的异化世界，而非他正探究的黑人世界。现如今已没有几个人仅仅关心黑人生活的特殊性了。(83)（它总是带有异域情调、窥视癖和社会学的东西。）我们之所以阅读种族作者的小说，是因为它们揭示了世界——而且最终是一个共同的世界——就如同我们就在那个人的身体上，透过他的眼睛看到的景象一样，它可以让我们从另一个角度看事物。受我们与生俱来的某些条件限制，我们原本是看不到这些的。

我曾经说过，哲学诠释和意义的探究内在于所有文学生产活动，普遍性表现在黑人世界的特殊性上，严肃小说的最终目的是解放感知(the liberation of perception)。而且我也说过——我在此毫无恶意，因为所有的作家对我都很亲切，并且他们都在一个由白人主导的市场上努力挣扎着——我们都接受了对我们的在世之在（being-in-the-world）的过于简单的解释，也就放弃了我们作为黑人作家的责任。我们过于僵化地“控制”我们的人物形象，结果创造出来的世界太呆板、太雷同，它们就像出自同一个生产委员会，而不是由某个正在努力和意义搏斗的个体意识生产出来的，由此也就扼杀了我们的小说。从个人来讲，我并不反对《杰弗逊一家》（*The Jeffersons*）、老爸拉巴斯（Papa Labas）、理查德·普莱尔（Richard Pryor）的表演或者康特·肯特(Kunte Kinte)①。但残酷的现实是，在那些至多不过是对我们的复杂生活进行了漫画式描写的人物形象里，我们的视野被凝固了，而阐释世界的真正艺术使命却未被完成。

① 《杰弗逊一家》是流行于20世纪70年代的美国情景喜剧；老爸拉巴斯是伊什梅尔·里德的小说《芒博·琼博》中的一个虚构人物；理查德·普莱尔是美国20世纪最著名得黑人喜剧演员之一；康特·肯特是亚历克斯·哈利的小说《根》中的一个人物。——译注

附录二 完整视野：新黑人小说札记[①]（译文）

查尔斯·约翰逊著

查尔斯·罗威尔（Charles Rowell）邀请我作为特约编辑与他一起主编这一期的《凯勒罗》（*Callaloo*），这让我感到既高兴又担心——高兴是因为自从像《黑人世界》（*Black World*）和《读者新军》（*Yardbird Reader*）这样的老刊物停刊以来，这份一直都很优秀且多元化的刊物几乎凭一己之力便为黑人小说、诗歌和文学批评维系了一块活跃的论坛；担心则是因为我知道自己必须坦诚地说出我对黑人小说的看法，而这总是一件危险的事情，因为这个敏感的话题很容易让我成为众矢之的，但我不在乎是否有人会把矛头对准我。

在介绍本期刊载的各篇文章之前，我们有必要先高兴地回顾一下黑人小说已经取得的成就。像托妮·莫里森和爱丽丝·沃克这些女作家的作品已经理所应当地被广泛接受，另外包括约翰·韦德曼（John Wideman）、保拉·马绍尔（Paula Marshal）、詹姆斯·艾伦·麦克佛森（James Alan McPherson）和大卫·布莱德利（David Bradley）——但还有许多值得我们给予更多关注的作家，比如莱昂·弗瑞斯特（Leon Forrest）、艾尔·杨（Al Young）、小约翰·迈克克拉斯基（John McCluskey Jr.）以及纳桑尼尔·麦吉（Nathaniel Mackey）等——在内的杰出黑人作家也已经在全国范围内受到应有的重视。可以说，黑人

① 译自 Charles Johnson, "Whole Sight: Notes on New Black Fiction", in Rudolph P. Byrd, ed., *I Call Myself an Artist: Writings by and about Charles Johnson*, pp. 85 - 90。译文略有删节。译者获得了约翰逊的翻译授权。

文学在两条战线上都已有了进步：一是在商业推广上，一是在内容上。我的意思是说，面向一部分黑人作家的一大批读者群已经出现了，同时以往鲜被提及的黑人妇女经验也已经和普遍的女性经验一样成为文学主题，在一个层面上揭露了需要这个国家解决的社会歧视问题。只有傻子才会否认这些进步所具有的政治意义和社会价值。有的读者会认为："谢天谢地，这些问题终于被暴露了。"但正如约翰·福尔斯（John Fowles）在《丹尼尔·马丁》（*Daniel Martin*）中所写的，如果说艺术的最终目的是"完整视野"（whole sight）的话，那么我的感觉是，这些作品仍然只代表了处在某个阶段上的黑人文学，当然这个术语的意思很难说清楚，但当我们看到那些像在高空进行踩钢丝表演的作家——比如拉尔夫·埃利森、图默以及（有些时候的）赖特——的作品时，我们就知道它是什么意思了。更不用说麦尔维尔、霍桑和爱伦·坡等人在想象力、创造力和阐释力等方面所达到的高度了。我们必须庆祝黑人小说在过去十多年艰难取得的成就，它们是我们在文学和意识方面迈出的关键步伐。但正如多纳德·豪（Donald Hall）在他那篇著名文章《诗歌与抱负》（*Poetry and Ambition*）（*Kenyon Review*, Fall 1983）中所说的那样，太容易感到满足的危险是我们遗忘了伟大的文学模式，什么东西都可以流行一阵子，而踩钢丝绳表演的高度也就不断降低，一直低到让人们丧失兴趣了。

真正恒久的世界级文学一直是并且永远都是一种华丽的阐释行为，或者如现象学家米盖尔·杜夫海纳（Mikel Dufrenne）经常说的，是"一种对现实的融贯性变形"（a coherent deformation of Reality）。简言之，通过创造一个好故事，构造了一个四维的（four-dimensional）虚构世界，借以帮助我们澄清自身经验，满足我们对完全理解的渴望。我有一个搞戏剧的朋友曾这么说过："好的小说锐化（sharpen）我们的感知（perception），而伟大的小说改变（change）我们的感知。"在某种意义上来说，文学的发展可以和科学进步一样来看待。在任何时刻，世界各国的科学家们都在努力解答由爱因斯坦、波尔以及其他人留下来的客观科学问题，比如继续追踪像强子这样的假想中的实体，或者弥补在统一场理论方面的漏洞。这就像威特森（Watson）在《双螺旋》(*The Double Helix*) 中所指出的那样，是一场竞赛。同样，文学实践的历史为我们创造了客观的美学可能性。在过去的小说和诗歌等文学艺术中，有很多错误以及并不彻底的革新，它们历史性地要求人们用新的作品去填补那些在我们之前的作家（包括黑人和白人）因疏忽大意造成的空缺和漏洞。（我在此所说的不是那些平庸之作，而仅指那些继续向前发展了小说形式的伟大作品。）因此在文化和意识方面，“女性视角”（woman's perspective）的出现是向前迈出的革命性一步，它让我们意识到真理的相对性。如果说其目的仅仅是为了让我们关于存在的对话变得更加民主的话，那么像盖尔·琼斯（Gayle Jones）和恩托泽克·商（Ntozake Shange）等人的作品就是黑人妇女在美国文学（和生活）中被压抑的产物。

我曾经说过，不管男性还是女性作家的新黑人小说，它们都是透视存在（Being）的重要视角，我们需要（几乎是在黑格尔的意义上）更充分地理解真实（the Real）。但倘若我们的目的仍旧只是过分强调探究一种碎片化的视角，而不是在那些足以让人兴奋、颤栗——或者换句话说，那些充满想象力和创造力的——小说和故事中获取“完整视野”（whole sight）的话，那么可能就是有问题的。克莱顿·瑞雷（Clayton Riley）于 1978 年在霍华德大学黑人作家年会上慷慨陈词说：

> 我坚信，艺术家首先要忠于想象，而非任何流行的教条。……艺术家应该试着去发现、探究、理解不容易理解的事物。这是一项危险的工作，即发现的危险（the danger of discovery）。如此，作家将拥有整个世界——不仅是由美国种族主义和心灵上的社会动荡构成的破碎世界——他将利用系统方法去建造新的星球、新的社会、新的作为更卓越之人的方式。

瑞雷所指出的也恰恰是我之前说到的问题，即，我们应该如何理解黑人存在？什么是种族？什么是人？我们应该怎样生活？这些都是恒久的问题，任何伟大的小说都想去回答它们。我认为，要想获得“完整视野”，那么我们在小说中既需要延展“黑人”或“女性”视角，同时也需要拓宽我们的表达以及这些视角提供的视野。一个根本问题是，我们到底该怎样看待人类生活的普遍性，又怎样看待黑人生活的特殊性，而这又把我们带回 25 年前布莱登·杰克森（Blyden Jackson）在其经典论文《黑人文学所反映的尼格鲁形象的普遍性》（“The Negro's Image of the Universe as Reflected in His Fiction”）中所提出的一个至今仍未解决的美学困境，他说：“在我看来，很少有哪个文学世界会像黑人小说里面的世界那样贫瘠。……我们无法从中找到……（最有趣的）那些事物。”诚然，正如俗语所说的，每个作家都应该“写他所熟悉的东西”。但瑞雷给这句话做的脚注是：与理性力（intellect）和想象力（imagination）一样，人的知解力（Knowing）也是无限的。而且，任何感知在它出现的一刹那就已经是一种阐释和赋形（interpretation and shaping）了。因此，当一个人说“我只想按照事情发生的样子来写”之时，他说的并不完全准确，因为语言和文学艺术传达的并非事件本身——从来都不是——而只是关于那个事件的一个看法（a vision of that event）。即便一些微观层面上的语言选择，比如简短的描述一个事件，用简单句而非复杂句，再或者用短元音和长辅音（而非反之）等，都会影响读者对事件的阅读经验。

当然，我们所知道的并非只有压迫和歧视，而且正如现象学家艾尔弗雷德·舒茨（Alfred Schutz）在他 1932 年的经典著作《社会世界中的现象学》（*The Phenomenology of the Social World*）中告诉我们的，大众的政治谈话通常都发生在一个高度抽象的层面上；政治语言可以很容易被忽视，却依然积淀着有关经验的理论假设。它的概念往往与直觉相违背，比如说，在一个像美国这样种族多元的国家里，抛弃“种族”的观念并非完全不可能。任何一个合格的基因学家都可以向你证明，如果以任何一个人的生命为起点上溯 50 代人，那么他（或她）与这个星球上的另外每一个人都拥有一个共同的祖先。没有哪两个人之间会有超过 50 代的血亲关系。如果我们沿着基因谱系回到公元 700 年，那么“种族”的观念也就瓦解了。我们的祖先自然也就包括一些中国人、阿拉伯人、白种人以及爱斯基摩人，并且我们所有人也都是恺撒、老子、恩培多克勒和莎士比亚的后裔。

不过让我们更深入地探讨布莱登·杰克森所说的话的意思，因为有时候我们有关种族的观念是有限的，而且还由于黑人小说大都局限于探讨偏执、破碎的世界，我们几乎很少见到黑人作家跟踪描述现代科学技术对我们的生活的影响——不过大家都知道，我们有一大批黑人科学家——或深入探讨身份问题，虽然我们没完没了地一直在讨论它。他们也很少回答20世纪的主要经验问题——语言和意识——或者像大卫·布莱德利在《昌奈斯维尔事件》（*The Chaneysville Incident*）——近年来出现的最有知识深度的有趣作品之一——中所做的那样去反思作为一种厚颜无耻的阐释性艺术形式的历史（history as a shamelessly hermeneutic art form）——我的意思是说，“历史”这一观念本身就是理解时间性存在（temporal existence）的方式之一——的意义问题。（当这么多种族都被固定在一个具体的生活世界的时候，非洲的过去还能否被发掘出来？那些生活世界又是什么样的？）再或者即便因为这个原因，他们也很少承认美国黑人文化并非一个统一的整体，而是一个历史的织体（a tissue of history），里面交织着来自全球的各种元素，正是它们把美利坚合众国变成一个由来自欧洲、非洲、东方以及古典世界的影响合成的网状物。自然学家桂·穆尔契（Guy Murchie）或许会说，即便像本期《凯勒罗》的内容虽然都是由美国作家创作的作品，但它也包含多元成分：它的纸张是中国人发明的，油墨出自印度，印刷字体是日耳曼人从罗马字母发展而来，罗马字母又是对希腊字母的改进，而希腊人又是从腓尼基人那里得到的字母概念，腓尼基人则是从古埃及人的象形文字那里获得了启发。

任何一位熟悉文学形式的哲学的人都知道，小说的表达工具本身就充满了意义，它代表了一种文化视角和具体的价值观——比如古典寓言（classic parable）里的“世界”在经验上就不同于民间传说（tale）里的世界，像伊什梅尔·里德那样大胆的一些文学实验先驱们用经过改造的通俗形式来创作小说，比如里德的《侦探》（*Detective*）或者《西方》（*Western*）以及约翰·威廉斯（John A. Williams）的《战争故事》（*War Story*）等。但我更愿意看到黑人作家在19世纪的建筑小说（architechtonic novel）或17世纪的前现实主义（pre-realistic）小说形式基础上进行的创新实验，就像罗素·班克斯（Russell Banks）在《我的囚牢关系》（*The Relation of My Imprisonment*）中所做的那样。（从那时候起，黑人就已经来到美洲了。）此外还有寓言诗（fabliau）、古典海洋故事（classic sea story）、田园诗（pastoral）、童话寓言（fable）、图腾故事（totem-story）以及灿若星河的其他文学形式，它们都是我们继承下来的文学遗产，是可以滋养艺术发现的肥沃土壤，也是约翰·加德纳（John Gardner）在其杰作《论小说艺术》（*The Art of Fiction*）中所说的“体裁穿越”（genre-crossing）。总而言之，黑人小说——以及一切艺术演进——都可以从跨文化的肥料——它们早已显现在我们的生命里，实际上也是我们生命的基本构成素材——里吸取营养、重获生机，以便更接近“完整视野”这一目标。

有两点现在应该很明确了。首先，我的观点有点古怪，对此我也很抱歉。其次，本期所选的这几位作家在我看来都是探路者，他们在各自的作品中虽然没有完全做到、但至少部分地在朝向“完整视野”努力，（正如我们日常所说的，荷马也有疏忽的时候。）而且在过去一段时间里，他们都开拓了黑人小说的疆界，也深化了它的内涵。

要想让小说被读者长久记住，作家就应该在作品中借助多种技巧来讲述富有想象力的故事。虽然这看上去是明摆着的事情，但我觉得有时候老调重弹也是很重要的。很长时间以来，有些人声称科幻小说是有想象力的美国文学的最后一座堡垒。支持这种说法的人举出娥苏拉·勒瑰恩（Ursula LeGuin）以及斯坦尼斯洛·莱姆（Stanislaw Lem）为例，并把它的源头追溯至柏拉图的《理想国》。事实是否如此，我留给读者去判断。但谁也不能否认的一件事就是，塞缪尔·德莱尼（Samuel Delany）为科幻小说（虽然他自己并不这么称谓它）的新一波振兴做出了贡献。除了一些刚出现的新秀之外，他在黑人作家中独树一帜。作为一名小说家兼批评家，他是第一位系统探究由玛丽·雪莱和儒勒·凡尔纳（Jules Verne）在现代时期开创并经赫伯特·乔治·威尔斯确立和命名的科幻小说传统的黑人作家。当然有人认为乔治·舒尔勒（George Schuyler）的那部搞笑的《再也不黑》（*Black No*

More）是黑人作家创作的更早的科幻小说，虽然这也是一个不错的假定，但我认为德莱尼——这位在21岁便发表了处女作并获得过星云奖（*Nebula Award*）奖的年轻作家——却“走得更远”。他在作品中直面了20世纪特有的困境，比如他在《通天塔—17》（*Babel*—17）中思考了语言、身份以及我们的现实经验之间的关系问题。没有人和他很接近。他是个很罕见的作家。[……]

在当代黑人作家中，同样罕见的还有小约翰·迈克克拉斯基。在他的长篇小说《看他们如何对待我的歌曲》（*Look What They Done to My Song*）和《美国先生的最后一季布鲁斯》（*Mr. America's Last Season Blues*）以及发表于《美国最佳短篇小说》的短篇故事中，他用一种积极、抒情的精神展示了他对黑人民族的热爱，没有了黑人小说中经常出现的对白人和自我的仇恨以及无法释怀的忧郁和绝望。因此，迈克克拉斯基也是一个让人耳目一新的作家。[……]

考琳·麦克尔罗伊（Colleen McElroy）同样也很优秀，她的小说和诗歌都很出色。[……] 麦克尔罗伊显然是个女性主义作家，我的意思仅仅是说作为一名黑人妇女，她的写作有一个坚强、自信的内核，非常清楚她在这个世界上的位置。这里没有了义愤填膺的激烈言辞，取而代之的是智慧、爱以及非常有力度的诗句和散文表达。除此之外，她的作品还覆盖了许多体裁，包括科幻小说、自然主义故事以及戏剧等。只有最苛刻的批评家才会怀疑麦克尔罗伊是当今仍坚持创作的最优秀、最全面均衡的黑人女性诗人之一。

卡莱伦斯·梅杰（Clarence Major）几乎不用更多介绍了。我们已经有太多有关他的评述，不过仍有值得补充的地方。20多年来，梅杰和他在虚构文学社（Fiction Collective）的同事们——包括罗纳德·苏肯尼克（Ronald Sukenick）和雷蒙德·费德曼（Raymond Federman）——一直处于美国实验小说的锋芒地带。虽然我并不总是认可这种非叙事性的创作方法，但我欣赏梅杰的作为并向他表示敬畏。为了黑人文学的发展，他一直在努力阐释肇始自斯特恩的《项狄传》，然后由乔伊斯、斯泰恩以及众多其他欧洲作家传承下来的实验小说传统。在《反射和骨结构》（*Reflex and Bone Structure*）以及多媒体小说《紧急出口》（*Emergency*

Exit）等原创作品中，他在为黑人文学探寻必要的美学选择。据我所知，没有哪位作家像梅杰这样把现代主义推进到一种结构上的极限。而我们大多数人都渴望寻求的东西——一个在文学史上的位置——梅杰早已经获得。

说到这里，我以下面这段话作为我的结束语。

从第一部黑人小说《我们的黑人》（*Our Nig*）一直到《寡妇礼赞》（*Praise Song for the Widow*），如果说我们所有的黑人小说有什么文化表象（eidos）或本质（essence）的话，那它就是对自由和身份的追寻。或许你可以说这也是整个美国文学本身的核心主题。（我并不反对这种说法）如果说这个假设成立的话，那么近来的黑人小说就是处在正确的发展轨迹上。但在未来的黑人文学中，有关自由和身份的观点仍需变得更宽泛、更广阔。我想，这些主题以及用来有效驾驭它们的技巧将会在深度和广度上继续拓展，而黑人文学或许将会被普遍认可为最真实的美国小说（Yankee fiction）。一旦有了拓宽了的完整视野，它们讲述的故事就是以最清晰和值得记忆的方式在描绘整个美利坚合众国的关切。

附录三　短篇小说:《明戈的教育》[①]

查尔斯·约翰逊著　陈后亮译

有一次，摩西·格林驾着他那辆单驾马车去镇上参加拍卖会，等他返回农场时带上了一个名叫明戈的黑奴。那天他穿了一身土布衣服，早早地就赶到了拍卖会场，一直等到拍出十五个奴隶后，他才用墨西哥币买下明戈。摩西是一个瘦得像猴子一样的干巴老头，头发乱蓬蓬的，姜黄色的胡子像扫帚一般浓密。他从没有结过婚，既没有孩子也没有其他亲人，一个人在南伊利诺伊州靠着五十亩土地生活，所以他也很少洗澡。他觉得自己需要找一名下地干活的劳力或帮手了——或者老实说，他想找一个朋友了。他驾车走在遍布泥坑的荒野小路上，远处的风景隐约可见，好像他正径直驶入《圣经·新约》中记载的一个刻板的寓言世界。[②] 摩西用他还剩下的半边好牙咀嚼着烟草，眼睛直盯着前方路面和那匹阿帕卢萨马的双耳，嘴里却有一句没一句地冲那个小伙子唠叨着。小伙子穿着一条尺码明显偏小的粗麻布裤子，头戴一顶草帽，光着膀子，穿着一双用铁丝拼缀好的破鞋。摩西估计他有二十岁。据拍卖会上的卖家讲，他是非洲阿穆瑟里部落[③]现任国王

---

① 译自 Charles Johnson, “The Education of Mingo”, in *The Sorcerer's Apprentice*, New York: Atheneum Publishers, 1986, pp. 3 – 23。

② 为了加强故事的寓言色彩，作者在多处有意使用了对《圣经》的喻指和暗示，比如为主人公起名为摩西等。——译注

③ 阿穆瑟里人（The Allmuseri）是在约翰逊的小说中经常出现的一个非常重要的传奇部落，几乎他的每部重要作品中都会看见它的身影。它并非一个真实存在的民族，而是约翰逊以非洲原始宗教神话为基础，同时从印度教、佛教和道教等东方传统宗教中吸取重要灵感，再添加以丰富虚构和想象的产物。他在这个民族身上融合了很多古老文明曾经拥有、却被今天的人们背弃或遗忘了的优秀品性，由此来反观当今西方文明存在的诸多问题。——译注

的最小王子。那是一个人人都擅长巫术的部落。不过摩西也知道那些人嘴里没实话，就像那些废奴主义者和印第安人一样。实际上，为了把摩西·格林的钱骗到手，这个新大陆上的几乎所有人——不管是再洗礼派[①]的教徒还是辉格党人——都有可能成为可恶的骗子。他们会歪曲事实（摩西也亲眼见过），直到真假难辨。他是个黑小伙，相貌粗野，满脸都是坑坑洼洼，胸围像一只大木桶一样粗，厚厚的手掌犹如长在手腕上的大秤砣。瘦削的脸颊总是紧绷着。“明戈，”摩西喊了一声，那声音就像石子在脚底下被碾碎的声音一样。“你喜欢吃兔肉吗？那就是我为今晚准备的晚餐，新鲜的兔肉，甜甜的马铃薯、玉米面包，还有用印第安玉米熬的粥，伙食不错吧?”这时候他才想起来明戈不会说英语，于是他用拳头在明戈的大腿上友好地捶了一下：“没关系，我自己来教你，我会把我知道的一切都交给你，孩子，当然都不会太难，只是些常识性的东西，但总比什么都不懂强，不是吗?”摩西大笑起来，直到摇头止住笑声。只要心情好的时候，他就喜欢这么笑，一直让头发耷拉下来。明戈瞧见了他嘴里那些奇怪排列的牙齿，于是也大笑起来，但那笑声却如同狗叫一般难听，差点让摩西跳起来。他摇了摇脑袋，斜着眼睛看着。“恐怕我最好先教会你怎样笑。你刚才发出的那种又像嘶嘶又像哼哼的笑声会把人吓死的，孩子。”他努了努嘴唇，“你有好多东西要学。”

现在的摩西·格林可不再是从前那个邋遢样了。按照他的模糊理解，教育就如同对待心脏病一样，容不得半点马虎。要想在一代人的时间内把一名摩尔人洗白，你必须得先有个模范，一位和摩西本人一样出色的基督教绅士。他一边教明戈怎样干农活、怎样文明用餐、怎样结绳记事以及怎样熬玉米粥等，一边还不断修正自己的言行。他尽量不说脏话，尽管每当有人提及马丁·范布伦[②]或是自由

---

① 再洗礼派（The Anabaptist）最初出现瑞士和德国，后来传至美国，流行于下层社会。由于和路德等人领导的新教存在分歧，再洗礼派一直被视为异端，并长期受到世俗当局和教会权威的双重迫害。它也被很多人认为是现代无政府主义的先驱。——译注

② 马丁·范布伦（Martin Van Buren，1782—1862），曾作为民主党候选人击败辉格党的竞争对手当选第八任美国总统（1837—1841），也是《美国独立宣言》正式签署后出生的第一位总统。在范布伦的时代，奴隶制问题已成为影响国家安定和统一的突出问题。范布伦的宗（转下页）

土壤党人[1]都会让他厌恶至极。他也不再就着玉米面包喝咖啡，或者在公共场合挖鼻屎。摩西时刻约束着自己的行为，好像明戈时刻站在他身后监督一样。为了不让明戈瞧见，他甚至用一个纸袋子喝杜松子酒。每当深夜来临，他低头看着明戈睡在玉米秸秆铺成的床垫上打着鼾声，他感觉此刻自己就像是一位父亲，或者就像一位艺术家用双手把一个粗糙笨拙的外国泥坯子改造得既精致又高雅。又好像他在透过这个非洲人的双眼用猎枪瞄准这个世界，把一切摩西认为邪恶的东西都崩掉，然后培育出善的事物。也可以说，就像是在第六天高挽着裤腿，叉着双脚站立着，再造了这个世界，让它看上去更亲切一些。[2]但有时候他也感到有点惊诧，因为他必须在很多方面替明戈着想，比方说要是头顶上的乌云发出了闪电怎么办？是要下雨吗？还是有魔鬼在打老婆？再或者——你可不能在这样的事上瞎扯。"要下雨了，"摩西说，抓着脖子，一脸严肃的样子。"肯定是的，暴风雨要来了，闪——电——，明戈。"他小心翼翼地把意思表达清楚，尽可能挑那些最符合常识的说法。

慢慢地，明戈大致具备了摩西看重的那些农场生活所需的素质——耐心、刚毅、勤劳、虔诚、寡言少语。摩西知道做到这些可不容易，因为他和这个非洲人在各个方面都有天壤之别，包括那些理想主义的哲学家们所说的内在意识结构也不同。（对于像摩西这样一个相信什么都不如手中的一把斧柄或沉甸甸的耕犁更绝对可靠的人来说，他并不认可这一点，不过他也非常清楚他们两人看东西的方式不尽相同。）简单来说，对明戈的教育就是把一个融贯的、一致的、完整的世界蒸发掉，代之以一个陌生的、矛盾的、奇怪的世界。

慢慢地，明戈学会了用刀叉，也学会了语言。他也随了这个老人

（接上页）旨是尽力缓和南北矛盾，维持现状。由于他反对在德克萨斯州等地推行奴隶制而遭到很多南方奴隶主的激烈反对。——译注

① 自由土壤党（Free Soil Party）是 20 世纪 40 年代在美国成立的一个小政党，其宗旨是阻止奴隶制向美国当时刚从墨西哥割让而来的新领土上扩张，它的主要支持者包括农民、工人、手工业者和知识分子中的激进阶层。——译注

② 此处暗示《圣经·创世纪》中所记载的上帝在创世的第六日造出了人类。——译注

的姓。逐渐地——就像海绵吸水一样——他也学会了摩西的行为动作以及很有个性的肢体语言。（或许学得都有点过了，比方说摩西·格林的左腿得了股白肿病，一直没来得及做手术，所以走路时一瘸一拐的，重心都放在右腿上。而身壮如牛的明戈居然也这样走路。他说话时发出的“t”音总带着一股娘娘腔，像是一把四弦琴弄出的动静一样。明戈也是如此。）在一年时间里，摩西发现那个非洲人完全就是根据他看待世界的方式制造出来的产品，就像他选择种什么样的烟草、收获什么样的作物一样。他就是他自己，这一点让这个脾气暴躁的老人既高兴又讨厌：一个小矮人，或是扭曲的影子，或者——就像摩西跟他的女朋友海瑞特·布里奇沃特所说的那样——他自己分裂开的另一半形象。

“你怎能这么说？摩西·格林！”一个星期天下午，摩西去教堂做完礼拜后，穿着一件只有一个扣子的便装上衣，戴着一顶麦琪诺毡帽，来她家串门。她坐在一把躺椅上，穿一件衬着薄纱花边的蓝色连衣裙，腰上围着浅黄色缎面的围裙，垂拉着肥胖的下巴，硕大的胸脯在她说话和做针线活时也左摇右晃。上了年纪的海瑞特·布里奇沃特见多识广（她曾当过老师，去过很多摩西从未见过的地方），但现在她的脑子却不太好使了，说话时经常丢三落四，然后再从记忆中搜刮出一些事实填补上。摩西怀疑海瑞特说的话都是凭空捏造的。她就是这样一个女人。如果你告诉她你刚见过的一个壮观的日落景象，她十有八九会大笑——那笑声从鼻子里发出来，把你的话挡住——然后接着说，“嗨，摩西，那一点也不好看。”紧接着她就会说起她在某个遥远的地方——比如克里特岛或是巴西——见过的更壮观的日落——就像是上帝在云端显灵一样。这样的景观你或许一辈子也见不到。她就是这种女人，傲慢自大，庸俗世故，有时候聪明得让人难以忍受。那为什么摩西还要来看她？……

连他自己也说不清楚为什么。她长得并不好看，鼻子又尖又细，茂密的红棕色头发卷曲着一直垂到手臂，但她有一种说不出来的内在美。每当听完罗利·里弗斯普恩牧师的布道后，在她那充满宗教气息的寂静肃穆的休息厅坐上一会，让他感觉十分惬意。他一只手放在口袋里抓挠着。她懂不少东西，那个精明的海瑞特·布里奇沃特，比方说里弗斯普恩说的那些有关财产的引经据典的说教，要不是海瑞特帮他弄明白存在和拥有差不多就是同一回事，他根本领悟不出其中的奥秘。“比方说，你踹了某个人的骡子一脚，这难道跟往他肚子里塞进去一只鞋后跟有什么区别吗？再或者假如说，”她用手里的针指着他，“你没有安装好你家门前的那些不稳当的楼梯，别人在那里把头摔破了，那么他的亲戚就有权到法院起诉你，摩西·格林。”这些话他都能听明白，但她通常都是用一种轻柔美妙的声音说出来，音调让摩西听起来就像是在唱歌一样。她有一只名叫鲁本的小狗，由于它体型太小，每到发情期都够不着母狗的身体，急疯了的它只好往海瑞特养的那些小母鸡身上爬。它像一阵风一样围着海瑞特的椅子跑来跑去。还有海瑞特家里的三层炉灶，带拐弯的薄铁皮烟囱，以及大木橱柜——这一切都比他自己那个只是简单粉刷过的小屋子强多了。还可以听海瑞特没完没了的唠叨。她的丈夫亨利现在也已经死了。（他在吃鱼时误把鱼刺吸进了气管，活活憋死了。）所有这一切——当摩西此刻正穿着他的会客装，嘴里轻咬着蛋糕（手伸在下巴上接着碎屑）时——都给摩西带来一种安逸、舒适、惊奇的感觉。他是不是喜欢上海瑞特·布里奇沃特了？当他思考这个问题时，他的思绪左右摇摆不定——是，不是；是，不是。她让他感到敬畏，但他不太喜欢她在明戈的教育上的看法，比如她说：“像他这样的咸水非洲人[①]有太多东西需要学了，你不知道吗？”

“那又怎样？”

“那么你应该知道他永远也不可能完全适应这里。”

“那又怎样？”他说。

“你知道这里的一切对他都很陌生。”

“那又怎样？”他再次说道。

“而且永远都会感到有点陌生，就像透过一面哈哈镜来看世界。”

摩西在椅子的硬木扶手上往外磕陶制烟斗里的烟灰，直到海瑞特

① 咸水非洲人（salt water African）是指那些直接来自非洲的奴隶，因为他们都是经过横跨大西洋的海上航线被贩运至美洲的，所以称之为咸水非洲人，以区别于那些出生于美洲的奴隶后代们。——译注

有点恼火，狠狠地瞪了他一眼。“不过，你应该亲眼见见他。我的意思是说，他很聪明——真的，就像是我自己又多出来的一只胳膊一样，那就是明戈，我会干的任何事情他都会干。比方说今天——”他一边说一边挠着头皮，“他正要帮以赛亚·詹森安装几扇窗户和栅栏，就在他那地方。”摩西轻笑了一声，在鞋跟上擦着一根火柴，“明戈不会干的唯一一件事就是猎杀鸡鹰，他像招待最好的朋友一样给它们喂食，甚至称呼它们为先生。”轻轻地，这位老人再次笑出声来。他把左脚踝搭在右膝盖上晃荡着，“但除此之外，我说什么，明戈就做什么。我有什么想法，他就有什么想法。”

“够了!”海瑞特厉声说道。她皱着鼻子——她很讨厌他那呛人的烟草味——然后不耐烦地下了一条定论：“摩西，奴隶就是有生命的工具，而工具就是没有生命的奴隶。”

老人反问道：“谁说的?”

“亚里士多德，”她傲慢地说，语气如同很多喜欢引经据典的人一样。“他有十三个奴隶——那时候人们把奴隶称作‘手艺人’（banausos）——柏拉图也有十五个。他们都没觉得有培养奴隶的必要。摩西，这个制度已经很古老、很古老了。如果你总喜欢和上帝开玩笑，而且离那个野蛮的非洲人太近的话，那么你可是在自找麻烦。如果哪天你控制不了他了，那该怎么办?”紧接着又是一大通从大卫·休谟那里引用的话。海瑞特说，有一次一位来自新世界的朋友告诉休谟说有个黑奴只需听一遍就能演奏任何一支钢琴曲，休谟听完后反驳说这纯粹是无稽之谈。

“嗯，或许吧，”摩西摇了摇头，“我想你说得对。”

“我知道我是对的，摩西·格林，”她笑着说。

“海瑞特……”

“有什么事?”老妇人应声问道。

“有时候你让我觉得困惑。关于我的感受，我有一半的时候都听不清楚你在说些什么，因为我完全被你说话的方式吸引住了。”他用力甩了一下烟斗，把里面的唾液甩出去。“海瑞特，你还经常想他吗?我指的是你的亨利。我的意思是，你现在应该再结一次婚了，你不觉得吗？你自己一个人生活当然也不错，不过我想我……有时候你让我感觉……”

“感觉什么？”她的精神为之一振。“继续说下去。”

他没有继续解释自己的感觉了。

后来当他驾车走在通往以赛亚·詹森家的那条遍布树根的窄路上时，摩西觉得海瑞特·布里奇沃特对明戈的看法是错的，而且说来也怪，他感觉自己与这个非洲黑人之间的距离比他和海瑞特之间更亲密。实际上，他们太亲密了，以至于当他驾车赶往以赛亚家时，他甚至盘算着将来等自己死后——愿上帝保佑——就把整座农场，连同他的知识、信仰和偏见都留给明戈，或许这样做又有点过了。这孩子完全就是摩西希望他成为的样子，是从他自己身上分离出去的，但依旧还是他自己，他想。与摩西还有足够的差距，这样他就可以与他保持距离并崇拜他。

他用双脚跳下马车，然后喊道：“以赛亚！”没听见回应。他继续弯着腰向前一瘸一拐地来到门前。“你好！”门半开着，怎么一个人也没有？“詹森！”摩西脱口大喊道，一股怒火从下腹直冲脑门。“你们都听见没有？嗨！”他用脚尖猛地把门踹开，摘下帽子，低头迈步走进屋内。屋子里非常黑暗，空气中弥漫着玉米蛋糕和炖土豆的味道。他看见那个小伙子正坐在一张和他身高差不多的大桌子前，一只手里拿着一把铅色的大勺子，另一只手端着一碗玉米粥，吃得正香。“你们俩早就干完了？”摩西笑着说。他把脖子向前伸着，一脸骄傲的神色，而明戈依然把头埋在碗里，忙着往嘴里塞饭。“那个笨蛋以赛亚去哪里了？”非洲人伸手指向他的肩后。顺着他摆动的手指所指的方向，摩西的双眼在昏暗的光线下往旁边斜眼观瞧，他看见一条黑色黏稠的液体流淌在地上，就像蜗牛爬过后留下的胶状痕迹一样。以赛亚·詹森就在那里，身体如石头般冰冷僵硬，蜷缩着躺在炉灶旁，双眼视网膜上还残留着明戈的影像。淡淡的月光透过屋顶的裂缝照进屋里，整个房间都那么不真实，绝对不真实。老人的双膝抖在一起，胃里翻腾着。以赛亚的前额处深深插着一把切肉刀，脸被劈成了两半，五官早已挪位。

“哦，天哪！”摩西嘶哑着说。他踉跄着用那条好腿走到以赛亚的尸体前，像是在跳一种朱巴舞和吉格舞的混合舞步一般。他大叫道："明戈！你都干了什么！"紧接着，他也很明白他都干了什么，他用双拳猛击那小伙子的双耳后面，不停摇晃他的身体，直至他自己——而非明戈——的牙齿吱吱作响为止。老人坐在桌旁，膝盖感觉像橡胶一样，嘴里不停呻吟着，"上帝，上帝，上帝！"他长叹一口气，由于紧张，他用被烟熏黑的牙齿紧咬着嘴唇，径直盯着这个非洲人。"以赛亚死了！你明白吗？"

明戈明白，并如实回答。

"而你应该对他的死负责！"他站起来，但又坐了下去，嘴里咳嗽着，掏出手绢往里面啐了一口。"死了！你知道死意味着什么吗？"他又咳了一声，啐了一口。"负责！你知道这又意味着什么吗？"

他不知道。他说："我不懂，先生，我不懂。明戈不懂，老板。不懂，先生。"

摩西像松开的弹簧一样突然跳了起来，他不停地扇这个小伙子耳光，直到手麻为止。稍过了一会，老人又失控了，用拳头不断捶打小伙子的胸口。他再次坐了下来，由于刚才跳起来得太快了，他感觉头发昏，双腿也站不稳。明戈辩解着自己的清白。摩西怎么也想不明白，他怎能看上去如此一副满不在乎的样子。直到他回想起自己曾跟他讲过有关鸡鹰的事情。几个月前，或许五个月前吧，他曾经告诉明戈见了鸡鹰要猎杀它，见了陌生人要以礼相待，没想到他说的话在这个非洲人的头脑里完全颠倒了过来。（他怎能明白这个新世界的习惯呢？）他居然对鸡鹰很友好，（摩西很失望的叹了一口气）却杀死了陌生人。"你这个蠢货！"摩西怒斥道。他咬紧牙关，像一只被勒住脖子的待宰小牛一样哀叫着。"以赛亚·詹森和我是朋友，而且——，"他控制了一下自己的情绪。他说的不是实话，他们根本不是什么朋友。事实上，他觉得以赛亚·詹森是一头蠢猪，他也只是以普通的邻里之道和他交往。一只苍蝇飞到他的眼睛上，他使劲摇晃着脑袋。几周前他甚至还在海瑞特面前骂过以赛亚，嫌他太烦人，总是借工具不还，还咒他早日下地狱。他的喉咙抖动了一下，一只眼皮向上翻了翻，因为那只苍蝇的缘故，它还有点发痒。他用手指又把它翻下来，然后慢慢把目光投向明戈。“伟大的彼得①啊，”他咕哝着说，“你没见过这样的事。”

“现在该回家了吗？”明戈舒展了一下僵硬的腰身，“我太累了，老板。”

摩西离开了，不是因为他想回家，而是因为他担心以赛亚的尸体被人发现，他需要时间考虑下一步打算。让空气里的气味先散一下，等到夜幕降临，趁着夜色上路回家。老人好像在自言自语一样嘀咕着：“我教会你思考和说话，但看看你都干了什么？他们会抓住你，然后杀了你，孩子，就像我正坐在这里一样确定无疑。”

“明戈？”非洲人狡黠地摇了摇脑袋，用手指着自己的胸口说，“我？不是我，先生。”

“该死的，你怎么这样说话？”摩西嘴巴前倾，脖子上的青筋暴露。“你杀了人，他们会把你烤得像一根玉米棒子一样焦脆。哦，上帝！明戈，”老人哽咽着，“你得敢做敢当，孩子！”一想到他们会怎样处置明戈，摩西痛苦地把头埋进竖起的衣领里，他透过衣缝看了看面无表情的非洲人，小心避开他的目光，然后大叫道：“你在想什么呢？”

“明戈所知道的，都是主人格林知道的，就像明戈看见的和没看见的不过是格林教他看或没教他看的一样，再或者就像格林活在明戈身上一样，不是吗？”

摩西继续听他说下去，将信将疑的样子，他听出来这话里有话。“是的，说的没错。”

“主人格林，他拥有明戈，对吗？”

“对，”摩西哼了一声，他抹了一把红红的鼻尖，“还花了不少钱。”

“因此当明戈干活时就是摩西·格林在干活，是吗？因为摩西·格林就是通过明戈来工作、思考和做事的，难道不是吗？”

谁都不是傻子。摩西·格林不用费力也能想到其中的意思。他在回家的路上猛地调转马头，朝着海瑞特家的方向驶去。他擦了一把汗，想起自己经常做的两个梦。在其中一个梦里，他和明戈像两个懂腹语的木偶一样被绑在一起，一黑一白，然后有一个他不认识的人同时拽

① 指耶稣最著名的门徒之一圣徒彼得。——译注

动他俩的手臂和腿，也不知道是怎么回事，但他和明戈却会异口同声地说出同样的话，直到他那双满是老年斑的双手抬起来打到自己脸上，僵硬的手腕颤抖着，像老胡萝卜皮一样。他尖叫着逃跑在漆黑冰冷的野外。但明戈也同样如此，他的手也打在自己脸上，双膝就在摩西旁边颤抖着，他同样也在尖叫，就连声音也一模一样。然后很快又进入另一个朦胧的梦境。他被镌刻在一枚蓟马硬币——面值在五分和一角之间的硬币——的表面上，而背面是明戈。摩西颤抖着把车驶入海瑞特的院子里，他的肠子里翻江倒海，感觉像沸腾的沥青一样。她披着一件有花格子图案的印度披巾，正站在门廊里注视着他们，手里的书依然打开着。摩西跌跌撞撞地爬上她的台阶，连膝盖也擦破了皮。他大喊道："海瑞特，这孩子残忍地杀死了以赛亚·詹森！"她大惊失色，倒退几步来到过道里，她的头发在眼前摇晃着。他神色慌张地挥舞着双手，结结巴巴地说："但这并非全是明戈的错——他不知道自己在干什么。"

"以赛亚！你是说以赛——亚？他杀死了以赛——亚？"

"是的，噢，不是！不完全是——"他的脑子僵住了。

"那是谁的错？"她直瞪瞪地看着正在马车上掏鼻屎的明戈。（不错，摩西也经常掏鼻屎，他没能像自己希望的那样警惕地做好。）她的左半个身子轻轻摇晃了一下，恢复了清醒，冷冷地说："我可以告诉你是谁的错，摩西，是你的错！我不是说过吗？别带那个野蛮的非洲人到这里来？啊？啊？啊？你们两个都应该——以死谢罪。"

"闭嘴，你这个女人！"摩西把帽子扔到地上，踩了几脚直至它变了形，"你太受惊了。"说老实话，他自己也根本不冷静。他的指甲上有好多泥土，裤腿上也溅了些血迹。摩西跺了几下脚，抖掉鞋上的灰尘。"你屋里有酒吗？我需要你帮我解决这个难题，但从我找到明戈到现在为止，我还滴酒未沾，我现在喉咙里很干——"

"你自己去拿吧，就在橱柜最上层放着。"她张开手指，很茫然地碰了一下脸。突然在她脸上显现出了就和那些只剩下一年、一个月或是一分钟活头的人一样的表情。"我觉得我最好坐下来。"她坐到摇椅上，在大腿上摇晃着一本M. 雪莱写的小说，一个有关怪物和存在之恐惧的现代故事[1]，然后一本正经地正了正身子，“就和你一样，摩西·格林，把你的所有困惑都带给了我。”

老人的脸上突然浮现出一层淡淡的笑意。他轻轻亲吻了一下她的双眼。海瑞特也反过来像一只小猫一样在他柔软的嘴边蹭着脸颊。摩西感觉像羽毛一样飘起来。“我得找个人帮忙，不是吗?”

摩西在休息室里翻找着橱柜，找到一瓶低度的波旁威士忌，用颤抖的双手往杯子里给自己倒了小半杯，然后由于他觉得自己还能再喝点，就又倒了一杯，慢慢地把它喝到嘴里，用舌头搅动着，思考着对策。他可以把明戈绳之以法，按律治罪，但只要他一想到即便杀了这孩子也于事无补，他就不会这么做。否则就像是杀了他自己一样，是在摧毁他自己的一部分灵魂。此外，不管这个非洲人干了什么，都是他通过摩西学来的，而后者并非一个看待事物的最可靠透镜。如果一个人完全在一块陌生的土地上，没有权力，没有特权，没有地位，没有财产——甚至他本身就只是别人的财产——他一无所有，或者说几乎一无所有，而且也毫无成就或判断力，那么你无权让这样一个人为自己的行为负责。“真倒霉!”摩西啐了一口。从别人那里汲取你的存在，这是一件很痛苦的事情。他现在知道了。这在另一个层面上就好像里弗斯普恩有一次曾试图否定上帝和人一样：如果曾经有上帝，(摩西不确定现在还有没有)，如果说他创造了世界，那么人类就不必为任何事情负责；不管是强奸还是谋杀，它们都与那个应该为世界的构成负责的人有关。思绪平定后，他扔掉手里的酒杯，直接对着酒瓶喝起来，然后又紧张地点着烟斗，或许……或许他们可以逃脱，如果有必要的话，先逃到密苏里，一切从头再来，在那里他可以教明戈如何区别陌生人和鸡鹰。但毫无疑问，他还会再犯错的，他不会改变。江山易改本性难移。他们将永远在逃跑，跨越任何时间和空间——他这么想着——就像没有手指和脚趾的逃犯一样，或两

① 此处暗示英国女作家玛丽·雪莱（Mary Shelley）于1818年发表的著名小说《弗兰肯斯坦》（*Frankenstein*）。雪莱在这部小说中表达的一个观点是，一个人如果长期遭受嫌恶、歧视和迫害，会变得邪恶并干出种种坏事，甚至发展到极其危险的地步。这与本篇故事的主题存在一定程度上的契合。——译注

个小偷、抑或一对同伴，每个人都有一个可以致对方于死地的可怕的秘密。不！不能一无所有然后随心所欲地离开。真是太奇怪了，占有者和被占有物竟然神奇地溶入彼此，就像两道交织的光一样。（再或者，如果他知道这一点的话，就像两个亚原子或微粒子相互结合在一个复杂的关系网里一样，不过他并不明白这些。）或者把他枪毙了，让明戈复归于尘土。这样做会更仁慈吗？不！他正在斋戒，斋戒！再或者给他自由？这是个高尚的举动。但只要明戈一睁开他那双油亮的黑眼睛，他就已经在支持、维系或是成就了摩西的世界里的一切伤痛或是污点，在这样的情况下，他又怎能割舍得下呢？他花了那么多心血，最后才把明戈像混凝土一样粘到了自己心头上。他现在已经离不开他了。把自由还给他，像一片咸肉一样，这会把明戈更紧密地束缚于他的。此时此刻，这似乎是个无解的难题。

他最后仍没有下定决心，但幸好他喝醉了。他的烟斗锅也太烫了，无法继续拿在手里。他一直都如此，直到意念已定才敢告诉海瑞特·布里奇沃特自己的想法。他大叫道：“我有主意了！这件事与明戈无关，却与你我有关。”现在正好是七点。他摇摇晃晃地拖着脚走向门外，“你知道，今早我还打算向你求婚，”他笑着说，威士忌让他的头皮发麻，“但当我一想起那些结了婚的人——而且有时候还要养几条狗——不得不相互照顾……就像是两只一起流泪的蜡烛一样的时候，我就觉得还是单身生活更好一些。嘿……”他小心地迈出门外，手里高举着酒瓶，脸已经红到了耳朵根，汗水被风干后在脸上留下一道道痕迹。他来到屋外的走廊上，听到一声呻吟，一声清楚的呻吟。“海瑞特？海瑞特，我还没说太清楚，但我现在正叫你呢！”她的摇椅在走廊上晃来晃去，与地板之间发出嘎吱嘎吱的声音。摩西的酒瓶掉了下来——砰——摔到楼梯上，弹到院子里，一直滚到海瑞特·布里奇沃特身上。不，他想。噢，不。在马车旁，在劈好的柴火垛下面，在砧板旁边，在一个锈迹斑斑的老旧手压水泵旁，她侧躺在地上，裙子的后系带已经被挣开，嘴巴张成一个大大的“O”字形。眼前的景象让他感到深深的伤痛。他像个孩子般哭泣起来。此时正好是七点十五分。

公元 1855 年 10 月 7 日。①

直到半夜时分，摩西·格林依然在低头看着她的尸体。他感到恶心、难过、心如死灰。院子里所有事物的阴影都在远处影影绰绰，从根部窜将出来，朦朦胧胧地犹如幻象。它们都是关于虚荣心的训诫。每当他移动目光，看到的都是有关种族和交互关系的见血封喉之毒的说教。他现在已经失去立足之地。他现在完了。“明戈……到这里来。”他很冷静。

“先生？”这个瘦高的非洲人从马车上跳下来，半带天真半带邪恶的样子。离开摩西的农场作为背景，这小伙子看上去既陌生又可怕。他的皮肤组织像是植物一样，眼珠拥有蜘蛛一般的奇怪光泽，让人捉摸不透。“那个喋喋不休的老母鸡死了，老板。”

老人露出一副痛不欲生的样子。“我原打算娶那个女人的！”

“不对。”明戈皱了一下眉头，接着咧开嘴笑着说：“你说过——我现在引用你的原话——男人需要一个安静、有耐心、不爱抱怨的女人，对吗？”

摩西用沙哑的嗓门说：“我什么时候这样说过？”

“就在昨天。”明戈打了个哈欠。他看上去有点困了。“现在该回家了吗，老板？”

“再等一会。”摩西·格林努力想站直身子，却没成功。“你趴下来，脸冲着地——听见我说话没有——然后把手背在脑袋后面，就这样一直等我回来。”明戈把脸紧贴着前边的台阶。摩西返身回到屋内，找到了海瑞特留在橱柜里防备那些宁愿为自由而死的奴隶们的燧发枪，然后上好火药，慢慢走回院子。外面的空气似乎也更稀薄。摩西向前

① 作者在这里有意为故事安排了一个真实的时间节点，即 1855 年 10 月 7 日。这一天，美国历史上最著名的废奴主义革命者约翰·布朗（John Brown）率领追随者抵达位于堪萨斯州的根据地，准备发动武装起义，这是美国人民群众试图用武装斗争消灭奴隶制的一次英勇尝试。就在之前的 1954 年，在南方奴隶主的操控下，国会通过了反动的《堪萨斯—内布拉斯加法案》，这个法案实际上使北纬 36.5°以北的广大地区都可以变为蓄奴州。法案通过后，南方奴隶主组织了大批武装匪徒，企图用武力在堪萨斯州和内布拉斯加州推行黑人奴隶制。而民众则强烈反对这个反动法案，大批农民、工人和其他劳动人民携带武器进入堪萨斯州，加入布朗的起义队伍，决心武装反抗奴隶制。——译注

弯着腰，上嘴唇冒着汗。他把冰冷的枪口对准明戈的脖子后面，刚好架在非洲人宽厚的双肩之间的一小块肌肉上。他用拇指把击锤扳到后面，枪里面的弹簧发出吱吱的响声。他对着小伙子后仰的脑袋说话，那声音从喉咙深处发出来，就好像他在用肚子说话一样。

“你永远也不会明白我为什么要这样做。你就是装在我脖子上的一具马鞍座，永远都是。尽管这也不能全怪你。明戈，你比我自己都更像是我。从骨子里就像，你明白吗?”他咳嗽了一声，很难受地继续说下去：“对也罢，错也罢，所有你现在或明天所做的事情——都是间接由我来做的，但无须任何谎言和借口，不用找原因，撇开所有真诚的假话和道歉，那都是空洞的行为，就像一只手臂的影子晃动一样。你永远不会和我完全一样地看待事物。我有罪，是我发动了这一切。我……”远处有一只野鸟——或许是夜鹰——在黑暗处鸣叫。当马车的车轮声和马蹄声走近的时候，它扇动翅膀疾飞而去。摩西的双眼眯成一条缝，他用干哑的声音低声说道：“起来，你这个该死的傻瓜。”他松了松圆圆的双肩，明戈也松了松宽大的双肩。“把马牵过来。”摩西说道。他自己先上了马车，然后坐好，双膝靠在小伙子身旁。明戈的双膝也并拢着。摩西的声音变了，变得急促且刺耳。明戈的声音也是如此。“去密苏里，”老人说，不是冲着明戈，而是冲着马车上落满灰尘的地板，“要是我没记错的话，应该是沿着那个方向走然后向西转。”

附录四　短篇小说:《武馆》[①]

大卫·刘易斯的武馆位于芝加哥市南区，这里治安很差，他几乎每天在路上都得打上几架才能来此开馆。他接手前，这里最初曾是一家干洗店，后来又成了泰餐馆。尽管他用来苏水擦洗过弯曲变形的油毡地，每次上课前还焚香供佛，但练功房里还是混杂着衬衫浆洗后的刺鼻味道、肉桂糕点的浓郁香气以及男人下了晚课后身上散发出的强烈汗味。五个月来，每天晚上在学生走后，大卫都会睡在地板上将就过夜，他不介意隔壁印刷店里传来的印刷机的咣当声，也不理会马路对面加油站的嘈杂。为了翻修这三间房顶低矮、管道漏水的房子，他还欠了银行两千美元的贷款。这些他都不在乎，这是属于他的地方，是他在旧金山经过十年苦练终于晋升师傅头衔后赢得的结果。

周二晚上，学生们气喘吁吁地做完热身后，跟着他的老学员伊丽莎白（她曾是一名舞蹈演员，至今身体还保持着像冈比[②]一般的柔韧性）接着训练。大卫站在一旁观看，感受着他们的呐喊声在他胸中回响的力度。为了纠正某位学生的站姿，他偶尔会打断他们。总的来说，他教的是一群没什么出息的学生。就像当年他在旧金山接受的耐力测验一样，他们也在考验他的耐性。有人吸过毒品后才来上课。一位名叫温戴尔·米勒的学员是退休厨师、不折不扣的老年人，却想通过武术重获青春。还有几位是高中辍学生，染着橘色头发的朋克青年，都是一些类似于“塑料肛门”之类的摇滚乐队的成员。但大卫并不感到

① 译自 Charles Johnson, *Dr. King's Refrigerator and Other Bedtime Stories*, New York: Scribner, 2005。本译文曾发表于《外国文学》2015 年第 6 期。

② 冈比（Gumby）是美国 50 年代出品的著名电视动画片中的形象。——译注。

沮丧，他相信自己有责任引导他们，就像史泰龙电影里的花衣魔笛手①一样，让他们真正理解武术之道就在于让年轻人学会规矩、懂得谦逊，为了成为一名对自己和他人有用之人做好准备。由此不难理解他定下的几条规矩了，他规定凡是在校学习成绩达不到良好水平的高中生学员不能晋升段位；凡是不同意参加一般教育发展测试（GED）的高中辍学生一律不准入学；如果他们能获得全优成绩，他就请他们吃饭。十多年前，大卫自己就曾是一名朋克青年。在帕罗奥图贩卖过可卡因，整日靠啤酒和巴比妥酸盐为生。直到有一天，他的武术老师让他惊讶地发现，自己的内心竟然储备着比任何外在事物都更强大的精神力量。大师的画像就挂在门里边，所有进入大卫学校的人都可以向他鞠躬。推广武术是他来中西部地区的根本打算，但大卫相信他的隐蔽计划是修炼学员的内心，让他们就像蜕去蛹壳一样不再与人起冲突之心。如果不是出于这种考虑，他原本也可以用高强度的训练耗尽学生们的体能，让他们没力气再去招惹麻烦。

不过他想起来，艾德·摩根是个例外。

他的年龄比自己大，差不多有 40 岁，头顶光秃，脖子两边从耳朵到喉结处都有剃刀伤痕。这是他第二次来练功，但大卫看出来摩根懂套路和基本拳法。他肯定在别处学过，就连傻瓜也能看得出。这意味着这位新学员在报名表中说未曾受过任何训练是在撒谎。大卫的普通学生们都穿着传统的中式白褂黑裤，而摩根和他们不一样，穿着一身在袖子和裤腿上有黑色条纹的灰胡桃色运动服。在一周前的短暂面试时，大卫曾让他买一身练功服，但被摩根拒绝了。大卫也不再提起此事。他注意到摩根的胸肌和前臂像大力水手一般发达，肱三头肌也像是从拳王哈格勒身上移植过来的一样。他的身材像大树一般魁梧，高出其他学生半头，在大卫看来甚至有点头重脚轻的样子。他也没有适合摩根穿的练功服。摩根的步伐非常灵活，让大卫看得直皱眉头，甚至有点害怕，因为在摩根身上似乎兼具流水和磐石的属性。随后他回

---

① 花衣魔笛手（Pied Piper）源自德国民间神话，喻指那些善开空头支票的领导者。——译注。

过神来，觉得自己有点可笑。他抬头看了下表——还差半个小时下课——然后大声击掌，交替拉拽左右手的手指发出啪啪的声响。学生们转身看着他，急切等待他的指导。

“现在开始对练。每人找一位与自己身量相当的对手。伊丽莎白，你陪新生们练习。”

“师傅?”是摩根在喊他。大卫闻声停下来，双唇紧闭。“如果你不介意的话，我想和你对练一下。”

托非是一个菲律宾男孩，也是大卫最年轻的学员之一。他用文着猎鹰图案的肘部击中了一位留着莫西干头的对手，两人同时叫出声来：“啊……噢!”虽然摩根的声音中并没有一丝挑战或不敬的味道，大卫却感到身上涌过一阵热流，手心也突然冒出了汗，就像被撒上了一层盐水一样。实际上，摩根的语调听起来就像歌手一般轻柔优雅。大卫勉强挤出一丝微笑，“你确信想和我比试吗?”

“请!”摩根低头行礼。要不是因为他身材太高大，就连弯着腰也要高过大卫的头顶，他的行为会让人觉得非常谦逊。“非常荣幸!”

学生们不再继续对练，他们争先恐后地聚拢成一圈，把他们当成像来自镇上相反方向的两个枪手一样围在中间。虽然嘴唇已有些僵硬，但大卫的嘴角依然保留着最后一丝笑意——毕竟他是这里的师傅，不是吗？尤其是面对像摩根这样大块头的人时更应该如此。先放松一下，可以这么说。

他紧了紧身后的红腰带，站好丁字步，重心下移放到后脚上，前脚轻着地，时刻准备等摩根进入攻击范围后发起进攻。摩根却并不太配合。他先是转到左边，避开大卫的前脚，接着用不连贯的步伐上前半步以迷惑大卫的距离感，接着趁他还没来得及变换身位，快速击中了大卫的下巴。大卫不知道学生们是否被惊呆了，因为随着肾上腺素水平上升，他把注意力全集中到摩根身上——他总是先被别人击中然后才能严阵以待——整个屋子立即消散了，只剩下他和对手。双方都在出招，时间在这一刻好像变成闪烁不定的纤维状，成了奇怪的二维时间，但这一切对打斗的双方来说太过熟悉了，就像人从高空跌落或摩托车手在发生迎面撞击前的几微秒所感受到的一样。这几分钟的时间像是由外摆腿、背拳和疾风骤雨般的击打组成的旋转马赛克，而所有大卫打出去的拳都没能击中对手。他所有的招式在摩根面前都不奏效，后者如同影子——或是梅菲斯特（Mephistopheles）[①]——一般，在它们碰到他之前就已经不见了踪迹。

摩根从拳击换到吴式太极拳，然后又是八卦拳、跆拳道，十二种来自不同文化传统的拳法接踵而至，让人眼花缭乱。他用一个动作扯掉了大卫的腰带，接着又用汉语普通话喊出每一个打中大卫的招式名称，一拳接着一拳，就像在进行教学演示一样。

血滴犹如鲜花一般绽放在大卫的脸上。他知道自己受伤了，两根肋骨似乎已被打断，但他并不确定。感谢上帝让人类拥有了内啡肽，一种身体自生的天然止痛剂。他完全处于下风，连一次也没打着摩根，他所能做的不过是躲闪退让。最后当一只犹如哈密瓜大小的拳头直冲而来时，他再也躲不开了。他被击倒在地，耳朵嗡嗡作响，两条腿像玩偶一样摊开。他真想就这么一直躺下去，但为了保住最后一丝颜面，他还是一跃而起。由于汗水刺痛了双眼，他发现自己选错了方向。摩根正仰头背手站在他背后。大卫的两个学生大笑起来。

伊丽莎白上前用她的浸透汗水的毛巾帮他止住流血的鼻子。摩根双脚并拢，甚至连大气都不喘。"谢谢你，师傅。"这完全是嘲讽，大卫心里想。不过他的头被撞得厉害，意识不清。虽然他可以渐渐听出声音，但屋里依然充满热浪。他现在可以分辨出每一个学生，时间意识也恢复了。他说："你打得不错，艾德。"

托菲低声说道："别废话了，老师。"

大卫感到头晕目眩，屋子似乎突然转到他的左边。他稍稍弯曲双膝平衡一下身体，"但你在武学方面仍旧是个初学者。"他很虚弱的抬起一只手，然后又垂下来。"继续上课，伊丽莎白。给每人上一堂新课。"

"大卫，我想现在该下课了。"

下课？他想他明白这是什么意思。"我觉得也是。向祖师行礼！"

---

① 指歌德作品《浮士德》中的魔鬼。——译注。

学生们纷纷向本门派创始人的画像鞠躬。

“现在相互行礼!”于是学生们再次鞠躬，不过这次却是朝向摩根。

“下课。”

几个学生欢呼起来。在他们穿过门廊去后面换衣服时，用手拍打着摩根的后背。作为唯一的女学员，伊丽莎白站在后面等他们冲澡换衣服。她和马克（一位年龄最小的学员、皮肤像女孩一样洁白光滑的初中生）看上去很迷惑，不知道这场打斗意味着什么。

大卫一瘸一拐地回到办公室，那里也是他的卧室，仅用一块布帘子与练功厅隔开。那里有他的器械，几个哑铃，一个上面贴着他的照片的很重的包——他还需要征服谁呢？——还有伊丽莎白从不尝试的划式练力机。他在一张从救世军[1]那里廉价买来的没油漆的写字台上坐了一会，然后滚到地板上，他不知道自己哪里做错了。如果换一位更有经验的师傅，他是否会干脆拒绝与一位自诩的初学者过招？

几分钟后，他听见他们开始离开了。几个学生央求摩根教他们。说真的，这让人很难承受。大卫支撑着身子，扛着头，一瘸一拐地又走出来。“艾德，”他咳嗽几声，然后又平复下来。“我可以和你聊聊吗？”

摩根看了一下手表。那是个镶着钻石的玩意，既可以当秒表也可以当温度计用，或许有时候还可以测血压。用它一半的价钱就足以支付这所武馆一年的房租。大卫看得出来，他身上穿的也很好，就像一个退役的冠军，不穿成品衣服，都是特别定做的。“师傅，我另有安排。以后再谈好吗？”

就在门被带上之前，他听见另一个男孩说：“大卫不会打架，伙计。他只会花架子。”

他在办公室里再次躺下，身体疼得无法洗澡，每一块肌肉都一碰就疼，像羊肠线一般紧绷着。他用舌尖舔着嘴里被打碎的牙齿。

他把厕纸塞进右鼻孔止血。这时候伊丽莎白走到帘子里面来。她已经换上了皮靴，穿着宽松的外套和长裤。隐形眼镜也被摘下来，换了一副猫头鹰镜框的眼镜，看上去一派老处女样。“我很难过——他

---

① 一个成立于1865年的基督教教派，以街头布道和慈善活动等著称。——译注。

做得不对。”

“你的意思是他打赢了我?”

“那原本不是一次真正的比武！他骗了你！如果像他那样不讲任何规则的话，谁都能赢。”

“你把这话说给他听。”他揉了揉肩膀，脸上露出痛苦的表情。“你认为星期四还会有人来吗?”她没有回答。“你觉得我是否应该关闭这所学校?”大卫苦笑一声。“或者干脆离开这里?”

“大卫，你是个好老师。师傅也有失手的时候，不是吗? 关键不在输赢，对吗?”

还没等她说完，答案就已在两人之间浮现出来。如果接受医治的病人全死了，你还能当医生吗? 不会算数，你还有资格当数学家吗? 依照世俗眼光来看，或者更重要的是，按照学生们的评价尺度来看，他是个骗子。伊丽莎白把肩带扣到训练包上背起来。包很大，两个人都钻进去也没问题。“你想让我留下来多陪你一会吗?”

“不用。”

“用不用找东西处理一下你眼上的伤口?”

透过几乎被摩根打瞎的眼睛，他看到她的身形被压缩成了扁平状，如同硬币一般。她的皮肤红润，头发也被汗水微微打湿了。她看上去太可爱了。大卫真想倒在她怀里，与她合为一体——一起消失。只是此刻他的身体一碰就疼。而且与他认识的其他老师不同，他的原则是把自己对学生的任何情感——包括有时出现的情欲冲动——都转换成更严格的教导和更长时间的付出，以便对得起他们所交的学费。除此之外，他还不名一文。他身上的便装甚至还是上小学时穿过的。已到而立之年的他受过的教育并不比马克或是托菲更多。他在高中时的主要精力都花在逛街上了。伊丽莎白的情况就不同了。她是一位有工作的母亲，在位于芝加哥的伊利诺伊大学担任教学秘书，身边整天围着一些看上去和研究生一样年轻的教授们。从大卫的角度来看，这样的好工作看上去即体面又稳定。他能给予伊丽莎白什么呢? 不管怎样，今晚或许是他最后一次见到她了。如果她和别人一样离去的话，谁又能责怪她呢? 他仔细端详着她那如同缟玛瑙一般乌黑茂密的头发在她的领口上下摆动，这让她在不知不觉中养成了一种习惯，即经常要歪一下头，用手指把头发捋到后面。这个自然优雅的举动让他感到胸口作痛。她不知道自己有多可爱。他意外想起《旧约·诗篇》中的一行诗："我要称谢你，因我受造奇妙。"① 他心里想，不管这句诗出自谁之手，都是为她而写的。

他把目光挪开，"回家吧。"

"我们周四还上课吗？"

"你已经交够了直到月底的学费，不是吗？"

"我交了六个月的，你忘了吗？"

他当然记得——实际上，她是交费最及时的学生。"那么我们就继续上课。"

从当晚一整夜直到第二天上午，大卫都平躺着，内心充满对摩根的仇恨，他也更恨自己。经过好几个时辰他才恢复平静。那晚上下雨了。他强压睡意，聚精会神地聆听着雨水的嘀嗒声，希望能从中听出些启示。他吐了两次血，还吐出一些黏痰和未消化的汉堡残渣。上帝，他冷冷地想，我病了。到午夜时分，他可以坐一会了，也能喝点汤，不过仍然站不起来。双腿肿胀得厉害，他不得不用剪刀把裤腿剪开，然后就像撕猪肉条一样把它们撕下来。身上很多地方都火辣辣的，也不听使唤。他伸手拉开抽屉，找出摩根的报名表，很快发现摩根不会写字。大卫懊悔地苦笑了一下，开始寻找更多漏洞。摩根填的住址是斯科基市，职业为商船水手，没有提供任何紧急联络人信息。一切都完了。大卫从那天晚上开始，或者说直到次日凌晨，都不知道自己在这个武馆中如何再次面对任何人。他痛苦地回想起一年前他晋升段位时的情景。在靠近旧金山教会区的一间仅有一张床大小的漆黑屋子里，他的师父手执一根佛烛，那是屋里唯一的亮光。大卫跪在地上，手里也举着一根蜡烛。"传给我的光，"老师一边说，一边重复着两个世纪前的仪式，"我现在把它传给你。"他用火苗引燃大卫手中的烛心，把火光传递下来。大卫顿时热泪盈眶，有生以来他第一次感到自己与他

---

① 引自《旧约·诗篇》第139章。——译注。

从未见过的比自己更伟大的传统和人民联系起来。

他在高中时曾因为难以调教而被老师们开除。他们做得对吗？大卫想知道答案。他是不可雕琢的朽木吗？突然，他开始恨他们，也恨伊丽莎白的学校里的那些老师。但只是一小会儿。仇恨是一种太剧烈的情感。就像一把蝴蝶刀①的利刃一样，在手中握久了难免会伤到自己。或许这也是他成不了高手的原因。接着他失去了知觉，只剩下麻木感，好像隔着很远距离看着自己如同湿透的海绵一样在水中下沉。他慢慢穿好衣服，准备迎接周四的课。此前由欲望、得失和利害考量引发的行为现在已经被某种说不清楚的事物替代，就好像原本由昂贵的燃煤提供动力的机器一夜之间变成了水轮驱动一样。

时间到了六点。只有马克、温戴尔和伊丽莎白来到武馆。大卫给每位同学打了电话，从他们的父母、室友或是同居对象那里得知他们都不在家，或许都去找摩根了，他想。于是他接着给摩根打电话。

"没错，"摩根回答。"有两个学生在这里，他们只想和我聊天。"

"他们旷课了。"

"不是我让他们来的。"

大卫静静地深吸一口气，看看自己还能不能做到。他感觉有点疼，于是停下来改作浅呼吸，让气息在肺的上部流动。他从手上揭下一层死皮，"你还回来吗？"

"我觉得回去没什么意义，你说对吗？"

在背景中，他可以听到有电视机和开啤酒瓶盖的嘈杂声。"你打过职业比赛，对吗？"

"那是很久之前的事了——是在国外，赢过两次，也输过两次，后来就放弃了，"摩根说。"那算不了什么。"

"你当过老师吗？"

"零零碎碎的吧。听着，"他说，"你打电话是什么意思？"

"你为什么要来我这里报名学习？"

"我好久没受过训练了，想证实一下自己还会多少。你想让我说

---

① 一种可以绕着小轴旋转的折刀。——译注。

什么？我不会回去的，好吗？你到底想让我干什么，刘易斯？”

他也不知道。他感到武馆中很平静，自己内心也很平静。他静静地坐了很久，就像在摆肖像画姿势一样，然后说，

“你已经预交了一周的学费，我还欠你一次课。”

摩根不屑地回答：“教我什么——中式芭蕾吗？”

“当然是格斗，”大卫说。“传授你一些武道秘籍。我会一直留着门，只等你来。”然后他就挂断了电话。

摩根围着这片街区转了四圈才在刘易斯学校对面找到一个停车位。着什么急？他站在敞开的门前等了差不多 10 到 15 分钟。他不知道这小子（大卫在他眼里就是个孩子）想干什么。他见过很多这样的小孩。他们学过几天功夫，获得七段段位，然后就开一家临街的武馆。其实那不过是个人表演的舞台，可以自我表现一下，满足自己在大街上、学校里或前途暗淡的工作中遭到否定的自我幻想。摩根心里想，他们都是骗子，当今世界几乎所有事物都是如此。对于这个话题，他可以花上几个小时奚落一番，尽管他很少这么做，因为连他自己也听腻了他的抱怨。都是些失败者，他心里想，穿着东方人的奇怪服装到处显摆，却不敢与人过招露出真本事。他们会说：“对初学者来说太难了。”或者又说：“我向师父发过誓，绝不向任何人显露。”都是胡扯。他可以看透这些废话。他在美国到处都见过这种人，在印度也见过。在那里，叫他们托钵僧可不是白叫的。他也从他们那里遭过罪，得交上学费才能获得他们的“特殊”指导。在他当商船水手的 20 年间，他去过欧洲、日本、韩国和香港的很多学校学习，投身于那些疯狂而无知的苦行骗子门下——他们声称能用气杀人于无形——就因为他有永不满足的求学欲望，所以他在哪里都没能取得段位。他无法长时间忍受任何一位装腔作势的大师，因此也就进不了任何一个门派的内部圈子——尽管这些招摇撞骗的武馆中有 80% 在不到一年时间内就会关门歇业。况且他还是个仓鼠般的过客，在哪个港口也待不长时间，等不到晋升段位的那一天。此外他还杀过人，那是在东京的陋巷里，他出手异常简单，其手法之冷酷，没有哪个高手会把这种粗野的招式归为“传统”套路。

都是胡扯，摩根心里想，拆穿他或许对他有好处。他自己的锁骨也被打断过两次，两条腿各折过三次，只剩下两根手指没被粉碎过。鼻子也被打得变形，以至于自己都不记得原来它长得啥样子了。在潮湿的夜晚，他的呼吸会有困难。但有什么可以抱怨的呢？想要回报就得付出代价。

不过，摩根斜视着武馆的大门，他心里想，刘易斯身上有一点让他很喜欢。起初他曾感到很惬意，似乎他终于找到了自己一直在寻找的武馆。不错，当刘易斯接受挑战时表现的确有点自大，但毕竟他在年龄上比自己所教的这群高中生们也大不了多少，不可能对他期望过高。如果他真能按照自己给初学者们立下的规矩来执行的话，或许能教得不错。而且也不能说刘易斯打得不好，主要是摩根差不多比他强过五倍。已到中年的他不管在哪个方面有劣势——比如缺乏年轻人的灵活和快速反应能力——他都可以在力量和经验上找回更大的优势。其实也就是出损招。假如再过几年之后，等他再从摩根身上多学一些格斗策略的话，他或许就会成为胜者。

但他以为自己在蒙谁呢？事情总是出人意料，总有太多的自我考虑在内。每一位老师都必须保护的东西，或者说保留颜面。传授我一些武道？上帝，他差点打死那小子。瞧他那样，在电话那头像轰炸开始前的萨达姆一样叫嚣着，甚至恳求发动地面战争。这当然也可以，如果说他想要的就是通过一次决斗来分个高低的话。摩根咬紧牙关，走上停车场布道。他下定决心，不管结果如何，那都是刘易斯自找的——这将是他的劫数。

他锁好车，又检查了一遍每一扇车门（这个社区很乱，即便对他来说也是一样），然后走过街道，手里拎着训练包。最后几缕阳光穿透烟雾打破黑暗，大门看上去就像是从玻璃水泥建筑上雕琢出来的明亮的入口一样。他听见门口传来一些脚步声，三个学生出现了，大部分学生都没来，也没看见去找他的那两个学生。他给他们讲述自己在东京勒死一名对手的经历。托菲静静地离开了，显得焦躁不安（打架看上去再也不好玩了）。最后他们都走了，但这对摩根来说无所谓。他不需要追随者。马屁精让他感到恶心。他只想找到一位让自己尊敬的老师。

他在学校里面的门厅停下脚步，眼睛往里张望着。他从不贸然进入封闭空间，在大街上走路时也不靠近墙角或门口。屋子最里面，在插满斧钺刀戟的兵器架旁，有一位五岁左右的小女孩。她留着一头乌黑的头发，有一双像天空般湛蓝的眼睛，正在读一本翻旧了的《戴帽子的猫》。这可能就是班长[①]的女儿，他心想。他快速向祖师的画像鞠了一躬。为什么要带她来这里？这更让他鄙视这个地方。哪里是武馆？分明是托儿所。不过他还是又向祖师鞠了一躬。他尊重他。当你需要他们的时候，这些伟大的武术家们到哪去了？他没看见刘易斯，也没看见任何其他学生，直到他穿过帘子后面的办公室，闻到从热锅里传来的饭香，然后他轻轻掀开帘子，发现从来不打架的温戴尔正在那里搅拌烹调一锅古斯古斯面[②]。他看上去就像那小子的玩偶，笨蛋一个。摩根感到很奇怪。大卫为什么要鼓励这个人学武呢？只是为了赚他的钱吗？他继续往前走，感觉他的脚步震得地板直晃。他发现伊丽莎白正把左脚踏在矮凳子上系鞋带。

“打扰了，”他说。“等你系好鞋带再说。”

他们相互注视了片刻。

“我系好了。”她用脚踢了一下凳子上的包，贴着墙从摩根身旁挤过去，好像在躲避摩根身上的疾病一样，然后从门口转过来直盯着他。“你知道吗？”

“知道什么？”

“你错了，完全错了。”

“我不明白你在说什么。”

“别装糊涂了！大卫或许不是和你一样出色的杀手或斗士，却是最好的武术老师之一。”

摩根笑着回答，“误人子弟的好老师，嗯？”

她用充满仇恨的眼光盯着他。他把目光挪开，等他转回视线时，

---

① 指伊丽莎白。——译注。

② 北非地区出产的一种类似小米的食物。——译注。

却发现她已经走开了。他叹了口气。他在无数张被他用拳头击中后的黄色、黑色或白色面孔上都看到过这种表情。没什么大不了的。他悄悄换好衣服，伸展一下胳膊，赤脚走回练功厅，准备来个了断。如果刘易斯不是想要这个，他干嘛要打电话?

不过他一开始并没看到那小子。其余人都围着他站成一圈，相互交头接耳，样子很奇怪，如同一群替国王抵挡危险的棋子一样。他的行动像卓别林一样笨拙，一只胳膊拦着伊丽莎白，另一只架在温戴尔的肩上。离开他们，他就走不了路了，因为脚踝还未消肿。他的一只眼睛瘀青，暂时仍看不清东西。由于他自己系不了鞋带，马克正在帮他。他们都没有注意到摩根，不过在微弱的灯光下，他能看清他在刘易斯的脸和胸口上留下的青紫伤痕。其余人都把手搭在刘易斯的肩或后背上，好像他属于他们，不管他有没有做些什么。虽然刘易斯此刻看上去很虚弱，就连老厨师温戴尔也能把他打翻在地，但不知为何，他似乎不在乎自己是否每个回合都会挨揍，也不在乎是否会上不了课或死亡。其余人就是武馆。这不是他的学校，而是他们的。或许是这小子把他们整合到一起的，摩根心里想。那是一个他不理解的独立事物。为了证明武术本身以及这里所教的内容是错误的，他将不得不把他们逐个击倒。不过他仍将是徒劳。

"艾德，"刘易斯说道，脖子架在马克肩上。"我们过招的时候，我看出了你的破绽。比我更厉害的人可以利用这些破绽。我想帮你纠正它们，如果你准备好了的话。"

"什么?"他转过身来问。"什么破绽?"

"我近不了你的身，"刘易斯说，"但有人可以，能进入你的防守区域，可以攻击你的腹股沟或膝盖。你的站姿有问题，或许是融合了你从别处学到的不同风格，但它们相互并不协调。如果你这样做的话，"他继续说者，微微扭转双腿然后用大腿挡住腹股沟，"问题就解决了。"

"你给我打电话就是为这个吗?"

"不，还有别的原因。"

摩根心头一紧。他早该有心理准备。

“你的热身活动我从未见过，我很喜欢。我今天想让你带着大家一起练，如果可以的话，这样大家都可以学习。”然后他笑了笑，“我想今晚我得坐冷板凳了。”

没等摩根来得及回答，刘易斯就一瘸一拐地走开了。马克扶着他返回办公室，其余两人等着摩根发号施令。过了一小会，他才犹豫地把重心从右脚换到左脚，停顿了片刻，直到双肩放松，握成拳头的右手才松开，然后他转身朝向祖师的画像，“向祖师行礼！”他们鞠躬。“现在向师傅行礼！”他们又朝着布帘子后面的房间鞠了一躬，其中身材高大的摩根腰弯得最深。

后　记

其实对我来说，美国非裔文学原本并非我熟悉的研究领域。自从2008年跟随山东大学终身教授曾繁仁老师读博以来，我在很长时间内都是以西方文艺理论作为研究重心。直到2013年到华中师范大学跟随聂珍钊教授作博士后研究时，我才开始考虑寻找一个适合的新研究课题。因为过去几年以来，我的研究一直偏重文学理论却忽视文本分析，所以聂老师也建议我最好能够平衡一下，以作家作品研究为主。可是面对数不清的英语文学作家，我究竟该选谁呢？我思考了很长时间，还是难以取舍。直到一个很偶然的机会，我突然发现了查尔斯·约翰逊。他实在是一位非常特殊而有趣的作家。他是当代著名黑人作家，获得过美国国家图书奖，又对中国文化很痴迷，作品中有大量东方文化痕迹，这在当今黑人作家中可谓独树一帜。我在粗读了他的几部小说后，感觉非常有兴趣，认为这个选题非常值得尝试。我的想法也得到了聂老师的支持，并从他那里获得很多具体的研究建议。就这样，约翰逊成为我近几年的主要研究对象。

在刚开始时，我对这个选题还是非常缺乏信心的，毕竟我对非裔文学很陌生，之前没有任何研究基础。但后来我相继获得博士后基金和国家社科基金的支持，说明我的选题基本得到了同行认可，这才让我感到越来越有信心。经过近四年的摸索，总算交出这一份或许并不能让人满意的答卷。但它毕竟也算是对我过去几年读书和思考的一个总结，其中必然存在很多不足。尤其是在本书已经基本完稿的时候，我又突然了解到在美国自20世纪90年代以来已逐渐成为显学的批判性白人身份研究（Critical Whiteness Studies）。如果采用这一新的理论视角，我发现有很多小说文本细节可以被给出几乎完全不同的解读，甚至动摇我的很多基本论点，对约翰逊作品的社会价值也需要做出新的评判。对我的研究来说，这虽然是一个遗憾，但也为将来的研究留下空间，我希望以后能够使它完善。

在过去几年，我得到了很多人的帮助。借此机会，我要向他们表示我最诚挚的感激之情。首先要感谢我的三位授业恩师，分别是博士后导师聂珍钊教授、博士导师曾繁仁教授、硕士导师申富英教授。三位恩师无时不在关心我的成长。在我遇到困难的时候，总会给我最无私的帮助；在我取得一点点成绩时，他们又会给我最贴心的表扬。他们是我学术和人生道路上永远的依靠！感谢杭州电子科技大学的谭慧娟教授、华中师范大学的罗良功教授、南京邮电大学的王玉括教授、以及非裔美国文学研究领域的各位前辈和同行专家。在我的研究过程中，他们的著述让我受益很多！

感谢远在美国西雅图的查尔斯·约翰逊先生！几年来，我们一直保持联系，他给我发过来百余封电子邮件，及时通知我与他相关的最新消息。我也会把我发表的英文论文或摘要发给他看，虽然观点并不成熟，却总能得到他的热情鼓励。几篇英文论文也得到他的积极赞赏，让我深受感动。他还授权我翻译他的多篇论文和短篇小说，并帮我联系版权，而且同意作为附录放在本书后面。对于他的慷慨，我非常感激！约翰逊先生还曾邀请我赴西雅图交流访问，并为我准备好了生活和工作居所，但由于种种原因未能成行，非常遗憾！

感谢在我的国家社科基金立项和结项过程中的各位匿名评审专家。虽然从未谋面，但对他们给予我的帮助，我深怀感激。本书中有很多章节都曾以论文形式在期刊上发表过，这些刊物包括《中国比较文学》《外国文学》《当代外国文学》《外语教学》《中南大学学报》《山东外语教学》《复旦外国语言文学论丛》《外文研究》《外语与翻译》等。我要向所有这些期刊的主编、编辑及审稿专家表示感谢。特别感谢英国牛津布鲁克斯大学的 William Gibson 教授，他对我的文章“‘Freedom as a Way of Seeing’: The Presence of Taoism in *Oxherding Tale*”提出宝贵的修改意见，并同意发表在他主编的半年刊

Journal of Religious History, *Literature and Culture* 上，这对我是一个极大鼓励。

感谢华中科技大学外国语学院的许明武院长、刘芳书记、以及其他各位领导和全体同事！他们热情地邀请我来到华中科技大学工作，并为我提供非常好的工作和生活环境。感谢中国社会科学出版社的陈肖静编辑在本书出版过程中给予我的帮助。最后的感谢送给我的妻子和儿子，感谢你们为我提供了最温暖的心灵港湾！